Erster Teil

Spurrillen

Caminante, son tus huellas el camino y nada mas.
Caminante, no hay camino.
Hace camino al andar.
Al andar se hace camino
y a volver la vista atras
se ve la senda que nunca volvera pisar.
Caminante no hay camino
sino las estelas en el mar.

Wanderer, der Weg, das sind deine Fußspuren,
nichts weiter.
Wanderer, es gibt keinen Weg.
Der Weg formt sich selbst beim Gehen.
Im Gehen formt sich der Weg.
Und im Umwenden, mit dem Blick zurück
zeigt sich ein Pfad, den du nie mehr betrittst.
Wanderer, es gibt keinen Weg
Nur das Kielwasser der Schiffe im Meer.

Antonio Machado

Die eisernen Platten bildeten ein silbriges Muster, horizontale Rillen, vertikale Rillen, horizontale … Rolltreppen faszinieren mich.

Auf den Stufen über mir stand ein Paar Füße. An dessen Schuhen sich meine Augen festsaugten, während wir aus dem Untergrund fuhren. Schuhe von Magli! So was sehe ich auf den ersten Blick. Graues Wildleder, die Absätze leuchtend rot.

Mein Blick schmiegte sich in die Linien dieser Schuhe. Göttin, was tat sie, wenn es inzwischen draußen regnete? Diese Schuhe waren es wert, bei Regen und Schnee barfuß zu gehen. Und nicht einmal in meinen dekadentesten Augenblicken würde ich es wagen, so etwas zu tragen. Die Frau vor mir aber spazierte ganz selbstverständlich aus dem U-Bahn-Aufgang hinaus in den Schneeregen und die Straße hinunter. Rote Absätze und das schwindende Licht dieses Januarsonntags. Ich vergaß das ziellose Streunen und die erste Melancholie dieses Jahres. Ging den Absätzen hinterher, um etwas Farbe in mein winterliches Leben zu bringen.

Im Dämmerlicht flatterten die grauroten, leuchtenden Schuhe.

Ich fing an, mit ihrem Klackern im Gleichschritt zu gehen. Schnell, dann wieder unvermutet langsam, in plötzlicher Erstarrung, wieder schnell, wie getrieben von Gedanken und Bildern. Erwartung? Freude? Furcht? Vor einem Schaufenster blieb sie stehen und ich mit ihr, und da konnte ich zum ersten Mal ihr Gesicht sehen. Knapp jenseits der Vierzig, jene Falten von Welterfahrenheit um den Mund, die ich mit vierzig hoffentlich auch kultiviert haben würde. Eine auffällige Lippenstiftfarbe, auffällig zur Blässe ihres Gesichts. Als hätte sie in ein rohes Steak gebissen.

Die Furcht beschleunigte ihre Schritte.

Sie trug sie in ihren blauen, glasigen Augen und in dem zusammengepreßten Mund; in den verkrampften Kiefermuskeln und den Fingern, die am Mantelkragen zupften.

Daß sie angestrengt in ein Schaufenster mit Herrenpyjamas starrte, war mir gar nicht recht, fing ich doch leise und mit Herzklopfen an zu wünschen, sie möge derlei Artikel nicht kaufen wollen, außer für ihre »Beste Freundin«.

Vor dem spiegelnden Glas nahm sie die Kappe ab, setzte sie wieder auf, rückte sie zurecht. Sie trug einen Kurzhaarschnitt mit einem Hauch von Unbezähmbarkeit. Von dieser Pfeffer-und-Salz-Farbe, die ich so liebe.

Da zog sich plötzlich mein Magen zu einem angeekelten Knoten zusammen: Auf der Spitze des linken, wundervollen Schuhs war ein großer, häßlicher, rostbrauner Spritzer. Blut! Und zwar mehr, als gewöhnlich beim Gemüseputzen fließt. In diesem Moment schalteten sich die Straßenlaternen ein, und wir zuckten beide zusammen.

Blut!

Sie drehte sich um und nahm ihren angstvollen Schritt wieder auf. Ich folgte ihr, doch nicht als Verfolgerin. Kam mir deplaziert vor. Wilmersdorfer Schaufensterfronten an einem Wintersonntag. Kein Mensch außer uns auf der Straße.

Viereckige Gehwegplatten, auf deren Fugen ich als Kind nicht treten durfte, um nicht einen verborgenen Mechanismus auszulösen, der das Straßenpflaster sich öffnen ließe und mich in die Tiefe risse. So schlich ich als Kind gesenkten Kopfes und auf Zehenspitzen meiner Wege. Galt als ein wenig skurril, weil sich niemand die Mühe gemacht hatte, den Grund zu erfragen. Das Kind war, wie es war.

Die Schuhe führten mich über eine Straße, durch deren vereiste Spurrillen sie behutsam balancierten, in einen Teesalon, dessen goldbraune Wärme mich duftend umwarb, dessen heiteres Stimmengewirr eine Mischung aus Wohlbefinden und Einsamkeit in meinem Januarherzen erweckte. Ich wartete, bis meine neue Bekannte den Mantel aufgehängt und sich gesetzt hatte, dann wählte ich einen Tisch schräg hinter ihr. Dankte an dieser Stelle den elterlichen Genen für die vererbte Unauffälligkeit. Auf Jugendfotos, so behaupten wohlmeinende Freundinnen, sähe ich aus wie eine frühe Ausgabe von Vita Sackville-West, hätte die gleichen unordentlichen Haare, dieselbe schnöselige Nase und diesen unternehmungslustigen Zug um den Mund. Abgesehen davon, daß ein Großteil davon Übertreibung ist, so hat sich das Vorhandene doch mit den Jahren verwachsen. Übriggeblieben ist eine mittelgroße Person. Die väterlichen Gene haben mir breite Schultern beschert, eine ideale Bedingung für kurze Jacken und gerade geschnittene Hosen. Das mütterliche Erbe besteht aus besagten dunklen Haaren und umwerfend blauen Augen. Wie gesagt: ziemlich durchschnittlich.

Ich setzte mich so, daß ich ihr Profil sehen konnte. Als die Bedienung kam, hob sie den Kopf, und ihr Mund formte die Worte »Kaffee« und »Cognac«. Ich bestellte, was ich im Winter immer trinke: Tee mit Rum. Während sie wartete, sah sie sich nervös um. Ich hütete mich vor ihren angstvollen Blicken. Der Kellner servierte, sie nahm mit fahrigen Händen die Tasse und das Glas entgegen, kramte in ihrem Portemonnaie, um sofort zu bezahlen. Die goldgelbe Flüssigkeit in ihrem Glas kippte sie in zwei Schlucken, blinzelte und schnappte nach Luft.

Wieder warf sie aufgewühlte Blicke in den Raum, fingerte an ihrer Tasche und dem Portemonnaie. Beides grau mit einem diagonalen roten Streifen. Nippte am Kaffee, zupfte an ihrer Oberlippe, besah sich stirnrunzelnd den Lippenstift an ihren Fingerspitzen. Stand abrupt auf, ging zur Toilette. Ich schlürfte vorsichtig meinen Tee und wartete, bis sie wiederkäme. Ich wußte inzwischen nicht mehr, was mich mehr interessierte: die grauroten Schuhe, die pfeffer-und-salz-farbige Frau oder, warum sie solche Angst hatte. Sie tat mir leid.

Als sie längere Zeit nicht wiederkam, lockte mich das Kuchenbuffet. Ich schwankte qualvoll zwischen gedecktem Apfel- und Käsekuchen, da ließ mich das schlagende Geräusch einer Tür den Kopf drehen. Ich sah gerade noch, wie ein Paar grauroter Schuhe nach einem eleganten, grauen Mantel griff und eine graurote Handtasche zur Türe hinauswehte.

Enttäuscht und plötzlich ernüchtert, starrte ich eine dicke, fette Linzer Torte an, hochkalorische Sinnlichkeit. Außerdem schämte ich mich endlich für meine Indiskretion.

Bis mein Kuchen kam, konnte ich genausogut auch auf die Toilette gehen. Ich betrat den braunweiß gefliesten Raum und sah es mit einem Blick. Sie hatte das graurote Portemonnaie am Waschbecken liegenlassen. Mit einem Griff schnappte ich danach, riß die Klotür auf, meine Schuhe trabten farblich passend über den braunschwarzen Teppichboden, ich stemmte die Außentür gegen den kalten Wind, suchte die graue Straße mit geschärftem Blick ab. Doch Mantel und Samtkappe waren davongeweht.

Ich steckte das Portemonnaie unauffällig ein, aß eilig meinen Kuchen und ging. Das Gewicht der Beute wog schwer in meiner Tasche.

Zu Hause warf ich die Jacke über einen Stuhl, warf die Schuhe von den Füßen und schob eine CD in die Maschine, Beethovens Neunte, schließlich gibt es Dinge im Leben, die zelebriert werden müssen. Dann schmiß ich mich auf mein Sofa und öffnete das graurote Prachtstück. Wildleder, weich wie die Berührung der Geliebten.

Ich wurde nicht enttäuscht:

Neben etwas Geld und einem kleinen roten Zettel mit einer Adresse in der Suarezstraße fand ich im vordersten Fach ein paar Visitenkarten, mit Namen, Adresse und Telefonnummer. Sie hieß Louise.

Louise Thyra Delbrouck, wie das bekannte Schuhgeschäft Delbrouck. Und sie wohnte in meiner Nähe.

Ich wartete, bis mein Herz wieder langsamer schlug, dann wählte ich ihre Nummer.

Aber sooft ich es an diesem Sonntagabend noch tat, sie meldete sich nie.

Mein Terminkalender zeigte für den Montag bis elf Uhr dreißig eine leere Fläche, und so beschloß ich, Louise Delbrouck einen frühen Besuch abzustatten.

Ich fand die Adresse und einen Parkplatz auf der gegenüberliegenden Straßenseite. Welke Blätter, anachronistische Relikte des vergangenen Herbstes, fegten mir um die Beine, als ich die Straße überquerte. Zwischen zwei Autos hindurch machte ich einen langen Schritt auf den Gehsteig, bemüht, nicht auf die Rillen zu treten.

Louises Haus hatte einen Stern aus kleinen Steinen auf dem Trottoir und drei hochherrschaftliche Stufen bis zur Eingangstür.

Ich klingelte, antwortete auf eine elektronisch verunstaltete Stimme aus der Gegensprechanlage: »Guten Tag! Deborah Gronwald ist mein Name. Ich habe gestern Ihr Portemonnaie gefunden!«

Ihre Stimme quäkte: »Oh!« und dann: »zweiter Stock, links, bitte«, und ich wurde eingelassen. Im zweiten Stock links stand sie in der Tür, wieder mit aufgerissenen Augen und erschreckend blaß, aber ansonsten wie aus dem Ei gepellt. Beherrscht bis in die makellosen grauen Wollsocken. Was für eine außergewöhnliche Frau! Ich hielt ihr das Portemonnaie hin: »Das wollte ich Ihnen wiederbringen.«

Aber sie nahm es nicht, fragte nur mit ängstlichem Unterton: »Wo haben Sie das Portemonnaie gefunden?«

»In einem Café, gestern nachmittag. Es lag am Waschbecken auf der Toilette.«

Sie atmete deutlich erleichtert auf. Lächelte sogar. »Es war ja nichts Wichtiges drin, nicht?«

Woher sollte ich das wissen?

»Gott sei Dank Ihre Visitenkarten, sonst hätte ich Sie ja gar nicht aufspüren können«, lächelte ich zurück.

»Nur ein bißchen Geld, sonst nichts Wichtiges!« sagte sie beschwörend.

Ich hielt ihr immer noch das Portemonnaie hin. »Na ja, immerhin hundert Mark. Die fehlen einem schon.«

Diesmal nahm sie es.

»Meine Güte, bin ich unhöflich! Entschuldigung! Ich habe Sie ja gar nicht hereingebeten. Haben Sie es eilig? Wollen Sie einen Kaffee mit mir trinken oder einen Tee? Hängen Sie Ihre Jacke an den Garderobenständer.«

Ich sagte: »Tee! Mit Rum, wenn Sie haben, das ist mein Winterspezialgetränk«, folgte zarten Wollfüßen über einen zartblauen Flurteppich auf das glänzende Parkett eines Berliner Zimmers.

»Bitte setzen Sie sich doch!«

Links eine steife Sofagarnitur, ein Dreisitzer, ein Zweisitzer, zwei Sessel. Grauer Bezug. Ein Glastisch, von dem sie hastig einen Stapel durcheinandergewühlter Zeitungen nahm. Alles kreuz und quer, seriöses und Regenbogenblätter, darauf eine Lesebrille. Ich wählte mit knarrenden Schritten über das Parkett das Podest am Fenster, kreuzte die Gräten auf den opulenten Sitzkissen. In Bodennähe fühlte ich mich wohler.

An der einen Wand Regale, in denen die Bücher nicht fein ordentlich als Meterware standen, sondern so, als würden sie tatsächlich gelesen. An der anderen Wand als Kontrast zur feinsinnigen Lebensart ein protzig hingeklatschtes Gemälde in einem bleigrauen Yuppiemetallrahmen.

Sie balancierte den Tee. Setzte sich neben mich, mit ungemütlich angewinkelten Beinen. Sie hätte die Sofagarnitur wohl vorgezogen.

»Das Portemonnaie ist wunderschön, wie schade, wenn Sie es nicht wiederbekommen hätten!« sagte ich im Konversationston. »Wo es so gut zu Ihren Schuhen paßt.« Gerade schluckte ich noch hinunter, wie lange ich sie wegen dieser Schuhe verfolgt hatte. Ich neige zu Selbstkompromittierung. Sie klapperte mit den Teetassen. Hatte tatsächlich Rum im Hause.

»Oh, meine Schuhe haben Sie bemerkt?« nahm sie meinen leichten Tonfall auf, ohne daß ich ihn ihr geglaubt hätte.

Hastig fingerte sie eine Zigarette aus einer Dose auf dem Fensterbrett. »Sie haben mich wohl beobachtet, da in dem Teesalon!« sagte sie übertrieben scherzhaft. »Rauchen Sie?« Ich schüttelte den Kopf. Sie griff nach dem Tischfeuerzeug. Hielt es so gefährlich, daß ich jäh den praktischen Sinn der Kurzhaarfrisur verstand. Immerhin, die Zigarette brannte. Sie nahm einen gierigen Zug. Die Nervosität in ihrer Stimme blieb: »Das ist auch besser so. Es ist ungesund und macht Falten.«

Ich stellte sie mir mit einer goldenen Zigarettenspitze vor, gemächlich und genüßlich rauchend, eine andere Louise, so überlegen, so souverän wie der welterfahrene Zug um ihre Mundwinkel. Wovor hatte sie nur solche Angst? »So schöne Schuhe fallen einem eben auf, ganz unwillkürlich«, sagte ich begütigend. »Ich bin sowieso ein Schuhfan, schöne Schuhe bemerke ich unweigerlich. Für Schuhe könnte ich ein Vermögen ausgeben.«

»Ach ja, wirklich?«

Sie sah erfreut aus und ausgesprochen sympathisch, wenn sie lächelte. Sah mich zum ersten Mal richtig an.

Endlich kapiert! Ich bin nicht die böse Wölfin, sondern nur Deborah, die ein Schuhfan ist. Ihre Augen musterten mich aufmerksam. Ein bißchen Amüsement über Schuhfetischismus, ein wenig Neugier auf Deborah Gronwald.

Mögen Sie ein bißchen Musik?« fragte sie mit einem Griff ins CD-Regal. »Vielleicht etwas von Satie?«

»Ja, gerne. Meine Mutter ist Klavierlehrerin. Mit klassischer Ausbildung und Jazz als Leidenschaft.«

Sie lauschte den Klavierklängen nach: »Eine wunderbare Morgenmusik. Die spiele ich auch oft im Geschäft, sie scheint die Kundinnen zum Kaufen anzuregen.«

»Ach, ich glaube, dafür bräuchte ich keine Musik. Für schöne Schuhe würde ich auf dem Wasser wandeln. Dafür könnte ich ein Verbrechen begehen«, verstieg ich mich.

Louise Delbrouck begutachtete mich mit einem Stirnrunzeln. »Wissen Sie das überhaupt: Ich habe ein Schuhgeschäft. ›Delbrouck.‹«

»Ach, die Frau Delbrouck sind Sie! Sie sind es tatsächlich! Spezialisiert auf italienische Firmen, ein Paradies zum Einkaufen!« rief ich verzückt.

Nun lächelte sie vergnügt, sagte: »Jawohl, die bin ich!«, und goß sich noch eine ordentliche Portion Rum in den Tee.

»Vielleicht wollen Sie sich als Finderlohn ein paar Schuhe aussuchen?«

Ich schluckte. »Das kann ich nicht annehmen! Wirklich nicht! Das war ja nur eine Gefälligkeit! Aber ich kenne Ihren Laden gut. Eine Versuchung ersten Ranges.«

Ich hielt ihr meine schwarzen Stiefeletten mit Schnallen und Nieten unter die Nase. »Hier, die sind auch von Ihnen.«

Ich verschwieg, daß ich mir Delbrouck nur im Ausverkauf leistete.

»Ja, die kommen mir bekannt vor. Sehr hübsch! Passen gut zu Ihrem Stil. So ein bißchen ... nun ja: keß. Sind Sie im sonstigen Leben auch so keck?«

Ich beobachtete eine ihrer Haarsträhnen, die gerade dem polierten Image entkam und für etwas Wirrnis sorgte.

»Ach nein. Ich glaube, die Hälfte davon ist Imagepflege.«

Sie nippte an ihrem Tee, goß noch mehr Rum in meine Tasse, warf mir über den Rand des Glases hinweg mehrdeutige Blicke zu. In einer anderen Umgebung und zu einer anderen Tageszeit hätte ich sie sogar für ein- bis zweideutig gehalten. Mir wurde warm.

Dieses Gespräch war von umgekehrt proportionalen Unruhezuständen gekennzeichnet. Nun schien ihre Angst völlig verschwunden zu sein. Sie goß mir liebenswürdig Tee nach, reichte Rum und Zucker. Dafür brach mir der Schweiß aus. Ich bin nämlich nur im Kino eine Heldin. Im wirklichen Leben bin ich fürchterlich schüchtern.

Keß, meinte sie also.

Ich kippte meinen Rum-Tee mit einem Schluck. Sie strahlte dauerhaft.

»Dann ist das ja geradezu ein Glücksfall! Sie als Schuhfan finden das Portemonnaie einer Schuhladenbesitzerin. Das schreit ja geradezu nach einem Paar Schuhe als Finderlohn. Möchten Sie wirklich nicht?«

»Doch, natürlich gerne!«

»Ich finde, das ist ein Grund zum Feiern! Wollen wir nicht die blöden Förmlichkeiten lassen?«

Keß! Ich lächelte dämlich und zustimmend. Nichts lieber, Verehrteste!

Sie hob ihr Teeglas und prostete mir zu.

»Das ist zwar nicht ganz formvollendet. Aber es ist zumindest Alkohol im Glas. Ich heiße Louise.«

»Deborah!« sagte ich und ließ die Gläser klingen.

»Ein ganz besonderer Name! Von wem haben Sie den bekommen?«

»Von meiner Mutter. Ich sollte wohl auch etwas ganz Besonderes werden. Leider hat es dann nur zu gutem Durchschnitt gereicht.«

»Na ja, nicht soviel falsche Bescheidenheit! Sie sind bestimmt eine ganz außergewöhnliche Person! Das sehe ich an Ihren Augen. Zumindest eine gute Portemonnaiefinderin. Und natürlich ein Schuhfan!«

Ich wand mich unter ihren Blicken. Was frau bloß für blödes Zeug redet, wenn sie Nettigkeiten sagen will! Aus Verlegenheit sah ich auf die Uhr. Oh, verflucht, es war schon nach elf!

Ich rappelte mich aus der Tiefe meines Sitzkissens auf die Füße.

»Es tut mir leid, ich muß dringend zu einem Geschäftstermin. Ich bin froh, daß ich Ihnen helfen konnte, und ich freue mich auf die Schuhe.«

»Aber ja! Kommen Sie doch die Tage vorbei, dann suchen wir was ganz Extravagantes für Sie aus!« sagte sie herzlich. »Wie schade, daß Sie schon gehen müssen! Was arbeiten Sie denn, wenn ich fragen darf?«

»Finanzberatung für Frauenprojekte«, antwortete ich und nahm meine Jacke vom Garderobenständer. Wartete auf ihre Reaktion. Sie zog die Augenbrauen hoch: »Kann man davon reich werden?«

»Nein«, sagte ich lachend. »Ich bin auch Steuerberaterin, damit komme ich ganz gut über die Runden. Die Beratung von Frauen in Finanzfragen ist mir allerdings ein persönliches Anliegen. Es ist wichtig, daß Frauen Geld in die

Hände bekommen. Geld bedeutet Einfluß, Dinge dahin steuern können, wo frau sie haben will.«

Das »frau« sagte ich betont und sah, daß sie es registrierte.

»Was für ein kluger Satz!« sagte sie und lächelte mich wieder an. Für eines dieser Lächeln hätte ich gerne noch viel mehr kluge Sätze gesagt, aber nun mußte ich wirklich zu meinem Termin. Sie wollte mich aber noch immer nicht gehen lassen.

»Lassen Sie mir doch Ihre Geschäftsnummer da! Ich brauche dringend eine Steuerberaterin, auf die ich mich verlassen kann!«

Ich zog eine Visitenkarte aus der Tasche. Auch ich besitze so etwas.

»Ich habe kein Büro. Nur ein umfunktioniertes Zimmer in meiner Wohnung. Auf der einen Seite des Flurs geschäftlich, auf der anderen privat. Das hier ist mein Privatanschluß, darüber laufen auch die Kontakte mit meinen Mandantinnen.«

Wir kannten uns nun also privat. Sie schien sich fast darüber zu freuen.

»Auf Wiedersehen, Deborah!« sagte sie mit einer ganz irrsinnigen Art, meinen Namen auszusprechen. Mit der Betonung auf dem »a« wie meine Französischlehrerin. Die kam aus Orleans, hieß Fabienne Bardeau, und ich war in sie verknallt gewesen.

Ich bürstete meine Nackenhaare wieder glatt, verabschiedete mich im Eiltempo und polterte betört die Treppe hinunter. Mein Auto war vor einem Zeitungsladen geparkt, als ich die Tür aufschloß, fiel mein Blick auf eine fettgedruckte Schlagzeile: MORD IN DER SUAREZSTRASSE! BESITZER DES SZENESCHUHGESCHÄFTES ›SCARPE‹, ALEXANDER HEPPLER, IN SEINEN LAGERRÄUMEN BRUTAL ERMORDET.

Die Suarezstraße hakte sich mit krummer Klaue in mein Gehirn. Louise trug diesen Zettel mit einer Adresse in der Suarezstraße im Portemonnaie mit sich herum. Aber das mußte ein Zufall sein. Vielleicht hatte sie geschäftlich mit diesem Heppler zu tun. Dann fiel mir der häßliche, rostige Blutfleck auf ihrem Schuh ein, ihre Unruhe am Abend zuvor, der fluchtartige Abgang. Ich ging in den Zeitungsladen, kaufte einen Schwung Zeitungen und breitete sie auf der Motorhaube aus. Doch der Wind ließ nur so aufschlußreiche Informationen wie »alles voller Bl...«, »Blutb...« und »Mor...« zu, bevor er die Seiten durcheinanderblies. Ich raschelte sie wieder auf einen Haufen und setzte mich in mein Auto, um nachzudenken.

Warum hatte Louise so besorgt gefragt, wo ich das Portemonnaie gefunden hatte? Warum hatte sie immer wieder betont, es sei nichts Wichtiges darin gewesen?

»Außer deinen Visitenkarten!« hatte ich gedacht, weil ich sie wiedersehen wollte.

»Außer dem blöden roten Zettel«, hätte ich vielleicht denken sollen. Das Blut am Schuh! Was hatte Louise mit der Suarezstraße zu tun? Mord in der Suarezstraße. Von dort bis zu unserem Teesalon waren es nur drei U-Bahn-Stationen. Wilmersdorf im Winter, von wegen harmlose Sonntagsspaziergänge!

Schließlich besann ich mich auf meinen Termin bei den Frauenzufluchtswohnungen. Den Kopf voller unglaublicher Gedanken, fuhr ich, so schnell ich konnte, kam aber trotzdem zu spät. Platzte in eine vollzählig versammelte, vorwurfsvolle Teamrunde. Aktenbeladen murmelte ich Entschuldigungen und fand nur sehr mühsam zurück in die Welt der Geschäfte und Zahlen und zu meiner Konzentration. Ich kann sonst gut trennen zwischen Privatleben und Job, kann selbst in emotionalen Ausnahmezuständen noch effizient arbeiten; aber diese seltsame Geschichte, in die ich hineingestolpert war wie in einen Birkenstock-Schuh, brachte mein Weltbild völlig durcheinander. Sie war schwerwiegender als meine sonstigen persönlichen Ausnahmezustände.

Wirren Kopfes schlug ich mich drei Stunden lang mit dem Geldmangel der Frauenszene herum, versprach, bei einer am nächsten Tag anstehenden Wohnungsbesichtigung dabeizusein, verabredete mich zu diesem Zweck mit Katrin Forbrich, einer der Mitarbeiterinnen, und fuhr nach Hause.

Es dämmerte schon und war lausekalt. Wie üblich fand ich keinen Parkplatz vor dem Haus. Die Pfützen im Rinnstein waren zugefroren und glänzten metallisch schwarz. Ich schlich mich an einer Baustelle vorbei, ein paar Schritte durch den sanften, nachgiebigen Sand zwischen hochkant stehenden Gehwegplatten. Ich hoffe immer, daß da wirklich nur Sand sein wird, wenn sich das Straßenpflaster eines Tages vor mir auftut.

Zu Hause kochte ich Tee mit Rum und machte mich endlich über die Zeitungen her. Ich breitete sie auf dem Teppich aus wie ein Riesenpuzzle.

Alle Blätter betonten die Exklusivität des Schuhladens. Alle schrieben, es gebe keinen Hinweis auf Täter oder Motiv. Keine Fingerabdrücke. Ein Mörder mit Handschuhen. Eine Mörderin mit Handschuhen? Der Tote hatte recht unappetitlich mit einem Messer im Rücken über seinem Schreibtisch gelegen. Hinterrücks erstochen! Die Tür zum Hof hatte weit offen gestanden, was der Hauswartsfrau aufgefallen war, die den Ermordeten schließlich gefunden hatte. Eine Zeitung brachte sogar ein Bild von ihr, wie sie der Reporterin beherzt und gewichtig die Tür zum Hof zeigte.

Eine andere brachte ein Bild des Toten. Ein Mann in den

Vierzigern, blondlockig, mit einem Schnauzbärtchen und einem Junge-komm-bald-wieder-Lächeln. Einer der Erfolgreichen in den Berliner Mauern. »Scarpe« war ein Begriff in der Stadt, genauso wie »Delbrouck«. Und doch war es kein Raubüberfall gewesen. Die Schlösser alle unbeschädigt und nichts gestohlen.

Ich liebte Louises Lächeln. Sie zog mich an wie der Leim die Fliege. Die Suarezstraße ging mir nicht aus dem Kopf. Ich beschloß, die Hauswartsfrau zu besuchen.

Mittlerweile war es Abend und völlig dunkel, so ein widerliches Januardunkel, die völlige Abwesenheit von Wärme und Licht. Ich fand die Hausnummer, schlurfte über graugemustertes Kopfsteinpflaster, die Größe zum Schaufenstereinwerfen, und betrat den Hausflur. Schwarzweiße Bodenfliesen. Es roch nach Putzmitteln mit Zitrusduft. Rechts führten zwei Stufen zum Treppenhaus. Links von mir befand sich eine zweiflügelige Tür mit dem Siegel der Polizei, das mir ein ausgesprochen gruseliges Gefühl bereitete. Dort in den Ladenräumen war der Mord passiert. Die Hände in den Jackentaschen ging ich rechts die Stufen hinauf.

Die Tür der Parterrewohnung stand offen, und neben der Klingel prangte ein blankes Messingschild mit Schnörkelschrift: »Else König, Hauswart.«

Aha, die schnörkelige Königin des Hauses! Die offene Tür ignorierend, wollte ich gerade klingeln, da kam sie aus der Wohnung, im Schürzenkittel, an den Füßen ein Paar grüner Gummistiefel, die auch zur Hochseefischerei getaugt hätten, zwei gefüllte Putzeimer in den Händen.

»Sind Sie Frau König, die Hauswartsfrau?« fragte ich, ohne rechte Vorstellung davon, was ich eigentlich wissen wollte.

Die Bestätigung, daß Louise nicht die Mörderin ist, vielleicht.

»Sind Sie von der Zeitung?« fragte sie zurück und leckte sich die Lippen.

»Nein, ich bin eine Freundin von Herrn Heppler«, log ich.

Sie machte ein mißtrauisches Gesicht und setzte die Emailleeimer ab.

»Wieso, der war doch schwul?«

Ich verschluckte mich fast. So spricht man ein großes Wort gelassen aus.

»Nein, nicht so eine Freundin«, sagte ich verlegen. »Eher eine gute Bekannte. Ich kannte seine Eltern. Unsere Mütter waren Schulfreundinnen.«

Eltern und Schulfreundinnen hat jeder Mensch, da kann man nicht viel falsch machen.

Die armen Eltern schienen ihr fast das Herz zu brechen.

»Ja, es ist furchtbar, was da passiert ist. Das war bestimmt ein verschmähter Liebhaber. Der sah doch so gut aus, der Herr Heppler. Und war so ein charmanter Mensch!«

Verschmähter Liebhaber! Nicht schlecht, was für eine Vorstellungskraft die ältere Generation von heute hat! Ich mußte skeptisch ausgesehen haben, denn sie setzte nachdrücklich hinzu: »Es ist ja nichts gestohlen worden. Das Geld im Schreibtisch ist noch da, und die Schuhe sind nicht angerührt worden. Und das sind teure Schuhe, kann ich Ihnen sagen. Er hat mir mal ein Paar zu Weihnachten geschenkt, weil ich doch seine Schlüssel habe und auch immer auf das Lager aufpasse, daß sich niemand da unerlaubt herumtreibt«, sagte sie wehmütig. Jetzt verstand ich ihre Sympathie für den teuren Toten.

»Da war es wohl sehr schlimm, daß ausgerechnet Sie ihn gefunden haben?« buhlte ich mitfühlend. Sie nickte bekümmert, und ich erwartete fast, daß sie ein großes umhäkeltes Taschentuch zog. Sie tat es nicht, sondern neigte sich näher zu mir, als wollte sie mir etwas anvertrauen, was nicht alle Welt zu wissen brauchte.

»Wenn Sie mich fragen, die Polizei hat sich zu wenig Mühe gegeben. Nicht einmal so richtig ordentlich verhört haben die mich. Hat sie wohl nicht besonders interessiert, was ich ihnen zu sagen hatte. Die von der Spurensuche haben vor allem um die hintere Tür herumgesucht, weil die offenstand. Und sich gewundert, daß die Schlösser nicht beschädigt waren. Auf die Idee, daß das jemand mit einem Schlüssel war, jemand Nahestehender, darauf sind die wahrscheinlich gar nicht gekommen. Weil er nämlich keine Familie hat. Keine Frau und keine Kinder. Auf was anderes kommen die gar nicht bei der Polizei.«

»Hatte er denn einen Lebensgefährten?« fragte ich. Ein bißchen gescheiter als die Polizei wollte ich schon sein.

Sie zuckte mit den Achseln: »Weiß ich nicht! Da war wohl der eine oder andere. Ist mir aber nie einer vorgestellt worden. In letzter Zeit hab ich aber keinen mehr gesehen.«

Und so, als wäre sie die Diskretion und Bescheidenheit in Person: »Er mußte sie ja auch nicht vorstellen, oder? Wir hatten ein rein dienstliches Verhältnis.«

Und dann wieder leise: »Sie haben wirklich nicht richtig gesucht. Und hier oben haben sie zwar alles versiegelt, aber um die Falltür in den Keller hat sich zum Beispiel überhaupt keiner gekümmert. Dabei habe ich sie extra darauf hingewiesen!«

Eine Falltür!

»Wie viele Türen gibt es denn eigentlich?« fragte ich.

»Na, die Ladentür zur Straße, dann hier die im Hausflur und die hinten im Hof. Und die Falltür im Keller!« Sie griff in die geöffnete Wohnungstür ans Schlüsselbrett:

»Und ich hab für alle Türen die Schlüssel«, gab sie an und rasselte mit dem Schlüsselbund.

So, so! dachte ich.

»Man kann da jetzt natürlich nicht rein, solange das versiegelt ist«, sagte sie. »Das ist ja strengstens verboten.«

Ich nickte staatsbürgerinnengehorsam.

»Kommen Sie denn zum Begräbnis?« fragte sie.

»Wenn ich es einrichten kann«, antwortete ich.

»Na, dann sehen wir uns ja noch. Entschuldigen Sie, ich muß jetzt anfangen.«

Sie deutete mit dem Kopf die linoleumbelegte Treppe hinauf: »Vier Treppen, drei Aufgänge. Und seit letztem Winter hab ich die Gicht.«

Sie nahm ihre Eimer und begann, die Treppe hinaufzusteigen. Mit Geräuschen wie eine Dampflock mit Achsschaden.

»Frohes Schaffen!« wünschte ich und sah ihr nach.

»Danke, danke«, ächzte sie, schon auf dem nächsten Treppenabsatz.

Ich blieb neben ihrer Wohnungstür stehen und hörte, wie sie schnaufend höher und höher stieg. Vier Treppen. Die Versuchung war einfach zu groß. Ich trat an die Wohnungstür und tat einen schnellen Griff ans Schlüsselbrett. Die einzelnen Schlüssel sauber beschriftet: Laden vorne, Hausflur, Hoftür, Kellertür. Und ein rostiger Vierkantschlüssel. Ich dachte an dunkle Kellerlöcher und an das tröstliche Licht meiner Taschenlampe im Auto. Zwei Minuten später stand ich wieder auf den schwarzweißen Karos.

Der Kellereingang war unter der Treppe und die Tür freundlicherweise nicht verschlossen. Ich fand den Lichtschalter, drehte ihn, zog die Kellertür hinter mir zu. Tappte speckig glänzende Steinstufen hinab. Orientierte mich in die Richtung von Hepplers Lager. Dorthin führte nur ein einziger Gang. Auf festem brandenburgischen Sandboden tastete ich mich vorwärts, um eine Ecke herum. Der Gang endete an einer kackbraunen Holztür mit der Nummer eins. Alexander Hepplers Kellerabteil war kein einfacher Bretterverschlag mit Vorhängeschloß, sondern ein gemauerter Raum. Es roch nach dumpfer Kälte und nach bösen Geistern. An meinem Schlüsselbund gab es ein passendes Schildchen zur Tür und einen ebensolchen Schlüssel. Das Schloß klang schauerlich, die Tür ebenfalls. Jedenfalls schien über diesen Weg nicht viel Publikumsverkehr stattzufinden. Ich fand mittels der Taschenlampe auch im Kellerabteil den Lichtschalter, schaltete das Flurlicht wieder aus, drückte die Tür hinter mir zu. Die Luft roch modrig, war aber wärmer als draußen. Kohlenstaub am Boden, Späne von Anmachholz und zerkleinerten Obstkisten, sonst war der Raum leer. Was man hier alles lagern konnte! Doch Alexander Heppler war allem Anschein nach weder Schnapsbrenner noch Waffenschmuggler gewesen.

Vor mir führte eine steile Eisentreppe zur niedrigen Decke, endete an der mit nicht genügender Aufmerksamkeit bedachten Falltür. Holz und ein Metallgriff. Die Stufen waren genickbruchverdächtig. Ich nahm meinen ganzen Mut zusammen und kletterte nach oben. Steckte den Vierkantschlüssel in die Öffnung neben dem Griff. Er paßte. Ein schabendes Geräusch, und ich konnte die Falltür anheben.

Über mir ein ohrenbetäubendes Krachen. Ich duckte mich in Panik, ließ die Falltür los, die mir beinahe den Schädel einschlug, rutschte ab und konnte mich gerade noch an der obersten Stufe festhalten.

Scheiße, Scheiße, Scheiße!

Ein, zwei Minuten lang stand ich wartend und japsend auf der Treppe, doch als nichts weiter geschah, riß ich mich zusammen, stemmte die Falltür ganz auf, kletterte nach oben in den Laden. Wie die Göttin der Unterwelt, die schicksalhaft ihrem dunklen, geheimnisvollen Reich entsteigt. Meine Schuhe waren schmutzig vom Kohlenstaub, also streifte ich sie ab und stellte sie auf die letzte Stufe. Begutachtete meine Hautabschürfungen an den Händen, die rostigen Spuren der Metalltreppe. Und dann sah ich auch die Ursache des Gepolters. Ein Schreibtischstuhl, der auf der Falltür gestanden hatte, war umgefallen und reckte grotesk die Metallbeine in die Luft. Ich stellte ihn erleichtert auf und ließ, meine Prellungen reibend, die Falltür an ihren Platz sinken. Bis auf den schmalen Strahl der Taschenlampe war es stockfinster. Alle Rolläden heruntergelassen. Das konnte nur zu meinem Vorteil sein, und trotzdem ängstigte mich die Dunkelheit.

Fußangeln, Hände aus den Zimmerecken, die sich materialisierten, um mir die Taschenlampe zu entreißen und mich mit feuchtkalten Fingern anzufassen. Die Stille saß mir im Nacken. Ich zwang mich zu ruhigem Atmen und leuchtete vorsichtig im Raum umher. Vor mir sah ich die schattenhaften Umrisse eines Schreibtischs und eines Computers samt Drucker und Faxgerät. An den Wänden tauchten offene Schränke mit Aktenordnern auf und geschlossene mit wer weiß was. Ein kleines Kabuff, aus dem mir mattweiß eine Kloschüssel entgegenschimmerte. Dann die Tür zum vorderen Lagerraum. Sie stand offen, was mir sehr lieb war, denn so konnte sie niemand unvermittelt aufreißen, um sich auf mich zu stürzen. »Die Räume sind versiegelt, Deborah«, flüsterte ich mir Mut zu. »Wer immer den Mord begangen hat, hat sich längst verpißt!«

Konnte Louise einen Schlüssel zu Hepplers Lagerräumen haben? War sie »jemand Nahestehender«? Wie nahe stand man sich in der Schuhbranche? Ich konnte mir beim besten Willen nicht vorstellen, wie sie auf Mr. Charming losging und das Messer zwischen seine Rippen versenkte. Sie wirkte nicht blutrünstig genug. Wie verhält sich ein blutrünstiger Mensch im Alltag? Und wenn, um der Unterweltsgöttin willen, welches Motiv hatte Louise?

Plötzlich wurde mir bewußt, daß ich genau an der Stelle des Raumes stand, an der der Ermordete gelegen hatte. Noch dazu in weißen Strümpfen! Gänsehäute liefen wellenförmig über meinen Körper, ich spürte, wie sich meine Zehennägel aufrollten.

Ich leuchtete auf den Fußboden, sah die schwarzen Flecken im Teppich. Leuchtete den Schreibtisch ab: zerwühlte Papiere, ein umgekippter Aschenbecher, verschmiertes, eingetrocknetes Blut. Er war anscheinend über dem Schreibtisch zusammengebrochen. Feiner weißer Staub von der Arbeit der Spurensicherung. Ablagefächer aus weißem Plastik.

Vorsichtig ging ich um den Schreibtisch herum und untersuchte die Regale. In einem lag eine aufgeklappte Schnellheftermappe und daneben –

Oh, verdammt noch mal, wieso hatte ich meine Nase in diese ganze Geschichte gesteckt? Warum hatte ich unbedingt hierherkommen müssen? Warum war ich überhaupt immer so neugierig? Vor mir, auf dem Schnellhefter, lag, für die Spurensicherung anscheinend um Längen weniger aussagekräftig als für mich, ein Brillenetui aus weichem, grauem Wildleder, mit einem diagonalen roten Streifen.

Louise!

Ich hatte schlagartig genug, wollte nichts mehr wissen über Geschehnisse jeglicher Art an melancholischen Winternachmittagen. Doch das Etui steckte ich in die Jackentasche, damit es nicht als Beweisstück herumlag. Wieder ein graurotes Utensil, das mir ein Loch in die Tasche brannte! Ich zog die Falltür hoch, schlüpfte in meine Schuhe und machte, daß ich davonkam.

Louise! So einen Spleen mit graurotem Leder hatten bestimmt nicht viele Leute. Sie hatte die Adresse der Lagerräume im Portemonnaie gehabt, hatte ihr Brillenetui hier vergessen und lief zur ungefähren Tatzeit wie aufgescheucht in der Gegend herum. Mit einem Blutfleck auf dem Schuh! Keine weiteren Fragen, Euer Ehren!

Mit großen, lauschenden Ohren kletterte ich die Kellertreppe hinauf. Frau Königin war immer noch in einem der oberen Stockwerke zugange, ich hörte metallisches Henkelklirren. So war es ein leichtes, den Schlüsselbund wieder loszuwerden. Wie ein nasser, geprügelter Wischlappen schlich ich durch den Hausflur, da blieb mein tiefhängender Blick an etwas Kleinem, Schwarzem haften, das neben Alexander Hepplers Tür lag. Ich hob es auf. Es war eine schmutzstarrende Herrenabsatzsohle. Staubfusseln, Teppichflusen, zusammengebacken durch die Klebstoffwirkung schwarzschillernden Hämoglobins. Eilig zog ich eine Apothekenplastiktüte aus der Tasche und steckte die neue Kostbarkeit hinein. Aber eigentlich war ich mehr als bedient von dieser Schatzsuche. Wer hier noch so alles herumlief und dabei etwas verlor, war mir schnurz.

Ich stieg in mein Auto und fegte nach Hause. Hätte fast eine rote Ampel überfahren. Erledigt. Aus! Vorbei! Louise war für mich gestorben! Keine Verabredungen im Delbroucksсhen Schuhparadies! So attraktiv war sie nun auch wieder nicht.

Nur noch in Anstand und Würden das Etui und die Sohle loswerden. Verbrennen! Vergraben! In Säure auflösen! Ich hatte kaum meine Wohnungstür aufgeschlossen, als das Telefon klingelte. Am anderen Ende war Louise. Sie klang so weich wie graurotes Wildleder.

»Hallo, Deborah. Ich hoffe, ich störe Sie nicht.«

Ich schlängelte mich aus meiner dicken Jacke, erwürgte mich beinahe mit dem Schal.

»Nein, ich bin gerade erst heimgekommen.«

»Oh, dann hatten Sie aber einen langen Tag! Sie klingen erschöpft!«

»Kann man sagen, ja!«

Ich zupfte an meinen Stiefelverschlüssen.

»Soviel zu tun?«

»Na ja, eher eine Menge ... Ärger.«

»Oh, das tut mir leid! Und ich störe Ihre Feierabendruhe! Ich hoffe, ich rufe nicht zu spät an. Aber es gibt einen Grund dafür. Keinen geschäftlichen, nur keine Sorge. Ich fand unsere Unterhaltung heute morgen so nett, und ich würde sie gerne fortsetzen. Da dachte ich, ich lade Sie einfach zu einer Vernissage ein, die mein Bruder nächsten Sonntag in seiner Wohnung gibt. Claude Delbrouck, der Maler, vielleicht haben Sie schon von ihm gehört. Er hat die Ausstellung ›Fragen an die Postmoderne‹ genannt. Wissen Sie, ich verstehe nicht viel von Malerei.«

Sie machte eine abwartende Pause, aber ich tat ihr nicht den Gefallen zu antworten.

»Mögen Sie Malerei überhaupt?«

»Ja.«

Endlich hatte ich die Jacke an den Garderobenhaken praktiziert. Aus der Innentasche blitzte das Brillenetui.

»Auch moderne?«

»Ja, auch moderne.«

Pause.

Wenn du wüßtest, was ich alles über dich weiß, Herzblatt!

»Ja, also dann vielleicht..., die Bilder sind sehr reizvoll, wirklich gut, und der Sekt auch. Es wird zwar keine sehr lustige Stimmung sein, mein Bruder hat nämlich...«, ein kleines Zögern lag in ihrer Stimme, »... hat nämlich vor ganz kurzer Zeit einen schweren Verlust erlitten. Aber Claude meinte, das Leben müsse ja trotzdem weitergehen. Vielleicht heitert ihn der Abend auch ein bißchen auf, meinte er.«

Ihre Stimme wurde fiepsig und gepreßt beim letzten Satz. Und weil ich immer noch schwieg, nicht wußte, was ich sagen sollte, fragte sie unsicher: »Sie haben schon etwas vor?«

»Nein, ich bin frei«, antwortete ich.

»Dann würden Sie kommen? Und vielleicht kommen Sie ja morgen im Laufe des Tages zu mir ins Geschäft. Wegen der Schuhe und auch wegen der Finanzberatung. Ich meine... Sie würden mir wirklich einen Gefallen tun. Ich bin ab vierzehn Uhr da. Sie können kommen, wann Sie wollen.«

Ich sah das Etui, spürte den Knoten in meiner Kehle und sagte: »Gut, morgen nachmittag. Und wo wohnt Ihr Bruder?«

Eigentlich hatte ich immer eine andere Vorstellung von »Finanzberatung für Frauen« gehabt. Ich war gewohnt, dabei mit Geld umzugehen, nicht mit Gefühlen. Und ich hatte eine andere Vorstellung von mir als flirtender Person. Nicht passiv und schutzlos einer samtigen Telefonstimme und ihren Verführungen ausgeliefert. Sie hockte seit zwei Tagen auf mir wie ein grauroter, krallenfüßiger Alp. Ich hätte sie gerne in jenem Teesalon kennengelernt, als Tischnachbarin, hätte über Kuchen geplaudert, dann über Schuhe. Hätte die Wärme und ihren Charme genossen und mich mit Freuden zu einer Vernissage einladen lassen. Statt dessen plagte ich mich mit ihren Accessoires herum und schrieb Adressen von Brüdern auf.

»Ja also, dann noch einen schönen Abend, Deborah! Und gute Nacht!«

»Danke, gleichfalls!«

Ich fand schwer in den Schlaf. Das Brillenetui, warum hatte es in Hepplers Lagerräumen gelegen?

Zum Frühstück hörte ich ein wenig »Dichterliebe«.

»Im wunderschönen Monat Mai, als alle Vögel sangen, da hab' ich ihr gestanden mein Sehnen und Verlangen.« Von Mord war in dem Lied keine Rede.

»Hatschi!«

Der Ausflug in die Eiskeller der Berliner Unterwelt schien meinem Immunsystem geschadet zu haben, denn ich fühlte mich fröstelig und verschnupft und abgenutzt wie mein alter Morgenmantel. Vielleicht würden der Frühling im Liederzyklus und eine Vitamin-C-Tablette meine Abwehrkräfte stärken. Draußen hob eine schwächliche Sonne die Temperaturen über den Gefrierpunkt.

»Hatschi!«

Ich glaubte mit keiner einzigen Gehirnzelle, daß Louise eine Finanzberaterin brauchte. Ihr Laden war eine Goldgrube. Warum interessierte sie sich für mich? Hatte sie mich an jenem Sonntag doch bemerkt bei den Herrenpyjamas, und kam ich ihr damit zu nahe? Ich war auch noch nie in einen Mord verwickelt gewesen. Wollte sie mich als Zeugin entschärfen? Mit Leidenschaft zum Schweigen bringen? Sie war die attraktivste Frau, die mir seit langem begegnet war, und wir wären sicher ein Traumpaar gewesen, wenn ich meine Spießgesellinnenschaft überlebte.

Ich stellte das Geschirr in die Spüle, wo ich es vor dem Frühstück herausgefischt hatte. Immer dieselbe Tasse, derselbe Teller, weil ich abwaschen nicht ausstehen kann. Ich bin eine der beruflich sehr geforderten Frauen, die lassen bekanntermaßen ihren Haushalt schluren! Räumen nur auf, wenn Besuch kommt, und auch dann nur die Vorzeigezimmer. Berliner Wohnungen sind manchmal unorthodox geschnitten, und meine ist geradezu ideal für Karrierefrauen. Links des Flurs das Büro mit Stuckdecke und Flügeltür, rechts das Wohnzimmer und dahinter der lange Schlauch von Küche, Bad und Schlafzimmer, der frühere Dienstbotentrakt.

Ich nahm eine Tasse Zitronentee mit über den Flur ins Büro. Um elf Uhr hatten wir den Besichtigungstermin für die Frauenzufluchtswohnung. Bis dahin war noch Zeit zum Arbeiten.

Ob sie sich eigentlich darüber klar war, daß sie mit mir flirtete? Vielleicht gehörte sie zu den Frauen, bei denen das Flirten mit anderen Frauen so unbewußt abläuft, daß sie vor lauter Tabus nichts davon mitbekommen. Oder sie flirtete ganz abgebrüht, so kalkuliert, wie sie schicke Schuhe verkaufte. Legte mich auf den Erotikbratrost und grillte mich mit ihrer Stimme und ihren Blicken, bis ich zart und saftig war. Meine Mutter hatte als Kind auf dem Dorf mit den anderen Kindern Igel gefangen, ihnen den Schädel eingeschlagen, sie dick mit Lehm beschmiert und in der Kruste über einem Lagerfeuer gebacken. Wenn man dann den harten Lehmpanzer abschlug, erzählte sie mit begehrlichem Leuchten in den Augen, dann blieben die Stacheln darin hängen und man käme ohne Stacheln und Flöhe an das zarte Fleisch.

Deborah als stachelloser Igel und Louise, ladylike, als begehrliche Bratenköchin mit goldener Zigarettenspitze? Ich war noch nie in meinem Leben fürs Flirten mit Schuhladeneigentümerinnen bezahlt worden.

»Hatschi!«

Ich beschloß, schlicht und einfach zu arbeiten, die Wohnung zu besichtigen und bis zum Nachmittag nicht mehr über Louise nachzudenken. Weder als potentielle Mörderin noch als potentielle Geliebte.

Die zu besichtigende Wohnung lag im Bezirk Mitte in einer Straße, die seit der Wende noch keinen neuen Pflasterstein gesehen hat.

Katrin Forbrich und ich hatten uns kurz vor dem Termin verabredet, um uns in der näheren Umgebung umsehen zu können. Verkehrsverbindungen, Einkaufsmöglichkeiten, Schulen, Kinderspielplätze, außerdem Möglichkeiten, sich zu verstecken und entlaufenen Ehefrauen und Lebensgefährtinnen aufzulauern. Es regnete seit einer halben Stunde in Strömen, und wir standen frierend in der Toreinfahrt des Hauses, durch die trotz geschlossener Türen der Wind pfiff.

In den ausgetretenen Bodenfliesen des Hausflurs sammelte sich das Wasser, das zur Hoftür hereinlief. An den Wänden hingen kleine Wassertröpfchen. Das Haus war bestimmt einmal ganz nobel gewesen, mit seinem gemusterten Boden und den bunten Kacheln an den Wänden. Jetzt hatte es den Charme einer römischen Therme am Polarkreis: naß, kalt und glitschig.

»Es war keine gute Idee, früher herzukommen«, sagte ich. Katrin suchte unter ihrem Pullover nach einem warmen Plätzchen für ihre Hände.

»Wie sollten wir denn wissen, daß es so regnen würde? Ein Spaziergang, um die Umgebung kennenzulernen, war prinzipiell schon eine gute Idee«, antwortete sie zähneklappernd.

»Nicht einmal ein Café gibt es hier in der Gegend!« seufzte ich. »Ich glaube, das nächste ist am Rosenthalerplatz. Lehn dich nicht gegen die Wand, deine Jacke wird ganz naß!«

Sie trug Springerstiefel, was wenigstens auf warme Füße hoffen ließ. Ich war nun wirklich erkältet, rotznasig und fror trotz meiner Pulloverschichten. Heiße Zitrone, heiße Küsse und ein Bett!

»Guck mal, Deborah, da oben ist sogar ein Fries!«

»Na, dann haben die Stalaktiten wenigstens was Nettes zum Dranrunterwachsen«, murrte ich.

»Schon elf Uhr durch. Wenn der Makler nicht pünktlich ist, gehen wir aber!« sagte Katrin und schob eine feuchte Haarsträhne hinter ihre jungen, entzückenden Ohren.

Blonde Locken, die sich aus der Anorakkapuze kräuselten. So ganz von ferne hatte ich mir das Fräulein schon näher angesehen, ganz ohne Absichten natürlich, hatte sie bei den Teamsitzungen beobachtet, den wachen, gespannten Gesichtsausdruck, die Art, wie sie mit nachdrücklichen Handbewegungen Argumente in die Runde warf; ihr spärlich zwischen Konzentrationswolken erscheinendes Lächeln. Wo war Louise jetzt?

»Ich glaube sowieso nicht, daß die Wohnung geeignet ist. Ich fände es schon gut, wenn wir mit dem Projekt im Osten blieben, schließlich komme ich ja von hier. Aber die Wohnung darf nicht in so einem schlechten Zustand sein. Stell dir vor, sie ist genauso feucht wie das Treppenhaus.«

»Dann braucht ihr sie nicht renovieren, sondern bloß mit Fresken bemalen. Farbe auf frischem, feuchtem Kalkmörtel. Das müßte doch mit alten, feuchten Tapeten auch klappen. Und als Motive nehmt ihr Szenen aus eurem täglichen Beraterinnenleben. Frauen mit Geldproblemen, Frauen mit Beziehungsstreß, Frauen mit vielen Kindern und blaugeschlagenen Augen... Und über allem schweben die Beraterinnen als nackige Putten.«

Mir war sehr kalt.

Katrin sah mich von der Seite an.

»Sag mal, bist du immer so drauf?« fragte sie mißtrauisch.

»Nein, ich bin nur erkältet, ich will ins Bett. Der Sarkasmus ist Notwehr.«

»Ich dachte schon, du hättest was gegen unser Projekt.«

»Im Gegenteil! Weshalb mache ich wohl eure Finanzplanung mit all ihren Unzulänglichkeiten? Ich will bloß nicht hier in der Schweinekälte herumstehen und auf einen Makler warten, der uns für diese Bruchbude eine Luxusmiete abknöpfen will. Vor allem nicht auf einen, der Fritz Kalb heißt!«

Sie kicherte.

Ich blätterte in meinen Unterlagen.

»Euer Spielraum für Miete ist nicht gerade groß, und

wenn ich friere, bin ich eine eiskalte Verhandlungspartnerin.«

Katrin lachte. Warum bin ich bloß immer vom Lachen der Frauen so magisch angezogen? In diesem Fall aber hoffte ich, die Seuche der Attraktion möge mich verschonen. Die Aussichten waren nämlich nicht rosig, wie ich im Frauenprojekt schon schnüffelnderweise festgestellt hatte. Sie studierte Publizistik, arbeitete ehrenamtlich in den Zufluchtswohnungen, und ihrem journalistischen Engagement waren anscheinend einige größere Zeitungsartikel über das Projekt zu verdanken. Über das Liebesleben der Dame sei nicht viel bekannt, nur ein paar durchgesickerte Gerüchte, und die seien männlich. Verifiziert hatte ich keines davon und zog es vor, das Fräulein, sein Lachen und seine Locken aus der Ferne anzubeten. Außerdem gab es da ja neuerdings noch Louise. Louise, ladylike und kultiviert, wie ich nie sein würde, die mich so entwaffnend umwarb.

Katrin rieb meine kalten Hände zwischen den ihren, eine fast schon familiäre Geste.

»Komm, wir gucken ein bißchen herum.«

Sie öffnete die Tür zum Hof.

»Schau mal, eine Grünanlage. Das wäre toll für die Kinder, zum Spielen. Wenn die Parterrewohnung zu vermieten ist, könnten sie fast aus dem Fenster klettern.«

»Es ist die Parterrewohnung, und sie könnten fast aus dem Fenster schwimmen!« meckerte ich.

»Kannst du eigentlich auch mal von was anderem reden als von Wasser?«

»Nein, ich bin Sternzeichen Fisch.«

»Im Ernst?«

»Nein, im Ernst bin ich Löwin, Aszendent Jungfrau.«

»Eigentlich habe ich gar keine Ahnung von Sternzeichen.«

»Ich auch nicht.« Ich schneuzte mir die Nase.

Katrin erkletterte die Stufen zum Hochparterre. Auf dem welligen, verkratzten Linoleum stand das Wasser. Ein paar Grad kälter, und der Hausflur böte ausgezeichnete Voraussetzungen für Oberschenkelhalsbrüche. An der Tür war kein Namensschild. Das Schloß sah lausig aus.

»Eine eurer ersten Investitionen wäre dann ein Türschloß«, sagte ich begutachtend, drückte einmal probeweise gegen die Tür, und sie öffnete sich. Sie war nur angelehnt gewesen. Wir zogen gemeinschaftlich die Augenbrauen hoch.

»Laß uns reingehen. So haben wir mehr Zeit für eine supergenaue Mängelliste. Und wenn der Esel von Makler die Tür nur anlehnt, ist er selber schuld.«

»Das Kalb?« sagte Katrin und kicherte.

Wir betraten eine Diele mit VEB-Blümchenkombinatstapete. Sogar die Decke war damit tapeziert. Allerdings in einem anderen Muster.

Die Wohnung roch wie eine Gruft. Katrin schnüffelte angewidert. Ich schwenkte links ins Bad, während sie die Wohnräume und die Küche inspizierte.

»Ofenheizung!« rief sie. »Und alles mit Blümchentapete!«

»Hier auch«, sagte ich tröstend.

»Daß es so was so lange nach der Wende überhaupt noch gibt.« Ihre Stimme hallte, halb erstaunt, halb angewidert, durch die leeren Räume.

»Der Makler hat gesagt, bis jetzt wären die Eigentumsverhältnisse des Hauses ungeklärt gewesen und vor zwei Monaten hätte die Erbengemeinschaft es an einen Westberliner verkauft. Hier hängen übrigens die Steckdosen halb aus den Wänden.«

Ich sah prüfend die Stromkabel im Flur an und notierte auf meinem Block: »Stromanlage liegt auf Putz und ist in sehr schlechtem Zustand.«

Im Bad war der Modergeruch noch schlimmer, und da war noch etwas. Es roch nach faulen Äpfeln, nach Schlachthof oder nach ganz etwas anderem, schlimmerem, was ich noch nie gerochen hatte. Vielleicht war es die triefige Außenwand, vielleicht der Schimmel in der Badewanne. Aber was immer es war, der Makler würde sich einige kritische Anmerkungen darüber gefallen lassen müssen.

Der Fußboden bestand aus PVC-Ost mit Fliesenimitat. Geschmacklosigkeit ist blockfrei. Badewanne und Waschbecken waren noch aus der Gründerzeit, der Boiler aus der Zeit der Napoleonischen Kriege.

»Sanitäre Anlagen erneuern! Badezimmer auf Schimmelbefall prüfen!« notierte ich.

Dann entdeckte ich etwas Nettes: Seitlich neben dem Fenster befand sich auf Hüfthöhe eine kleine Tür, weiß gestrichen, etwas für die sieben Zwerginnen, sollten sie je auf die Idee kommen, ein Frauenprojekt zu besuchen. Eine Märchentür, wohl dazu gedacht, dahinter die Kohlen für den Badezimmerofen zu lagern. Und die kleine Debbie mußte sie jetzt sofort und begeistert öffnen. Ich drehte schniefend den Schlüssel. Der Gestank, der herausdrang, war bestialisch. Wie Schneewittchen, seit hundert Jahren im Sarg faulend.

»Was hast du gefunden?« hörte ich Katrin hinter mir, und im gleichen Moment sah ich es: Halb verdeckt von der Tür, zwischen Kohlebrocken und gespleißtem Holz in einer Pfütze, die Finger in hilfloser Geste gespreizt, lag der Körper eines Mannes. Das nächste, woran ich mich erinnere, ist, daß Katrin schrie und ich am weit offenen Fenster hing und versuchte, nicht in die Landschaft zu kotzen.

Katrin hinter mir hatte weniger Glück mit ihrem Frühstück. Aber wozu gibt es Gründerzeit-Badewannen!

Ich versuchte, nicht hinzuhören, konzentrierte mich auf

die frische, regennasse Luft und zählte ein paarmal bis hundert.

Dann drehte ich mich um und knallte die Märchentür zu. Katrin lehnte am Badeofen, bleich und spitz um die Nase.

Ich drehte den Wannenhahn auf. Nie mehr würde ich in Zukunft Essensreste zu lange stehenlassen. Immer würde ich feuchte Wäsche sofort aufhängen.

»Meine Güte, wie furchtbar!« stöhnte Katrin. »Er sieht so … armselig aus!«

Mein Kopf begann auf Hochtouren zu arbeiten. Das hilft im allgemeinen gegen Gefühle.

»Ich versuche jetzt ein Telefon zu finden, Katrin. Alles o. k. soweit?«

Sie nickte. Ich gab ihr ein Taschentuch.

»Dann stell dich an die Tür und fang den Kalb ab. Wenn er empfindliche Magennerven hat, muß er sich das nicht reinziehen. Aber er soll hierbleiben, die Bullen wollen ihn sicher verhören. Und dreh in ein paar Minuten den Badewannenhahn zu.«

Als ich mit Puddingbeinen die Holztreppe zum Hauseingang hinunterwankte, spürte ich Tatendurst.

Unförmige, stinkende Haufen Mensch sind zuweilen durch ausdauernde Tätigkeit ungeschehen zu machen.

Auf der anderen Seite des Hauseingangs war ein zweiter Aufgang. Ich klingelte an der Wohnungstür im Parterre gegenüber. Ein junger Mann in Jeans öffnete. Seine verwaschenen Socken hatten Flecken, die mich unangenehm an den Badenwanneninhalt von drüben erinnerten.

Nicht nachdenken, Deborah.

»Guten Tag, Deborah Gronwald, darf ich mal Ihr Telefon benutzen?«

Der Typ grinste speckig.

»Ich hab keins. Aber du kannst trotzdem reinkommen.«

Bierfahne. Dem Himmel sei Dank für die Erkältung!

»Nein danke, ich muß wirklich dringend telefonieren. Wissen Sie, wo hier in der Gegend eine Zelle ist?«

»Ja, vorne an der Straße, aber soviel ich weiß, ist die mal wieder kaputt. Und an andere kommt man von dieser Seite nicht ran, weil sie die Straße aufgerissen haben. Aber du kannst 'n Bier haben.«

Mit einem letzten Gewaltakt an Höflichkeit verabschiedete ich mich. Drüben an der Tür zu unserer Pestgruft stand Katrin, in ihren Anorak geschrumpft. Ich winkte ihr aufmunternd zu und platschte auf die Straße. Es hatte aufgehört zu regnen, und in den tiefen Rinnsteinen sammelte sich das Wasser. Ich stolperte über lose Pflastersteine und hohe Bordsteinkanten. Stellenweise bäumte sich das Straßenpflaster auf, vermutlich gegen menschliche Grausamkeit.

Heb die Beine, Deborah.

Dann fand ich eine Eckkneipe, die Telefon hatte. Der diensthabende Polizist meldete sich mit beruhigend gleichgültiger Stimme, aber meine Antwort trieb der Bedienung die Augen aus den Höhlen.

»Guten Tag, Gronwald. Meine Freundin und ich haben gerade eine Leiche gefunden. Ich glaube, sie liegt da schon länger.« Ich stellte meinen Fuß auf die verkratzte Chromverstrebung eines Barhockers, damit ich mehr das Gefühl einer wirklichen Kriminalgeschichte bekam.

Er blieb geschäftsmäßig-routiniert, klärte Wannwiewos, notierte meinen Namen, und ehe ich noch der glotzenden Kellnerin mehr als zwei verlegen-ermunternde Blicke zuwerfen konnte, standen die Herren schon grünweiß vor der Kneipentür. Wenn sie nur bei Neonazis ebenso schnell wären.

Wir fuhren im schicken grünweißen Wartburg zurück zu unserem stinkenden Menschenhaufen und fanden dort eine zitternde, durchgefrorene Katrin, nebst einem unbehaglich blickenden Mann, dynamisch, dreißigjährig, blond, in blankgewienerten Lederturnschuhen.

Beim Anblick der beiden Ossibullen straffte er seinen Rundrücken und grüßte preußisch: »Guten Tag, meine Herren, Kalb.«

Katrin kicherte schon wieder, und ich stellte einen gemeinsamen Wesenszug zwischen uns fest: eine Ader für das Absurde im Leben, wie es zuweilen in dramatischen Situationen sichtbar wird.

Wir führten die Polizisten an den Tatort, allerdings nur bis zur Badezimmertür. Auch Kalb schien nicht weiter sensationslüstern zu sein.

Da das Fenster offenstand, war der Gestank jetzt erträglich. Die beiden schnüffelten herum, öffneten die Tür, guckten, kommentierten angeekelt, einer kroch ächzend in das Kabuff.

»Erwürgt«, grunzte er dumpf von innen, kam grün wieder heraus. »Ist ein Mann, ein ganz schöner Brocken. Und liegt schon ein paar Tage.«

»Na prost«, sagte der andere, »ich geh dann mal zum Wagen, telefonieren.«

Dann setzte sich die polizeiliche Ermittlungsmaschinerie in Bewegung. Das Kalb bestätigte unsere Verabredung und sein Zuspätkommen, wandte aber ein, daß die Tür verschlossen gewesen war.

»Ach wissen Se, der Zustand von so 'ne Schlösser... Wahrscheinlich war das der Mörder«, winkte der vernehmende Polizist ab, und wir waren vom Verdacht des Einbruchs reingewaschen. Wir machten unabhängig voneinander die gleiche Aussage, dann durften Katrin und ich nach Hause fahren. Ich legte mich zum Aufwärmen in die Badewanne und hätte mir gern den Kopf zugesoffen, um nicht mehr an den stinkenden Menschenhaufen denken zu müssen. Der zweite in dieser Woche, wie mir auffiel, auch wenn ich Alexander Heppler nicht persönlich begegnet war. Ich würde Louise davon erzählen. Vielleicht äußerte sie sich dann zum Fundort des Brillenetuis. Wenn man von den Schicksalsgöttinnen gerufen wird, muß man folgen.

Nach dem Bad füllte ich mich mit Aspirin ab und steuerte mein Auto gespielt souverän durch den Dauerberufsverkehr in Richtung Louise. Ich bin eine ernsthafte Frau und unterwegs in wichtiger Angelegenheit. Der Parkplatz, den ich fand, war genau vor Louises Laden, deshalb bog ich schwungvoll ein und hoffte, daß sie aus dem Fenster sah. Stieg betont langbeinig aus, klemmte karrieresüchtig die Aktentasche unter den Arm. Auch ich bin eine selbständige Geschäftsfrau.

Ich öffnete die Ladentür, taubenblauer Teppichboden, Tischchen mit Grünpflanzen und Schuhen dazwischen. Auf Regale drapiert, wie zufällig dort stehengelassen.

Schuharrangements wie Stilleben. Pancaldi, Ferragamo …

Von total abgefahren bis normal sterblich. Am Ende des Raumes ein weißlackierter Schreibtisch mit prätentiös geschwungenen O-Beinen, dahinter Louise im grauen Kostüm mit dazu passenden Pumps an den Füßen über Papiere gebeugt, zwei Verkäuferinnen zur Seite. Alle drei sahen beim dezenten Klingeln der Ladenglocke auf. Ich stand in der Tür wie in einem französischen Schwarzweißfilm: ihre Gestalt im Gegenlicht. Sie kommt direkt aus der Hölle. Sie ist zurückgekehrt, den ganzen, langen Weg, ist mit dem ersten Frühzug in die Stadt gekommen, und die Sehnsucht leuchtet in ihrem bleichen, übernächtigten Gesicht.

Und auch Louise sah mich an, als sei die ernsthafte Geschäftsfrau das, was sie am wenigsten an mir interessierte. Das mußte auch so sein, für das Drehbuch.

»Ahhh, Deborah!« rief sie. Betonte wieder das »a«. Kam auf mich zu, die Arme ausgebreitet. Leider bin ich schüchtern, wenn ich es ernst meine. Leider meinte ich es ernst.

So nahm ich die Tasche vor den Bauch, um eine allzu heftige Umarmung zu verhindern, sagte statt dessen: »Jil Sander«, womit ihr Parfüm gemeint war. Sie lachte und nahm mich beim Arm. Ich versuchte immer noch, mich aus dem Drehbuch zu befreien.

»So«, sagte sie mit ausholender Geste, »das ist ›Delbrouck‹. Die Versuchung ersten Ranges!«

»Ich weiß«, lächelte ich.

Dann fuhr sie fort: »Eigentlich mag ich jetzt gar nicht über Finanzen reden!«

Das hatte ich sehr gehofft.

»Es ist schon fast drei. Haben Sie zu Mittag gegessen, Deborah? Ich nämlich nicht. Haben Sie Lust, mit mir auf einen Imbiß zu gehen? Ich lade Sie ein! Um die Ecke ist ein vegetarisches Café. Vielleicht können wir ja dort ein Arbeitsessen veranstalten.«

Ich nickte, immer noch im falschen Film: Louise, die mich so entwaffnend umwarb.

»Ach, Frau Paulsen, Frau Jacoby, das ist übrigens Frau Gronwald, meine neue Steuerberaterin. Falls Sie sie mal am Telefon haben«, wandte sie sich an die beiden Verkäuferinnen. Die eine hatte Goldkreolen an den Ohren schaukeln, die andere trug Perlenstecker. Beide nickten huldvoll und verbindlich, ich jedoch hatte das Gefühl, in aller Form zukünftigen Schwiegermüttern vorgestellt zu werden. Ohne die beiden lief, den prüfenden Blicken und den großen Ohren nach zu urteilen, wenig im Laden. Gehörte ich damit zur Delbrouckschen Familie? Und der Bruder stand auch schon auf der Kennenlernliste.

»Hatschi!« »Gesundheit!« »Danke!« Aber die Erkältung war jetzt sowieso Nebensache.

Louise ging in ein Kämmerchen hinten im Laden und kam mit einem Mantel wieder. Einem anderen, als dem vom Sonntag, aber ebenfalls grau. Dazu ein dunkelroter Hut. Mamma mia! Nicht einmal in meinen dekadentesten Augenblicken würde ich mich erkühnen, so etwas zu tragen.

»Rechts rum«, kommandierte sie, als wir den Laden verließen, »wir gehen ein paar Schritte durch die Parkanlage, das ist kürzer. Das Café heißt ›Frisch und Froh‹.«

»Schrecklich«, sagte ich, »klingt wie eine Unterabteilung des BDM.«

»Nein, nur New Age!« widersprach sie lächelnd.

Die »Parkanlage« bestand aus nicht viel mehr als ein paar Büschen, Bäumen und Bänken zwischen Häusern, durch einen Buddelkasten und eine Schaukel als Kinderspielplatz definiert.

Das Café war frisch und froh gestrichen, hatte frohe Kellnerinnen, frische Speisekarten und ausschließlich farbenfrohe vegetarische Speisen aus kontrolliertem Anbau.

Mir war nach Vitaminen, Mineralien und Spurenelementen, darum blätterte ich in der biologisch-dynamischen Speisekarte nach den Salaten.

»Hühnerbruststreifen auf Feldsalat an Zitronenreis, garniert mit geröstetem Körnermix«, las ich vor. »Was passiert, wenn der Koch mal die Orientierung verliert?«

»Die Orientierung?« runzelte Louise die Stirn.

»Na ja, wenn er die Hühnerstreifen mal unter den Zitronenreis packt und den Feldsalat an die Garnitur, oder die Garnitur an die Streifen und den Zitronenreis auf den Feldsalat. Es gibt Dutzende katastrophaler Möglichkeiten!«

Sie lächelte und sandte heiße Blicke.

»Ach, Deborah, es ist sicher kein Koch, sondern eine Köchin, so eine scharfsinnige Frau mit genau der richtigen Orientierung.«

Ich wurde so rot, daß Louises Hut keine Chance gegen mich hatte.

»Ich nehme eine Möhrencremesuppe«, sagte sie gelassen. »Das ist gut für die Augen. Und Sie?«

Verflucht, diese Frau flirtete vielleicht hartgesotten!

»Tja... äh... vielleicht auch eine Möhrencremesuppe. Und danach einen Milchkaffee. Ich brauche was zum Wachwerden.«

Eine Leiche am Vormittag, eine Liebe am Nachmittag. Louise orderte mit genießerischem Gesichtsausdruck zweimal Möhrencremesuppe und zweimal Milchkaffee, als bestellte sie ein siebengängiges Gourmetmenü und nur die dazu gereichten Weine seien noch fraglich. Ich war plötzlich in zärtlicher Stimmung. War hingerissen von ihrer Eleganz und sah schnell weg, als sie aufblickte. Doch sie hatte gesehen, was sie sehen wollte, rasch und wie nebenbei.

»Die Möhrensuppe erinnert mich an das Kaninchen aus einem meiner Kinderbücher, das nur noch Veilchen fraß, weil es so gerne schöne, veilchenblaue Augen haben wollte«, sagte ich. »Es war nämlich verliebt und wollte Eindruck schinden«, leitete ich vorsichtig zu einem Flirt über.

»Und? Haben Sie es dann als Kind mit Veilchen versucht? Oder wie sind Sie an Ihre wunderschönen Augen gekommen?«

»Nein, ich habe Heidelbeerjoghurt gegessen. Allerdings haben Sie mir jetzt ein Kompliment weggeschnappt. Ich wollte gerade zu einer ähnlichen Bemerkung ansetzen.«

»Ach, die blauen Augen?« winkte sie ab. »Die sind bei uns tatsächlich nur Vererbung! Haben mit diätetischen Maßnahmen nichts zu tun.«

Sie sah mich andächtig an. »Sie sind tatsächlich gekommen! Ich hatte den ganzen Morgen darauf gehofft!«

»Ja, natürlich. Wir waren doch verabredet. Allerdings weiß ich gar nicht, was ich geschäftlich für Sie tun kann.

Import ist eigentlich nicht mein Metier. Und sicher haben Sie schon längst einen Steuerberater.«

»Ach, Deborah, meine Liebe, das Geschäftliche war mehr oder weniger ein Vorwand. Ich wollte Sie näher kennenlernen. Mich hat interessiert, was Sie über Frauen und Geld gesagt haben, na ja, und außerdem ... Ah, da kommt die Suppe!«

Sie lächelte die Teller an, daß das Porzellan schmolz und mir weich und warm wurde.

Außerdem!

Ich legte ganz vorsichtig meine Hand auf ihre, bis Suppe, Besteck und Brotkorb bei uns angekommen waren.

»Der Vorwand wäre gar nicht nötig gewesen«, sagte ich. Und nun lächelte sie mich an und nicht mehr das Porzellan.

Bei »Frisch und Froh« thronte standardmäßig ein Klecks Sahne auf der Möhrensuppe und darauf ein Basilikumblatt. Dazu wurde Sonnenblumenbrot und Butter gereicht.

Ich verrührte die Sahne in konzentrischen Kreisen.

Ganz in der Mitte der Spirale saßen die Mörder und ihre Opfer. Im nächsten Kreis saßen die Verdächtigen und die Zeugen. Dann kam die Polizei, dann die Presse und die Öffentlichkeit, die nur noch ein kaum sichtbarer Ausläufer des Sahnekometenschweifs waren.

Louise aß ihre Suppe von der Mitte aus, ließ den Sahneklecks unangetastet, nahm nur kleine weiße Moleküle mit dem Möhrenorange auf ihren Löffel. Aß sich von Öffentlichkeit und Presse zu den Zeugen vor, zu den Verdächtigen. Sie tunkte mit großem Appetit den Löffel in die Suppe.

»Müde?« fragte sie teilnahmsvoll. »Oder wieder Ärger?«

Ich lehnte mich in meinem Stuhl zurück, erinnerte mich an die grotesk gespreizten Finger, die verdrehte Gestalt zwischen den Kohlen.

»Nun, ich weiß nicht, ob ›Ärger‹ das richtige Wort dafür ist. Eine meiner Mandantinnen und ich haben vor etwas mehr als vier Stunden bei einer Wohnungsbesichtigung eine Leiche gefunden. Ein Mann ist ermordet worden. In der Zeit bis jetzt habe ich hauptsächlich Fragen der Polizei beantwortet und gefroren. Ich weiß nicht, ob man das ›Ärger‹ nennen kann.«

»Sie haben was?«

»Für die Frauenzufluchtswohnungen heute vormittag eine Wohnung besichtigt und dabei in der Abstellkammer einen erwürgten Mann gefunden. Entschuldigung, über so was redet man nicht beim Essen.«

Louises Löffel blieb in der Luft stehen, und ein zäher, orangeroter Tropfen Möhrencreme löste sich in Zeitlupentempo davon ab, ich sah ihm dabei zu, bis er auf den Teller zurückplatschte und kleine orangerote Spritzer auf Louises grauer Kostümjacke hinterließ. Leichen bringen Farbe ins Leben.

Ich reichte ihr eine Serviette, doch sie ließ nur den Löffel sinken.

»Deborah, aber … Was haben Sie mit solchen Dingen zu schaffen!«

»Nichts, es war reiner Zufall. Sie haben Mörencremesuppe auf der Jacke.«

»Ja.«

»Wischen Sie es schnell ab, sonst trocknet es ein. Orange und Grau sind als Farbkombination unmöglich.«

»Aber, was haben Sie getan, als Sie ihn fanden?«

»Nun, das Naheliegendste: die Polizei geholt. Ich weiß nicht mal, wer der Tote war. Wir sind ja nur Zeuginnen. Vielleicht kann ich das erfahren, wenn wir unsere Aussage unterschreiben.«

Sie wischte endlich an ihrem Revers herum.

»Meine Mandantin hat es nicht besonders gut verkraftet, und ich bin auch angeschlagen, wie Sie sich vorstellen können.«

Sie sah durch mich hindurch wie seinerzeit durch die Herrenpyjamas im Schaufenster. Vielleicht dachte sie dabei an verschwundene Brillenetuis. Und ich trug es immer noch in der Jackentasche herum.

»Louise? Sie sind ja fast geschockter als ich. Ich dachte, alle zivilisierten Menschen außer mir seien fernsehkrimiabgehärtet.«

»Nein! Ich sehe so etwas selten. Ehrlich gesagt, ich sehe so was äußerst ungern. Lieber alte Filme und Nachrichten, Magazine und Talk-Shows. Mir jagt das wirklich eine Heidenangst ein, diese Gewalt, selbst wenn sie nur gespielt ist. Soviel Finsteres in einem Menschen, ganz unvermutet. Als ob ganz ... plötzlich eine fremde Person vor einem steht.«

»So eine echte Leiche ist auch kein schöner Anblick.«

»Nein, ganz sicher nicht. Sicher nicht, Deborah!«

Mich ritt plötzlich ein boshafter Teufel.

»Haben Sie schon mal eine echte Leiche gesehen, Louise? Ich meine, jemanden, der ermordet wurde?«

»Sie schob heftig den Teller von sich. Farbenfrohe Möhrensuppe schwappte auf das sonnengelbe Tischtuch.

»Ich? Nein! Nie!«

»Frisch und Froh« entwickelte sich definitiv zu einem Farberlebnis.

Sie preßte gequält die Serviette auf den Möhrenklecks, warf sie beiseite. Besah sich ihre Fingernägel und zupfte mit einer inneren Wut, wie sie die Nervosität hervorruft, an ihnen herum.

Zupfte sich alle zehn Finger entlang, knipste am Nagellack, riß an den kleinen, weißen Häutchen, besah sich erbost die wunden Stellen. Knipste von neuem und begutachtete mürrisch die Zerstörung.

»Hören Sie bitte auf, Louise!« sagte ich mühsam beherrscht.

»Was?« fragte sie und steckte den Finger in den Mund wie ein Kind.

Ich nahm ihre Hände, hielt sie in meinen fest, so wie man zwei wütende Kläffer davon abhält, übereinander herzufallen.

»Deborah, eigentlich hatte ich dieses Treffen mit Ihnen als Rendezvous geplant.«

»Oh, und nun habe ich es verdorben.«

»Nein, schon gut, aber bitte ersparen Sie mir jetzt weitere Details.«

Sie warf einen Blick auf meinen leeren Teller.

»Sind Sie fertig? Wollen wir aufbrechen?«

»Also habe ich doch die Stimmung versaut!«

»Nein, nein, mir ist nur eben ein wichtiges Auslandsgespräch eingefallen, das ich noch erledigen muß, und mein Geschäftspartner ist schwer zu erreichen. Können wir nun bitte gehen? Kommen Sie, ich kann am Tresen zahlen.«

Schweigend durchquerten wir die Parkanlage, auf deren wackeligem Klettergerüst ein einsames Kind balancierte. Im Sommer rankten sich hier Rosen an metallenen Bögen, schufen das dichte Gebüsch und die grüngestrichenen Bänke abgeschiedene Séparées. Jetzt gab es nur die kahlen, bleichen Äste, die Skelette und Gebeine jener lauschig-verliebten Mondnächte; gab es nur weißliche, matschige Rasenflächen und darüber wie eine Erscheinung Louises blutroter Hut. Den sie plötzlich abnahm. Das Rot verschwand aus dem Bild, ich spürte ihre Hand in meinem Nacken und ihre Lippen entschlossen auf meinen. Sie küßte mich mit Abstand zwischen unseren Körpern, traute den günstigen Umständen noch nicht. Doch mit ihren Lippen auf meinen sank ich zurück in meinen französischen Film, nur noch schwarzweiß, zog sie an mich und ließ sie mich küssen, den

Januar fortschwemmen, seine Melancholie und seine Leichen, bis wir festgefroren waren.

Bis, eine Ewigkeit später, das Kind von seinem Klettergerüst fiel und schreiend davonlief.

Da ließ sie meine Lippen los, den Arm immer noch um mich geschlungen, und seufzte an meinem Ohr: »Das kommt meinen Vorstellungen von einem Rendezvous doch erheblich näher.«

Die Hände ineinander verschränkt, gingen wir die wenigen Schritte zum Parkausgang, dann glitten sie auseinander. Frau Delbrouck setzte, ganz Geschäftsfrau, ihren Hut auf, und wir waren zurückgekehrt in die Wirklichkeit der Geschäftsverabredungen. Louise öffnete ihre klingelnde Ladentür: »Guten Tag, wir sind wieder da, hat Stützli angerufen und den Termin am Flughafen bestätigt?«

»Nein, Frau Delbrouck.«

»Na, dann werde ich es gleich in Zürich versuchen!«

Jetzt, unter den aufmerksamen Blicken von Paulsen/Jacoby, wagte ich nur eine vorsichtige Berührung unverfänglicher Körperteile, um mich zu verabschieden. Und wollte doch zurück in den Park und sie küssen.

Sie hielt meine Hand fest.

»Wann sehen wir uns wieder, Deborah? Ich muß heute nacht geschäftlich nach Zürich, danach nach Dresden. Je nach Verlauf der Verhandlungen bin ich in ein, zwei Tagen wieder da. Spätestens zu Claudes Vernissage. Außerdem war der Vorschlag, meine Steuer zu machen, nicht nur ein Vorwand. Wenn ich zurück bin, verabreden wir ein echtes Arbeitstreffen, ja? Ich rufe dich an. Geh jetzt.«

Die beiden Schwiegermütter warfen sich sorgenvolle Blicke zu. War Zürich so ein gefährliches Pflaster? Oder Dresden zu nahe an Sibirien, dort, wohin Verbrecher verbannt wurden? Oder paßte ihnen der Umgang nicht, den Frau Delbrouck mit mir pflegte? Louise zog mich ein wenig beiseite, weg von den Schwiegermüttern. Sie senkte die Stimme noch ein bißchen: »Ich hoffe sehr, daß du mich vermissen wirst. Allerdings, wenn ich jetzt dein Gesicht vor mir sehe…«

»Nach dieser Szene gerade im Park…«

»Nein, tu das nicht, geh jetzt«, sagte sie alarmiert. »Vermiß mich lieber nicht! Ich bin doch eine völlig Fremde, deren Portemonnaie du zufällig gefunden hast!«

»Natürlich. Ich küsse immer völlig Fremde im Park. Ich bin berüchtigt für diese Angewohnheit.«

»Psscht! Deborah, ich meine doch nur…«

»Louise, ich möchte… Na gut, bis bald.«

Gerade zog ich mir eine Abschiedszerrung am Herzen zu.

Dann, auf dem Heimweg, dachte ich ein wenig klarer. Knutschereien im Park, in unmittelbarer Nähe ihres Ladens! Unter den potentiellen Augen von Stammkunden! War das Frau Delbroucks Stil? Und was war in mich gefahren? Kußszenen in Schwarzweiß unter tropfenden Bäumen, die mir die Jacke durchweichten!

Was bezweckte Louise mit diesem Szenario? Mich in ihr Geschäft zu bitten, dann doch keine finanziellen Dinge abzuwickeln, sondern essen zu gehen. Vom Sie zum Du, von null auf hundert in dreißig Sekunden? Louise war offensichtlich eine höchst dominante Person, und wenn sie dachte, ich eignete mich zum Schoßhündchen, so hatte sie sich getäuscht. Ich traute ihr nicht, schließlich gab es da noch ein Brillenetui, das mir wie ein Stachel im Fleisch in der Jackentasche saß.

Ich wußte, daß sie mich belog. Sie tat so betont harmlos, daß mich fror. Nein, eine echte Leiche hatte sie noch nie gesehen! Alte Filme im Fernsehen! Mit jeder Pore meiner Gänsehaut spürte ich das, was hinter der Harmlosigkeit lag und lauerte. Hinter der Souveränität und dem Flirt lauerten Verzweiflung und Schrecken. Natürlich war sie nicht wahnsinnig und erzählte jeder x-beliebigen Frau, daß sie einen Mord begangen hatte. Schon gar nicht bei einem Rendezvous. Und doch verursachte mir jedes ihrer unschuldigen, harmlosen Worte einen kleinen, quälenden Schmerz in der Herzgegend. In manchen Momenten war mir, als wollte sie mir davon erzählen, nur um es loszuwerden. Als ich ihr von unserem Fund hinter der Märchentür erzählte, war ein solcher Moment gewesen.

Ich wollte nicht in seelische Abgründe blicken und hatte doch das Gefühl, daß meine Schuhspitzen schon weit über den Rand ragten.

Was würde ich tun, sagen, wenn sie mir gestand, sie hätte Alexander Heppler umgebracht. Nach dem Grund fragen? Sagen, daß ich weiter versuchen würde, in sie verliebt zu sein? Sagen, daß ich mir so etwas schon gedacht hätte? Daß ich sie nicht erst in diesem Teesalon beobachtet hatte. Daß ich auf der Straße ihr Gesicht gesehen hatte, die angstvollen Veilchenaugen? Daß ich ein anderes Gesicht kannte als das, was an der Oberfläche unserer Bekanntschaft lag? Würde ich sie überreden, sich zu stellen? Oder würde ich das Geheimnis bewahren helfen? Aber dann würde ich ihr nicht mehr in die Augen schauen können, würde ihren Blick nicht mehr aushalten, in diesem Wissen um Abgründe und Geröllfelder.

Der kleine, wilde Schmerz, das waren die gefühlsechten, die innigen Berührungen im Park. Die Küsse, die ich bis ins Innerste spürte, und der Verdacht, daß sie nicht so gemeint waren, sondern nur dazu dienten, mir das Maul zu stopfen. Darum gestand ich mir meine wachsende Zuneigung nicht ein. Die Finderlohnschuhe, das fiel mir jetzt erst auf, hatten wir beide völlig vergessen.

Zwei Tage später holte ich eine erfreut und heftig winkende Katrin vor ihrem Haus ab, und wir fuhren zur Polizei, um unsere Aussagen zu unterschreiben.

»Ich hab von dieser Badezimmertür geträumt«, sagte sie betont lässig, als wir aus dem Auto ausstiegen, »wahrscheinlich muß ich jetzt ganz Berlin mit Zentralheizungen ausstatten, um nie wieder Kohlebadeöfen sehen zu müssen.«

»Das dürfte aber teuer werden!«

Nur nicht an den Geruch, nicht an die Wasserlache und den Körper darin denken.

Auch Linoleumfußböden in Polizeidienststellen haben Rillen. Ich bemühte mich, auf keine einzige zu treten, bis wir uns zu unserem zuständigten Mordaufklärer durchgefragt hatten.

»Ist der Tote denn jetzt identifiziert?« fragte ich unser polizeiliches Gegenüber unbekannten Dienstgrades, einen Herrn mit formvollendeten Manieren, der uns, nachdem wir unterschrieben hatten, sogar bis zur Tür seines Büros begleitete.

»Und dürfen Sie uns sagen, wer es ist?«

»Sie werden lachen«, antwortete er, »aber es ist der Besitzer des Hauses, in dem Sie sich die Wohnung ansehen wollten. Wenn Sie mich fragen, hätte man ihn schon allein für den Zustand seines Hauses und die Mieten, die er verlangte, würgen sollen. Entschuldigung, das sollte ich wohl nicht so sagen! Er hat noch ein paar Häuser mehr in Berlin und hat nach der Wende im Osten wohl noch einiges aufgekauft. Alles für 'n Appel und 'n Ei. Ich bin aus'm Osten, da wird man schon 'n bißchen emotional, wissen Se. Busch heißt er, Hans-Jochen Busch. Ist 'n Wessi. Entschuldigung!«

Ich sah, wie Katrin ihn entsetzt anstarrte.

»Könnte Busch denn auch von einer Frau umgebracht worden sein?« fragte sie.

Er schwieg einen Augenblick. »Ja, theoretisch schon. Wenn sie ihn zuerst niedergeschlagen und genügend kräftige Hände hat. Eine sportliche Frau, vielleicht? Haben Sie jemand bestimmten in Verdacht? Sie wissen, daß Sie dazu verpflichtet sind, alles zu sagen, was Sie wissen.«

»Ich weiß gar nichts. Ich kannte Herrn Busch doch gar nicht«, würgte sie heraus.

Sie war blaß und hatte hektische rote Wangen.

»Ja, wenn es nichts weiter gibt, verabschiede ich mich jetzt«, sagte der Polizeibeamte lässig, legte grüßend zwei Finger an eine nicht vorhandene Mütze. »Von unserer Seite gibt's auch nichts, wir melden uns bei Ihnen.« Ich grüßte zurück, ich und du und der Kumpel vom Bau nebenan. Dann standen wir auf dem Flur.

Ich betrachtete nachdenklich den Trampelpfad, den unzählige schuldige und unschuldige, zeugnisablegende und angehörige Schuhe in den ältlichen Linoleumboden geschlagen hatten. Katrin stand ans Fensterbrett gelehnt, klammerte sich am Fenstergriff fest.

»Was ist los?« fragte ich. »Du bist käseweiß!«

Sie schüttelte den Kopf, nahm mich bei der Hand.

»Los, komm!« sagte sie. »Ich brauch jetzt 'nen Kaffee. Ich erzähl's dir, aber ganz bestimmt nicht hier.«

Wir fuhren in mein Stammcafé am Nollendorfplatz. Katrin trank, ohne ein Wort zu sagen und ohne mich anzusehen, zwei Milchkaffee und winkte der Bedienung nach einem dritten. »Ich hab Schwierigkeiten anzufangen.«

Ich nickte psychotherapeutisch und wartete.

»Vor zwei Jahren, nein, es sind schon fast drei, wollte ich von zu Hause ausziehen. Mein Vater und ich haben uns damals überhaupt nicht mehr verstanden. Er hat mir ständig dreingeredet, bei allem, was ich vorhatte. Was ich studieren sollte, welche Menschen gut für mich wären, wie ich meine Freizeit verbringen sollte, na ja, das Übliche halt. Ich war unheimlich sauer auf ihn. Und weil Grünau ja auch so weit draußen liegt, mit S-Bahn und Pendelverkehr und Umsteigen, hab ich angefangen nach einer Wohnung zu suchen. Vater war das natürlich nicht recht, deshalb hab ich's zum größten Teil heimlich gemacht. Zeitungen gekauft und Hausverwaltungen angeschrieben. So bin ich an Hans-Jochen Busch geraten.«

Sie lehnte sich zurück und schwieg, als die Bedienung den Milchkaffee brachte. Ich rührte in meinem Tee mit Rum.

»Du solltest Rumkandis probieren, wenn du Tee mit Rum trinkst«, sagte Katrin, »das ist echt kult.«

Ich nickte ermunternd.

»Ich hatte dann ein Treffen mit Busch in seinem Büro. Er hatte mein Schreiben auf dem Tisch, sagte, er hätte ein Herz für junge Menschen gerade aus dem Osten.«

»Ihhh!«

»Ich fand's auch rassistisch. So nach dem Motto: Ossis sind blöd, aber lieb. Aber irgendwie war ich auch froh über seine Aufmerksamkeit. Er hätte in einem seiner Häuser eine Einraumwohnung, ganz billig, weil noch nicht modernisiert. Wenn ich wollte, könnte er mit mir gleich dorthin fahren, dann könnte ich sie mir ansehen.«

»Und du hast eingewilligt?« fragte ich schaudernd.

»Ich hab eingewilligt«, sagte Katrin mit eigentümlich ruhiger Stimme.

»Ich glaube, ich weiß, was jetzt kommt«, sagte ich.

Katrin nickte: »Frauen, geht nicht allein zu Treffen wegen Wohnung, Arbeit und so weiter und so weiter«, zitierte sie die ständige Anzeige der Notruffrauen in den Stadtzeitungen.

»Aber ich war ja so blöd, Deborah. So naiv. Woher hätte ich das ja auch wissen sollen, bei uns im Osten gab es diese Tour nicht. Jedenfalls hab ich niemals davon gehört.«

Sie schnipste Zuckerkrümel über den Tisch.

»Er war nicht gewalttätig. Mußte er gar nicht, ich war viel zu eingeschüchtert, um mich zu wehren. Er war wirklich nicht gewalttätig.«

»Als ob das von Bedeutung wäre!«

»Es war auch gar keine freie Wohnung, sondern nur ein anderes Büro in so einem Hinterhof, ich wußte gar nicht, was da für Geschäfte gemacht werden, und dann waren da so schwarze Kunstledersessel, ganz klebrig auf der Haut, das tat weh. Es war Sommer, und ich hatte ein kurzes Kleid an, so ein rotes aus Baumwolle, wo man leicht... druntergkommt...«

Sie stand so plötzlich auf, daß die Tassen klirrten und schwappten.

»Ich muß aufs Klo!«

»Hinten um die Theke und dann links.« Eine Welle von Mitleid schwappte wie Abwaschwasser über mich.

Sie ging mit großen Schritten durch den Kneipenraum, ein zarter, blonder Cherub in schweren Stiefeln, schwarzen Jeans und hellem Rollkragenpullover. Mit schmalem, langem Rumpf, schlaksigen Gliedern, die sich selbst davongewachsen waren. Allerdings täuschte der Eindruck, denn sie trainierte dreimal die Woche Karate und Aikido. In einem Baumwollkleid konnte ich sie mir kaum vorstellen.

Ich gönnte Hans-Jochen Busch einige Augenblicke lang sein unrühmliches Ende in einem Kohlenverschlag. Für diese Geschichte hätte ich ihn ebenfalls mit Hingabe stranguliert. Ich legte das Zuckertütchen aus der Hand, das ich seit geraumer Zeit würgte.

Als Katrin zurückkam, die Kiefer entspannter, die Fäuste wieder geöffnet, atmete ich ein paarmal tief durch. Sie setzte sich, lächelte sogar, ich lächelte zurück. Warum sollten wir uns von so einem Schweineschwanz unser eigentlich erfreuliches Kaffeestündchen verderben lassen?

»Geht's dir wieder besser?«

Sie entzog ihre Hand der meinen, ein stocksteifer, kleiner Engel, der das Flammenschwert vor sein Herz hält.

»Ja, ja, ich bin schon in Ordnung, Deborah. Nimm's dir nicht so zu Herzen. Ich bin bloß vorhin so erschrocken, als ich seinen Namen hörte.«

Keine Tröstung! Zutritt verweigert! Sie griff nach ihrer Tasse.

»Ich habe in den letzten Jahren möglichst nicht daran gedacht. Außer beim Karate. Du weißt gar nicht, wieviel Kraft frei wird, wenn man wütend ist. Seitdem arbeite ich auch im Frauenzentrum und in den Zufluchtswohnungen. Das hat mir viel geholfen. Zu lernen, daß ich mich wehren kann, auf allen nur möglichen Ebenen. Und im Studium, in Publizistik, schreibe ich dauernd Hausarbeiten über »Frauen und Gewalt«, »Frauen im öffentlichen Raum«, »Frauen- und Männerrollen«. Ha, meinem Prof wird immer ganz schlecht, wenn er wieder eine korrigieren muß. Er steht nicht auf Gender Studies. Aber er kann kaum was dagegen machen, denn ich bemühe mich, hieb- und stichfest zu recherchieren und so brillant zu argumentieren, wie ich kann.«

»Bist du nicht zur Polizei gegangen? Womöglich warst du nicht die einzige, die er mit dieser Masche vergewaltigt hat.«

Sie schüttelte abwehrend den Kopf.

»Ich hab mich nicht getraut. Das Übliche! Ich hab mich geschämt, daß ich so dämlich war. Dafür schäme ich mich immer noch am meisten. Manchmal … schäme ich mich so, daß mich niemand ansehen soll.«

»Hast du's überhaupt jemandem erzählt?«

Sie schüttelte den Kopf.

»Zuerst gar nicht. Das wäre doch ein gefundenes Fressen für meinen Vater gewesen, mich nicht von zu Hause ausziehen zu lassen. Als ich angefangen habe in den Zufluchtswohnungen zu arbeiten, hat es mir irgendwann eine Frau auf den Kopf zugesagt. Die haben ja Erfahrung mit solchen psychologischen Sachen. Da habe ich ihr davon erzählt. Ich wollte wissen, wie ich ... irgendwann nicht mehr dran denken kann. Sie sagt, es ist wie eine Verletzung, die heilen muß, und was mir dabei helfen kann, muß ich selbst herausfinden.

Meine Mutter und meine Schwester sind zwei Jahre vor der Wende in den Westen abgehauen. Manchmal denke ich, das war auch so eine Verletzung für Papa und mich, nur haben wir überhaupt nicht gewußt, was wir damit machen sollten. Wir sind nur wie die Kaninchen ganz nah zusammengerückt und haben nie mehr über Mutti und Franka geredet... Vor einem Jahr habe ich meinem Vater von ... von der Sache mit Busch erzählt. Das war wirklich belastend. Ihm habe ich allerdings die Einzelheiten erspart, nur gesagt, daß es passiert ist und wer es war. Weil... manchmal habe ich immer noch Angst, allein zu schlafen, und dann fahre ich immer raus nach Grünau. Und Papa war aufgefallen, daß ich plötzlich wieder viel öfter auftauchte. Er hat gemerkt, daß ich mich verkrieche. Daß ich Angst vor dem Alleinsein habe. Daß ich es manchmal nicht in meiner Wohnung aushalte und manchmal nicht rausgehe, nicht mal zum Einkaufen.«

Sie drehte eine Haarsträhne zu kleinen Krissellocken.

»Das Erzählen wird leichter mit der Zeit. Ich wollte ihn die ganze Zeit vergessen, und jetzt ist er plötzlich tot«, sagte sie nachdenklich. »Es ist schon komisch, ich hätte ja geradezu ein Motiv, ihn umzubringen. Stell dir vor, vielleicht wußte ich, daß ihm die Wohnung gehört, und als wir einen Termin mit ihm hatten, habe ihm vor dem Termin mit uns dort aufgelauert. Ich habe ihn erwürgt und in das kleine Kabuff geschleift. Danach bin ich in unser Büro gefahren und habe mich dort mit dir getroffen. Und dann haben wir ihn gemeinsam entdeckt.«

»Eine gelungene Rekonstruktion des Tathergangs. Nur leider vergißt du dabei, daß er schon ein paar Tage gelegen hat. Aber vielleicht war es eine andere, die er vergewaltigt hat. Vielleicht dort in der Wohnung. Ob man der Polizei nicht diesen Tip geben sollte?«

Ich sah in ihr weißes Gesicht.

»Allerdings müßtest du dann aussagen. Du wärst für die Bullen wahrscheinlich wirklich eine Verdächtige. Und das Ganze würde en detail aufgerollt. Und wenn es tatsächlich eine solche Frau gewesen ist, dann weiß ich nicht, ob ich es nicht lieber unter ›ausgleichende Gerechtigkeit‹ verbuchen wollte. Trotzdem würde mich interessieren, wer es war.«

Ich sah zweifelnd ihre schmalen, kleinen Hände.

»Du warst es jedenfalls nicht, außer du hast irgendeinen asiatischen Geheimtrick. Du wärst wohl kaum in der Lage, jemanden zu erwürgen, Kampfsporttraining hin oder her. Für eine Würgerin sind deine Hände nicht kräftig genug. Zu klein, zu wenig Muskeln.«

Sie lächelte.

»Ach, das liegt in der Familie. Meine Mutter ist noch einen halben Kopf kleiner als ich, und meine Schwester ist auch so ein Handtuch. In unserer Familie wäre wohl nur mein Vater in der Lage, jemandem wirkungsvoll den Hals zuzudrücken. Der hat wenigstens breite Hände, wenn er auch sonst einigermaßen zierlich ist. Wenn wir anderen jemanden in dieser Weise töten wollten, würde derjenige wahrscheinlich an Altersschwäche eingehen.«

Jetzt lachten wir beide. Gott sei Dank lachten wir wieder, und sie nahm meine Hände mit jener familiären Geste zwischen ihre.

»Das Erzählen wird wirklich leichter! Danke, Deborah, jetzt bin ich wieder auf dem Posten!«

Ich widerstand dem Impuls, ihr übers Haar zu streichen. Ich war nicht Mutti, und es würde auch nicht alles wieder gut. Höchstens leichter zu ertragen. Statt dessen sah ich auf die Uhr: »Und was machen wir jetzt?«

»Machen?«

»Ja, schließlich habt ihr immer noch keine Wohnung für euer Projekt. Das soll doch über die Bühne. Laß uns zu mir fahren.«

»Zu dir?«

»Ja, mit ein paar Maklern telefonieren. Vielleicht können die uns gleich ein paar Angebote rüberfaxen, und wir machen Besichtigungstermine aus. Mit Kalb will ich allerdings nicht mehr arbeiten, der ist mir zu unseriös. Außerdem reicht mir eine Leiche fürs erste. Eine Unverschämtheit, uns so eine Bruchbude anzubieten. Die Erben werden sich freuen über das Ding. Ich hoffe, sie schlagen das Erbe aus. Das Haus paßt zu Busch. Aus allem Kapital schlagen, was sich bietet.«

»Einschließlich aus potentiellen Mieterinnen«, sagte Katrin leise und winkte der Bedienung.

Als wir in meine Wohnung kamen, blinkte weit sichtbar das Licht am Anrufbeantworter. Es war Louise: »Hallo, Deborah, hier Louise. Leider habe ich hier in Dresden nur deine Antwortstimme, um mich daran zu erfreuen. Aber es geht mir gut, ich konnte in Zürich einige geschäftliche Dinge klären und habe mit einem wunderbaren Blick auf den Zürichsee zu Mittag gegessen. Der einzige Wermutstropfen ist, daß du nicht hier bist. Du fehlst mir! Ich habe hier noch einen kurzen Termin und fahre heute noch zurück nach Berlin. Vielleicht hast du Lust, mich um fünfzehn Uhr dreizehn in Lichtenberg abzuholen. Aber ich versuche noch einmal, dich zu erreichen, bevor ich losfahre. Herzlichste, allerherzlichste Grüße.«

Klick!

Ich ging in die Küche, um Teewasser aufzusetzen.

Katrin sah mit einem unergründlichen Gesichtsausdruck den Anrufbeantworter an, schlich durch die Wohnung. Ich bemerkte durch die Tür, wie sie Einzelheiten registrierte: das einsiedlerische Kissen im ungemachten Bett, der unbeweibte Morgenmantel im Bad. Schließlich kam sie zu mir in die Küche: »Ist das deine Freundin da auf dem Anrufbeantworter? Deine Geliebte, meine ich?«

»Weder das eine noch das andere. Sie ist Besitzerin eines recht exklusiven Schuhladens, ›Delbrouck‹, wenn dir das was sagt. Anscheinend hat sie mich neuerdings zu ihrer Steuerberaterin erkoren, aber ich weiß nicht, warum. Ich habe dafür keinerlei besondere Qualifikationen. Magst du Earl-Grey-Tee?«

»Ja. Würdest du wollen, daß sie deine Geliebte wird?«

Ich horchte auf den Tonfall der Frage. Hintergedanken? Zu schön, um wahr zu sein! Deborah, mach dir nichts vor, du bist zehn Jahre älter als sie, was soll das Mädel an dir alten Kuh finden. Aber Louise war auch zehn Jahre älter als ich. Ich könnte ja beides im Auge behalten und inzwischen Tee aufgießen, Tassen und Kekse auf ein Tablett stellen und sie in mein Arbeitszimmer tragen.

Für diesmal hörte ich mich sagen: »Ach, Louise ist eine ziemlich aufregende Person, aber ich glaube, einige Delbrouck-Schuhnummern zu groß für mich. Ich kann sie schlecht einschätzen!«

Wir nahmen samt Teetablett und schnurlosem Telefon auf meinem Dienstsofa Platz.

»Hast du denn eine Beziehung, Katrin? Einen Freund, eine Freundin?«

»Nein«, sagte sie scharf, »ich habe Besseres zu tun! Und ganz sicher habe ich keinen Freund! Ganz sicher nicht.«

Ich goß Tee ein und gab ihr die Tasse, legte freundschaftlich den Arm um sie, was wir beide recht erfreulich zu finden schienen. Mit der Teetasse am Mund kuschelte sie sich in meinen Arm, schlürfend und nuckelnd. Ich genoß diesen Zustand, bis mir der Arm einschlief.

»Komm, laß uns mal anfangen zu arbeiten.«

Schließlich war dies ein Dienstsofa.

Wir riefen einige Makler an, beschrieben unsere Vorstellungen, darauf krochen Faxpapierschlangen mit Grundrissen und Daten aus meinem Fax, über die sich im folgenden unsere Köpfe beugten.

»Sieh mal, Prenzlauer Berg, fünf Zimmer, kein Durchgangszimmer. Frisch renoviert und die U-Bahn in der Nähe. Das sollten wir uns mal ansehen.«

»Oder schau mal, hier: Friedrichshain, sechs Zimmer zum gleichen Preis. Aber zwei davon sind recht klein. Und die Gegend ist scheußlich. Kein bißchen Grünanlage in der Nähe.«

»Das wirst du da am Prenzlauer Berg auch nicht finden.«

»Doch, den Mauerpark!«

»Der ist für die kleineren Kinder zu weit weg!«

Unsere Köpfe beugten sich weiter über Linien, Quadratmeterangaben, Preisangaben, unsere Finger fuhren auf dem Stadtplan hin und her. Ich bemerkte mit einem Mal, daß ich begann auf doppelte Weise wahrzunehmen. Hier die Linien des Grundrisses, dort die Linien von Katrins Handgelenk, ein schmaler, langer Flur, ihre schmalen, langen Finger, die den Grundriß nachzogen, die Krümmung der U-Bahn-Linie und die Neigung ihres Halses über den Stadtplan. Das eine geschäftlich, das andere mit unverhohlener Bewunderung. Es fehlten mir heiße Küsse und ein Bett. Die Vitamin-C-Tablette war eventuell entbehrlich.

»Prenzlauer Berg. Der Vermieter ist privat, die Frage ist, ob der unser Projekt überhaupt nimmt.«

»Hans-Jochen Busch war auch ein Privatvermieter.«

»Deborah, hör auf! Der war nur ein Schwein, das sich bereichern wollte. Wahrscheinlich können wir froh sein, daß wir bei ihm nicht unterschrieben haben. Außerdem: Verdammt, ich will diesen Namen nie wieder hören!«

»Entschuldige, Katrin. Ich kann das nicht so einfach vergessen. Nicht nach dem, was du mir vorhin erzählt hast.«

»Das ist meine Geschichte, nicht deine, und ich will sie endlich vergessen. Ich bin nicht das Opfer von damals.«

»Und du willst nicht wissen, wer es war?«

»Nein. Heute morgen stand etwas darüber in der *taz*. Er sei ein Bauspekulant gewesen, ein Miethai, hätte Häuser aufgekauft und sie dann mit seiner eigenen Firma saniert und nur Schwarzarbeiter zu Dumpinglöhnen beschäftigt. Ich will über all das nichts wissen. Mir reicht es, zu wissen, was er mit mir gemacht hat.«

»Mich macht es kribbelig, daß ich nicht weiß, wer es war und warum. Ich bin leider zu neugierig. Was bringt einen Menschen dazu, einen anderen zu erwürgen?«

»Haß!«

»Hättest du ihn umbringen wollen?«

»Nein. Doch! Beim Karate habe ich ihn manchmal umgebracht. Ein gezielter Schlag in den Bauch, einer gegen die Halsschlagader, ein kleiner Tritt in die Genitalien ... Deborah, ich möchte nicht ... bitte laß uns weitermachen! Schau mal, diese Wohnung. Auch in Friedrichshain, Boxhagenerstraße. Das ist da, wo er damals mit mir hingefahren ...« Sie biß die Zähne zusammen, schmiß das Blatt wütend auf den Papierhaufen. »Ich will nicht heulen«, knirschte sie, »es gibt überhaupt keinen Grund!«

Trotzdem erlaubte sie mir, sie zu umarmen, erst zum Trost, zur Beruhigung, aus dem puren Bedürfnis nach Berührung, dann, weil ich gekonnt die Linien, die Biegungen nachzog, so wie vorher auf den Wohnungsplänen. Weil ich wartete und aufmerksam war. Die scheuen Annäherungen als Geschenk nahm.

Das rote Baumwollkleid fiel mir ein, bevor ich mich unter den Rollkragenpullover vortastete. Das gewalttätigen Klauen so einfach zugänglich gewesen war.

»Gib mir deine Hände«, flüsterte sie, »dann brauchst du nicht so zaghaft zu tun.« Ich ließ mich führen, eine aufregende Mischung aus Aktivität und Geschehenlassen.

Mitten in die Erkundungsreise unter den Rollkragenpullover hinein klingelte das Telefon, und der Anrufbeantworter spulte einen eifrigen Makler ab, der um sofortigen, dringenden Rückruf bat. Er habe genau die richtige Wohnung für uns, und wir sollten sie gleich, jetzt, heute, morgen besichtigen. Er könne sie freihalten, aber nicht allzu lange.

»Wir haben jetzt keine Zeit«, flüsterte Katrin, »ich habe eine Menge aufzuholen, was ich mich in den letzten Jahren nicht getraut habe.« Als sie mir die Jeans aufknöpfte, langsam wie im Film, klingelte zum zweiten Mal das Telefon.

Kurz vor dem letzten Knopf schaltete sich der Anrufbeantworter ein. Am anderen Ende war eine gutgelaunte, hinreißend flirtende und sehr verliebte Louise.

Somit blieb es beim vorletzten Knopf.

»Klär erst mal deine anderen Geschichten«, fauchte mein Cherub. »Und vergiß nicht, den Makler zurückzurufen. Wir sehen uns bei der Wohnungsbesichtigung. Du kannst mir den Termin aufs Band sprechen, ich bin zeitlich flexibel!«

Ließ mich mit offenem Hosenstall sitzen.

Was er in der nächsten Stunde blieb, zumindest in psychischer Hinsicht.

Dann raffte ich mich verdrossen auf, machte einen Termin mit dem Makler und fuhr hinaus zum Bahnhof Lichtenberg. Kaufte am Kiosk eine Zeitung, vielleicht gab es neue Schlagzeilen im Fall Heppler oder Busch, und setzte mich mit Blick auf den sich mit beständigem Klappern aktualisierenden Fahrplananzeiger ins Bahnhofsrestaurant. Ich trank einen Milchkaffee (Paris! Rom! Madrid!), dann einen Amaretto (Milano, Firenze, Napoli), dann eine heiße Schokolade (Brüssel, Amsterdam, Kopenhagen, Stockholm).

Nichts ist genußvoller, als Menschen beim Reisen zu beobachten. Eine Treppe führte hinunter zu den Gleisen, und von dort herauf drang der Duft des Unterwegsseins.

Eine Frauenstimme machte über Lautsprecher Fahrgäste auf die Abfahrten und Ankünfte aufmerksam: »Auf Gleis sieben wird bereitgestellt der Nahverkehrszug nach Falkensee. Planmäßige Abfahrt fünfzehn Uhr acht.« Sie sprach »Falkensee« aus wie den Ort meines einzigen Suchens und Sehnens. »Auf Gleis vier steht zur Abfahrt bereit der Interregio über Flughafen Schönefeld, Lutherstadt Wittenberg, Merseburg, Naumburg, nach Erfurt.«

Erfurt klang wie eine europäische Metropole, auf Merseburg, Naumburg, Wittenberg ruhte die Last Hunderter Jahre Geschichte. Und wieder der Wohlgeruch der Ferne, von offenen Türen in die Welt. Vom Zustand des Aufbruchs und des Pendelns zwischen Orten und Wirklichkeiten. Um fünfzehn Uhr zehn machte ich mich auf den Weg zu den Bahnsteigen.

Louise war nicht sehr weit fort gewesen und auch nicht lange. Aber ich konnte das Reisen spüren, das sie mitbrachte. Den Fahrtwind in ihrer Kleidung, ihrem leichten Gepäck. Die Bewegung des fahrenden Zuges in ihren Augen noch, als sie mich entdeckte und die Arme ausbreitete. Sie trug wieder graue Schuhe, Knöpfstiefel diesmal, mit dunkelrot gesteppten Nähten. Ob sie sich ihre Schuhe maßanfertigen ließ? Von jemandem, der ihren Spleen verständnisvoll belächelte und freudig alle nur möglichen Kreationen in Graurot produzierte?

Lächelnd ging ich ihr entgegen und spürte ihr Ankommen in meinen Armen. Wieder einmal sah sie mich an, als wäre ich das unverdiente Wunder ihres Lebens.

»Du bist tatsächlich gekommen!« rief sie so hingerissen wie bei »Frisch und Froh«.

»Natürlich, wir waren ja verabredet«, nahm ich das Stichwort auf.

»Ach, Deborah, ich bin froh, wieder hier zu sein! Ich mußte diese Termine dringend wahrnehmen, aber es ist falsch, wegzufahren, wenn zu Hause die Liebe wartet.«

Wir gingen Arm in Arm den Bahnsteig hinunter und hinüber zum Parkplatz. Wenn zu Hause die Liebe wartet? Immerhin hatte sie sich nicht ins Ausland abgesetzt. War sie so davon überzeugt, daß ich sie im Knast besuchen würde?

»Du bist mit dem Auto da? Hast du Lust, noch ein paar Schritte zu laufen, bevor es dunkel wird? Ich bin seit Tagen nicht spazierengegangen. Ich würde so gern noch ein paar Bäume sehen, die nicht als Außendekoration hinter einer Fensterscheibe dienen.«

Wir fuhren Richtung Osten, bis wir die Stadtgrenze erreichten, stellten das Auto an den Straßenrand und bogen zu Fuß in einen Feldweg ein.

Das regnerische Wetter der letzten Tage hatte den Boden aufgeweicht, hatte Matschpfützen in den Fahrrinnen hinterlassen, doch die Grasbüschel dazwischen und die gewellten Ackerböden lagen in gefrorenen, knirschenden Brocken. Unter den Büschen glitzerten Eiskristalle, hing das Rot greisenhafter Hagebutten.

»Ein klarer Fall für Delbroucksche Botten«, lächelte Louise und hob den Kopf vom glitschigen Spazierweg ins Weite:

Äcker zu beiden Seiten der Landstraße, Hecken als Windschutz, kleine Baumgruppen auf den Hügeln, Krähen in den Senken, die einander krächzende Nachrichten zuriefen. Sonst kein Geräusch als unsere Schritte und das Brummen einzelner Autos auf der Landstraße, um so leiser, je weiter wir uns davon entfernten. Arm in Arm spazierten, balancierten wir über brandenburgisches Januarflachland. Die Luft war frisch, und langsam stieg eine stille Dämmerung aus den Hecken.

Sobald die Sonne hinter der Horizontlinie verschwand, wurde es kalt.

Die Frau neben mir, weich wie die Berührung der Geliebten, griff mir unter die Jacke, wühlte sich durch Pullover- und T-Shirt-Schichten und streichelte meinen Rükken. Es zog auf der nackten Haut, doch es war wunderbar, und ich seufzte beglückt: »Ich bin auch froh, daß du wieder da bist. Man soll nicht wegfahren, wenn zu Hause die Liebe wartet.«

Sie lachte und hielt sich an meinem Arm fest, um nicht im Matsch auszurutschen. »Delbroucksche Botten« waren wohl nicht die ultimative Wanderkleidung.

»Was hast du eigentlich gemacht in Zürich und in Dresden? Laufen die Importe aus Italien denn über die Schweiz? Das ist doch umständlich. Und was sind das für Kontakte nach Dresden?«

Ich mußte kichern. »Oder verkaufst du neben Schuhen heimlich auch noch Schoggi und Christstollen. Das wäre doch ein neuer Marketinggag für den sechsten Dezember: ›Sweets and Shoes‹.«

Sie schien die Idee alles andere als komisch zu finden. Ihr Schweigen war eisern und klirrend wie die abendliche Kälte.

Ein kleiner, blasser Mond hängte sich in eine Gruppe von weiß- und schwarzgefleckten Birken.

»Bäume, die auch im Sommer Winter haben«, hatte ich sie als Kind genannt.

»War nur ein Witz, Louise. Würde sowieso nicht zum

Delbrouck-Image passen. Alexander Heppler hätte das vielleicht machen können, die Scarpe-Kundschaft hätte das komisch gefunden.«

Sie ließ meine Hand los, sah mich an, wie man Schimmel im Marmeladeglas mustert.

»Wie kommst du auf Heppler?«

Oh, Mist!

»Einfach nur so. Es ist doch soviel über seine Ermordung geschrieben worden in den letzten Tagen. Eben am Bahnhof habe ich gelesen, daß sich ›gewisse Verdachtsmomente erhärteten‹, es aber nach wie vor keine deutliche Spur gebe. Erzähl doch lieber von deinen Züricher Geschäften.«

Sie holte ihr Zigarettenetui aus der Umhängetasche, klaubte eine heraus, suchte nach dem Feuerzeug.

»Warum willst du unbedingt etwas darüber wissen? Willst du mich aushorchen, ob ich zuviel Schokolade fresse, oder die Schweizer Kühe ausrotte, indem ich Kalbslederstiefelchen aus ihnen machen lasse? Wo ist denn dieses verdammte... Ach, hier!«

Ich gab ihr Feuer, hielt schützend meine Hand über die Flamme.

»Sei doch nicht so gereizt. Wenn ich deine Steuer machen soll, muß ich ja wohl oder übel was über deine geschäftlichen Angelegenheiten wissen. Und ich habe dir gesagt, daß ich kein Crack bin, was Import und Export angeht, also wäre es nett von dir, mir ein paar Stichworte zu geben, damit ich mich einarbeiten kann.«

»Die Reise nach Zürich hat überhaupt nichts mit dem Laden zu tun.«

»Warum warst du dann da? Du hast es einen ›Geschäftstermin‹ genannt.«

»Himmel, Deborah, das geht dich nichts an!«

»Ach, das geht mich nichts an, ja? Wer liegt mir dauernd in den Ohren, ich soll mich um die Delbrouck-Steuern kümmern? Wer wollte einen Termin vereinbaren? Habe ich vielleicht darum gebeten? Verarscht hast du mich, mit deinem ›Geschäftsessen‹ bei ›Frisch und Froh‹! Warum hast du dich nicht privat mit mir verabredet? Hattest du Angst, ich würde dir einen Korb geben? Was sollen diese verklausulierten Botschaften? Was steckt hinter deiner Geheimnistuerei?«

»Ich habe keinerlei Ahnung, was du meinst. Vielleicht könntest du heute abend einfach nur nett zu mir sein. Ich hatte viel Streß in den letzten Tagen, bin müde und vielleicht ein bißchen anlehnungsbedürftig. Laß uns einfach spazierengehen und die Landschaft genießen. Warum muß man denn immer reden?«

»Weil dein Verhalten nicht ehrlich ist!«

»Ich will zurückfahren. Anscheinend kann man mit dir gerade nicht normal reden. Und ich bin zu erschöpft, um mich anschreien zu lassen. Außerdem wird es dunkel.«

»Wie du willst!«

Ich drehte mich auf dem Absatz um und stapfte den Weg entlang zum Auto. Stopfte den Pullover wieder in die Hose. Ha, das romantische Januarflachland!

Lehnte mich demonstrativ unfreundlich an mein Auto, wartete mit abgewandtem Gesicht, bis sie sich vorsichtig den Weg zurückgetastet hatte und eingestiegen war. Dann stieg ich ebenfalls ein, wendete den Wagen und fuhr zurück in die Stadt.

Rechts und links der Straße tauchten die ersten Vororthäuschen auf, dann kamen die Plattenbauten, deren Lichter in den kleinen Fensterchen sie aussehen ließen wie überdimensionierte Adventskalender; die ersten geschlossenen Straßenzüge von Altbauten, dann die majestätische, distanzierte Zuckerbäckerarchitektur der Frankfurter Allee, die mich immer an Madrid erinnert; die so kosmopolitisch anmutet, daß sie mir fremd ist in so einem architektonisch aufgemotzten Provinznest wie Berlin.

Anscheinend hatte ich heute die Gabe, mich bei potentiellen Geliebten schnell und nachhaltig unbeliebt zu machen.

»Sprichst du noch mit mir?« fragte ich hinüber.

»Wenn du die Güte hast, mich nicht mehr anzuschreien.«

»Louise, verstehst du denn nicht? Ich bin nicht dein Schoßhündchen. Außerdem habe ich nicht geschrien.«

»Ich habe dich nie als Schoßhündchen wahrgenommen.«

»Aber du behandelst mich so. Du spielst mit mir. Bedienst dich meiner Zuneigung. Ich weiß nie, woran ich mit dir bin. Die ganze Zeit habe ich das Gefühl, daß du mich benutzt. Irgendwas gibt es in deinem Leben, was du mir verschweigst, wofür ich aber herhalten soll.«

»Und wenn es so wäre?«

»Dann will ich nichts damit zu tun haben.«

»Und wenn es nicht so wäre?«

»Es ist aber so.«

»Paranoides Geschwätz! Halt an, ich nehme ein Taxi!«

»Louise! Warum hast du mich im Park geküßt? War das echt oder Kalkül?«

»Halt an! Du kannst mich anrufen, wenn du dich ausgeschlafen hast oder was immer gerade los ist.«

»Gut, daß du jetzt auch noch einen Sündenbock gefunden hast.«

»Halt an. Ich lasse mir keine geschmacklosen Unterstellungen bieten!«

Ich hielt mit quietschenden Reifen.

Sie stieg aus, raffte ihre Reisetasche vom Rücksitz, knallte die Tür zu. Öffnete sie noch einmal und zischte herein:

»Nicht ›Sündenbock‹, Herzchen, ›Ziege‹ heißt das, ›Ziege‹!«

Dann sah ich wieder einmal einen grauen Mantel davonwehen.

Als ich nach Hause fuhr, hatte ich Angst. Angst vor dem, was ich in den nächsten Minuten und Stunden von Louise denken würde. Angst vor dem, was in mich hineinkriechen würde, wenn ich meine Straße hinunterging, deren Bäume ihre kahlen Äste hilfesuchend in den Himmel streckten. Angst vor Mißtrauen und Wut, und davor, wie sich die Zuneigung, die ich für sie empfand, damit vermischen würde zu einer unverdaulichen Melange.

Ich parkte das Auto.

Fahles Licht zwischen den Häusern, Straßenlaternendämmerung, und die Häuser lagen in den Straßen wie gebleichte Knochen. Weit entrückt und hinter einem Schleier von Kälte und Müdigkeit.

Daß die Bäume, die Häuser, die Menschen vor mir zurückwichen, war ein vertrautes Gefühl; daß ein leerer Raum um mich entstand, niemand mehr meinen Weg kreuzte, nicht einmal mehr meinen Blick.

Ich kannte das Gefühl aus Kinderzeiten, an fahlen Wintertagen wie diesen. Am frühen Morgen, wenn alles noch schlief, während ich mich durch leere Straßen zur Schule schlich und schwach erleuchtete Schaufensterscheiben vor Einsamkeit wimmerten.

Wenn ich im gelbgestrichenen Schulzimmer ankam, auf meinen Stuhl kroch, hinterste Bank Fensterreihe, und in das graue Weiß hinaussah, wie der Tag sich freudlos vom Hofpflaster in die kalte Luft erhob, dann wich die Empfindung einer dumpfen, warmen Müdigkeit. Oft zog ich die Füße auf den unbequemen Stuhl, legte den Kopf darauf und wartete, bis sich in meinem Inneren die Organe wieder mit Licht und Wärme gefüllt hatten, auch wenn sie von der funzeligen Qualität einer Klassenzimmerbeleuchtung herrührten.

Als Kind hatte ich mich gefragt, ob sich Sterben so anfühlen könnte: Alle weichen zurück, bis man sich in einem großen, leeren Raum wiederfindet, in dem das eigene Innere widerhallt. Leider gab es niemanden, der mir darauf hätte antworten wollen, und um Alexander Heppler oder Hans-Jochen Busch danach zu fragen, war es jetzt zu spät.

Als ich meine Jacke auszog, spürte ich das graurote Brillenetui in der Innentasche.

Ich hatte es seit Tagen mit mir herumgetragen, und es war so sehr zu einem Stück von mir geworden, daß ich es bis zu diesem Moment nicht mehr gespürt hatte. Geschweige denn, daß ich Louise im beginnenden Rausch der Verliebtheit danach gefragt hätte.

Meine Wohnung war kalt, und ich drehte die Heizung auf bis zum Anschlag. Ich sehnte mich danach, zu ihr zu fahren, zweiter Stock links und dann über den taubenblauen Flurläufer, übers glänzende Parkett in ihre Arme. Der Gedanke daran schmerzte, ein schneidender und anhaltender Schmerz.

Wenn das Brillenetui nicht gewesen wäre... Und Herr Stützli in Zürich, der mich nichts anging.

Der Makler mit der unwiderstehlichen Wohnung wollte uns am nächsten Tag um zehn Uhr im Prenzlauer Berg treffen, und so wählte ich Katrins Nummer, um eine Nachricht auf ihren Anrufbeantworter zu sprechen. Doch dann war sie selbst am Telefon, niedergedrückt, immer noch ärgerlich und erbärmlich traurig. Zehn Uhr? Ob ich nicht vorher bei ihr vorbeikommen wolle, das sei doch ganz in der Nähe. Ob ich nicht gleich vorbeikommen wolle zum Reden, bat sie. »Es gibt Tee mit Rum-Kandis.«

In den letzten Tagen wollten eindeutig zu oft Frauen nicht mit mir über gewisse Dinge reden, also gönnte ich mir das masochistische Vergnügen, über Leichen und Liebeskummer zu reden.

Er war kalt geworden. Die wenigen Menschen auf der Straße hatten eisig dampfende Atemwolken vor dem Mund. Eine ganze Stadt voller Dampflokomotiven. Ich vergrub die Hände in den Jackentaschen und zog den Kopf ein, als ich zum Auto ging, um mich durch die baustellengequälte Innenstadt in den Prenzlauer Berg zu begeben.

Katrin wohnte an der Bornholmer Straße, nahe dem ehemaligen Grenzübergang, an dem die deutsche Einheit ihren allerersten Anfang genommen hatte. Das Viertel war seit Jahren eine Mischung aus hektischer Bautätigkeit als internationaler Verkehrsknotenpunkt und verträumten Dornröschenschlaf in den von der freien Marktwirtschaft noch nicht entdeckten Seitenstraßen und Hinterhäusern. Wege, die immer noch an der innerdeutschen Grenze endeten.

Bis jetzt hatte Katrin immer auf der Straße auf mich gewartet, geschützt durch die fehlende Adresse, die Telefonnummer, die nicht im Telefonbuch steht, die Tür ohne Namensschild. Man ist geborgen in der Masse der Großstadt-Termiten.

Nun ging ich durch die Toreinfahrt des Vorderhauses über den Hinterhof mit den berlintypischen 4 x 4-Meter-Abmessungen, betrat den Seitenflügel mit seinen speziellen Gerüchen nach Mauerwerk, Holztreppen und Feuchtigkeit. Ein Treppenhausgeruch, der vielleicht zu einem Katrin-Vorfreude-Geruch würde werden können. So wie vielleicht das Knarren der notdürftig ausgebesserten Stufen in seinen spezifischen Berliner Hinterhaustönen ein Vorfreudeknarren werden würde. Ich wollte nicht, daß sie sich elend fühlte. Ich wollte sie im Kampfanzug sehen, wütend.

An der Tür stand kein Name, und es gab kein Klingelschild. Nichts wies darauf hin, wessen Behausung das war. Die Tür war in jenem Braun gestrichen, das entsteht, wenn man alle Farbreste des Wassermalkastens zusammenmischt, zu dunkel als Vorstreichfarbe, aber genauso unwirtlich, eine Aufforderung, wieder zu gehen und auf keinen Fall zu klingeln. Und so gab die Klingel auch keinen Ton von sich. Alles an dieser Tür sollte zurückweisen, abschrecken. Aber sie hatte am Telefon »Seitenflügel, erster Stock, links« gesagt. Ich klopfte zweimal laut und vernehmlich.

Das »Ja?« hinter der Tür war so einladend wie die Tür selbst.

»Ich bin's, Deborah«, sagte ich und sah auf die Farbe, die von den Schnörkeln und Verzierungen des Türrahmens abblätterte. Ich hörte, wie ein Riegel beiseite geschoben wurde, hörte das Klirren einer Sicherheitskette, das Drehen eines Schlüssels, dann öffnete sich die Tür. Gerade so weit, daß ich in Augenschein genommen werden konnte.

»Ich bin's nur«, sagte ich noch einmal.

Sie öffnete die Tür ganz. Hatte dicke Wollsocken an, gleichgültig grau, nicht inszeniert wie Louises Socken. Sie trug ausgewaschene Jeans und ein blaukariertes Baumwollhemd, das an ihr schlotterte wie an einem Kleiderständer. Das Haar hing ihr ins Gesicht, so zufällig, als hätte es tagelang keinen Kamm gesehen. Was war seit heute morgen passiert? War das das Gesicht, das niemand sehen sollte? Das sich tagelang verkroch?

Unter ihrem Blick zog ich den Kopf ein und lächelte, um zu zeigen, wie ungefährlich ich war.

»Entschuldige wegen heute morgen, Katrin.«

»Ist o. k., ich bin ja selbst schuld, aber vielleicht reden wir nicht hier im Hausflur darüber, wenn du's irgendwie einrichten kannst«, sagte sie grob und drehte den Kopf in Richtung der anderen Wohnungstüren.

»Ja, natürlich. Aber dazu müßtest du mich hereinlassen. Ich dachte, vielleicht möchtest du mich nicht in deiner Wohnung haben und –«

»Komm rein«, unterbrach sie mich, »du siehst nicht aus wie der böse Mann.

Und wenn, dann bin ich ziemlich gut in Aikido. Jedenfalls inzwischen.«

Ich ging an ihr vorbei in die Wohnung, und sie knallte die Tür hinter uns zu. Der schmale Flur war dunkel und stickig.

»Selbstverteidigung ist immer gut«, sagte ich.

»Geh mal durch ins Zimmer.«

Ich tappte den Flur hinunter, in Richtung einer fernen Lichtquelle, an zwei Türen vorbei, nahm schemenhaft aufgereihte Schuhe wahr, Körbe mit Klamotten und Tüchern, zusammengeknüllten Plastiktüten und Baumwolltaschen. Stieß mit dem Fuß gegen einen Kohleneimer.

»Vorsicht!« sagte sie. »Der Flur ist ziemlich verstellt.«

So wie das Zimmer. Mit einem einzigen Augenschwenk hatte ich fünf große Möbelstücke im Blick, alles häßliche Dreißiger-Jahre-Stücke, klobig und aus billigem Holz. Jedes einzelne zu gebrauchen, um sich auf Jahre darin zu verkriechen. Der Teppichboden hatte die Farbe von vertrockneten Kastanien. Darauf ein angejahrter Flokati. Die Wände waren verblichen pißgelb gestrichen.

Irgendwoher kam leise ein schwarzes, schlankes, schnurrhaariges Wesen und warf seinen dicken Kopf gegen Katrins Schienbein.

»Das ist Rigoletto«, sagte sie und kraulte das schwarze Fell.

»Wie heißt er? Wie der Rigoletto aus der Oper?«

»Ja. Mein Vater hat ihn mir damals als kleines Kätzchen zum Umzug geschenkt, damit ich nicht so alleine bin, wenn ich nach Hause komme. Der Name ist ein Scherz. ›Das Alter ego eines Vaters, der vergeblich versucht, seine Tochter vor der grausamen Welt zu beschützen‹, hat er gesagt. Oper mit tragischem Ausgang: Tochter schön und tot,

Vater ein Narr und ein unglücklicher Held. Wenn er gewußt hätte, wie nah er damit der Realität kommt.«

»Ist er ein Narr?«

»Ein Narr und ein unglaublicher Held? Ich glaube, manchmal hält er sich dafür. Er ist ein bißchen realitätsfern, weißt du. Vor der Wende hatte er irgendeinen Schreibtischposten, der dann abgewickelt wurde. Sie haben ihn in den Vorruhestand geschickt. Eigentlich wollte er gern Kunst und Kunstgeschichte studieren, aber du weißt ja, wie das bei uns war. Sie haben ihm den Studienplatz verweigert, weil mein Opa ein Nazi war. Opa war Ingenieur und hat im Krieg Kampfflugzeuge gebaut. Papa hat Architektur und Bilder lieber. Am liebsten malt er Aquarelle, oder er zeichnet mit Kohle. Zur Zeit hat er es mit japanisch streng und karg, ich glaube, weil er sein Leben sonst so chaotisch findet. Er kommt sich so nutzlos vor, alles ist aus den Fugen.«

Der Kater hatte gelbe, intelligente Augen. Als ich meine Hand ausstreckte, zog er die Ohren zu zwei wachen Fellpyramiden zusammen, legte sie zurück und knurrte angriffslustig.

»Psscht, Rigoletto, halt die Klappe. Ist in Ordnung«, sagte Katrin leise. Der Kater sah sie aufmerksam an wie ein Hund.

Katrin nahm einen Haufen Kleider von der Couch unter dem Hochbett, warf ihn auf den Boden. »Setz dich doch.«

Ich zog die Jacke aus und suchte nach einem leidlich fusselfreien Platz, um sie abzulegen.

Der Kater knurrte.

»Du mußt keine Angst haben. Rigoletto springt dir nicht plötzlich ins Gesicht. Im Grunde ist er so ein Schisser wie ich. Ein Angstbeißer, Papa hat ihn in einer Mülltonne gefunden.«

Der braune Couchbezug war voll von glänzenden

Katzenhaaren. Ich wischte ein paarmal darüber, ehe ich mich setzte.

Sie schien mir meine Reinlichkeitsallüren nicht übelzunehmen. Dies war die Stunde der wahren Gesichter.

Unter dem Hochbett war es dämmrig, die Schreibtischlampe als einzige Lichtquelle stand am anderen Ende des Zimmers. Ich faßte an den Kachelofen neben mir und zog erschrocken die Hand zurück. Die Kacheln waren glühend heiß.

Katrin lachte ein kleines, ungemütliches Lachen.

»Vorsicht! Ich habe heute mal wieder durchgeheizt.«

Vom Hochbett herunter hing ein Bettdeckenzipfel, ein rosa Bettbezug mit blauen Blümchen, ein schönes, stabiles Stück aus den sechziger Jahren.

Hier unter dem Hochbett war die Luft noch stickiger, und es roch irgendwoher nach Tomatensoße aus der Dose. Rigoletto fläzte sich auf den weißen Fusselteppich. Der Flokati fusselte weiße Haare auf den braunen Teppich, und der schwarze Rigoletto fusselte schwarze Haare auf den weißen Flokati.

Katrin ließ sich neben dem Kater auf dem Teppich nieder.

Es gefiel mir nicht, so zu ihr hinunterzusehen.

»So gräßlich und verkeimt hast du dir meine Wohnung nicht vorgestellt, nicht?«

»Was heißt hier gräßlich.«

»Ach, ich seh's doch in deinem Gesicht. Deine Wohnung ist hell und gemütlich, hier wohnen nur Nachttiere und Grottenolme. Und weißt du was?«

Sie beugte sich mit funkelnden Augen zu mir herüber: »Es ist mir gerade recht so!«

»Na ja, um so besser. Ich habe halt lieber weiße Wände.«

»Hast du deine tolle Freundin vom Bahnhof abgeholt?«

»Ja, hab ich.«

»War's nett?«

»Was willst du hören?«

»Natürlich, daß es nett war.«

Ich rückte ein Stück vom Kachelofen ab.

»Nein, es war überhaupt nicht nett. Wir haben uns gestritten, weil Louise irgendwelche seltsamen Spielchen mit mir treibt und ich mir das nicht gefallen lassen will. Was ist mit dir? Was ist seit gestern passiert, daß du aussiehst wie dein eigenes Gespenst?«

»Ich wollte soviel nachholen. Und dann hat sie angerufen.«

»Nachholen?«

»Mit dir. Du warst so ... lieb zu mir, da in dem Café, hast mich behandelt, als ob ich ganz in Ordnung wäre, nicht irgend so ein verrückter Psychofall. Nicht wie eine doofe, naive Kuh, die sich hat reinlegen lassen. Wie das kleine, blöde Dummchen. Meinst du, ich mach das jeden Tag, irgendwelche Frauen über Stadtplänen zu verführen? Du bist die erste Frau, bei der ich mich so etwas getraut habe.«

»Moment mal, an der Sache war ich ja wohl auch noch ein wenig beteiligt. Außerdem glaube ich nicht an das Prinzip dumme Kuh. Du hast einfach Pech gehabt, bist an einen Scheißtypen geraten.«

»Jedenfalls ... Und jetzt taucht dauernd diese Louise auf, von der du behauptest, du wolltest nichts von ihr. Und dann flötet sie verliebt auf deine Antwortmaschine, daß einem die Ohren abfallen. Und ich dachte, dir läge was an mir.«

»Das ist ja auch so, Katrin, nur, ich glaube, Louise ist ein Spezialproblem.«

»Ja, sie ist bestimmt eine voll kultige Frau, gutaussehend, aufregend, reich, zauberhaft, charmant, nicht so eine Eule wie ich.«

Ich mußte lächeln: »Sie ist im Moment genauso eine

miesgelaunte, kleine Giftnudel wie du. Jedenfalls war sie es noch vor zwei Stunden. Zumindest darin steht ihr euch in nichts nach.«

»Wenn dir was an mir liegt, warum läufst du ihr dann nach?«

»Stell dir mal vor, du triffst zur gleichen Zeit zwei Frauen, die du attraktiv findest. Was tust du dann?«

»Ich entscheide mich für eine.«

»Und die andere beißt dir den Kopf ab. Und kopflos wie du bist, findest du immer noch beide attraktiv. Aber wahrscheinlich ist die Sache mit Louise sowieso erledigt.«

»Worüber habt ihr euch gestritten?«

»Hm! Das ist alles so verworren, und das meiste davon ist wahrscheinlich sowieso meine eigene Spinnerei. Ich habe Louises Portemonnaie auf einer Toilette gefunden. Sie hatte ihre Visitenkarten darin, also konnte ich es ihr zurückbringen. So haben wir uns kennengelernt. Als ich das Portemonnaie durchsah, ist mir ein Zettel aufgefallen, auf dem eine Adresse notiert war. Und diese Adresse war die Adresse von Alexander Heppler, diesem Schuhladenbesitzer, der am selben Abend ermordet wurde, an dem ich Louises Portemonnaie gefunden habe. Vielleicht hast du über den Mord gelesen.«

»Und sie hat ihn umgebracht! Du willst sie überführen!«

»Ach, Quatsch, nein. Sie wird irgendwelche Geschäftskontakte mit Heppler gehabt haben. Ach, ich hab die Schnauze so voll davon!«

»Und wieso flötet sie dir auf die Maschine?«

»Warum knöpfst du mir die Hose auf? Ich habe keine Ahnung, was sie an mir findet, und gestritten haben wir uns darüber, daß ich genau das herausfinden wollte.«

»Das verstehe ich nicht.«

»Irgendwas stimmt nicht. Weißt du, sie ist wirklich eine tolle Frau, und ich… Aber sie will unbedingt, daß ich ihre

Steuerangelegenheiten übernehme, obwohl sie doch sicher als langjährige Geschäftsfrau jemanden dafür hat. Und wenn ich dann Fragen dazu stelle, weicht sie aus und fängt an mit mir zu flirten. Nicht, daß ich ihr ihre Gefühle für mich nicht glauben würde, aber gleichzeitig fühle ich mich wie ein verdammter Fiffi, dem sie eine Wurst hinhält und im entscheidenden Moment wieder wegzieht. Heute nachmittag habe ich ihr das gesagt, und damit ist die Sache höchstwahrscheinlich beendet. Kein Fiffi, kein Flirt, keine Steuerangelegenheiten. Bist du jetzt zufrieden?«

»Entschuldige! Ich war einfach eifersüchtig. Und wenn sie es doch war? Daß sie deswegen so komisch ist.«

»Meinst du nicht, daß ich mich das nicht auch schon gefragt habe? Aber dann würde sie doch gerade den Kontakt zu mir meiden, oder? Wenn ich Fragen stelle. Und sie tut das Gegenteil. Ruft immer wieder an.«

Ich mußte grinsen: »Ruft immer gerade dann an, wenn ich gerade Frauenbesuch habe.«

»Haha, urstkomisch, blöder Witz! Du mußt sie fragen. Mußt sie festnageln.«

»Und sie wird unumwunden einen Mord zugeben.«

»Du hast gesagt, sie war's nicht.«

»Und glaube mir selbst kein Wort.«

»Aber du bist in sie verliebt.«

»Vielleicht. Vielleicht auch nicht mehr. Ich glaube nicht, daß du diejenige bist, mit der ich das diskutieren sollte.«

»Warum?«

»Befangenheit, Frau Staatsanwältin.«

»Das kann schon sein.«

Sie zog die Beine an, schlang die Arme darum und verwandelte sich in ein enggeschnürtes Paket Baumwolle.

»Glaubst du denn auch, daß ich Hans-Jochen Busch umgebracht habe? Ich will ja auch dauernd Kontakt. Der Polizist hat gesagt, es könnte eine Frau gewesen sein.«

»Himmel, Katrin, das ist doch etwas völlig anderes. Du hättest vielleicht ein Motiv, aber höchstwahrscheinlich hattest du weder eine Gelegenheit noch hättest du die Chuzpe, vermute ich mal. Vielleicht war eine andere Frau, die er vergewaltigt hat, die Täterin. Du solltest der Polizei wirklich diesen Tip geben. Louise hatte eine Gelegenheit, und es gibt einiges, was dafür spricht, daß sie es gewesen sein könnte. Nur ein Motiv kann ich nicht erkennen. Und genau da verweigert sie sich mir.«

»Willst du denn wirklich immer noch wissen, wer die Morde begangen hat?«

»Ja. Es beschäftigt mich.«

»Findest du das erotisch? Das düstere Geheimnis der schönen Frau?«

»Katrin!«

»Oder findest du das arme Vergewaltigungsopfer erotischer?«

»Hör auf! Du willst mich provozieren, nicht. Damit es schön weh tut. Kannst du dir vielleicht vorstellen, daß das eine mit dem anderen nichts zu tun hat. Weder bei Louise noch bei dir? Daß ich einfach neugierig bin? Oder mir diese Leichen nicht aus dem Kopf gehen? Vielleicht kannst du sie ja in der Karatestunde aus deinem Kopf herausprügeln, aber ich habe keine Karatestunden.«

»Solltest du vielleicht. Warum bist du eigentlich gekommen?«

»Weil du mit mir reden wolltest. Weil du mies drauf warst und ich dich gern habe. Die Situation heute nachmittag war denkbar unerfreulich. Ich wollte uns beide nicht so darauf hängen lassen. Und ich habe mich ... einsam gefühlt.«

»Du?«

»Ja, ich weiß, ich bin die coole Braut und du das arme Hascherl. Ich vergaß die Rollenverteilung. Warum sollte ich mich schlecht fühlen, wenn mir zwei Frauen, die ich irgendwie ... liebe ..., an einem Tag erklären, daß ich ein gottverdammtes Arschloch bin?«

»Das habe ich nie gesagt!«

»Nein, nicht mit diesen Worten. Louise hat das nette Wort »Ziege« verwendet.«

Es war ein verflucht anstrengender Tag gewesen, und ich fühlte mich, als ob mir jemand bei lebendigem Leib die Haut abgezogen hätte. Ich spürte die Vertrautheit mit Louise wachsen und kam ihr keinen Schritt näher.

Katrin stand auf, setzte sich neben mich aufs Sofa. Der Kater, der sich neben ihr auf dem Teppich zusammengerollt hatte, gab empörte, kleine Laute von sich.

»Dann bleib doch heute nacht hier. Nur einfach so.«

»Nur einfach so?«

»Na ja, oder auch nicht.«

Auch ich hatte einen Rollkragenpullover an. Auch ich hatte, entgegen meinem anscheinend weitverbreiteten Image, und gerade heute abend, einiges nachzuholen. So überließ ich mich willig Katrins zarten, aber beharrlichen Aktivitäten, die Kleiderordnung betreffend.

Doch als wir uns endlich zur Nacht zurückzogen, kam mir der Gedanke, daß Katrin zehn Jahre jünger war als ich, und zwanzig Jahre jünger als Louise, und das verursachte mir ein seltsames und wenig angenehmes Gefühl: Ich kam mir alt vor. Ich kam mir unbedacht vor. Und dominant.

In der Nacht träumte ich von einem einsamen Geröllfeld, das ich zu überqueren hatte. Meine Schuhe waren von den spitzen Steinen zerrissen. Unter mir im Tal lag Frühnebel, und ich fror. Ich ging davon aus, daß der Nebel die Sicht auf einen Berghang verdeckte. Aber es hätte genausogut ein Meer sein können, oder eine Hochebene, so undurchdringlich war die Brühe. Irgendwoher kam eine spöttische

Stimme, die gehörte einer Louise aus bösen Träumen. »Wo willst du eigentlich hin?« fragte sie, aber ich hatte keine Vorstellung davon und ging nur weiter, um auf ungefährliches Gelände zu kommen. Waldboden, ausgetretene Pfade, auf einen Weg ins Tal vielleicht. »Ins Tal!« sagte ich, da lachte Louise höhnisch, und ich warf einen Stein in ihre Richtung. Der traf einen Felsbrocken, prallte mit lautem Knall davon ab und verschwand im Dunst. Davon wachte ich auf, frierend unter all den Sechziger-Jahre-Decken.

Als ich die wackelige Hochbetttreppe hinunterkletterte, hörte ich den Kachelofen prasseln und zischen. Katrin hatte schon geheizt, trotzdem waren die Kacheln höchstens lauwarm. Ich schlüpfte schnell in meine Jeans, die so klamm waren, als hätten wir im Freien übernachtet. Aus der Küche hörte ich Radiomusik. Ich stolperte schon wieder geräuschvoll über den Kohleneimer.

»Deborah, bist du wach?« rief sie aus der Küche.

Ich öffnete die Tür, deren Glasscheiben von Wärme und Feuchtigkeit beschlagen waren. Katrin stand unter der nachträglich eingebauten Dusche. Gegenüber, an der Wand, glühte ein Badezimmerradiator.

Katrin drehte die Dusche ab, stieg heraus und griff nach einem Handtuch. Ich setzte mich an den Küchentisch und sah scheu beiseite. Die letzte Nacht war Äonen entfernt, und ich litt am Morgen-danach-Syndrom. Katrin zog sich ein T-Shirt an, setzte Teewasser auf, kam herüber, um mich zu küssen, legte mir duschfeuchte Arme um den Nacken, doch ich spürte keine Vertrautheit mehr. »Ich habe schon geheizt und Rigoletto zu fressen gegeben, die Ofenklappe mache ich gleich zu«, schwatzte sie fröhlich, »wenn du noch duschen willst, mußt du dich beeilen. Der Tee ist gleich fertig, aber zum Frühstücken ist es zu spät. Wir haben sozusagen fast verschlafen.« Ich war froh, sicher in meinen Jeans zu stecken, und behauptete, für Duschen sei es auch zu spät, die Zeit würde wohl gerade noch für eine Tasse Tee und eine zu schließende Ofenklappe reichen. Als das Teewasser kochte, goß ich es in die vorbereitete Kanne und stellte zwei Tassen auf den Tisch. Katrin reichte mir lächelnd ein Glas Rumkandis. Der Alkohol und das Tropenklima in der Küche brachten mich zum Schwitzen, ich trank meinen Tee im Stehen und trieb zum Aufbruch. Nur hinaus aus der klammen, düsteren, eiskalten und tropenfeuchten Höhle der Grottenolme. Katrin schien von meiner Verstimmung nichts zu merken. Sie warf Rigoletto einen Handkuß zu, bevor sie die Tür schloß.

Eine Stunde später unterschrieben wir bei einem erstaunlich fairen Hausbesitzer einen erstaunlich fairen Mietvertrag für eine renovierte Fünfraumwohnung am äußersten, nordöstlichen Zipfel des Prenzlauer Bergs, mit S-Bahn-Anschluß und in einer Gegend, wo herumlungernde Fremde nicht unbeobachtet bleiben würden. Wenig später hielten wir verblüfft zwei Paar Schlüssel in den Händen: Das Frauenzentrum hatte eine Bleibe für sein Projekt.

»Kann ich mir gut vorstellen«, sagte Katrin mit Blick auf hohe Kastanien, auf einen Kinderspielplatz mit Klettergerüsten, auf einen Supermarkt und eine Kindertagesstätte.

»Die Belohnung durch das Schicksal«, seufzte sie dann glückselig ins Telefon, als sie ihre Kolleginnen anrief. »Sie ist sogar bezugsfertig. Es lohnt sich eben doch, Leichen zu finden.«

Sie lachte. Von der Verzweiflung der letzten Tage war nichts mehr zu spüren. Vor meinen Augen blühte das junge Leben, und ich hatte das ungute Gefühl, mein Aufenthalt zwischen rosafarbenen und blaugeblümten Laken war daran nicht unbeteiligt.

Wie war das noch mal: Verliebt sein hat dieselbe Wirkung wie Schokolade essen. Oder war es andersherum gewesen?

Ich verabschiedete mich mit wenig Enthusiasmus und fuhr nach Hause. Natürlich war Louise auf dem Anrufbeantworter und forderte dringenden Rückruf. Es folgten drei verschiedene Telefonnummern, unter denen sie zu den verschiedenen Tageszeiten zu erreichen war. Ich sah auf die Uhr, schlich eine Viertelstunde um das Telefon herum und wählte mit Todesverachtung ihre Büronummer.

»Wo warst du heute nacht? Ich habe bis ein Uhr bei dir angerufen!« tönte es mir giftig entgegen. Was wohl Paulsen/Jacoby zu diesem besitzergreifenden Ton sagten.

»Meiner Mandantin ging es sehr schlecht, weißt du, mit der ich die Leiche gefunden habe. Da bin ich bei ihr geblieben, bis sie schlafen konnte. Sie verkraftet den Schock ziemlich schlecht.«

Warum log ich eigentlich? Warum war ich überhaupt so höflich, nach dieser Szene gestern?

Aber Louise lachte nur: »Bis sie schlafen konnte! Hast du sie denn überhaupt schlafen lassen? Wie alt war sie noch mal, sagtest du? Zwanzig? Ja, der Reiz der süßen Jugend! Nettes Alter für solche Schocks wie dich.«

»Hören Paulsen und Jacoby eigentlich mit, wenn du telefonierst?«

»Was?«

»Was willst du von mir? Dich entschuldigen?«

»Ja, unter Umständen. Kommt auf deine Gemütslage an. Wir haben wohl beide etwas überreagiert.«

»Nur nicht nachgeben, Frau Delbrouck!«

»Bitte, Deborah. Dies ist ein Friedensangebot. Ich war übermüdet, gestern. Ich hätte ein wenig ... ja vielleicht Beistand gebraucht; Verständnis, Zuwendung, keine Vorhaltungen. Ich bin doch auch nur ein Mensch und habe meine Grenzen! Also: Rauchst du die Friedenspfeife mit mir?«

Sie klang überanstrengt. Von meinen Grenzen war keine Rede.

»Bist du immer noch übermüdet?«

»Nein. Nur noch müde.«

»Dann sind wir immer noch bei den Fragen von gestern. Bändelst du mit mir an, oder soll ich deine Steuerberaterin sein? Oder beides. Und, wenn du eine Steuerberaterin brauchst, warum darf sie nichts über deine Geschäftskontakte wissen, als Grundlage ihrer Arbeit. Und wenn du keine Steuerberaterin brauchst, sondern eine Geliebte, dann verschweigst du mir trotzdem etwas. Ich will es gar nicht wissen, aber ich habe das Gefühl, daß du ständig versuchst, mir indirekt etwas zu sagen, mich in irgendwas hineinzuziehen.«

So! Endlich!

»Dich hineinzuziehen? Inwiefern?«

»Durch Andeutungen. Durch die Art, wie du dich verhältst. Wie du es immer wieder, ich weiß nicht wie, schaffst, mich an dich zu binden. Verlockend wie ein Lebkuchenhaus. Mit integriertem Umluftbackofen.«

»Jetzt mach einen Punkt, Deborah. Das ist deine blühende Phantasie.«

»Es gibt alles auf der Welt, man muß nur einmal morgens Zeitung lesen.«

Dies als Anspielung auf gewisse Morgen und gewisse Zeitungsmeldungen, aber ich wußte nicht, ob sie den kleinen Seitenhieb verstand. »Außerdem sage ich nur, was ich wahrnehme.«

Sie schnaubte verächtlich ins Telefon.

»Dann irrst du dich eben. Das ist ja paranoid! Ich habe dich nicht aus Kalkül geküßt. Wenn du meine Avancen für eine Version von ›Hänsel und Gretel‹ hältst, kann ich dir auch nicht helfen. Aber wenn dir dein zwanzigjähriges Schätzchen weniger gefährlich vorkommt, bitte. Die ist vielleicht nicht so eine krummnasige, alte Vettel wie ich, die irgendwelche Schwarzmagie an dir betreibt. Schön einfach zu handhaben, kein solcher Besen. Allerdings ein bißchen empfindlich und leicht erregbar. Kann nachts nicht schlafen, wenn sie Gruselfilme sieht.«

»Louise! Du bist verdammt unfair. Katrin hat mit meinen Nachfragen gar nichts zu tun.«

»Ach, Katrin heißt sie?«

»Du bist diejenige, die dauernd doppelbödige Mitteilungen von sich gibt.«

»Das einzige, was ich gesagt habe, war, daß ich dich attraktiv finde und einer Annäherung nicht abgeneigt wäre. Und was das betrifft, bist du nicht ganz unempfänglich. Meiner bescheidenen Wahrnehmung nach.«

»Und die Steuergeschichten?«

»Vielleicht sollten wir das Berufliche und das Private trennen. Das ist wohl besser so.«

»Dann mußt du mir nämlich keine Informationen über die Schweiz geben.«

»Die, da sie nichts mit ›Delbrouck‹ zu tun haben, nicht von Bedeutung sind.«

»Aber es waren Geschäftstermine, wie du immer betont hast!«

»Fängst du schon wieder an! Ich habe gesagt, wir trennen das Berufliche vom Privaten. Kommst du zur Vernissage? Sonntag abend, wie gehabt?«

Ich gab erschöpft auf. Zweifelte wieder einmal an meinen Eindrücken, an meinen Ahnungen.

»Ja.«

»Oh, das ist schön! Ich wäre wirklich traurig gewesen, wenn du mein Friedensangebot nicht angenommen hättest.«

Sie senkte ihre Stimme zu einem Flüstern. Ich sah unwillkürlich wieder die großen, perlengeschmückten, kreoloenbehangenen Ohren von Paulsen und Jacoby vor mir.

»Ich habe mich nämlich inzwischen in dich verliebt«, flüsterte es aus dem Telefon.

Das war das letzte, was mir gefehlt hatte, um mein Gehirn in graue und rosa bebrillte Einzeller zu verwandeln.

»Also bis Sonntag abend«, antwortete eine Stimme, die nicht mir gehörte, dann legte ich auf.

Benommen dachte ich darüber nach, was ich seit meinem ersten Zusammentreffen mit Louise erlebt hatte. Der Blutfleck, das Brillenetui, ihr zuweilen auffälliges Verhalten. Wenn sie Heppler umgebracht hatte, warum kamen ihr dann meine Fragen nicht verdächtig vor? Und wenn sie ihr doch verdächtig vorkamen, warum brach sie nicht einfach den Kontakt ab? Warum ruft sie mich immer wieder an?

Du bist eine Zeugin, Deborah, sie weiß Bescheid über dich. Sie hat gesehen, daß du sie verfolgt hast, die Verliebtheit ist nur Show. Sie will dich bei der Stange halten, dich einspinnen in klebrige Liebesfäden. Und wenn das alles nichts nützt, wenn du weiterbohrst, dann wird sie eben …

Der Göttin sei Dank war in den letzten Tagen viel Arbeit liegengeblieben, und ich machte mich ausnahmsweise geradezu erleichtert darüber her.

Ich hatte gerade ein bißchen herumgerechnet, einen Widerspruch und eine CD eingelegt, ein paar Anschreiben verfaßt, einen Tee mit Rumkandis gekocht, da klingelte das Telefon.

»Gronwald«, meldete ich mich mit meiner Bürostimme.

»Deborah, ich bin's, Katrin.«

Zum Kuckuck, wenn sie mich doch einfach mal ein paar Stunden arbeiten ließen.

»Hallo! Na, immer noch euphorisch über die Wohnung?«

Ich hörte Stimmengewirr im Hintergrund.

»Ja, völlig! Ich bin im Frauenzentrum, und wir feiern. Ich dachte, du hast Lust, rüberzukommen und auch ein Glas Sekt zu trinken. Wir wollen dann alle gemeinsam hinfahren. Und wir haben die Zusage vom Senat für die Möbel, und Birgit telefoniert gerade wegen Kostenvoranschlägen.«

»Katrin, ich arbeite. Mein Schreibtisch ist so voll, der hat schon Schlagseite.«

»Ach, sorry. Es war nur ... weil du doch auch maßgeblich daran beteiligt warst.«

»Trotzdem habe ich noch einen kleinen Nebenjob. Einen zum Brötchenverdienen.«

»Ja, die anderen sind dir eben auch so wahnsinnig dankbar, wie du das durchgezogen hast, alles ohne Bezahlung. Die wollten sich einfach auch noch mal bedanken.«

»Katrin?«

»Ja?«

»Was hast du den Frauen gesagt?«

»Nichts Besonderes. Eben wie wir die Wohnung gefunden haben.«

»Komm, erzähl mir nichts!«

»Na ja ...«

»Du hast den Mund nicht halten können über gestern nacht.«

»Claudia hat mich drauf angesprochen. Ich wäre so high, ob ich verliebt wäre. Außerdem: Was ist daran falsch?«

»Weil ... es ist mir zu privat.«

»Ich freue mich eben so, verstehst du. ›Wem das Herz voll ist, dem geht der Mund über‹, sagt mein Vater immer. Du, übrigens, mit Papa hab ich auch telefoniert, damit er sich mitfreuen kann über die Wohnung. Er hat gefragt, ob ich nicht am Sonntag zum Kaffee rauskommen wollte und... und ob du vielleicht mitkommen willst. Hast du Lust? Er würde dich jedenfalls gerne kennenlernen. Ich kann mir vorstellen, daß ihr euch gut versteht. Er ist nett, trotz seiner Versponnenheit.«

»Ich bin abends eingeladen zu einer Vernissage von Louises Bruder.«

Auf der mich Louise vor all den Leuten wenigstens nicht abstechen konnte. »Ach so! Aber es wäre ja nachmittags, und wir können abends wieder zurückfahren. Bitte, Deborah, er würde sich freuen. Und ich mich auch.«

»Also gut. Aber wirklich nur zum Kaffee!«

»Ach, klasse. Ich komme um zwei zu dir, dann fahren wir gemeinsam raus, ja?«

Es war einmal eine Frau, die tat immer wieder, was andere von ihr wollten. Bis einmal jemand sagte: »Spring doch mal eben von der Klippe!« Danach gab es keine Frau mehr.

Es nieselte, als wir in Grünau ankamen. Katrin dirigierte mich durch eine Siedlung mit holperigen Straßen. Gesäumt von jahrzehntealten regentriefenden Bäumen. Schmale, ungepflasterte Bürgersteige, hohe Gartenhecken; die meisten Häuser freistehend, und viele noch in jenem charakteristischen Ostgrau gestrichen, einer namen- und gesichtslosen Farbe, die ein Haus wie das andere aussehen ließ. Im Sommer unterschieden sich die Häuser und Gärten wohl durch die Farben ihrer Hecken, ihrer Rosenspaliere im Vorgarten, den Duft von Flieder oder Glyzinien. Jetzt sahen die Bäume, die Zweige der Hecken, die Wegplatten, die Steinstufen vor den Häusern normiert und anonym aus, erhielten ihre Identität nur durch Straßennamen und Hausnummer. Katrins Vater wohnte in der Clara-Zetkin-Straße, ein erfreulicher Umstand.

Ich fuhr das Auto an den Straßenrand, wir schlichen im Regen geduckt an einer frauhohen Hecke entlang bis zu einer Gartentür. Das aufgeweichte Holz hing in lockeren Scharnieren, und Katrin seufzte: »Er läßt nie was reparieren!«

Auch dieses Haus war grau gestrichen; von der einstmaligen Bürgerlichkeit zeugte noch der Kiesweg zum überdachten Eingang, die Behäbigkeit der Architektur, der Balkon im ersten Stock. Abbröckelnde Zierleisten an der Fassade, große Fenster und schwere Fensterläden.

Sie öffnete das Gartentürchen, hob es dabei an, eine jahrelang eingeübte Bewegung.

Dann öffnete sich quietschend die Haustür, als hätte Forbrich schon dahinter gelauert. Er hatte das Gesicht eines Charakterschauspielers, wobei ich nicht hätte entscheiden können, ob ich den Faust oder den Puck mit ihm besetzt hätte. Unbestreitbar Katrins Gesicht, Freundlichkeit um die Augen, doch die hängenden Mundwinkel gaben seinem Gesicht einen Ausdruck von Trauer, der ihrem fehlte. Krisellocken, ergraut und spärlich geworden. Ein freundlicher, älterer Herr in braunen Stoffhosen, einem feingemusterten Hemd, der eine beige Strickjacke mit Zopfmuster, Hornknöpfen und abgeschabten Ärmeln trug.

»Tach, Papa, das ist Deborah, von der ich dir erzählt habe, Deborah, das ist mein Vater, Carl-Heinrich Forbrich der Jüngere. Meine Mama hat immer ›Kalle zwo‹ zu ihm gesagt, aber das mag er nicht.«

Er lächelte und runzelte zugleich die Stirn. Vielleicht konnte man Puck und Faustus zugleich mit ihm besetzen:

»Kati! Bitte nicht in diesem Jargon! Legen Sie ab, Deborah, ich darf doch Deborah sagen?«

»Papa, sei nicht humorlos und gar so vornehm!« Sie kicherte, gab ihm einen Kuß, hopste herum und genoß offensichtlich die Situation.

Deborah, von der ich dir erzählt habe? Deborah, eine Freundin? Meine neue Geliebte? Deborah, in die ich mich verliebt habe?

Wie hätte ich eigentlich unser Verhältnis definiert, wenn ich davon erzählt hätte?

»Geht doch schon mal vor, ihr beiden *Zuckerschnecken*. Ich will noch auf den Dachboden, nach alten Kinderbüchern von Franka und mir suchen. Für die Kinder in den Zufluchtswohnungen.«

»Naja, dann kommen Sie doch mal weiter!« Er führte mich durch den engen Flur in ein kleines Arbeitszimmer mit abgewetztem Teppichboden, eingebauten Bücherregalen und tiefen Sesseln, deren braunes Leder brüchig zu werden begann. An der Terrassentür lagen mehrere zusammengerollte Wischlappen. »Wenn es heftiger regnet, läuft das Wasser herein«, sagte Forbrich. »Alles an diesem Haus ist morsch und alt. Mein Vater hat es damals gebaut. Unter Hitler wurden hier umfangreiche Bauförderprogramme durchgeführt.«

Er rückte einen Sessel zurecht. »Aber bitte, nehmen Sie doch Platz. Die Möbel sind auch noch aus dieser Zeit.«

So wie die aus Katrins Wohnung, nur schöner gearbeitet und in besserem Zustand.

Mein Blick fiel auf die Bücher, lange Reihen von Kunstbänden über nur einen einzigen Maler.

»O ja«, sagte Forbrich, der meinem Blick folgte, »Caspar David Friedrich, meine große Leidenschaft. Ich habe auch einiges, was noch zu DDR-Zeiten im Westen erschienen ist. Die waren nur über Westkontakte zu kriegen. Hier: München 1976. Wenn unsere Westverwandten kamen, waren sie nie um Geschenke verlegen. Die Kinder gierten immer nach diesem Nougatbrotaufstrich und ich nach Caspar David Friedrich. Als meine Frau mit der Älteren in den Westen gegangen ist, durften wir allerdings keinen Westbesuch mehr empfangen.«

Ich ging zur Terrassentür und sah hinaus. Von der Tür führte ein schnurgerader Weg bis zu einer Hecke am Ende des Gartens. Rechts und links davon waren Beete angelegt, und mit Strohmatten winterfest gemacht, standen Obstbäume, Stachelbeer- und Johannisbeerbüsche in winterlichem Schlaf.

»Spalierbirnen an der Hauswand«, sagte er. »Natürlich erst im Spätsommer.«

»Pflaumenbäume«, nickte ich.

»O ja«, sagte er, »Pflaumenkuchen mit Schlagsahne und Wespengarnitur. Mögen Sie Pflaumenmus? Ich kann Ihnen selbstgemachtes mitgeben.«

Ich drehte mich um, er sah an mir vorbei in den Garten, die Hände in die Taschen seiner Wolljacke gestemmt, daß sich vor der Brust der Stoff zum Zerreißen spannte. »Manchmal bin ich heimlich zum Bahnhof Friedrichstraße gefahren, einen Cousin aus Westberlin treffen. Ich wollte ja wissen, wie es meiner Frau und meiner Tochter ging... Im Frühling haben wir auch Erdbeeren. Ich mache jedes Jahr Erdbeermarmelade ein. Wenn Sie also lieber Erdbeermarmelade essen... Und dann kam plötzlich die Wende, aber da waren wir schon fast Unbekannte... Wissen Sie, ich liebe dieses marode Haus sehr. Besonders diesen Blick in den Garten. Ich bin in diesem Haus geboren und aufgewachsen, meine Eltern hier gestorben...

Mein Vater war bei den Nazis; alle, die hier gebaut haben, waren in der NSDAP. Von Beruf war er Flugzeugingenieur, was meinen Sie, wie die Nazionalsozialisten um ihn herumscharwenzelt sind. Er hat an einigen kriegswichtigen Vorhaben mitgearbeitet. Wir haben nach dem Krieg lange Angst gehabt, ob wir das Haus behalten dürfen. Das war ja nicht selbstverständlich, daß ein Brauner, so ein kleiner Parteibonze, solch ein Haus behalten durfte. Da erst hat er sich eingestanden, was mit der ganzen Kriegsmaschinerie passiert ist, die er zu entwickeln geholfen hat. Ich habe später begriffen, daß er nicht einfach nur Flugzeuge gebaut hat. Als Kind war er mein Idol, und als Jugendlicher habe ich ihn verachtet. Und dann ist er gestorben, und ich konnte ihn nicht mehr verachten. Manchmal, wenn ich hier stehe, kann ich die Vergänglichkeit fast körperlich spüren, und dann drückt es mir die Kehle zu vor Angst, daß eines Tages wieder etwas geschieht und ich wieder alles verliere, was mir wertvoll ist. Am meisten Angst habe ich jetzt um meine so wenig lebenserfahrene Tochter in den neuen Zeiten ...«

Er lachte etwas mühselig.

»Die Gedanken passend zum Wetter!«

Katrin kam herein, legte den Arm um meine Schulter: »Na, amüsiert ihr euch? Papa zeigt dir bestimmt gerade den hundertdreiundzwanzigsten Band Caspar David Friedrich in einem wertvollen, limitierten Sonderdruck. Westausgabe, echt kultig.«

»Dein Vater erzählt mir von Spalierbirnen und Pflaumenkuchen mit Schlagsahne.«

»Oh, das ist ein gutes Gesprächsthema. Wenn du mir deinen Autoschlüssel borgst, Deb, dann hole ich welchen.«

Ich drückte ihr den Schlüssel in die Hand, und sie gab mir einen Kuß, einen eindeutigen Kuß, der mir peinlich war. Trällernd ging sie aus der Tür.

»Sie hat Sie sehr gern«, sagte Herr Forbrich.

»Ja.« Mir war unbehaglich zumute.

»Sie hat sich sehr verändert, seit sie in diesem Frauenprojekt arbeitet, sie ist so erwachsen geworden. Die politische Arbeit, die Anerkennung durch die Kolleginnen. Und jetzt noch Sie ...«

Ich mußte schlucken. Jetzt auch noch ich? Was hatte sie nun schon wieder erzählt, und was hielt er davon?

»Früher war Katrin oft so mutlos, hatte kein Selbstbewußtsein. Damals, lange vor der Wende, als meine Frau mit der anderen Tochter in den Westen ging, hat sie sich fürchterlich geschämt, hat sich versteckt, weil alle sich das Maul zerrissen. Und sie hing sehr an ihrer großen Schwester.«

Er sah auf seine Hände.

»Ich habe mich auch geschämt. Weil ich nicht den Mut hatte, mich für irgend etwas zu entscheiden. Es ist schwer, eine Meinung zu haben in so einer komplizierten Sache. Woher sollte ich denn wissen, wo ich lieber wohnen wollte, was das bessere, das moralischere System war, die DDR oder die BRD? Ich bin weder gegangen, noch bin ich geblieben. In meinem Herzen, meine ich. Ich bin kein Kämpfer, Kunstwerke sind mir interessanter als politische Manifeste. Das hat mir vor allem meine ältere Tochter sehr übelgenommen. Die sind ja sehr früh zum politischen Denken erzogen worden in der Schule.«

Er sah seine Hände an, wie jemand, der ein neues Werkzeug auf seine Tauglichkeit prüft.

»Ich habe selten wirklich etwas verteidigt, was mir wichtig war. Und dann kam die Wende und die neue Zeit. Katrin macht sich ganz gut, den jungen Leuten fällt es wohl leichter, sich in die neue Gesellschaft einzufinden, sie sind ja beinahe damit groß geworden. Den Kindern…, den Kindern da aus diesen Zufluchtswohnungen wird überhaupt nicht mehr auffallen, daß es da je einen Unterschied gegeben hat. Die haben ja sowieso ganz andere Sorgen. Ob sie mit DDR-Kinderbüchern überhaupt etwas anfangen können?«

Er seufzte tief, schien sich mit Gewalt aus seinen trüben Gedanken loszureißen, klimperte mit den Fingern, lächelte. Immer noch ein wenig mühsam, wie mir schien.

»Ich erzähle ja lauter Unsinn! Sie sind ja viel mehr zu Hause in dem Metier. Ach ja, und Ihr Einsatz für das Frauenprojekt! Gut, daß ihr die Wohnung nicht genommen habt. Diese Stockflecken im Bad, und die Küche ein einziger Wasserfall. So was kriegt man nicht trocken, und wenn man hundert Jahre heizt. Eine Schande, mit welchen Löchern diese Miethaie da noch Profit machen wollen. Dieser Typ Mensch: skrupellos, undurchschaubar, schleimig und durch und durch kriminell«, steigerte er sich in eine wütende Tirade hinein. »Nun ja! Ich mache mal Tee. Trinken Sie auch Tee, Deborah, oder lieber Kaffee?«

Er ging in die Küche.

»Tee«, rief ich, »neuerdings mit Rumkandis.«

»Ach, diese Marotte meiner Tochter mit dem Rumkandis. Hat sie Ihnen das aufgeschwatzt? Das ist eine furchtbare Mischung, wenn Sie mich fragen, ein richtiges Gesöff. Aber natürlich habe ich trotzdem Rumkandis im Haus. Aus väterlicher Zuneigung.«

Er lachte, durchquerte nach einiger Zeit mit einem Tablett das Arbeitszimmer und stellte hauchdünne chinesische Tassen und Teller auf den Tisch im Wohnzimmer, legte Kuchengabeln daneben. Mich gruselte. Sogar eine Tischdecke hatte er aufgelegt.

Ich hörte den Schlüssel im Schloß. Katrin sang immer noch, irgend etwas mit »My Baby just cares for me …« Sie trug ein großes Kuchenpaket.

»Pflaumenkuchen gab's nicht. Absolut nicht die Jahreszeit dafür. Ich habe Bienenstich mit und Nußhörnchen. Und für mich Kirschplunder und Schweineohr.«

Sie warf mir die Autoschlüssel zu.

»Obwohl ich deine Schweineohren lieber habe, meine süße Deborah. Papa, hast du Tee gemacht? Deborah trinkt Tee mit Rumkandis.«

»Ja, ja, ich weiß«, rief er aus dem Wohnzimmer. »Wir haben uns schon darüber unterhalten.«

Sie knallte das Kuchenpaket auf den Küchentisch und zog ihre Jacke aus. Ich folgte ihr in die Küche und zog die Tür hinter mir zu.

»Katrin, was hast du deinem Vater über uns erzählt?«

»Alles natürlich.«

»Was ist ›alles‹?«

»Na, daß wir jetzt ...«

»Erst das Frauenzentrumsteam, jetzt dein Vater. Könntest du dein ›Alles‹ vielleicht ein bißchen weniger laut durch die Gegend posaunen? Vielleicht etwas diskreter? Ich möchte über unser Verhältnis bitte einen Exklusivbeitrag bei RTL. Drunter mach ich's jetzt nicht mehr.«

»Das ist dir doch wohl nicht peinlich, daß du mit einer Frau zusammen bist.«

»Nein, absolut nicht. Es ist mir nur neu, daß ich mit einer Frau zusammen bin.«

»Was?«

»Ich habe dich gern, und wir haben eine Nacht miteinander verbracht. Mehr ist bis jetzt nicht passiert.«

»Wo bleibt ihr denn jetzt mit euren Plunderohren und Schweinebäuchen und den ganzen guten Sachen?« tönte es aus dem Wohnzimmer.

Katrin griff nach dem Kuchenpaket und fing hektisch an, es auszuwickeln. »Gleich, Papa, gleich. Nur noch auf einen Teller legen. Gleich fertig!«

Sie holte einen Servierteller aus der Anrichte, schob mit spitzen, hastigen Fingern das Gebäck darauf. Ein Stück Bienenstich rutschte ihr aus der Hand und landete als gelber Matsch auf dem Fußboden.

»Ich mach schon«, sagte ich, griff nach dem Mülleimer und einem Löffel und fing an, formlose Masse mit Kuchenbrocken vom Fußboden zu schaufeln.

»Moment, Papa, wir kommen gleich!«

Er tauchte in der Küchentür auf. »Ach, da ist ein kleines Malheur passiert? Na, macht nichts, es ist ja genügend Kuchen da.« Er nahm einen Wischlappen. »Aber Sie müssen das doch nicht machen«, ächzte er, während er sich bückte.

»Doch, doch, ich bin fitter, Herr Forbrich.«

»Na ja, gut, dann nehme ich den Teller schon mal mit«, sagte Forbrich, winkte mit einem Tortenheber und verschwand. »Wenn ihr noch Sahne für mich mitbringt, haben wir alles.«

Katrin holte mit hartem Gesicht die Sahne aus dem Kühlschrank.

»Gib her«, sagte ich.

»Nein. Sonst kommt das auch noch in den Nachrichten: ›Deborah Gronwald muß Sahnekännchen schleppen!‹ Los, komm. Und versau bitte nicht auch noch Papa den Nachmittag.«

Wir nahmen im Wohnzimmer auf lederbezogenen Stühlen Platz, ich bekam Tee eingeschenkt und einen Bienenstich auf den Teller. Forbrich knabberte an einem Kirschplunder, Katrin griff sich ein Schweineohr und zerfetzte es systematisch.

Es herrschte eine Art von Stille, wie sie nur die Stimmung bei einem Verwandtenbesuch hervorbringen kann.

»Hast du denn nun Kinderbücher gefunden?« fragte Forbrich.

»Ja«, brummte Katrin. »Ha! Sogar ein Bilderbuch von einem freundlichen Volkspolizisten, der die Kinder jeden Tag sicher über die Straße bringt. Das müssen wir mal geschenkt bekommen haben. Ich kann mir nicht vorstellen, daß Mutti oder du uns so was angeschleppt hat. Zu ideologisch gefärbt. Weißt du, Deborah, besonders Mutti hat darauf immer sehr geachtet und uns lieber selbsterfundene Geschichten erzählt. Meine Schwester wollte unbedingt zu den Jungen Pionieren, die fand den Staat klasse. Na ja, zuerst hat sie Papa attackiert, daß er nicht in der SED war, und später haben Mutti und sie ihn attackiert, weil er nicht ausreisen wollte. Und ich bin dageblieben – ich war, wie immer, für alles zu klein.«

Forbrich beobachtete meinen Gesichtsausdruck.

»Sie sind aus dem Westen, nicht wahr, Deborah? Noch Tee?«

»Ja, bitte. Ich bin in Moabit geboren. Im Stephankiez. Aber nicht in einer der Kommunen. Viel bürgerlicher. Ich durfte nie im Kinderladen Spinat an die Wand schmeißen«, lächelte ich. »Aber ich bin auch nach Kräften unideologisch erzogen.«

Forbrich machte eine Handbewegung, die das Haus, den Garten und den ganzen Osten umfaßte: »Und was halten Sie von all dem hier. Von uns hier und dem freundlichen Vopo und all dem?«

»Na ja, ich mag Caspar David Friedrich«, sagte ich diplomatisch. Ich wußte nicht, was »all das« war, und würde keine Fettnapfsuche betreiben.

»Wo habt ihr beide euch eigentlich kennengelernt?« fragte er seine immer noch krümelnde Tochter.

»Ach, Papa, das hab ich doch schon erzählt. Deborah hat mit mir die Wohnung für das Frauenzentrum gesucht.«

Sie warf einen vorsichtigen Blick auf mich. »Sie war doch diejenige, mit der zusammen ich die Leiche von Hans-Jochen Busch gefunden habe.«

»Ach ja, richtig, ich werde vergeßlich. Dieser Busch, ja richtig. Ein Nußhörnchen, Deborah, oder lieber einen Kirschplunder?«

Aber vorhin beim Teekochen schien er doch recht genau Bescheid gewußt zu haben.

»Die mich danach so geduldig wiederaufgebaut hat.«

»Vorsicht!« signalisierte mein Blick. »Keine Nachrichtensendung.«

»Nein, danke, keinen Kuchen mehr. Tja, Hans-Jochen Busch hat uns beide ganz schön geschafft. Leichen zu finden ist keine Erfahrung, die ich jeden Tag haben muß. Die Polizei geht jetzt von einem Raubüberfall aus, weil seine

Brieftasche fehlte. Er wurde damals anhand eines Goldkettchens identifiziert. Aber ich glaube nicht so recht an Raubmord. Das ist doch kein typischer Ort für einen Raubüberfall, eine leere Wohnung. Und nach dem, was er sonst noch so auf dem Kerbholz hatte …«

Forbrich schob Kirschkerne auf seinem Teller hin und her.

»Ein schrecklicher Mensch! Anhand des Goldkettchens identifiziert? Ein richtig aufgeblasener Verbrechertyp, großspurig, sage ich. Wissen Sie, diese ganze Lebenshaltung, Muskeltraining, Handy, Wichtigtuerei und Arroganz, wenn das die neue Gesellschaft ist …«

»Könnt ihr mal aufhören, von diesem Kerl zu reden, Papa? Das gab's doch bei uns ebenfalls zur Genüge. Gerade du hast doch eine Menge solcher Typen abgekriegt. Ich will das nicht dauernd als Gesprächsthema. Sieh doch endlich mal nach vorne und nicht ewig in die Vergangenheit! Und laß die Gartentür reparieren. Die hatte ich vorhin fast in der Hand.«

»Kati, darin sind wir eben unterschiedlich. Du lebst in der Zukunft, und in meinem Alter lebt man mehr und mehr in der Vergangenheit und beklagt, was man falsch gemacht hat.«

»Oder in Deborahs Alter. Sie kann auch nie aufhören. Will immer noch wissen, wer der böse Mann ist, der Busch die dicke Brieftasche abgenommen hat. Als ob das nicht scheißegal wäre! Hauptsache, er ist hinüber, endlich erledigt, er und die neue Gesellschaft.«

Das Schweineohr auf ihrem Teller war endgültig jenseits von appetitlichem Aussehen. Katrin sah meinen Blick darauf, riß den Teller vom Tisch und ging in die Küche. Ich hörte Mülldeckelklappern und Tellerklirren.

»Haben Sie wirklich ein Interesse daran, wer Hans-Jochen Busch umgebracht hat?«

»Sie kann keine zehn Minuten an was anderes denken«, sagte Katrin von der Tür her. Außer in gewissen Nächten, dachte ich traurig. Sie dachte, sie müßte eifersüchtig sein auf Louise. Dabei waren es ganz andere Barrieren, die uns trennten.

»Na ja, Herr Forbrich, es interessiert mich schon. Außerdem ist es der zweite Mord, der innerhalb kurzer Zeit in meiner näheren Umgebung passiert ist. Irgendwann hört man dann nicht mehr auf, an Leichen und Mörder zu denken. Eine kleine Obsession, wenn Sie so wollen.«

»Ja, vor allem, wenn die potentiellen Mörderinnen so attraktiv sind!«

»Kati, du wirst ausfallend. Deborah ist unser Gast!«

»Ja, schon gut. Mit Mutti konnte man sich wenigstens streiten, aber du bist hoffnungslos. Ich pack mal die Bücher zusammen, dann könnt ihr in Ruhe Detektiv spielen.«

Sie donnerte ihre Kuchengabel auf den Tisch und verließ den Raum. Ihre Schritte in den Springerstiefeln waren fast zu groß für das bißchen Wohnzimmer.

Forbrich saß zusammengesunken auf seinem Stuhl. »Ja, man denkt dauernd an Opfer und Täter«, murmelte er. »Man kann nicht einfach ungeschehen machen, was passiert ist, darin täuscht sich meine Tochter. Man tut etwas und muß mit den Konsequenzen leben; überquert eine Grenze und zerstört damit eine Familie. Bringt einen Mann um und trägt ihn mit sich herum wie einen Widergänger. Liegt darin vielleicht Ihr Interesse, die Morde aufzuklären? Weil es dann leichter ist, damit zu leben, daß es so etwas wie Mord und Mörder gibt?«

»Das habe ich mir noch gar nicht überlegt.«

Ich dachte an Louise. »Ich glaube, in diesem einen Fall kommt es mir mehr darauf an, zu wissen, wer den Mord nicht begangen hat.«

»So? Ja, unter Umständen ist das die wichtigere Frage.«

Nun nahm er ein Schweineohr und fing an, es zu quälen, statt zu essen. Doch mein Bedarf an Tierquälerei war langsam gedeckt.

»Kennen Sie die Geschichte vom Ritter Lancelot«, fing Forbrich wieder an zu reden, »der im Wald ritt und plötzlich auf eine große, steinerne Grabplatte stieß? Und als er näher kam, sah er mit Erschrecken, daß sein eigener Name darauf eingraviert war. Aber mutig, wie er war, stieg er in sein eigenes Grab und bestand ein *aventure*, das ihm Ruhm und Ehre brachte. Verstehen Sie? Er hat sich nicht vor sich selbst gedrückt.«

Ich sah auf die Uhr.

»Herr Forbrich, ich glaube, ich muß langsam aufbrechen. Ich bin heute abend noch eingeladen.«

»Ach so, ja, wie schade.«

Er stand auf, rief in den Flur: »Kati, Kati? Deborah möchte fahren.«

Katrin kam die steile Treppe herunter. Sie hatte rote Augen. Ich wußte nicht, ob Forbrich es auch gesehen hatte. Er fing an, Geschirr aufeinanderzustellen, als gälte es, die Spuren unseres Besuches so schnell wie möglich zu beseitigen.

»Kati-Kind, hast du genügend Plastebeutel gefunden für deine Bücher?«

Sie deutete auf zwei Tüten, die im Eingang standen.

»Ja, alles gut verpackt.«

»Daß sie aber auch nicht reißen!«

»Nein, so schwer sind sie nicht. Ist in Ordnung, Deborah, wir können los.«

Diesen Gesichtsausdruck kannte ich nun schon, eine Miene, die jeden Zutritt verweigerte. Ich nahm meine Jacke, reichte Papa Forbrich die Hand.

»Auf Wiedersehen.«

»Auf Wiedersehen! Es hat mich sehr gefreut, Sie kennenzulernen. Kati, wollt ihr denn noch Kuchen mitnehmen?«

»Nein, danke, Papa. Sicher nicht.«

Sie schlüpfte in ihre Jacke und zog die Haustür auf.

»Los, Deborah.«

Küßte ihren Vater flüchtig: »Tschau, Papa, ich melde mich.«

»Ja, ja. Kommt gut nach Hause! Vergißt du nicht, Franka anzurufen, Kati? Sie hat nächste Woche Geburtstag.«

»Nein.«

Katrin klemmte sich die Bücher unter den Arm. Ich hob vorsichtig die Gartentür an. Nahm Katrin eine Tüte ab.

Papa Forbrich winkte und wartete, bis wir hinter der Hecke verschwunden waren. Dann hörte ich das Quietschen der Haustür. Schweigend gingen wir zum Auto, ich schloß Katrin die Tür auf.

»Ich fahr dich nach Hause«, sagte ich und vermied es, sie dabei anzusehen.

»Ich dachte, ich könnte vielleicht noch mit zu dir kommen. Als Abschluß eines schönen Sonntags. Was für eine beschissene Idee, hier zum Kaffee rauszufahren!«

»Ich bin heute abend eingeladen. Das habe ich dir doch erzählt.«

»Ach ja, bei deiner tollen Louise! Na ja, dann war es eben ein One-Night-Stand. Rigoletto ist sowieso schon eifersüchtig. Bieg jetzt rechts ein und dann die übernächste links. Ich bin eben doch nur eine Eule und nicht so schau wie deine Frau Delbrouck!«

Sie hatte meine Einladung zu Louise nicht vergessen, nur gehofft, ich würde mich anders entscheiden. Ich spürte ihren Blick auf mir. Er machte mich traurig.

»Wir müssen miteinander reden«, sagte ich, »aber in Ruhe.«

»Ich weiß schon, was du mir sagen willst. Ich bin nicht

doof. Wir müssen nicht darüber reden. Du kannst mich bei mir zu Hause absetzen. Und dann sehen wir uns ganz einfach nie wieder.«

»Bis auf die Teamsitzungen im Frauenzentrum, wenn es gerade mal wieder um Finanzen geht. Bis auf die Eröffnung eurer neuen Zufluchtswohnungen, zu der Claudia mich eingeladen hat, und zufälligen Treffen in irgendwelchen Bars. Ich finde es seit Jahren nicht mehr lustig, bei jeder Gelegenheit irgendeiner Frau aus dem Weg gehen zu müssen, wenn ich mich mal amüsieren will. Keine Leichen im Keller! Außerdem hab ich genug von der allgemeinen Schweigerei. Katrin, bitte, das bin gar nicht ich, in die du dich da verliebt hast. Du willst mich als jemand sehen, der ich gar nicht bin. Du meinst mich gar nicht, sondern … ich weiß nicht … Ich rufe dich an, und wir treffen uns. Zu einem Tee mit Rumkandis, ja?«

Sie schwieg den ganzen, langen Weg durch die Stadt, bis wir vor ihrer Haustür standen.

»Danke fürs Bringen. Ich habe mich übrigens entschlossen, zur Polizei zu gehen und ihnen von der Vergewaltigung zu erzählen. Vielleicht bringt das ja Bewegung in den Fall.«

Ich versuchte, sie in den Arm zu nehmen, was in solchen Fällen immer das Falsche ist. Es ist eine paradoxe Tatsache, daß Zärtlichkeit mitunter nichts hilft und nicht greift, wenn die Assoziationslinie: Körper bedeutet Wärme, ist Trost, durchtrennt ist.

Aber vielleicht war ich im Moment nur die falsche Person für Trost.

Sie entwand sich mir und verschwand ohne einen Blick zurück. Mit ihren viel zu großen Schritten und den schlaksigen Gliedern. Das letzte, was ich sah, ehe die Haustür hinter ihr zufiel, waren ihre Krissellocken. Dann fuhr ich nach Hause, weg vom ehemaligen Grenzgebiet.

Ich war gar nicht sicher, daß das, was ich spürte, Traurigkeit war. Aus Konventionsgründen hatte ich beschlossen, mich traurig zu fühlen.

In Wirklichkeit war ich vielleicht ganz zufrieden.

Mit einer Tasse Tee mit Rumkandis in der Hand – ich lernte bei jeder Geliebten etwas dazu – saß ich da, spürte Forbrichs leisen, schicksalsergebenen Schmerz, kostete die Tragik des Verlassenwerdens aus, bis ich das Pathos meiner Gefühlsregungen nicht mehr ertrug und zugab, erleichtert zu sein.

Forbrich würde enttäuscht sein, der liebende Vater. Er hatte mich schon als Schwiegertochter einsortiert. Als eine, die gut war im Zuhören, seine Tochter aufheitern würde und Erdbeermarmelade aß. Der nur das Beste wollte für seine Tochter. Der rauben, morden und brandschatzen würde für sie, Meineide schwören, Nutella schmuggeln und im Palast der Republik auf den Fußboden pinkeln.

Und dann hörte ich in meinem Kopf das pfennigweise Rieseln eines Groschens.

Rauben, morden und brandschatzen! Woher wußte er so *en detail* über den Zustand der Wohnung Bescheid? Woher kannte er Hans-Jochen Busch so genau?

›Am meisten Angst habe ich um meine Tochter, daß eines Tages wieder etwas geschieht und ich alles verliere, was mir wertvoll ist …‹ Der sanfte Forbrich und seine großen Hände.

Ich würde morgen wohl noch mal zu Schwiegerpapa nach Grünau fahren müssen.

Nach dieser Erkenntnis stand ich lange vor meinem Schuhschrank. Entschied mich für das Raffinierteste, was ich an Fußbekleidung besitze. Stiefeletten mit kleinem Absatz, anthrazitfarbenes Wildleder. Auf dem Rist in viele kleine Fältchen und Kräuselchen gelegt, zusammengehalten von unsichtbaren Gummizügen. Der Clou war je ein dicker runder Silberknopf an der Außenseite jeden Schuhs. Das war so elegant wie unmißverständlich undamenhaft. Die psychische Verfassung, die ich zum Flirten brauche, und die Entschlossenheit von Modesty Blaise. Es war Zeit, die Sache mit Louise auf den Punkt zu bringen.

Dazu Hose und Jacke im Smokingstil, mit weißem Rollkragenpullover. Ich sah verliebt in meinen Flurspiegel. Wenn ich mich so auf einer Vernissage getroffen hätte, hätte ich mich sofort zum Sekt eingeladen.

Louises Bruder hatte auch Stufen vor seinem Haus und im Hausflur roten Teppich und Stuck. Das Stimmengewirr war schon vom Parterre aus zu hören, und ich ließ mich davon bis zu der angelehnten Wohnungstür im ersten Stock tragen. Ich trat in einen Flur mit Beletage-Holzfußboden und wollenen Läufern in Pastellfarben, auf denen viele Leute herumstanden.

Da kam Louise auf mich zu, mit einem leeren Sektglas und einer ultralangen Zigarette in der Hand. Als sie mich sah, fing sie an zu strahlen, so voller Offenheit und Unschuld, daß ich nicht anders konnte, als auch zu lächeln und zu strahlen und den bösen, dunklen, blutigen Mord in die hinterste Ecke meines Kopflabyrinths zu verbannen.

»Wie schön, dich zu sehen! So bekommt dieser überschattete Abend doch noch ein bißchen Glanz, wenigstens für mich. Leg ab. Ich hole dir Sekt, ja?«

Sie führte mich in ein großes Berliner Zimmer mit Parkettboden, das bis auf ein Sofa und zwei kleine Tischchen unmöbliert war. Dafür hing an den Wänden im hellen Licht vieler Spots eine Unmenge von Bildern, Aquarelle und Öl. Versehen mit Titeln und unauffälligen Nummern. Welche sich auf den Listen wiederfanden, die auf den Tischen lagen. Die Preise trieben mir fast die Augen aus den Höhlen.

Die Ölbilder fielen für meinen Geschmack etwas zu sehr in die Kategorie »Tuntenbarock«, aber die Aquarelle gefielen mir, manche mit zartem, andere mit kräftigerem Pinselstrich, Menschen und Landschaften. Ich sah mir die Aquarelle und ihre Titel genauer an: »Mann ohne Hut«, eine Kreatur, die weder Hut noch Kopf, noch Füße zu haben schien, die sich mit ihrer oberen und unteren Hälfte irgendwo im Leeren verlief. Der »Mann mit Spiegel«, ein sorgfältig ausgeführter Männerakt, hatte Kopf und Beine, sogar einen venezianischen Schlapphut auf. Der Spiegel hinter ihm zeigte nur Skelett mit schlaffen Muskelfetzen, und der Schlapphut fiel löchrig und entkräftet über einen Totenschädel.

Die »Landschaft ohne Flügel« bestand aus hingeduckten, erdfarbenen Pinselstrichen, flache Sanddünen, endend an einem weißen Himmel. Flüchtige blaue und grüne Tupfer an der Horizontlinie zwischen Weiß und Braun. Der Himmel hatte das Meer aufgefressen, nur die Reste von Algenpfützen übriggelassen.

Auf jedem der Bilder fehlte etwas Wichtiges. Etwas, wonach Claude suchte und was er anscheinend nicht finden konnte. Kontur? Fleisch, um knöcherne Blöße zu bedecken?

Und das Meer.

Vielleicht waren die Ölbilder darum so hingebungsvoll aufgemotzt. Die vielen Schichten schmieriger Farbe, um das Fehlende zuzukleistern.

Louise reichte mir ein Glas Sekt.

»Santé«, sagte sie und blinkerte mich an. »Ach, schau, da ist Claude!«

Sie nahm mich beim Arm und führte mich zu einem Mann in schwarzen Lederhosen und einem weißen Hemd, der gerade ein paar Leute in den anderen Raum an die Sektbar schubste. Wieder Hände schüttelte, wieder schubste. Seine Bilder an den Wänden schien er geflissentlich zu ignorieren. Verschiedene Leute sprachen ihn darauf an, deuteten auf das eine oder andere, dann sah er gleichgültig hin, machte eine erklärende Handbewegung. Danach glitt sein Blick wieder ins Leere, und er expedierte die Leute in Richtung Alkohol. Auch er pfeffer-und-salz-farben und Louise wie aus dem Gesicht geschnitten.

»Deborah, das ist mein kleiner Bruder Claude, der Schöpfer all dieser echten Delbroucks. Claude, darf ich dir Deborah vorstellen? Eine ganz besondere Freundin!«

Ganz besondere Freundin? Huiuiui!

Ich drückte Claude die Hand. Eine kühle Hand mit kräftigem Händedruck. Claude sah erschöpft aus, blaß, mit tiefen Ringen unter den ebenfalls veilchenfarbenen Augen. Sie flackerten wie Gasbeleuchtung. Er machte den Eindruck, als ob er mühsam die Fassung wahrte. Sah mich kaum an.

Ich wollte gerade etwas Kunstsinniges über seine Bilder sagen, da kamen zwei junge Männer auf ihn zu, beide in Seidenhemden und engsitzenden schwarzen Jeans, und umarmten ihn mit Küßchen hier und Küßchen da, daß die Ringlein in den Ohrläppchen klimperten.

»Claude, mein Lieber!« quietschte der Blonde. »Ich freue mich so, dich zu sehen! Mein Gott, du Armer! Und du bist so gefaßt! So tapfer! Eine schreckliche Geschichte! Haaach, und deine ganzen tollen Bilder!«

Und der Dunkelhaarige fügte hinzu: »Wir haben's gar nicht glauben wollen, als wir's in der Zeitung lasen. Der arme Kerl, er hat doch nie jemand was getan!«

Claude murmelte mit einem Seitenblick auf mich etwas von: »Schon gut, nun geht mal an die Bar, Kinder, und schwatzt nicht soviel!« Er schob sie, wie schon die Leute zuvor, in Richtung einer Flügeltür, hinter der wohl der kulinarische Teil der Ausstellungseröffnung zu besichtigen war.

»Tunten sind solche Quasselstrippen«, murmelte er seinem Männerakt zu, doch der behielt sein undurchdringliches Gesicht, zog nur den Hut etwas tiefer.

»Komm«, sagte Louise, »wir suchen uns ein ruhiges Eckchen zum Reden! Ich habe so gar keine Lust auf all die Leute heute abend. Ich bin hier nur die Schwester. Gefallen dir die Bilder?«

»Nicht alle«, sagte ich ehrlicherweise.

Sie klaute eine Flasche Moët von der Bar und führte mich in einen kleinen Raum mit Dielenfußboden, in dem ein paar tiefe Sessel herumstanden.

»Das Musikzimmer«, sagte sie und deutete auf ein paar Boxen, die auch für die Kongreßhalle gereicht hätten.

Wir ließen uns in die Sessel fallen.

»Was meinte denn der Blonde vorhin? Was ist denn mit Claude?« fragte ich. »Du hast letztens schon so was angedeutet.«

Ein deutlicher Griff nach heißen Eisen. Ich sah es an ihrem Blick.

»Na ja, so klug, wie du bist, kriegst du's ja doch raus, auch wenn ich nichts erzähle. Obwohl ich es besser nicht soviel herumtratschen sollte. Das könnte ihm schaden. Aber schließlich betrachte ich dich als loyale Freundin.«

»Ich schweige wie ein Mausoleum!« nickte ich.

Loyal bis ins Grab.

»Claudes Freund, sein Lover meine ich, ist vor zwei Tagen umgebracht worden.«

»Es ist dieser Schuhladentycoon, nicht wahr? Alexander Heppler?« fragte ich, plötzlich erleuchtet und wieder im Hinterhalt liegend. »Deshalb hast du mich bei unserem Spaziergang so auflaufen lassen!«

Louise hatte schmale Augen.

»Ja, Alexander! Gott sei Dank konnte Claude sich bis jetzt raushalten. Er ist nicht einmal von der Polizei verhört worden. Wahrscheinlich wissen sie gar nichts von seiner Beziehung zu Alexander. Das ist wohl die glänzende Seite der Münze ›Versteckspiel‹. Alexander war sehr diskret in dieser Hinsicht, und er gehörte zuerst zu meinem Freundeskreis, bevor Claude ihn auftat. Ich habe mit Alexander immer wieder über das Thema gestritten, diese Heimlichtuerei, aber nun kann Claude von Glück sagen …«

Ich spürte, wie sich meine Schläfen kräuselten. Da war die Verbindung zwischen Alexander und ihr. Sie sprach es selbst aus. Was immer noch fehlte, war das Motiv. War sie nicht mißtrauisch, daß ich sie aushorchte? Weil ich immer wieder nachfragte, Sachverhalte miteinander verknüpfte, die sie lieber lose gelassen hätte.

»Was ist denn, Deborah?« fragte sie verunsichert.

»Einen Moment.« Ich stand auf und drängte mich durch zur Garderobe.

In meiner Jackentasche steckte immer noch das Brillenetui. Ich nahm es heraus, schob es in meine Smokingtasche. Das war bestimmt nicht der richtige Moment, um eine Mörderin zu überführen, aber ich konnte nicht anders. Ich haßte dieses Frau-Dr.-Jekyll-und-Mrs.-Hyde-Spiel.

Ich setzte mich wieder neben Louise, sah ihr ins Gesicht und bemerkte wieder einmal, daß sie hinreißende blaue Augen hatte. Forschende, unruhige Veilchen. Doch es half nichts, Sentimentalität war nicht angesagt.

»Ich bin wirklich eine gute Portemonnaiefinderin«, sagte ich leise, »und bei Brillenetuis bin ich auch nicht schlecht.«

Sie wurde blaß, als ich es aus der Tasche holte.

»Deborah! Du hast mein Brillenetui«, flüsterte sie.

»Weißt du, wo du's verloren hast?«

»Ja, sicher!«

Ganz ruhig, Deborah!

»Ich war in der Suarezstraße, nachdem ich mich an die Adresse in deinem Portemonnaie erinnert hatte. Habe die Hauswartsfrau ausgehorcht und mir ihre Schlüssel ausgeliehen.«

Wieder nickte sie: »Ich hatte anfangs vermutet, daß dir

der Zettel aufgefallen war. Doch du wirktest so... so nichtsahnend.«

»Da hatte ich auch noch keine Zeitungen gelesen. Auf dem Weg zum Auto fiel mir dann die Schlagzeile ins Auge.«

Louise funkelte mich mit ihren Blauaugen an.

»Und dann habe ich mich an das Blut auf deinem Schuh erinnert. Am Abend zuvor. Verdammt! Ich habe dich nicht erst in dem Teesalon gesehen, sondern schon auf der Straße. Ich bin dir nachgegangen, weil ich deine Schuhe so klasse fand und weil du mich interessiert hast.«

Sie senkte den Kopf: »Ein etwas zweifelhaftes Motiv!«

Ich beugte mich vor, versuchte, ihr ins Gesicht zu sehen: »Louise, warum hast du Alexander Heppler umgebracht?«

Sie sah mich in höchster Panik an.

»Ich habe ihn nicht... Du glaubst, ich hätte... ja aber natürlich mußt du jetzt denken, daß ich...« Sie sprang auf, donnerte die Tür gegen die Wand und war verschwunden.

Ich krabbelte aus meinem Sessel, an der Tür wäre ich fast mit Claude zusammengestoßen, der aus dem Nichts dort auftauchte; rannte Louise hinterher, durch den Ausstellungsraum, in den vorderen Flur, sah noch, wie sie ihren Mantel vom Haken riß und zur Tür hinauslief; Göttin, diese Frau hatte Flügelschuhe an den Füßen. Einige Leute sahen mich verwundert und neugierig an. Hi, Leute, ich hab ihr nur eben 'nen unsittlichen Antrag gemacht, keine Panik! Betont harmlos schlenderte ich an die Bar und ließ mir noch einen Sekt geben, unschlüssig, was ich tun sollte. Die Polizei rufen? Aufgrund welcher Beweise? Auf gut Glück zu Louise fahren? Wer weiß, ob sie überhaupt nach Hause gefahren war.

Mit Claude reden? Claude sah nicht aus wie jemand, mit dem ich reden wollte. Heppler war also sein Liebhaber gewesen. Und mit Louise befreundet. Doch wo lag ihr Motiv? Wenn nicht Claude selbst...! Wenn sie nicht zusammen...!

Das würde Brillenetui und Absatzsohle in einem Aufwasch erklären.

Oh, Scheiße, ich wollte mit dieser ganzen Geschichte nichts mehr zu tun haben. Also gut, ich würde das Glas leer trinken, aufs Klo gehen und nach Hause fahren. Endlich Ruhe, keine wie immer gearteten Leichen mehr! Ich bewegte mich den mit Sisal ausgelegten Flur hinunter, am Musikzimmer und an der Küche vorbei, in die Richtung, in der in den meisten Berliner Altbauwohnungen ein Klo zu finden ist. Auf einer kleinen Konsole aus fein gemasertem Holz in einer Nische deplazierte ich mein Sektglas. Hinter der Konsole steckte, zwischen Holz und Wand geklemmt und quasi unsichtbar, ein Paar schwarzer Herrenschuhe, Marke Ferragamo, an den Sohlen völlig schmutzverkrustet und klebrig. Als ich näher hinsah, war es Blut, und am rechten Schuh fehlte die Absatzsohle. Ach, sieh mal einer an! Eine schmutzverklebte Absatzsohle, wie ich sie in einer kleinen Plastiktüte in meiner Jackentasche im Flur hatte.

Plötzlich wieder im Jagdfieber, schlich ich mich zur Garderobe, zückte zum zweiten Mal an diesem Abend ein Corpus delicti, lustwandelte zurück zur Nische und zog die Schuhe heraus. Natürlich paßte die Sohle. Und die Schuhe würden zweifellos Claude passen, ohne Zehen oder Ferse abzuschneiden. Ein sauberes Pärchen, Louise und ihr Bruder und ihre hämoglobinverklebten Fußbekleidungen!

Ich richtete mich auf und sah Claude Delbrouck direkt ins Gesicht. Als er jetzt aus der Küchentür kam, wirkte er keineswegs erschöpft.

»Sie! Deborah war Ihr Name, nicht? Warum ist Louise vor Ihnen davongelaufen?« fragte er, als er vor mir stand. Drohend! Mit Oberarmmuskeln, die sich unter dem Hemd spannten. Vielleicht war er nicht nur Maler, sondern auch Bildhauer.

Steinmetz!

»Keine Ahnung!« sagte ich mit Schafsblick.

»Reden Sie doch kein dummes Zeug«, blaffte er. »Sie saßen mit ihr im Musikzimmer. Sie haben Louise ein Brillenetui gezeigt. Der Farbe nach zu urteilen, gehörte es ihr. Meine Schwester mit ihrem Graurotfimmel. Warum ist sie davongelaufen? Wie kamen Sie an dieses Brillenetui?«

»Ich habe es ihr wiedergebracht. Sie hatte es vergessen, und ich habe es gefunden.«

Er sah auf die Absatzsohle in meiner Hand. »Haben Sie die Sohle auch da gefunden, wo Sie das Etui herhaben?«

Ich sah ihm starr in die Augen. Noch schöner, seinem Blick auszuweichen.

Über sein Gesicht huschte etwas wie Verstehen, huschten viele kleine Blitze des Verstehens, und den Widerhall des dazugehörigen Donners hörte ich in meinem eigenen Kopf.

»Ich hatte mich schon gewundert, warum die Tür sperrangelweit offenstand. Vor allem eine Tür, die ich gar nicht benutzt habe. Louise war wohl ein bißchen panisch.«

Die Bedeutung dieses Satzes, kryptisch für Nichteingeweihte, ging mir augenblicklich auf.

Er griff nach der Schuhsohle, ich zog sie weg, er schnappte nach meiner Hand wie ein Boxerhund. Im selben Moment kamen Leute aus der Küche, der Blonde und der Dunkelhaarige von vorhin, die riefen: »Ach, daaa bist du, Claude!«

Er wandte einen Moment lang den Kopf, und diese Sekunde reichte mir, um mich an ihm und den Jungs vorbeizudrängen.

Angst verleiht Flügel? Nun war ich es, die die Jacke vom Haken riß und mit Siebenmeilenstiefeln die Treppe hinunterrannte. Ich war noch nicht weit, da hörte ich Claudes Gepolter hinter mir.

»Bleiben Sie stehen!« schrie er. »Himmelarsch, bleiben Sie stehen!«

Den Teufel würde ich tun!

Ich nahm zwei Stufen auf einmal, aber das tat er wahrscheinlich auch. Wenn ich erst auf der Straße war, konnte er mich nicht mehr so einfach angreifen.

Wenn da Passanten waren, um diese Uhrzeit!

Und wenn sie nicht wegsahen!

Denn wenn ein Mann eine Frau wegschleift, dann ist das ja fast immer Beziehungsstreß, und der geht niemanden etwas an.

Ich nahm die letzten Stufen im Blindflug, riß die Haustür auf, rannte auf die Straße; um die nächste Straßenecke in die Eckkneipe und aufs Frauenklo.

Es dauerte eine Weile, bis ich mich in den Kneipenraum zurücktraute. Von Claude war nichts zu sehen.

Ich spielte mit dem Gedanken an ein Bier, aber das Ambiente war so wenig ermunternd, daß ich es ließ.

Auch auf der Straße keine Spur von Claude dem Dolchschwinger.

Ich stieg in mein Auto und fuhr nach Hause. Forbrich konnte warten. An diesem Abend war ich wahrhaftig schon auf ein paar Rillen zuviel getreten. Wieder einmal dachte ich über die Entsorgung meines kriminellen Sondermülls nach.

Dann war ich auf dem besten Wege in die Badewanne, da klingelte das Telefon. Irgend etwas sagte mir, es sei besser, dieses Klingeln nicht zu überhören.

Ich meldete mich und hörte ein erleichteres Aufseufzen.

»Hier ist Louise.«

Kletten waren leichter abzuschütteln.

»Deborah, ich weiß, es ist spät und ich habe mich vorhin schlecht benommen, aber ich habe solche Angst! Könntest du herüberkommen?«

Sie hatte Hysterie in der Stimme. Oder war das ein Trick?

»Herüberkommen? Was ist denn los, Louise?«

»Claude! Er hat gerade angerufen. Er will gleich hier sein. Er sagt, er hätte etwas mit mir zu regeln. Er hätte mit dir geredet, und da seien ihm ein paar Kronleuchter aufgegangen. Deborah, was hast du ihm erzählt?«

»Daß ich dein Brillenetui gefunden habe. Ich hab nicht gesagt, wo. Dann hat er mich gefragt, ob ich seine Absatzsohle an demselben Ort gefunden hätte?«

»Seine Absatzsohle?«

»Ich habe in der Suarezstraße im Hausflur eine Absatzsohle gefunden. Und in Claudes Wohnung die dazu passenden Schuhe. Dabei hat er mich erwischt. Er sagte, nun könne er sich auch erklären, warum die Tür zum Hof offenstand, die er doch gar nicht benutzt hätte. Und du seiest wohl ein bißchen panisch gewesen.«

Ich hörte sie aufstöhnen.

»Also weiß er, daß ich diejenige war!«

Jetzt blickte ich überhaupt nicht mehr durch; wußte nicht mehr, wen ich zuerst verdächtigen sollte. Louise wimmerte leise.

»Diejenige was, Louise?«

»Die ihn am Tatort gesehen hat. Deborah, ich habe gesehen, wie er Alexander erstochen hat. Ich war in der Toilette hinter der Tür. Er stand ganz harmlos hinter ihm, hatte ihm die Hände auf die Schultern gelegt und dann ... und jetzt kommt er hierher.«

»Warum läßt du ihn rein?«

»Er hat einen Schlüssel zum Blumengießen.«

Ja, die liebe Verwandtschaft!

Ich schwankte zwischen Angst um Louise und absolutem Widerwillen. Deborah als braver Bernhardiner mit einem Schnapsfäßchen um den Hals. Dieses Schmierenschauspiel! Und warum glaubte ich ihr überhaupt?

Weil Claude recht überzeugend gewirkt hatte.

»Louise, du mußt die Polizei anrufen!«

»Nein, nicht die Polizei!«

»Warum nicht?«

»Das kann ich am Telefon nicht sagen. Bitte, Deborah, komm!«

»Ich sitze in der Badewanne. Es dauert zu lange, bis ich mich angezogen habe.« (Ausflucht, Schwindel!) »Außerdem bin ich nicht Stoner McTavish, die für ihre Angebetete mit Freuden Kopf und Kragen riskiert!«

Endlich ein deutliches Wort! Ob sie überhaupt wußte, wer Stoner McTavish war? Aber sie ging nicht darauf ein, sagte nur noch einmal: »Bitte, Deborah!« In dieser besonderen Art, meinen Namen auszusprechen. Da wurde ich weich.

Eine Viertelstunde später stand ich im Killerdreß vor ihrem Haus und klingelte. In der Hand hatte ich eine Rohrzange und mein Funktelefon. Falls wir uns doch noch dazu durchringen konnten, die Bullen anzurufen und die Schnur nicht bis unter den Kleiderschrank reichte, wohin ich mich beim ersten Anzeichen von Gefahr verkrümeln würde.

»Ja?« quäkte der Lautsprecher.

»Zweiter Stock, links, ich weiß, Sweetheart!« quäkte ich zurück.

Sie drückte auf den Summer.

Die Dame im zweiten Stock links sah aus, als wollte sie mir unverrichteter Dinge ohnmächtig in die Arme sinken, was mir gar nicht recht war. Ich hasse es, den Kerl spielen zu müssen, Rohrzange hin oder her.

»Zieh dir andere Schuhe an!« sagte ich mit Blick auf die Abendpumps, die sie immer noch trug. »Sonst war der ganze Karatekurs für die Katz.«

Sie schlüpfte folgsam in ein Paar Joggingschuhe, die noch nie eine Laufstrecke von nahem gesehen hatten.

»Eine Rohrzange?« fragte sie.

»Jawohl! Ich hatte nichts Schwereres«, sagte ich, schloß die Tür und zog sie ins Wohnzimmer.

»Weißt du, was er vorhat?«

»Ich hab Angst, daß er mich umbringt.«

»Warum rufst du nicht die Polizei?«

»Weil ich Claude die Gelegenheit geben will, sich selbst zu stellen.«

Nur ein Barbara-Cartland-geschädigtes Gehirn konnte so einen Blödsinn produzieren.

»So ein Quatsch, Louise!«

»Und weil sie mich dann fragen werden, warum ich in Alexanders Lagerräumen war!«

Da kamen wir der Sache schon näher.

»Und warum warst du da?«

»Ich habe die Papiere gesucht, mit denen er mich erpreßt hat. Steuerhinterziehung, illegale Goldtransporte von Afrika nach Italien und über die Schweiz nach Berlin. In italienischen Schuhkartons mit kleinem Umweg am Zoll vorbei. Nach Berlin und über einen Mittelsmann in Dresden saubergewaschen. Ist nie aufgeflogen, bis es Claude seinem heißgeliebten Alexander in einer schwachen Stunde erzählt hat. Claude ist ein paarmal den Transporter gefahren, deshalb wußte er davon. Und einmal haben wir die Kartons in Alexanders Keller zwischengelagert. Und Alexander, dieses dumme Arschloch, hat sich von dem Schweizer Mittelsmann eine eidesstattliche Erklärung beschafft, daß die Transporte stattgefunden haben. Ich konnte sein dummes Gesicht nie leiden. So ein gönnerhafter Typ. Aber Claude war ihm ja geradezu hörig. In der Schweiz sind diese Transporte kein Vergehen. Nur in Deutschland, wenn das Gold dann nicht versteuert wird. Der Mittelsmann hatte nichts zu befürchten, obwohl er sich schon vorher vor Nervosität fast in die Hose gemacht hat. Der Typ war sozusagen die Sollbruchstelle des Ganzen, und Alexander hat sie geknackt.«

Ich pfiff durch die Zähne: »Wieviel?«

»Vielleicht Achthunderttausend! Vielleicht mehr!«

»Sie steigen in meiner Achtung, gnädige Frau!« sagte ich.

»Na ja, deswegen war ich ja jetzt auch in Zürich. Ich mußte den nächsten Transport abblasen und den Kontaktpersonen in Dresden Bescheid geben. Wegen des Mordes war das jetzt alles zu gefährlich geworden. Entschuldige, Deborah, ich weiß, du bist Steuerberaterin!«

Spuren verwischen nannte man das. Na ja, wenn's in der Schweiz legal war. Gepriesen sei die neutrale und demokratische Schweiz.

»Und warum hat Claude Alexander umgebracht? Wegen der Erpressung?«

»Ich weiß es nicht! Wie er mit dem Messer auf Alexander... Er ist sonst so ein sanfter Mensch, manchmal ein bißchen naiv allerdings«, sagte sie kläglich.

»Und deshalb sitzen wir jetzt auch hier und zittern vor ihm. Wirklich ein sanftes Lämmchen! Was machen wir denn, wenn er jetzt kommt?«

»Ich werde ihm sagen, daß ich ihn nicht verrate. Schweigen gegen Schweigen. Schließlich hänge ich ja auch mit drin. Und er ist doch mein Bruder.«

»Ein Mord ist was anderes als ein Steuervergehen, Louise.«

»Knast ist Knast! Bei diesen Summen!«

Wohl wahr. Da hörten wir ihn die Tür aufsperren.

»Schnell, versteck dich im Schlafzimmer. Er soll nicht wissen, daß du hier bist!«

So stand ich also mit einer Rohrzange und einem Funktelefon in Louises Schlafzimmer, einem Ort mit flauschigem weißem Teppichboden, den ich lieber unter anderen Umständen kennengelernt hätte.

»Deine Freundin, die Schnüfflerin, hat mir ein paar interessante Hinweise gegeben!« eröffnete Claude das Duell.

Claude der Dolchschwinger trug Handschuhe, wie ich durch den Türspalt bemerkte.

Keine Fingerabdrücke!

Louises Turnschuhe sahen zu dem grauen schlichten Abendkleid mehr als unpassend aus. Ich kicherte, ebenfalls der Situation nicht angemessen, in meine Lederjacke hinein. Das Absurde dramatischer Situationen. Doch die da draußen kamen jetzt zur Sache. Ich schob die Tür noch einen Zentimeter weiter zu. »Schweigen gegen Schweigen, du hast wohl einen Knall, Louise! Was sind denn das für romantische Ideen! Meinst du, ich will mein Leben lang Angst haben, daß du mich verpfeifst, wenn ich mal nicht für dich springe? Ich bin schon zuviel für dich gesprungen, meine Liebe. Claude, tu dies, tu jenes. Der liebe kleine Bruder Claude! Ich lasse mich nicht mehr erpressen und auch nicht mehr ducken.«

»Für das viele Geld, das ich dir gebe, ist es wohl nicht zuviel verlangt, wenn du mir ab und zu einen Gefallen tust! Wer bezahlt denn deine Wohnung, deine Klamotten, deine Segeltörns, du Yuppieverschnitt! Für das, was du an deinen Bildern verdienst, kannst du dir doch höchstens ein Jahresabo Margarinestullen kaufen. Null Geschäftssinn, mein Kleiner. Deine Vernissagen sind ja auch nur dazu da, all deine süßen, kleinen Jungs mit Alkohol abzufüllen. Gekauft hat von denen doch noch nie jemand was. Und ich bin diejenige, die den ganzen Krempel bezahlt.«

»Du weißt, daß meine Bilder gut sind!«

»Das steht doch überhaupt nicht zur Debatte, da du ganz deutlich erkennbar nicht davon leben kannst!«

»Das nützt dir jetzt auch nichts mehr, Louise. Es ist zuviel passiert. Es geht gar nicht mehr um Geld. Du warst zur falschen Zeit am falschen Ort.«

»Danke, ebenfalls«, sagte sie tapfer, aber ich hörte das Zittern in ihrer Stimme.

»Das macht nichts, weil die Polizei davon keine Ahnung hat. Sie werden dich mit einem Messer im Bauch und einem Abschiedsbrief in der Tasche auffinden. Du konntest mit der Schuld nicht leben, Alexander umgebracht zu haben, nachdem er dich wegen Steuerhinterziehung erpreßt hatte. Kommt der Wahrheit doch recht nahe, oder? Ich kann der Polizei dann auch zur rechten Zeit ein paar Tips geben.«

»Du mieser, kleiner Stinkstiefel!«

»Und deine Freundin mit dem klugen Kopf erwische ich auch noch. Irgendwo hast du bestimmt ihre Adresse rumliegen. Die konnte mit dem Verlust nicht leben, weil sie so an dir gehangen hat. Geht mir ja auch so, aber ich bin nicht so suizidgefährdet!«

»Du Aas!«

»Aber ja«, sagte er liebevoll.

Dann ging er auf sie zu mit seinen behandschuhten Händen. Seine Füße in italienischen Schühchen schrubbten leise über das Parkett. Schon wieder Ferragamo! Suchte er seine Schuhe eigentlich selbst aus, oder war sie dafür zuständig? Oder der verblichene Alexander?

Louise wich vor ihm zurück, und ich hoffte inständig, daß irgend jemand sagte: »Klappe, wir haben die Einstellung im Kasten. Danke, Kinder, Schluß für heute!« Als sich nichts dergleichen tat, sah ich ein, daß ich nicht in einen amerikanischen Soap-Streifen geraten war und dringend etwas tun mußte.

Die Rohrzange war bestimmt wirksam, aber nur im Überraschungsangriff. Und Claude stand unglücklicherweise mitten im Raum mit dem Gesicht zur Schlafzimmertür. Ich wollte nicht riskieren, das Ding selbst über den Schädel zu kriegen.

Leise ging er immer weiter auf Louise zu, und sie wich

Schritt für Schritt zurück in Richtung Schlafzimmer. Sie hatte die rechte Hand auf dem Rücken, und da sah ich, wie sie mir damit zuwinkte. Sie meinte die Rohrzange! Die Killerrohrzange! Sie wollte ihm damit eins überbraten.

»Es nützt dir nichts, Louise«, sagte Clause lauernd. »Wenn du dich im Schlafzimmer einschließt, trete ich die Tür ein. Aber wenn du lieber im Bett sterben willst, bitte. Hat auch mehr Stil für einen Selbstmord. Dann muß ich dich eben finden und die Tür eingetreten haben, weil sie von innen verschlossen war.«

Plötzlich sah ich das Messer in seiner Hand. Dieser Kerl hatte wahrscheinlich eine ganze Sammlung davon! Louise stand jetzt unmittelbar vor der Schlafzimmertür. Den linken Arm hatte sie zur Abwehr erhoben, der rechte tastete unbeholfen nach dem Türspalt. Ich wagte nicht, ihr die Rohrzange zu geben! Wenn ich die Tür bewegte, wenn er mich dahinter bemerkte, waren wir wohl beide geliefert! Ich bin eine Arbeiterin des Geistes, intellektuell und keinen Sport ausübend, außer Verbrecherjagd.

Louise selbst bewegte die Tür, zog sie mit der Hand hinter ihrem Rücken langsam auf.

Er hatte wieder diesen Gaslaternenblick.

»Willst du nicht wie ein Mann in deinen Stiefeln sterben, Louise?« fragte Claude mit einem dünnen Lächeln auf den Lippen.

»Ein reichlich dummer Spruch, Claude, und sexistisch dazu!«

Sie redete, um ihn zu beschäftigen.

»Wie ein Mann will ich ganz bestimmt nicht sterben und in Stiefeln auch nicht...« Sie klang nach hohem Adrenalinspiegel und wedelte mit der Hand nach der Rohrzange.

Jetzt war die Tür halb offen, und ich drückte sie ihr mit tiefer, stiller Freude in die Hand.

»Und am liebsten will ich gar nicht sterben, du Affenarsch!« schrie sie, drückte mit der Schulter die Tür beiseite. Er hob die Hand mit dem Messer, stach zu, ich sah das Finstere, Blutige in seinen Augen. Sie führte einen unglaublichen Schlag gegen seinen Arm, er schrie auf, ließ das Messer fallen, krümmte sich, hielt seine Hand, da ging sie auf ihn zu und verpaßte ihm eine solche Ohrfeige, daß er verwirrt den Kopf schüttelte. Ein zweiter Schlag setzte ihn auf seinen Hintern.

»Du Miststück hast mir den Arm gebrochen!« jaulte er.

»Sei froh, daß ich nicht gleich Hackbraten aus dir mache«, sagte sie und stand breitbeinig auf dem Parkett, noch wachsam und außerhalb seiner Reichweite, mit der Rohrzange in der Hand, wie Kali höchstpersönlich. In Abendkleid und Turnschuhen.

»Warum hast du Alexander umgebracht?« fragte sie eisig.

»Eifersucht und Leidenschaft, mein Liebling. Er wollte mich verlassen, wegen irgend so einem kleinen Lustknaben. Es war im Affekt! Du weißt, ich hätte für Alexander alles getan.«

»Sehr informativ. Wenn du das Maul hältst wegen der Steuergeschichte, werde ich meine Aussage vielleicht dahingehend beschönigen, du Knaller! Ich habe übrigens die eidesstattliche Erklärung und alle anderen Papiere gefunden, mit denen Alexander mich erpreßt hat. Sie sind weg, verbrannt!«

Claude versuchte, auf die Füße zu kommen, schrie aber laut auf, als Louise ihn an seiner verletzten Seite nach unten drückte und wieder aus seiner Reichweite trat.

»Er hat meine Bilder nicht gemocht«, winselte Claude, »hat sie ›Claudes analer Schrebergartenersatz‹ genannt. Ich wollte Aktbilder von ihm malen, und als ich es ihm vorgeschlagen habe, hat er mich ›kleine, schwärmerische Kunstschwuchtel‹ genannt. Immer wenn ich die Augen zumache, sehe ich sein herablassendes Lächeln vor mir.«

»Ruf die Bullen, Deborah«, sagte Louise, »und die sollen gleich einen Viehdoktor mitbringen!« Sie drehte sich nach mir um, lächelte mich an: »Ich brauche übrigens immer noch eine kompetente Steuerberaterin, Gnädigste! Stehen Sie zur Verfügung?«

Ich warf ihr eine Kußhand zu, dann wählte ich gehorsam Eins-Eins-Null.

Irgendwann überließ ich Claude und Louise ihrem geschwisterlichen Zwist und ihren familiären Formalitäten. Sie waren ja in sicheren, polizeilichen Händen. Ich hatte meine Aussage bereits gemacht, bewacht von Louises halb gebieterischen, halb flehentlichen Blicken, die Steuergeschichte aus dem Spiel zu lassen. Ich verabschiedete mich von meinem vernehmenden Freund und Helfer. Da ich nun wach und fit wie ein Turnschuh war, würde ich meinen kleinen Wahrheitsfindungsbesuch doch noch heute nacht erledigen. Es paßte auch besser ins Klischee. Nachts schleichen Mörder, und Katzen fangen ihre Mäuse.

»Ich hab noch was zu erledigen«, flüsterte ich Louise zu, die einem Zivilbeamten gerade mit dramatischer Geste sämtliche Vergehen ihres Bruders seit den Zeiten des Sandkastenalters erzählte. Claude saß inzwischen, den Arm von einem Bereitschaftsarzt notdürftig versorgt, einem anderen Beamten gegenüber, murmelte bleich, kleinlaut und geständig, so lange bis sein Anwalt eintraf, dann hielt er den Mund. Der Anwalt sah aus, als wollte er auf der Stelle auf gefährliche Körperverletzung mit Todesfolge plädieren. Auch Claude verlor über die Goldtransporte kein Wort. Denn schließlich hatte auch er den Lieferwagen gefahren. Außerdem sagte Louise gerade mit schwesterlicher Loyalität: »Alexander konnte einen ja manchmal bis aufs Messer reizen. Und er hatte dauernd irgendwelche Affären. Richtig provozierend!«

»Ich gehe jetzt, Louise!« flüsterte ich noch einmal.

Sie hielt erstaunt inne: »Ich dachte, du würdest heute nacht vielleicht ...«, sagte sie für polizeiliche Ohren fast unhörbar. Sie wurde ein wenig rot. »Entschuldigung«, wandte sie sich wieder dem Beamten zu, »wo waren wir stehengeblieben?«

»Ich rufe dich morgen an«, sagte ich und ließ meine Hand jene kleine Filmsekunde zu lange auf ihrer Schulter liegen. Diese Sekunde, die in alten Filmen immer geheime Vertrautheit, versteckte Sehnsüchte und zukünftige Verabredungen darstellt.

In Richtung Grünau wurde die Stadt immer stiller, die Zahl der Autos immer spärlicher. Ich fuhr vorbei an schäbigen, nächtlich verlassenen S-Bahn-Stationen, dann ein Stück Pseudolandstraße, dann holperte ich in die kopfsteingepflasterte Straße der Dreißiger-Jahre-Baufilzsiedlung hinein, die Clara-Zetkin-Straße hinunter und zu Forbrichs Haus.

Forbrich öffnete mir die Tür. Er war noch angezogen zu dieser späten Stunde. Sein Gesicht leuchtete wächsern in der gelben Außenbeleuchtung seiner Villa fürs kleine Beamtentum.

»Ach ... Deborah! Sie sind das! Ich dachte mir, daß Sie wiederkommen würden, ich hatte so ein Gefühl! Kommen Sie, ich will das nicht auf der Straße verhandeln. Wir sind eine geordnete Nachbarschaft.«

Er schloß sorgfältig die Tür.

»Sie haben mich heute nachmittag durchschaut, nicht wahr? Bei unserem Gespräch über Mörder und Morde. Das ist mir sehr recht. Ich habe heute abend auf Sie gewartet. Sonst gehe ich früher zu Bett.«

»Nicht durchschaut«, sagte ich und trat auf den räudigen Flurteppich, »vielleicht erkannt. Irgendwann paßte alles zusammen. Es macht mir im übrigen kein Vergnügen, falls Sie das damit meinen sollten.«

Aus der Küchentür fiel ein heller Lichtstrahl auf den Flur, beleuchtete jeden einzelnen Teppichfussel wie das biblische Flammenschwert die Sünden der Menschheit.

»Ich mache mir gerade einen chinesischen Tee. Wollen Sie einen mittrinken? Wenn Sie aber lieber gleich die Polizei rufen wollen, weil Sie Angst vor mir haben, hätte ich dafür Verständnis.«

»Warum sollte ich Angst vor Ihnen haben?«

Er krümmte die Hände und hielt mir mit theatralischer Geste seine Gruselfilmkrallen vors Gesicht. Aber als Mephisto war er eindeutig eine Fehlbesetzung.

»Schließlich bin ich doch ein Mörder!«

Fast hätte ich lachen müssen. Ich schob seine Hände weg und ging in die Küche.

»Machen Sie mir einen Tee. Mit Rumkandis! Und dann fahre ich wieder nach Hause. Ich habe kein Interesse daran, Sie zu verpfeifen, ich wollte nur wissen, ob ich richtig lag mit meiner Wahrnehmung. Mein persönliches Leiden an ungelösten Fragen. Daran, wer es war und wer es nicht war.«

Er sah mich fassungslos an, den dampfenden Wasserkessel in der Hand, stellte ihn wieder ab.

»Aber Deborah, ich war richtig froh, Sie vorhin an der Tür zu sehen. Die vergangenen Wochen waren so qualvoll! Ich wäre froh, wenn das alles vorbei wäre. Katrin hatte mir ja erzählt, daß sie von diesem Kerl, diesem Busch …, aber ich habe nie gedacht, dem Vergewaltiger einmal persönlich zu begegnen, geschweige denn … Er hatte unter anderem eine Bausanierungsfirma, und ich hatte ihn wegen des Schwamms in den Außenwänden konsultiert. Und dann … der Mann, das Büro, sein Benehmen, da hab ich es ihm auf den Kopf zugesagt. Und er hat nur gelacht.«

Er hatte die Hände fest ineinander verschränkt. So hielt die eine die andere, damit keine von ihnen davonlief und Leute ermordete.

»Und dann!«

Er nahm den dampfenden Wasserkessel und brühte den Tee auf.

»Ich wußte, daß die Frauenzufluchtswohnungen sich um die freien Räume in seinem Haus beworben hatten. Daraufhin habe ich mich unter falschem Namen auch um die Wohnung beworben, in der er gefunden wurde. Er arbeitete mit und ohne Makler, ganz wie's beliebte. Ich habe ihm dort aufgelauert. Mit meinem Wollschal. Aber so etwas tut man nicht ungestraft. Das bleibt einem haften. Auch wenn der Moment selbst ... befriedigend war.«

Er sah ungläubig auf seine Hände. »Das darf man nicht, so etwas genießen.«

Ich setzte mich auf die Küchenbank, sah auf seine abgewetzten Hauspantoffeln.

»Wenn Sie unbedingt müssen, dann stellen Sie sich selbst. Aber überlegen Sie sich gut, ob es Ihnen wert ist, für dieses Schwein fünfzehn Jahre hinter Gitter zu gehen. Und ob Sie Katrin das antun wollen.«

Er goß den Tee ab, stellte zwei seiner hauchdünnen Täßchen auf den Tisch, das Glas mit dem Rumkandis daneben.

Setzte sich.

»Haben Sie eigentlich ... wie sagt man ganz anachronistisch ... haben Sie eigentlich ernste Absichten mit meiner Tochter?«

Ich glaubte, mich verhört zu haben.

»Zitieren Sie gerade aus ›Kabale und Liebe‹ oder was? Ich fühle mich gerade wie ›Deutsche Klassiker, leichtgemacht‹.«

»Ach, Deborah, wie soll ich das denn ausdrücken? Ich

bin nun einmal altmodisch. Ich habe keine heutigen Worte für solche Dinge.«

»Und stellen Gretchenfragen: ›Deborah, wie halten Sie's mit meiner Tochter?‹«

»Wenn Sie so wollen. Also: Wie halten Sie's mit meiner Tochter, Deborah? Sie hat mir erzählt, sie wäre sehr verliebt. In eine Frau. So wie bei... waren das nicht Gertrude Stein und Alice B. Toklas? Ich bin nicht so gebildet, was das betrifft.«

Ach du große Göttin!

»Ich will mich von ihr trennen.« Der Tee war zu heiß zum Trinken. »Oder wie immer man das nennen soll.«

»Sie haben sich nicht wohl mit ihr gefühlt, heute nachmittag, nicht?«

»Nein. Sie ist so schrecklich glücklich mit mir, und ich weiß gar nicht, woher dieses Glücksgefühl kommt. Ich bin zehn Jahre älter als sie, habe eine So-gut-wie-Affäre mit einer anderen Frau und bin ganz bestimmt nicht die Richtige für Ihre Tochter. Und ich fühle mich nicht halb so euphorisch in ihrer Nähe wie umgekehrt, manchmal komme ich mir wie der berüchtigte Eisblock vor. Diese Erwartungen, diese ungeheuren Sehnsüchte, das drückt mir die Luft ab. Sie meint mich gar nicht damit, Herr Forbrich, sie kann mich gar nicht meinen. Ich bin das nicht.«

»Ich glaube, manchmal ähnelt sie mir mehr, als sie selbst zugeben würde«, seufzte er. »Weiß sie es schon?«

»Ja. Ich habe es ihr auf dem Heimweg gesagt.«

»Und?«

»Erst mal scheint sie ganz gut damit klarzukommen. Zumindest gab es keine großen Szenen.«

»Wo ist sie jetzt?«

»Zu Hause, nehme ich an.«

»Kati wahrt in allem die Fassade. Nachdem meine Frau und ihre Schwester in den Westen gegangen waren, hat sie tagelang kaum geredet. Ich habe sie nie darüber weinen sehen. Es heißt nichts, wenn sie schlechte Nachrichten scheinbar gleichmütig aufnimmt.«

»Was heißt das?«

»Sie zeigt eben nicht, wie tief es sie trifft.«

»Es tut mir leid«, sagte ich, »ich bin da auch so reingerutscht. Ich lasse mich auch leicht zur Sehnsucht verführen.«

Dabei dachte ich an Louise.

»Was ist das Leben auch anderes als Sehnsüchte, Deborah? Sehen Sie, als Kind war ich begeistert von den Namen der Farben: Kobaltblau, Smaragdgrün, Umbra, Venedigrot. Das waren Sehnsüchte. Ich wollte Bilder malen und dann sagen: ›Ich habe Kobaltblau und Venedigrot dafür verwendet.‹ Und alle würden nicken und verstehen, welche Verheißung darin lag. Und denken Sie an Caspar David Friedrich. Die ganze Epoche der Romantik besteht nur aus Sehnsucht und blauen Blumen.«

Er strich mit den Händen über die Tischplatte.

»Und dem Bösen, was im unauslotbaren Abgrund darunter lauert. Dem Bösen an sich und dem Bösen, das Menschen schaffen, die das Böse ausrotten wollen. Heute zeichne ich in Kohle und bin froh, wenn die Konturen auf dem Blatt einen Sinn ergeben.«

»Ich weiß nicht, ob es das wirklich gibt, das Gute und das Böse. Als Prinzip, meine ich. Vielleicht gibt es nur Interessenskonflikte.«

Endlich brannte mir der Tee kein Loch mehr in die Mundschleimhaut.

»Sehen Sie, damit sind Sie ungefähr zweihundert Jahre moderner als ich, sozusagen voll auf der Höhe des zwanzigsten Jahrhunderts. Aber ich glaube an die Existenz von Gut und Böse und komme mir dabei vor wie eine tragische Figur im klassischen Drama. Ich kann mich nicht gleichzeitig der Bestrafung stellen und meine Tochter schonen. Die Situation der klassischen Tragödie.«

Ich stützte den Kopf in die Hand.

»Sie sind müde, nicht?«

»Ziemlich. Ich hatte einen recht dynamischen Tag. Vielleicht ist es besser, nicht so sehr zu kokettieren mit dem tragischen Helden, Herr Forbrich. Tragische Helden neigen zu Kurzschlußreaktionen. Ich muß jetzt gehen, ich habe noch eine lange Rückfahrt vor mir.«

»Ich kann Ihnen ja wohl schlecht anbieten, im selben Haus mit einem Mörder zu nächtigen.«

»Jetzt kokettieren Sie schon wieder. Ich fahre jetzt wirklich nach Hause.«

»Auf Wiedersehen, vielleicht irgendwann«, sagte er, »es hat mich sehr gefreut.«

»Viel Glück!« antwortete ich mit Nachdruck.

Es wurde schon hell draußen. Er begleitete mich zur Tür, gab mir die Hand. Dann fuhr ich wie Lucky Luke allein gegen die untergehenden Sonnen der Autoscheinwerfer.

Lucky Deborah.

Zweiter Teil

La donna è mobile

La donna è mobile
qual piume al vento
muta d 'accento - e di pensier

Sempre un amabile
leggiadro viso
in pianto e in riso - è menzogner

Trügerisch ist die Frau
wie die Feder im Wind
verändert sie sich
wie der Moment und der Gedanke

Immer ein liebenswürdiger
anmutiger Anblick
im Weinen wie im Lachen ist sie
veränderlich

Sonett

Kein Andres, das mir so im Herzen loht,
Nein, Schöne, nichts auf dieser ganzen Erde,
Kein andres, das ich so wie dich begehrte.
Und käm von Venus selbst ein Angebot.

Dein Auge beut mir himmlisch-süße Not,
Und wenn ein Aufschlag alle Qual vermehrte,
Ein andrer Wonne mir und Lust gewährte –
Zwei Schläge sind dann Leben oder Tod.

Und trüg ich's fünf mal hunderttausend Jahre,
Erhielte außer dir, du Wunderbare,
Kein andres Wesen über mich Gewalt.

Durch neue Adern müßt mein Blut ich gießen,
In meinen, voll von dir zum Überfließen,
Fänd neue Liebe weder Raum noch Halt.

Pierre de Ronsard (1525–1585)

Es war Sommer. Drückende Schwüle über der Stadt, seifiger Himmel. Von Westen dunkle Wolken. Gewitterschauer, die nur kurze Erleichterung brachten, allzu harmlose Tropfen, von einer weißen Sonne in Minuten wieder vom Straßenpflaster getrocknet.

Klebrig weicher Teerbelag kochte unter meinen dünnen Schuhsohlen. Beim Heimkommen Louise auf der Antwortmaschine.

Louise mit ihrer Stimme wie samtweicher Soave und der unnachahmlichen Art, »Deborah« zu sagen. Louise, die mich in ihr italienisches Exil einlud, in das sie sich nach der Steuerbetrugsgeschichte in diesem Januar zurückgezogen hatte. Die Einladung just in dem Moment, als ich mich wegen Geldmangels entschieden hatte, nicht in Urlaub zu fahren. Just in einem Moment, in dem ich mich, wie immer wegen nichterwiderter Liebe, als der einsamste Mensch der westlichen Hemisphäre fühlte und mir nichts sehnlicher wünschte als einen Menschen, der mit samtweicher Soave-Stimme zu mir sagte: »Ciaaaao, Deborah, ich hoffe, es geht dir gut.«

Und das nicht nur auf einer Anrufvernichtungsmaschine.

Am nächsten Tag befand ich mich, zwischen brandenburgischen Kiefern vor Erleichterung singend, auf dem Weg nach Italien.

Ich ließ das Radio laufen. Hinter Nürnberg erwischte mich ein Klassiksender, der mich eine Zeitlang mit italienischen Opernhits versorgte: »La donna è mobile«, der Song von den trügerischen Frauenherzen. Was mich an Louise erinnerte und an meinen, im Laufe des gestrigen Tages ein dutzendmal gefaßten Vorsatz, sie diesmal nicht weiter als eine halbe Fußballplatzlänge an mein Herz heranzulassen. Vorsichtshalber!

Kurz vor Garmisch parkte ich an einer Raststätte und trottelte an geranienhaltigen Waschbetontöpfen vorbei, um auf einer Granitplattenterrasse bayerischen Leberkäse mit Spiegelei und Bratkartoffeln zu essen, so ziemlich das Perverseste, was ich an Essen kenne, mal abgesehen von Labskaus vielleicht.

Dann war ich in Italien (das bißchen Österreich dazwischen war nicht der Rede wert).

Als erstes veränderte sich mein Fahrstil: durchgezogene Linien nur noch als gutgemeinte Ratschläge des Verkehrsministeriums; bei langsameren Zeitgenossen auf der linken Spur bis zum Kofferraumdeckel aufschließen und sie dann mit der Lichthupe von der Straße blasen.

Als nächstes wandelten sich meine Trinkgewohnheiten: zwei Cappuccini und zwei Gläser Wein am hellichten Tage in einer Autobahnraststätte, der Fußboden aus Terrakottafliesen.

Kurz vor meiner Ankunft wandelte sich dann auch mein Lebensgefühl. Etwas zwischen »Latin Lover« und »Liebeslyrik an Laura«. Ich freute mich wahnsinnig auf Louise.

Hinter Lucca bog ich auf eine Nebenstraße ab, verfuhr mich aufgrund von Louises genauer Beschreibung der Örtlichkeiten zweimal und stand schließlich vor ihrer Einfahrt, Pisaner Berge pur im Blick. Eine lange, gerade Straße zum Haus, ungeteert, von Zypressen gesäumt und von zwei Flügellöwen mit bröckelnden Gesichtern auf hohen Steinsäulen bewacht. Ich parkte unter einem Olivenbaum, zog meine Knochen aus dem Auto, stand da mit den Händen in den Hosentaschen, beeindruckt davon, daß ein schlichtes Haus neben einem einfachen Olivenbaum auf einem ganz alltäglichen Hügel so schön sein konnte. Es war ein altes Gebäude, Parterre und ausgebautes Dachgeschoß, und viel weniger aufgemotzt, als ich es von Louise erwartet hatte. Ein Weg aus weißen, knirschenden Kieseln, der zu einer Tür mit Rundbogen führte. Gelbgebranntes Gras neben dem Weg, Feldsteine als Wegeinfassung, Kakteen und rote Oleanderbüsche, Salbei und Rosmarin.

Sie hatte mich gehört, kam mir aus dem Garten entgegen, snobistisch braun, in Jeans mit bedrucktem Baumwollhemd, angetan mit weißen Lederslippern, die vorgaben, billig gewesen zu sein (Louise hat meines Wissens kein einziges Paar billiger Schuhe).

»Willkommen in der ›Casa Laura‹, mein Schatz«, sagte sie.

Ihre Umarmung tat mir gut, auch wenn es eine fremde Umarmung war, eher ein Akt der Distanzierung als der Annäherung.

Während ich Louise im Arm hielt, geriet etwas in mein Blickfeld, was nicht aussah wie der Koch oder der Gärtner, denn dazu war ES zu privat gekleidet.

Ich hörte auf, Louise zu umarmen, und sagte verschwörerisch: »Liebes, da ist ein Mann in deinem Haus!«

Ich sagte es, weil ich wußte, sie würde darüber lachen.

»Komm rüber, Daniele«, parlierte sie auf italienisch, »ich möchte dich Deborah vorstellen, mia consulente fiscale.«

»Deiner was?« fragte ich.

»Steuerberaterin«, antwortete sie gelassen.

Nun gut, dann waren ja alle an ihrem Platz. ES gab mir eine manikürte Pfote.

»Daniele, mio caro, würdest du dich um das Abendessen kümmern, ja?«

Ja, so waren alle an ihrem Platz. Ich schwang grinsend meine Reisetasche über die Schulter.

»Ich zeige dir dein Zimmer, Deborah. Du bist bestimmt müde von der Fahrt. Hast du unterwegs übernachtet?«

»Nur ein Nickerchen auf einem Parkplatz, Sitz nach hinten geklappt und ein paar Stunden Augenpflege.«

Wir gingen ums Haus herum zu einer Treppe, die außen in den ersten Stock führte.

»Ist er dein Koch oder dein Lover?« fragte ich zur Überprüfung meiner Wahrnehmung, während wir nach oben stiegen.

»Beides, mein Engel, beides. So, bitte, dein Schlafzimmer.«

Sie öffnete die Tür zu einem traumhaften Ausblick über italienisches Land, so traumhaft, daß es selbst meinen müden und desillusionierten Blick vom braunrotgefliesten Fußboden weg und in die Weite zog.

Ich ließ mich in einen Sessel fallen.

»Bist du enttäuscht?«

»Über das Zimmer?« fragte ich, Bosheit im Herzen.

»Nein, über… über die Existenz eines gewissen Herrn hier.«

»Na ja, darüber müßte eher seine Mutter enttäuscht sein, oder?«

»Deborah! Du hast manchmal eine unglaubliche Schandschnauze!«

Nichts von weichem Soaveklang. Ich streifte die Schuhe von den Füßen.

»Ich bin nur ein bißchen überrascht. Nach unseren Telefonaten über die Monate hinweg habe ich vielleicht was anderes erwartet. Wechseln wir das Thema.«

Sie slipperte über das Braunrot zu einem Schrank und öffnete ihn: »Hier sind Handtücher. Das Badezimmer ist über den Flur. Daniele brät *gamberone* zum Abendessen.

Ich rufe dich, wenn sie fertig sind. Möchtest du einen Aperitif vor dem Essen?«

Sie drehte sich zu mir um, lächelte: »Oder mußt du vor dem Essen noch einen Kriminalfall lösen?«

Es kostete mich meine letzten Reserven an Haltung, darauf einzugehen. Ich mache kaum jemals eine gute Figur als tragische Heldin, auch wenn ich gern eine wäre.

»Oh, nein, Morde kläre ich nur auf, wenn ich in die Hauptverdächtige verliebt bin, und das ist hier ja nicht der Fall.« Touché, Madame. Sie griff nach der Türklinke.

»Nun ja, wir sehen uns dann beim Essen. Bis nachher.«

»La donna è mobile«, sagte ich.

»Wie?«

»Rigoletto, Arie des Herzogs, frauenfeindlicher Inhalt.« Ich muß immer das letzte Wort haben.

Daniele und ich, das stellte sich beinahe sofort heraus, waren natürliche Feinde. Aber wir taten unser Bestes, es nicht zu zeigen. Vor allem nicht Louise, die uns mit scharfer Kralle zur Freundschaft nötigte. Ich lobte die *gamberone* und weiterhin alle Küchenkünste (als Koch zumindest war er gut), übersah, daß er, wo er ging und stand, nach Louises Zigaretten fingerte, obwohl sie ihm fast jeden Tag Geld für eigene gab. Und er versuchte, ein Italienisch zu sprechen, das auch mir die Chance gab, am gesellschaftlichen Leben teilzunehmen, und ließ sich ab und an sogar dazu herab, mich als ernstzunehmende Rivalin zu betrachten.

Denn nicht, daß Louise es nicht versucht hätte. So lange, bis ich ihr erklärte, daß ich keine Lust auf eine Menage à trois hatte. Dazu wäre mir mein Seelenleben zu kostbar, und schließlich hätte sie mich zur Erholung eingelanden.

Dann ließ ich sie schmollen und ging ins Dorf, um einen Cappuccino zu trinken.

Langsam fiel die Stadtbetriebsamkeit von mir ab. Ich schlief, aß und hörte seit langer Zeit wieder einmal konzentriert Musik. Ich ging spazieren, fotografierte und las.

Als ich mich eines Nachmittags dabei ertappte, daß ich seit fünf Minuten dagesessen und den Olivenzweigen beim Wachsen zugesehen hatte, tat ich dies sofort enthusiastisch eine weitere Viertelstunde lang. Ich wurde so ruhig, wie ich goldbraun wurde.

Eine erholsame Zeit.

Bis zu jenem Dienstagvormittag.

Ich hatte beschlossen, meine Fremdsprachenkenntnisse zu erweitern, und las auf der Terrasse in einem italienischen Schmöker, dessen tief dekolletiertes Titelbild mir bereits ehrfurchtsvolle Schauer den Rücken hinunterjagte. Sonderlich viel vom Inhalt begriff ich nicht, was wahrscheinlich eher ein Glück war, und nachdem bereits auf Seite elf klar war, daß die Heldin auch am Ende des Buches noch hetera sein würde, verlor ich das Interesse.

In meinen sonnenmilchdurchfluteten, käfersummenden Frieden wimmerte das Telefon. Ich würde nicht aufstehen, und wenn es Ilona Staller wäre.

Dann hörte ich, wie Daniele den Hörer abnahm und »Pronto?... Sì, sono io!« sagte.

Louise rief von oben: »Daniele, chi è?«

»Es ist für mich, Luisa!« rief ES zurück. Und dann folgte eine längere lauschende Stille, nur unterbrochen von gelegentlichen italienischen Kraftausdrücken, die ich sofort in meine Sammlung aufnahm. Frau weiß ja nie.

Danieles Monologpartner hatte anscheinend Wichtiges und wenig Angenehmes zu erzählen. Ich ging in die Küche für einen weiteren Caffè Latte. Denn von der Terrasse aus konnte ich so schlecht mithören, die Grillen ließen sich den Mund nicht verbieten.

Daniele sah mich finster an und drehte mir demonstrativ den Rücken zu. Ich klimperte vernehmlich mit der Espressomaschine. Er aber sagte nur noch: »Ja, ich komme rüber. Ja, ich kann sofort losfahren, Ciao. Sì, ciao.«

»Louisa«, rief er die Treppe hinauf, «ich fahre in die Stadt, brauchst du was Bestimmtes?«

Doch als sie ihm über das Treppengeländer gebeugt eine lange Einkaufsliste zu diktieren begann, hüpfte er unruhig auf und ab, wie ein Zwergpudel vor dem Gassigehen, worauf sie ihn gnädig entließ. Und ich hätte zu gern gewußt, wohin der Herr wollte, als er so eilig den Hügel hinunterwedelte.

Ich schmiß den Schmöker in die Kiste mit dem Anmachpapier für den Kamin und brachte Louise einen Kaffee nach oben. Denn nicht, daß ich es nicht versucht hätte! La donna è mobile.

Zum Abendessen gab es eingelegte Auberginen und Artischockenherzen, Saltimbocca, Zabaglione, Kaffee und zuviel Wein, da Daniele eifrig nachschenkte.

Er war spät aus der Stadt zurückgekommen, hatte sofort zu kochen begonnen, mit dauerhaft gerunzelten Stirnfalten, aber tückisch gut. Wir rühmten ihn gebührend. Er aber saß da mit umwölkter Lorbeerstirn und krümelte Weißbrotpuzzle.

Louise erzählte in trunkenem Italienisch Histörchen aus unserer gemeinsamen Berliner Zeit im letzten Winter. Anscheinend war der Vormittag inspirierend gewesen. Daniele hörte zunehmend interessiert zu, nicht so sehr den Geschichten von romantischen Winterspaziergängen Hand in Hand über schneeloses, brandenburgisches Januarflachland, als denen über meine Mätzchen, in blutbespritzten Lagerräumen nach Indizien für die weiße Weste einer von mir heiß angebeteten Schuhladenbesitzerin zu suchen. Mich berührte eher das Januarland. Weil auch an mir der

Vormittag nicht spurlos vorübergegangen war. Zeitweise stand mir der Wein bis hinter die Augen. Saufen macht eben sentimental.

Ich beteiligte mich zunehmend maulfaul an der Unterhaltung, wechselte mit meiner Kaffeetasse aufs Sofa. Gab meiner postamourösen Melancholie nach. Nein, das Winterland lag unwiderruflich hinter uns.

»Noch einen Kaffee, Deborah, meine Liebe?« fragte Louise.

Ich nickte.

Sie kam mit der Kanne herüber, stand hinter mir, schenkte ein, kraulte mir mit der freien Hand den Nacken. Mich fror.

»Sie hat wirklich detektivisches Talent, weißt du, Daniele.«

Kaffeekanne auf den Kaminsims, eine zweite Hand auf dem Weg vorne in mein Hemd. Die ich so beiläufig wie möglich herausfischte. »Quatsch, nur soviel, wie ein gute consulente fiscale braucht.« Ich sah, daß Daniele aufrecht und nüchtern dasaß und ein Kobragesicht hatte.

»Ich bin einfach nur zu neugierig, das ist alles. Hör auf, Louisa, bitte!« Den letzten Satz auf deutsch, ausschließlich an Louisas Adresse. »Wenn du tatsächlich detektivische Fähigkeiten hast, könntest du mir einen riesengroßen Gefallen tun«, sagte Daniele plötzlich.

Wir sahen ihn beide überrascht an. So geradeheraus hatte ich ihn noch nie erlebt. Sonst machte er eher einen auf gesellschaftlichen Glitschfisch. Louise musterte ihr Schmuckstück kritisch.

»Was gibt es wohl, wobei Deborah dir helfen könnte?«

Er wandte sich direkt an mich. Auch ein seltener Moment.

»Deborah, ich habe heute einen Anruf des Freundes meiner einzigen Cousine bekommen. Er macht sich ziemliche

Sorgen. Sie ist seit fast zwei Wochen verschwunden. Sie ist nirgends zu erreichen, und niemand hat sie gesehen. Ich war heute nachmittag bei ihrer Wohnung, habe aber niemanden angetroffen. Sie wohnt mit jemandem zusammen, aber diese Person war auch nicht da. Der Freund und ich finden das reichlich merkwürdig. Wir sind sehr in Sorge, daß ihr etwas passiert sein könnte.«

»Warum gehst du nicht zur Polizei?« fragte Louise gereizt. Wie sich die Zeiten ändern! Ich erinnerte mich daran, sie im letzten Januar ebensolches gefragt zu haben. »Was hat Deborah mit der Sache zu schaffen? Sie ist noch dazu Ausländerin, kennt sich nicht aus und kann die Sprache nicht gut. Was soll sie denn hier herumschnüffeln?«

Er sah auf seine weißen Bauwollsöckchen.

»Ich habe die Polizei schon angerufen, aber sie sagen, wir sollten uns keine Gedanken machen. Sie sei vielleicht in Urlaub gefahren und hätte vergessen, Bescheid zu sagen. Aber das würde Arianna nie tun.«

Eine Cousine namens Arianna.

»Ich könnte ja mal ein paar Nachforschungen anstellen«, sagte ich. »Ein bißchen herumfahren. Ich hab sowieso noch nicht viel von der Gegend gesehen.«

Daniele strahlte wie der Papst beim *urbi et orbi*.

»Ach, du würdest das wirklich tun? Ich habe auch ein Foto von ihr. Das könntest du mitnehmen, ob sie jemand gesehen hat.«

Also richtig amerikanisch, excuse me, Madame, do you know this amazingly beautiful young lady?

»Na ja, ich weiß nicht, ob was dabei herauskommt«, bremste ich.

Er sprang auf.

»Vado a cercare la fotografia.«

Louisa machte ein Medusengesicht.

Wenig später kam Daniele zurück mit dem Portraitfoto

einer blondgesträhnten, wild lächelnden Frau meines Alters und meiner Kragenweite. Sie hielt ein Campariglas in der Hand, mit dem sie der fotografierenden Person zuprostete.

»Ecco, mia cugina Arianna!« sagte Daniele, als er mir das Foto spitzfingrig hinhielt, während er in seiner weißen Küchenschürze die Dessertteller abzuräumen begann.

»È bella!« sagte ich und setzte mich an den Tisch.

Er nickte mit so einer lausigen Art von Kennerblick, daß ich es ihm sofort übelnahm, und ließ sich abwartend im Sessel am Fenster nieder. Ich studierte das Foto unter Louisas forschenden Blicken. Daniele tat betont unbeteiligt, schnüffelte statt dessen genüßlich an seinen Zabaglionefingern.

»Ist er Werbefachmann?« fragte ich Louisa auf deutsch.

»Nein, warum?«

»Weil er raffinierterweise von den vielen Fotos, die es wahrscheinlich von dieser Frau gibt, gerade das ausgesucht hat, in das ich mich verlieben werde.«

Louisa zog die Augenbrauen hoch. Sie kam um den Tisch herum und sah mir über die Schulter.

»Sie sieht aus wie Janis Joplin mit lombardischen Vorfahren. Hat sie ein Gesicht hinter all den Haaren?«

»Sind Sie eifersüchtig, Signora Delbrouck, oder allgemein bösartig?«

»Quatsch, ich mag nur kein mausblond.«

»Das ist kein mausblond«.

»So? Was ist es dann?«

»Eine harmonische Mischung aus tizianrot und weißgold. Jedenfalls hinreißend.«

»O mein Gott, sie ist mal wieder verknallt!«

Ich zuckte nur die Schultern.

»Das ist doch das Beste, was euch passieren kann. Liebe ist doch das stärkste Motiv, um nach jemandem zu suchen, und das älteste auch. Ich werde sie wie Orpheus den Göttern der Unterwelt entreißen.«

»Oh, Himmel! Aber bitte sing dabei nicht zur Leier.«

»Sie strotzen vor Charme, Gnädigste.«

»Daniele, was ist mit einer neuen Flasche Wein?« schnauzte sie ihn plötzlich auf italienisch an. »Wir verdursten hier.«

Hoppla, was war denn jetzt?

Madama hatte Launen. Daniele wischte sich die Hände an der Schürze ab, sah ein wenig peinlich berührt drein, murmelte: »Louisa, per favore«, und fragte mich etwas, was ich nicht verstand.

»Scusa, non ho capito«, erwiderte ich und sah hilfesuchend in Louisas Richtung.

»Ob du sie suchen wirst«, übersetzte sie ungeduldig.

»Sì, sì!« bestätigte ich.

Er hob theatralisch die Hände und grinste mich an, einen Zettel mit einer Adresse zwischen Zeige- und Mittelfinger geklemmt. Arianna Lazzarini, Via del Carme 17, Lucca.

»T'adoro!« sagte er.

»Er betet dich an«, übersetzte Louise kühl.

»Ich hab's schon selbst verstanden.«

»Natürlich, das gehört ja auch ins Vokabular der hoffnungslosen Romantikerinnen.«

Ich foxtrottete in bester Stimmung auf mein Zimmer und sah im Lexikon nach, was »Blöde Kuh« auf italienisch heißt.

Am nächsten Morgen marschierte ich ins Dorf, um einen Stadtplan von Lucca zu kaufen und die »Via de Carme« zu suchen. Pfeifend machte ich mich auf den Weg nach Lucca.

Mittagshitze, als ich ankam, menschenleere Straßen. Die Via del Carme war eine kleine Seitengasse, nicht mitten im Geschehen, aber auch nicht weit davon entfernt. Geriffeltes Straßenpflaster, wellige Stufen zu engen Hausfluren, eiserne Gitter vor den Fenstern und überall Töpfe mit rankenden, blühenden Gewächsen.

Im Gehen sah ich nach oben. Zwischen den Balkonen hing ein schmales, weißes Stück Himmel und viel Wäsche.

Die Nummer 17 lag neben einer Pasticceria und gegenüber der »Bar Leone«, vor der einige Leute über ihrem Espresso Mittagsschlaf hielten.

Wenn die ganze Stadt Mittagspause hatte, so vielleicht auch die Person, die mit Arianna wohnte. Vielleicht hatte ich Glück, und sie war zu Hause.

Das Namensschild neben einer rostigen Sprechanlage war das dritte von oben. Ich nahm alle italienischen Wörter zusammen, die ich hatte, und klingelte.

»Sì?« kam eine weibliche Stimme aus dem Lautsprecher.

»Vorrei parlare alla Signora Lazzarini, per favore. È qui?«

»Sì, eh, ah, no!« kam es zurück.

Was denn nun, ja oder nein?

»Un momento! Venga!« Es schnarrte.

›Venga‹ heißt ›Immer herein mit Ihnen!‹, also drückte ich die Tür ins Dreivierteldunkel und erklomm ein steiles Treppenhaus mit ins Grün changierenden Steinstufen, das wunderbar nach einer Mischung aus Pizzeria und venezianischem Gondelkiel roch.

An der Wohnungstür erwartete mich ein junges blondwimperiges Wesen, das deutlich vernehmbar mit der italienischen Sprache rang.

»È straniera?« versuchte ich es. Dänemark, Schweden, Niederlande?

»Sì, sono tedesca, di Hamburgo.«

Na ja, wenigstens die Richtung. Und sie parlierte wie aus dem Lehrbuch.

»Das ist gut, dann müssen wir uns ja nicht mit Italienisch traktieren.«

»Oh, Sie sind Deutsche! Ach, da bin ich froh, ich kann nämlich nur ganz wenig Italienisch. Ich bin an der Sprachenschule, im Anfängerkurs. Aber Sie hätte ich jetzt glatt für eine Italienerin gehalten.«

Schmeichlerin!

Ich gab ihr die Hand.

»Deborah Gronwald aus Berlin. Wollen wir nicht ›Du‹ sagen?«

Sie nickte, ziemlich erleichtert.

»Birgit Jäger. Komm doch herein.«

»Ich suche eigentlich nach der Cousine eines Bekannten von mir.

Arianna Lazzarini.«

»Ja, ihr gehört die Wohnung. Sie vermietet immer ein Zimmer an die Sprachenschule. In dem anderen stehen ihre Sachen. Aber ich glaube, sie wohnt nicht hier. Ich habe sie nur einmal bei der Schlüsselübergabe gesehen. Wir haben kaum miteinander geredet. Nur über die Wohnung und so. Sie sieht ziemlich nett aus, aber sie war sehr in Eile, und ich kann ja auch kein Italienisch.«

»Weißt du, wo sie zu erreichen ist?«

»Nein. Für eventuelle Notfälle habe ich eine Adresse, wohin ich auch den Schlüssel zurückbringen soll.«

Das war nicht üppig, aber wenigstens etwas.

»Ach, dürfte ich die vielleicht haben? Ich müßte sie dringend erreichen.«

»Ja, klar, warum nicht. Ich hab sie in der Küche. Möchtest du übrigens was trinken? Einen Kaffee? Wir haben eine richtige Espressomaschine hier.«

Sie ging einen kurzen Flur entlang, ich folgte ihr langsam und luchsäugig.

»Ja, gern. Nicht unbedingt einen Espresso, aber einen Cappuccino. Der dreiundzwanzigste für heute, glaube ich.«

Auf dem Weg in die Küche schloß sie energisch eine Zimmertür.

Nicht aufgeräumt, wie?

Eine zweite Türe stand halb offen. Ich gab ihr im Vorbeigehen einen kleinen Schubs nach innen.

»Ist das Ariannas Zimmer?« frage ich und blieb stehen.

Birgit warf einen Blick aus der Küche.

»Ja. Schöne alte Möbel, nicht?« sagte sie neidvoll.

Ich ließ meine Blicke wandern.

»Es steht nur alles ein bißchen wie Kraut und Rüben herum. Ich kann mir auch nicht vorstellen, daß sie richtig hier wohnt«, gab ich zu bedenken.

»Ich glaube, sie übernachtet manchmal hier. Das Bett ist frisch bezogen, und sie hat ein paar Klamotten da.«

Nicht daß Frau Jäger nicht auch ein wenig schnüffeln gegangen wäre! Das erleichterte mein Gewissen, als ich nun das Zimmer betrat, für die Länge der Zubereitung zweier Cappuccini.

Ich ließ mich meditierend auf einem Polsterstuhl nieder, sah mich um: Terrazzofußboden, Fenster mit grünen Fensterläden, halb geschlossen, davor ein Tisch, Holzbett mit brombeerfarbenem Bettbezug, eine Kommode mit Löwenfüßen, darauf Tellerchen und Schälchen mit getrockneten Blüten, schmalen Silberringen und Krimskrams. Photographien gegen Väschen gelehnt. Ein paar muffelgraue Spitzendeckchen. Einige Postkarten, Eiffelturm, Dolomiten mit Schneehaube. Ein Madonnenbildchen, das nicht aussah, als sei es in dauernder Benützung.

Ich griff nach den Fotos. Italienische Mammas und Pappas mit vielen weißgestärkten Kindern, quer durch das letzte Jahrhundert. Gesichter, Posen, die sich kaum änderten, nur die Mode wechselte. Zwei kleine Mädchen, die sich an den Händen hielten; eine davon Arianna? Ein junger Mann vor einem Segelboot. Ein Bruder, ein Lover? Ein neueres Bild, Arianna im Kostüm, der Versuch einer gestriegelten Frisur. Zusammen mit einer älteren Frau mit grauem Haarknoten und schwarzem Kleid, die etwas in der Hand hielt, das aussah wie eine Urkunde oder ein Diplom. Daneben ein sehr neues Photo: Arianna wieder mit offenen, langen Haaren, den Kopf in die Hand gestützt, eine helle Strähne im Gesicht, den Blick in irgendeine weite, innige Ferne gerichtet.

»Willst du ganz viel Milch?« unterbrach Birgit jetzt mein Schmachten.

»Ja!« rief ich zurück. Schon wieder ein mausblonder Kaffee.

An einem Haken an der Tür ein paar Blusen, eine weiße Jeans, neben der Tür ein Paar schwarze Ledersandaletten, Arianna hatte Schuhgröße 38.

Aus den Ecken flüsterte es kleine Geheimnisse ihres Lebens in meine gespitzten Ohren, bedeutsame, kleine Details. Aber ich verstand nichts. Es war wohl Altitalienisch.

Birgit erschien mit zwei Kaffeetassen in der Tür. »Ach, hier bist du! Ich habe mich schon gewundert, wohin du verschwunden bist.«

Sie reichte mir eine Kaffeetasse und einen Zettel.

»Hier habe ich dir die Adresse aufgeschrieben. Via del Sasso, Nummer sieben. Das ist hier in Lucca, aber ich habe keine Ahnung, wo und wer das ist.«

»Danke«, sagte ich und steckte den Zettel in die Brieftasche, ohne den Kaffee zu verschütten.

»Was machst du eigentlich in Italien?« fragte mich der blonde Engel, im Türrahmen lehnend.

»Urlaub. Ich besuche eine Freundin.«

»Vielleicht hast du ja Lust, wieder mal auf einen Kaffee vorbeizukommen. Ich bin noch zwei Wochen da.«

»Danke, aber ich wohne leider nicht in Lucca.«

»Ach, wie schade!«

Ich hatte so gar keine Lust auf Konversation.

Bühnenreif sah ich auf die Uhr. Sie sprang prompt darauf an.

»Waaas, schon so spät! Meine Mittagspause ist gleich vorbei. Du, entschuldige, ich muß mich noch umziehen und meine Bücher zusammenpacken.«

»Gib mir die Tassen, ich stelle sie in die Küche. Den Weg nach draußen finde ich allein. Vielen Dank.«

»Ja, klar, war nett, dich kennengelernt zu haben.«

Sie war schon am Kramen.

Ich stellte die Kaffeetassen in den Ausguß, rief ein letztes »Ciao« in die Wohnung. Hatte ich doch richtig gerochen, daß die Sprachenschule auch am Nachmittag ihre Schüler und -innen quälte.

Langsam ging ich die Treppe hinunter. Ein Puzzlesteinchen mehr, immerhin.

Dann saß ich auf der Piazza und sah dem wiedererwachenden Menschentreiben zu. Wenn sie jetzt die Straße herunterkäme. Mit Einkaufstasche und Sonnenbrille aus dem Gewühl auftauchte. Sie würde an mir vorbeikommen, und ich würde sie erst erkennen, wenn sie schon zehn Schritte weiter wäre. Ich merkte plötzlich, daß ich blonden Frauen nachsah, ihre Gesichter prüfte, die auf den Menschenwogen schwammen. Hatte sie solche Augen? Einen solchen Mund? Ich sah auf Hände, die Taschen hielten, Jacken trugen, Eistüten zum Mund führten. Ich sah auf Beine in Hosen verschiedener Farbe und Länge, in kurzen und langen Röcken, Füße in Pumps und Sandalen, schnell laufen, langsam gehen, mit und ohne Ziel.

Ich suchte nach einer bestimmten Art, den Kopf zu drehen, zu sprechen, zu lächeln, nach einer besonderen Haltung, einem spezifischen Gang. Eine jede andere, die ich sah, ließ mich unzufrieden und leer zurück.

Ich nahm ihr Bild aus der Tasche, versuchte das papierene Lächeln in eine lebendige Bewegung zu übersetzen. Aber sie ließ mich nicht. Es lag etwas von ihr in der Luft, ich griff sehnsüchtig danach und bekam es nicht zu fassen. Sie ließ mich nicht nah genug an sich heran.

Ungnädig mit mir selbst, steckte ich das Foto wieder ein: Jetzt mach aber mal einen Punkt, Deborah. Vielleicht reicht es ja, wenn du herausfindest, wo diese Frau steckt. Ihr Leben und die Tiefen ihrer Seele kannst du dann ja unter Umständen ihr selbst überlassen.

Mit steifem Rücken stand ich auf, um in einer Bar Milchkaffee Nummer 24 zu trinken. Davor fand ich eine mausblonde Katze, die sich streicheln ließ.

Ich hätte vorhin das Foto klauen sollen. Das lyrische.

Als ich am Abend in der Casa Laura ankam, war ich todmüde, und mein Gesichtsausdruck war anscheinend nicht dazu angetan, mich nach den Ergebnissen des Tages zu fragen. Ich aß etwas Caprese und ging schlafen. Morgen würde ich wieder nach Lucca fahren.

Bei einem frühen Frühstück – Daniele schlief noch, selig oder unselig – quetschte Louise mich aus wie eine Zitrone. Ich warf ihr die wenigen Fakten zum Fraße vor, gab mich ansonsten wortkarg. Die getrockneten Blüten, die kleinen Mädchen, das lyrische Foto wollte ich für mich behalten. Und auch das brombeerfarbene Bett.

Die Via del Sasso lag in der Nähe des Domes, und die Nummer sieben entpuppte sich als winziges Geschäft für allerlei Haushaltswaren, von der silberglänzenden Espressokanne in fünf verschiedenen Größen bis zur farbenfrohen Parmesanmühle aus Hartplastik. Die Signora hinter der Theke trug ein schwarzes Kunstfaserkleid, darüber eine weiße Schürze und war mindestens zweihundert Jahre alt. Ich zeigte ihr den Zettel und erntete einen undeutlichen Wortschwall, von dem ich nur meiner geographischen Position wegen annahm, daß es Italienisch war. Ich gedachte meines Italienischlehrbuches und sagte lächelnd: »Può parlare più lentamente, per favore.« Ob sie vielleicht ein bißchen langsamer reden könnte.

»Ah, è straniera!« rief sie aus und redete in gleicher Schnelligkeit weiter, dafür um einiges lauter. ›Straniero‹ bedeutete im regionalen Dialekt anscheinend ›taub‹.

»Arianna Lazzarini«, sagte ich, »wissen Sie, wo sie ist?«

»Ah, die kleine Arianna, die Tochter von Carlo und Giuliana, ah, die wohnt schon lange nicht mehr hier. Die ist weggezogen, als sie groß war. La piccola Arianna. Als ihre Eltern gestorben waren. Hat studiert, etwas mit Häusern, das hat sie mir mal erklärt, aber ich hab es wieder vergessen.«

Langsam gelang es mir, schneller zu hören, als sie sprach. Vor allem deutlicher.

»Wissen Sie denn, wo sie hingezogen ist?«

»Irgendwohin in die Großstadt. Firenze, vielleicht, es kann auch Rom gewesen sein. Oder, ich glaube, Milano. Mein Enkelsohn weiß das, der ist mit der Arianna befreundet.«

»Und wo ist Ihr Enkelsohn?«

»Oh, der wohnt auch in Rom. Ich kann Ihnen leider nicht weiterhelfen, Signorina.«

»Wer kümmert sich denn um Ariannas Wohnung hier in Lucca, wenn irgendwas passiert. Sie haben doch die Schlüssel.«

»Meine Tochter und mein Schwiegersohn.«

»Kann ich denn mit denen reden?«

»Die sind leider weggefahren. Zu meinem Enkelsohn. Dessen Frau hat ein Baby bekommen. Ein Mädchen, aber man weiß noch nicht, wie es heißen soll. Leider, Signorina, leider.«

»Grazie, tanto«, seufze ich resigniert.

»Aber sicher, buon giorno, buon giorno.«

»Wieviel kosten denn die Parmesanmühlen?« fragte ich an der Tür.

»Achttausend Lire das Stück«

Eine für mich, eine für meine Mamma zum Geburtstag und eine für Louisa, wenn sie sich gut benahm.

Ich schlenderte nachdenklich durch die Gassen. Eine Parmesanmühle, wie wunderbar. So was hatte ich schon lange kaufen wollen. Ich haßte dieses Geschabe und Geschrappe, bei dem man sich meistens die Fingernägel gleich mitfeilte.

Also, etwas mit Häusern hatte sie studiert. Innenarchitektur, Architektur, Stadtplanung, etwas in dieser Richtung. Sie hatte eine Wohnung in Lucca, wohnte aber in Florenz oder Rom. Oder Mailand. Florenz war am wenigsten weit entfernt. Vielleicht sollte ich nach Florenz fahren. Und dann? Mich an eine Ecke stellen und warten, bis sie vorbeikam? Die Telefonbücher nach Lazzarinis durchforsten und sie alle anrufen? Warum wußte Daniele nicht, daß Arianna gar nicht richtig in Lucca wohnte, er war doch ihr Cousin und stand ihr anscheinend so nahe, daß er sich Sorgen um sie machte?

Ich stand inzwischen vor dem Dom. Säulen, Giebel, Löwen, die herzhaft in verstockte Sünder bissen, segnende und gesegnete Heilige in langen Steingewändern, mit spitzen Steinschuhen. An einer der Säulen war das Relief eines kreisrunden Labyrinths in den Stein gehauen. Viele schmale Gänge, in denen man herumirren konnte, ohne jemals wirklich eine größere Strecke zurückzulegen. Nur ein einziger Weg nach draußen. Aber auch diese Tatsache war nur für Außenstehende zu sehen.

Ich mache mir nicht viel aus Kirchen. Also setzte ich mich nur auf die Steinstufen davor und blinzelte in die

Sonne. Meine Sonnenbrille hatte ich mal wieder im Auto vergessen.

Warum war Arianna verschwunden? Wie kam es, daß jemand einfach verschwand? Nicht auffindbar war für die ihm nahestehenden Menschen? War ihr etwas zugestoßen? War es möglich, daß die Polizei recht hatte und sie nur einfach Daniele und diesem Freund nicht Bescheid gesagt hatte? Paßte das zu Arianna? Ich versuchte sie mir vorzustellen, wie sie jetzt über die Piazza käme, in den weißen Jeans, die an ihrer Zimmertür hingen. Sie würde schnell gehen, den Kopf ein wenig gesenkt, damit die Sonne sie nicht blendete. Sie könnte die Haare hochgesteckt haben, der Hitze wegen, und sie hätte ein Buch über Sakralarchitektur in der Hand. Dann würde vielleicht sogar ich mich für den Dom von Lucca interessieren.

Sie käme aus der Gasse auf der anderen Seite der Piazza, würde mich auf den Stufen des Domes sitzen sehen, mich erkennen und winken. Sie käme auf mich zu, mit ihrem schnellen, energischen Gang, den Kopf leicht gesenkt, mit anmutiger Nackenlinie. Ich würde blinzeln, sie stünde vor mir, mit einem kleinen Lächeln, und würde sagen: »Ach, Deborah, du hast schon wieder die Sonnenbrille im Auto liegenlassen.«

»Ich wollte sie gerade holen gehen«, würde ich sagen. »Wenn du Lust hast, mich zu begleiten, können wir danach noch einen Kaffee trinken.«

Ich wartete, bis ich sicher war, daß sie nicht kommen würde. Dann ging ich zum Auto und holte meine Sonnenbrille, bevor ich mich in ein Café setzte, um mir einen mausblonden Milchkaffee zu bestellen.

Am Abend brachte ich meinem Lieblingsraubtier wieder Faktenfutter. Daniele war Saufen im Dorf und entzog sich so der hochnotpeinlichen Befragung. Ich hatte eine Postkarte vom Labyrinth gekauft. Die lehnte nun an meinem Zahnputzglas.

Ich saß auf der Terrasse mit ihrem weißziselierten Gartengestühl und tastete die Pisaner Berge Stück für Stück mit den Augen ab, als Louise hinter mich trat. Mich nicht anfaßte, wofür ich ihr dankbar war, nur die Hände auf die Rückenlehne legte.

»Was ist los, Deborah? Du bist so still heute abend.«

»Die Berge drüben würde ich gerne richtig anfassen«, sagte ich und verschränkte die Hände hinter dem Kopf. Ich wußte nicht, ob sie mich verstand, aber wer sollte einen solchen Unsinn auch verstehen.

Am nächsten Morgen hatte ich trübe Augen und starrte mich verlebt aus dem Badezimmerspiegel an.

»Ich sage dir, vergiß die ganze Sache«, sagt Louise zu mir, als ich grüblerisch in meinem Teeglas rührte.

Dunst lag über dem Tal, aber der Himmel war strahlend und klar. Ein heißer Tag kündigte sich an.

»Nimm dein Auto, fahr ans Meer, mach dir eine schöne Zeit. Seit zwei Tagen bis du hinter dieser Frau her und schon das reinste Nervenbündel.«

Ich schüttelte den Kopf.

»Manchmal hast du einen ganz schönen Vogel, Herzchen!«

»Ucello«, sagte ich, »maskulinum, zwei ›l‹.«

»Laß Daniele seine Cousine doch selbst suchen, wenn er sich schon solche Sorgen um sie macht.«

»Nicht, bevor ich weiß, warum er sie sucht. Ich glaube seine Geschichte nämlich nicht mehr so ganz. Wenn sie ihm so nahestünde, wüßte er, daß sie nicht in Lucca wohnt. Da ist was faul an der Sache, Louise.«

»Vielleicht weiß er es ja. Hörst du schon wieder das Gras wachsen, Deborah?«

»Wo ist er überhaupt?«

»Er liegt im Bett und ist ein wenig derangiert von gestern

abend. Ich weiß nicht, ob er vor dem Mittagessen auftaucht, und wenn, in welchem Zustand er dann sein wird. Mein Gott, Deborah, bist du stur. Was hast du denn davon, wenn du diese Frau findest?«

Ja, was hatte ich davon? Wenn ich das wüßte. Es käme auf den Grund an, weshalb sie verschwunden war. Und das konnte ich erst wissen, wenn ich sie danach fragen konnte. Ich seufzte tief.

Dort wo ich saß, roch es wundervoll nach warmen Zypressen und nach den rosa Bougainvilleen an der Hauswand. Ich goß mir Tee nach und beschloß, stur zu sein und das Gras wachsen zu hören.

Auf Daniele und seinen Kater zu warten betrachtete ich als meditative Exerzitien.

Danieles Schönheitsschlaf dauerte bis zum Nachmittag. Als er endlich auftauchte, frisch rasiert, dekadent nach Lagerfeld duftend, der Schweinehund, suchte ich innerlich schon lange nach einer Ausrede, um doch noch ans Meer zu fahren. Ich hasse es zu warten. Ich hasse Schalter, Wartezimmer, Amtsvorzimmmer jeglicher Variation, Warteschlangen jeder Art. Warten macht mich schlapp, unkonzentriert und aggressiv.

ES sah um einiges fitter aus, als ich mich fühlte.

»Ah, Deborah, nicht am Strand an so einem schönen Tag?«

Mistkerl. Ich stieg klirrend ins Kettenhemd für einen Schlagabtausch.

»Nein, ich bin immer noch mit dem Verschwinden deiner Cousine befaßt.«

»Ja, Louise hat mir schon erzählt, was du in den letzten beiden Tagen herausgefunden hast. Das ist ganz fabelhaft.«

Ach, Scheiße, auch das noch! Louise war eben eine alte Tratschtante, ich hätte es mir denken können.

»Sie wohnt nicht in Lucca.« Beim Schach nannte man das die Eröffnung. »Wußtest du das?«

»Ja, natürlich. Aber die Wohnung gehört ihr doch. Die hat sie von ihren Eltern geerbt. Meines Wissens ist sie auch recht oft in Lucca. Jedenfalls ruft sie mich dann immer an.«

Erzähl das deiner Großmutter, fanciullo.

»Und wo wohnt sie jetzt?«

»Also, studiert hat sie in Rom. Architektur. Sie war ziemlich gut.«

»Und wo wohnt sie jetzt?«

Stur, Deborah, und Gras wachsen hören!

»In Firenze«, sagte er, aber es hörte sich an wie »Heiteres Beruferaten mit Robert Lembke«, und das fetteste Schweinderl saß direkt vor mir.

»Und in Firenze ist sie auch nicht zu erreichen?«

»Ich habe die Adresse gar nicht. Wenn ich ehrlich sein soll, Deborah, hatten wir in letzter Zeit nicht mehr so engen Kontakt, Arianna und ich. Wir haben uns ein bißchen auseinanderentwickelt, so eng wir früher auch verbunden waren.«

Er setzte seine Sonnenbrille ab und sah mich mit seinen braunen langbewimperten Augen strahlend an. Na ja, wenn man auf so was abfuhr, mochte das ganz eindrucksvoll sein.

»Ja, ja, die Italiener und ihr Familiensinn«, nickte ich. Auf ein schmieriges Klischee kommen anderthalb.

Es wußte nicht genau, ob er sich verarscht vorkommen durfte, und setzte die Sonnenbrille wieder auf.

»Und der Freund von Arianna? Weiß der die Adresse?«

»Sie hat sich vor kurzem von ihm getrennt und ist dann umgezogen.«

Für solch eine Antwort war Pinocchio seinerzeit die lange Nase gewachsen.

»Und ich soll sie euch wieder einfangen, oder wie?

Wahrscheinlich hat sie die allerbesten Gründe, sich nicht blicken zu lassen.«

Er setzte die Brille wieder ab. Langsam ging er mir damit auf die Nerven. Sonnenbrille auf, Sonnenbrille ab. Wenn er versuchte, mit mir zu flirten, dann war dieser Versuch ziemlich papagallo. Auch wenn ich nicht näher interessiert bin, weiß ich doch Qualitätsware von billiger Massenproduktion zu unterscheiden.

»Weißt du, Daniele, unter diesen Umständen bin ich nicht bereit, noch irgendwas zu unternehmen, es sei denn, du stellst mir mal deinen netten Freund vor und ihr könnt mich davon überzeugen, daß da keine krummen Dinger laufen.«

»Ach, Deborah, was glaubst du denn. Außerdem geht das nicht, mein Freund ist gestern nach Paris abgeflogen, geschäftlich. Deshalb sollte ich mich ja darum kümmern.«

»Und wann kommt er wieder?«

»Erst in zwei Wochen.«

»Dann wird Arianna wohl so lange verschwunden bleiben müssen.«

»Du hast kein Herz, Deborah!«

Auf italienisch klang dieser Satz noch unerträglicher, als er auf deutsch geklungen hätte. Außerdem hatte ich eines, ich spürte es gerade in diesen Tagen allzu deutlich. Allerdings ein eindeutig parteiisches. Aber das ging ihn einen Scheißdreck an. Und damit er meinen wundgescheuerten Zustand nicht bemerkte, ließ ich ihn kaltschultrig auf der Terrasse sitzen. Er wußte sowieso schon zuviel von meinem Innenleben.

Am nächsten Tag fuhr ich wirklich ans Meer. Lief zwei Stunden den Sandstrand entlang, fand ein paar schöne Muscheln und Steine und kleine verfilzte Bällchen aus getrocknetem braunem Seegras. Hatte Sand in den Haaren und Salzgeschmack auf den Lippen, ohne daß sich an meinem erbarmungswürdigen Zustand etwas geändert hätte.

Mittags, als es zu heiß wurde, verzog ich mich in ein kleines Städtchen in der Nähe, dessen Häuser malerisch am Berghang klebten. Architektur hatte sie studiert. Was mit Häusern. Wie man Häuser an Berghänge klebte, daß es gut aussah? Und zusammenhielt. Ich wollte mir eine Kneipe suchen, wo man auch etwas essen konnte.

Architektur, in Rom. Wenn man Daniele wenigstens in diesem Punkt glauben durfte. Also gut, Rom. Florenz auf keinen Fall. Und die Geschichte mit dem Freund? Dichtung oder Wahrheit?

In diesem Falle lieber Dichtung. Viel lieber. Der intime Freund war eine Erfindung von Daniele.

Aber der Anruf war echt gewesen. Und der emotionale Aufruhr keine Show. Was wollten die Kerls also von Arianna? Und was wollten sie von mir? Sollte ich die sich verweigernde Geliebte einfangen? Ich hatte allmählich den Eindruck, daß Daniele kaum etwas über Arianna wußte. Er bluffte nur, und das nicht besonders geschickt. Cousine! Und ich war die Urenkelin der Tochter von Lucrezia Borgia aus einer heimlichen Liaison mit einem ostfriesischen Wanderprediger.

Die Gäßchen waren steil, viele von ihnen waren mit querverlegten Abschlußsteinen gangbarer gemacht.

Und wenn ich mich doch getäuscht hatte? Nur weil Daniele ein Macho war und ich ihn nicht leiden konnte. Was wußte ich denn vom Schauspieltalent italienischer Männer? Vielleicht hatten sie gar keines. Vielleicht waren die albernen Augenaufschläge echt. Ich stand sinnend an einem Aussichtsmäuerchen und sah durch das Flirren der Mittagshitze zum Mare Blu hinüber. Unter mir auf der Umgehungsstraße heulte ein weißer Krankenwagen mit einem roten Streifen um den Bauch vorbei, mit Blaulicht und

»Uiiee, Uiiee«. Er trug mit großen schwarzen Buchstaben die Aufschrift ›Misericordia‹. Es muß wundervoll sein, in einem Land zu leben, in dem die Krankenwagen ›Erbarmen‹ heißen.

Die kratzige Stimme einer Frau rief plötzlich hinter mir aus einer Haustür: »Vieni finalmente, Arianna! Vieni!« Ich fuhr herum. Da war sie! Ich hatte sie gefunden! Sie war nicht in Lucca, nicht in Firenze, sie war hier. Ein purer blanker Zufall, reines Glück!

Die Frau hatte schwarzes, kurzes Haar und zog das kleine Mädchen, das auf der Gasse hinter ihr herumgetrödelt hatte, ärgerlich am Kleid. Das Kind hatte schmutzige Füße in roten Sandalen und dunkle Zöpfe. Abweisend sah es zu mir herüber, als ich es fassungslos anstarrte, dann schloß es die Haustür hinter sich.

Mit einem Kloß im Hals stieg ich weiter.

Louise hatte recht, ich bekam schon langsam eine Macke! Dabei hatte ich doch Ferien. Dolcefarniente-Tage. Also setzte ich mich auf die nächste Piazza ins Café und versuchte Arianna zu vergessen. Die Tische um mich herum waren voll mit Touristen. »Un Cappuccino, un'acqua minerale gassata ed un pasto«, bestellte ich und versuchte, mich wie eine normale Touristin zu benehmen. Die Sonnenbrille lässig in den Ausschnitt gehängt, damit sie jederzeit zur Hand ist. Die Beine und den Verstand baumeln lassen.

Aber anscheinend wußte ich mittlerweile nicht mehr, wie das ging. Womit verbrachten andere Menschen ihren Urlaub, wenn sie nicht nach verschwundenen Bella Biondas suchten?

Am Nebentisch saß eine Frau meines Alters, die verbissen irgendwelche Lagepläne auf Karopapier zeichnete. Vielleicht war sie ja auch Architektin. Mittendrin fluchte sie auf deutsch: »Ach, Scheiße!«, steckte das Papier ein und zündete sich eine Zigarette an. Na ja, das konnte es ja auch nicht sein mit der Erholung. Daß die Deutschen immer arbeiten müssen in ihrem Urlaub! Ihr italienischer Begleiter saß distinguiert zurückgelehnt und streichelte sein taufeuchtes Weißweinglas.

Auf der anderen Seite saß eine französische *famille* mit zwei kleinen Kindern, deren Maman auf französich etwas vorlas. Die beiden Pagenschnitte mit Lackpuppengesichtern standen an ihr Bein gelehnt und drehten T-Shirt-Zipfel.

»›Ich habe nichts kochen können‹, sagte der kleine Tiger. ›Denn ich bin immer so traurig, wenn du weg bist, daß ich nur noch auf dem Sofa liege und mir wünsche, daß du wiederkämst.‹«

Ich fummelte an meinem Zuckertütchen und hörte ebenfalls zu; das verstand ich gut.

Sah gedankenverloren zu den beiden Frauen auf der anderen Seite der Terrasse hinüber, die Campari Orange tranken und die »Zürcher Allgemeine Zeitung« lasen. Wir waren wirklich ein internationales Publikum auf dieser Piazza.

Die eine von ihnen hatte ihr vorzeitig ergrautes Haar wie dunkelmelierte Mohairwolle über die Schulter geworfen. Die andere hatte die Sonnenbrille in den blonden Kurzhaarschnitt geschoben, so daß die Stirnhaare wie der Strahlenkranz des Stachelschweins nach oben standen, und kaute gesalzene Erdnüsse zum Drink. Ab und zu machten sie sich gegenseitig auf Überschriften aufmerksam. Warum waren alle Menschen hier zu mehreren unterwegs?

Schließlich faltete die Blonde ihr Stück Zeitung zusammen und stand auf. Legte der anderen eine kleine braune Hand auf die Schulter. Die ließ die Zeitung sinken, sah auf und sagte: »Schatzli, wohin gasch?« »En Chaffi bschtelle. Willsch au no was?« »Au ja, au en Chaffi, bitte!« Ich saß mit zugeschnürter Kehle. So wurde das bestimmt nichts mit dem Vergessen. Ich kaufte im Tabacchi nebenan eine italienische Zeitung mit viel Text und schwierigen Vokabeln, stülpte die Sonnenbrille auf die Nase und machte einen letzten Versuch, mich wie eine Touristin zu benehmen. Gegen Abend fuhr ich nach Hause, nicht eben besser gelaunt, aber mit einem beträchtlichen Zuwachs an Wissen über italienische Wirtschaftskiminalität.

Sie hatten auf mich gewartet. Daniele stand in der Haustür, um mir aufzulauern.

»Ah, Deborah! Ich habe gerade auf der Terrasse ein kleines Abendessen zurechtgemacht. Du kommst im richtigen Moment. Geh gleich hinaus, damit es nicht kalt wird. Was willst du trinken?« Dabei sah er aus, als hätte er gerne mein liebeshungriges Herz als besonderen Leckerbissen serviert. Meinen Kopf auf einem Silbertablett, mit Petersiliensträußchen im Mund und Alufolie über den Ohren.

Louise saß auf der Terrasse, hörte das Allegro in Es-Dur für Sologrille und Orchester, bohrte mit den lackierten Zehen in den Kieselsteinen und trank schweren Rotwein. Sie trug eine graue Seidenbluse mit rotem Kragen zu grauen Hosen. Furchtbar unitalienische Farben!

»Ach, da bist du ja, mein Engel! Du siehst müde aus. Wo warst du denn den ganzen Tag?« Ich wartete noch die eine Sekunde, bis Daniele mit dem dritten Gedeck am Tisch war, und sagte dann in feinstem Italienisch:

»Müde? Ich war den ganzen Tag am Strand, habe mir eine richtig faule Zeit gemacht.«

Während Danieles Gesicht sich in die Länge zog, setzten die Grillentutti in donnerndem Fortissimo ein. Es war ein erhabener Moment.

Nach dem Abendessen ging ich duschen und zog mir frische Klamotten an. Meine Haut fühlte sich von innen heraus angenehm warm an, durchglüht von einem Tag im Freien unter südlicher Sonne. Ich stand am Fenster, die Berge drüben zum Greifen nahe. Morgen würde ich wieder nach Lucca fahren. Ich würde sie schon finden.

Pfeifend hopste ich die Außentreppe hinunter, bog um die Hausecke, da standen Louise und Daniele in inniger Umarmung, die Mäuler aufeinandergequetscht. »Buona sera«, sagte ich in die andächtige Stille hinein. In jedem guten italienisch-katholischen Film hätten sie jetzt auf frischer Tat ertappt auseinanderspritzen müssen, aber diese beiden knutschten in aller Ruhe zu Ende, und dann ging Daniele Kaffee kochen, während Louise aufatmend und lächelnd in einen Korbsessel sank.

»Es ist wirklich unglaublich, wie sich dein Italienisch verbessert hat«, sagte ich, »deine kommunikativen Fähigkeiten sind ja wirklich erstaunlich gewachsen.«

Mich fraß die Eifersucht mit gierigem Zahn. Louise lachte.

»Vielleicht kannst du, wenn du das Objekt deiner Begierde gefunden hast, deine kommunikativen Kenntnisse ja ebenfalls vertiefen, mein kleines Sprachgenie.«

Vorsicht, Falle. Ich zuckte die Schultern.

»Welches Objekt?«

»Du suchst sie doch immer noch, oder? Zumindest hast du es vor. So gut kenne ich dich doch. Das war vorhin nur eine Show für Daniele. Gib's zu! Man sieht dir doch sowieso bis auf den Grund deines kleinen schwarzen Herzens. Daniele glaubt dir auch kein Wort.«

So, so, es wurde also über mich gesprochen! Das schmeichelte natürlich dem Ego.

»Paß nur auf, Luisa, mia cara, Doppelspione geraten leicht zwischen die Linien. Und wer mit dem Feind knutscht, ist allemal verdächtig. Fraternisierung nennt man das. Ich werde jetzt wieder hemmungslos Urlaub machen.

Diese Arianna ist mir völlig schnurz. Mein Bedarf an Urlaubsabenteuern ist bereits durch die Bekanntschaft mit dir hinreichend gedeckt.«

Daniele kam mit den Cappuccini, aber ich hatte keine Lust mehr, mit den beiden zusammenzusitzen, und ging nach oben. Die Pisaner Berge immer noch zum Greifen nah.

Inzwischen waren mir der Weg nach Lucca und die Stadt schon ganz vertraut, und ich schlenderte als alte Bekannte durch ihr breites Stadttor. Es war noch früh am Tage, und die Gassen voller Menschen, die versuchten, die Läden leerzukaufen. Wie leicht es war, hier in der Menge unterzutauchen. Wie kam ich auf den Gedanken, Arianna hier zu finden? Und wieder: Was, wenn ich sie fand? Jetzt, nachdem ich mich entschieden hatte, Daniele nicht mehr weiterzuhelfen? Was gab es noch für einen Grund?

Ach, Herzchen, was für eine rhetorische Frage! Was gab es wohl für einen Grund, den dümmsten und durchsichtigsten der Welt. Plötzlich stand ich vor dem Hauptpostamt und hatte erst jetzt eine völlige naheliegende Idee.

Ich ging hinein und ließ mir die Telefonbücher von Florenz, Rom und Mailand geben. Und sah sie in dieser Reihenfolge durch. Die Telefonbücher sowohl von Rom als auch von Florenz führten eine ganze Anzahl von Lazzarinis auf, aber keine Arianna. Also doch nicht Rom, und auch nicht Florenz. Es tat ungeheuer gut, Daniele Barbone beim Lügen erwischt zu haben.

Dafür gab es im Mailänder Telefonbuch gleich zwei Arianna Lazzarinis. Einen Anschluß in der Via Antonia und die Nummer des Architekturbüros Arianna Lazzarini/Felice Romani am Corso Garibaldi. Ach, sieh mal an! Wieder einmal philosophierte ich über das Thema: Unauffindbarkeit in einer Gesellschaft mit Telekommunikation. Wenn frau schon nicht wußte, wohin die Leute gegangen waren, die sie suchte, dann wußte sie wenigstens, wo sie vorher gewesen waren. Also würde ich sie jetzt anrufen. Und wenn sie zu Hause war? Würde ich sie fragen, warum sie ihrem Cousin Daniele solche Sorgen machte. Und warum sie bei ihrem Exliebhaber nicht ihre neue Adresse hinterlassen hatte. Ob sie das rechte oder das linke kleine Mädchen auf dem Bild war. Wie sie ihre Haare jetzt trug, und ob sie mich heiraten wollte.

Ich wählte zuerst die Nummer in der Via Antonia.

Es tutete zweimal, dann kam ein Piepser und ein kurzatmiges Schnurren. Wie in allen modernen Haushalten, die etwas auf sich halten, ging zuerst der Butler an die Strippe.

»Buon giorno, buona sera, buona notte. Hier ist die segreteria telefonica von Arianna Lazzarini. Leider bin ich im Moment nicht persönlich zu erreichen. Aber wenn Sie...« Und so weiter. Das war auf italienisch nicht viel besser als auf deutsch, klang nur wesentlich charmanter. Und es schien so, als wohnte sie allein. Was nichts hieß, aber vergebliche Hoffnungen nährte. Unglücklicherweise hatte ich nichts, was ich als Nachricht hätte hinterlassen können. Kein einziges kleines, italienisches Wort. Ich legte den Hörer auf und wählte noch mal. Horchte diesmal nur auf die Stimme. Dunkel, mit dem Hauch eines Viertelglases Whiskey und einer halben Zigarette. Klare Artikulation, sehr ausländerinnenfreundlich. Für den Dialekt von Lucca ungewöhnlich deutliche K-Laute, dafür weiche, verschliffene Gs, die vielleicht noch aus ihrer römischen Zeit stammten. Mit dieser Stimme am Ohr hätte ich mich gerne an manchem kalten Winterabend auf meinem Sofa zusammengerollt und lange intime Gespräche geführt. Und mich mit riesigen Telefonrechnungen finanziell völlig ruiniert.

Nachdem die Nachricht zu Ende war, legte ich auf. Ein

drittes Mal anzurufen verbot mir die Selbstachtung, also ließ ich es. Jedenfalls für jetzt.

Unter der Büronummer meldete sich eine freundliche weibliche Stimme. Signora Lazzarini wollte ich sprechen, sagte ich, einmal mehr den unverkennbar deutschen Akzent verfluchend. Die Stimme wurde ganz aufgeregt. Ob ich aus Deutschland anrufe, aus Berlino. Ich verneinte verwirrt, sagte, ich riefe aus Lucca an. Ob es nicht um das von Signora Lazzarini übersandte Material ginge. Wieder mußte ich verneinen. Da wurde sie kurz angebunden und teilte mir kühl lächelnd mit (ich weiß, daß sie lächelte, man konnte es deutlich hören), daß Frau Lazzarini geschäftlich verreist sei und daß es nicht sicher sei, wann sie wiederkäme. Ich könnte eine Nachricht hinterlassen, sie würde Frau Lazzarini umgehend übermittelt werden. Ich hinterließ keine Nachricht.

Also war sie nicht in Mailand. Doch in Lucca? Doch verschwunden? Aber nur für Daniele und seinen Kumpel, nicht für die Sekretärin. Wer wußte hier von was? Ziellos lief ich durch die Straßen, zum zehnten, zum zwanzigsten Mal durch manche Gasse. Meinte zuweilen, Ariannas Anwesenheit in dieser Stadt fast körperlich zu spüren. Ab und zu warf ich einen Blick in die Schaufenster der Schuhgeschäfte. Wenn ich mir schon für Amore die Sohlen platt lief, war es vielleicht an der Zeit, mir ein neues Paar Schuhe zu besorgen. Ich tat es wollüstig: schwarze, spitz zulaufende Schuhe aus sehr dünnem Leder, die aussahen, als hätte man eine Schuhsohle mit schwarzgefärbten Gipsbinden umwickelt und das Ganze hart werden lassen. Sehr abgefahren und anscheinend in Italien zur Zeit ultramodern, aber wieder mal so ein Paar Ballschühchen, mit denen man sich vom Taxi zur Haustür tragen lassen muß.

Doch dann wurde ich wieder unruhig. Länger als eine halbe Stunde nicht nach blonden Köpfen zu gucken, hielt ich nicht aus.

Wieder schlich ich um die Via del Carme herum, postierte mich in Toreinfahrten und an Hauseingängen, suchte die Gesichter der Frauen ab, die vorbeigingen. Und plötzlich hatte ich Angst, ich könnte ihr tatsächlich begegnen. Der wirklichen Arianna, der Fremden.

Ich beschloß, mich abzulenken, ein bißchen zu fotografieren, malerische Szenen einer knorzigen, alten Stadt, und mich dann im Park auf der breiten Stadtmauer niederzulassen. Ich brauchte Kontrastprogramm.

Der Wechsel von Halbdunkel zu Licht, von den Gassen auf die Piazza war jedesmal ein Paukenschlag, und ich wußte nie, ob ich die Sonnenbrille auf- oder absetzen sollte.

Ich ging von der Via del Carme nordostwärts, wo die Gassen ein wenig breiter waren. Dort stieß ich auf eine Straße, in deren Mitte ein schmaler, mit Ziegeln ummauerter Kanal verlief, überspannt von Brücken aus dem Kinderbaukasten. Wo in brackigem Wasser blaue Plastikflaschen, weiße Pappbecher und andere Wohlstandsfabeltiere ihren Weg zum Meer schwammen.

Via del Fosso, Grabengasse. Ich machte ein paar Fotos von Blumenkistchen und grünen Fensterläden. Die Nummer 98 hatte eine Haustür in verblichenem, staubigem Rot, das mir sehr gefiel. Ein altes Rot, mit Rheuma in den Knochen, aber rüstig und munter. Ein Rot wie auf einem Renaissancebild. Wie das Mieder irgendeiner Herzogin. Ich lehnte mich an ein Mäuerchen, summte zufrieden vor mich hin und machte ein Foto vom Mieder der Herzogin. Imaginierte das Rot in Vergrößerung über meinem Schreibtisch. Mir mein kaltes, zynisches Herz zu wärmen an frostigen Wintertagen. Ich verriegelte den Kameraverschluß, damit ich nicht aus lauter Schusseligkeit dauernd meine eigene Tasche von innen fotografierte, und sah auf.

Arianna!

Ich wollte rufen, schnappte nur nach Luft.

Sah noch mal hin, weil ich mich sicher getäuscht hatte. Sah den schnellen, energischen Gang, sah, wie sie die lyrische Haarsträhne hinter das linke Ohr schob, den Kopf leicht gesenkt, wegen der Sonne. Sie verschwand in Nummer 98. Ich warf mir die Tasche über die Schulter, die Haustür war halb offengeblieben, ich rannte über die Straße, stürzte in den dunklen Hausflur, vergaß dabei, daß ich die Sonnenbrille noch aufhatte, sah die Treppe nicht, die nach unten führte, trat ins Leere und stürzte kopfüber ins Dunkel.

Mit einem ohrenbetäubenden Krachen, von dem ich nur wahrnahm, daß es aus meinem Kopf kam, als er auf Steinboden aufschlug, verlor ich das Bewußtsein.

In meinem Hirn rannte ich Stunde und Stunde hinter Arianna her, durch Gassen, über Plätze mit und ohne Standbild, über Höfe, Treppen hinauf und hinunter. Nie, kein einziges, lausiges Mal, drehte sie sich nach mir um.

Ich spürte die Kopfschmerzen bis in mein Delirium. Endlich gelang es mir, die Augen zu öffnen. Ich lag in einem altmodischen Messingbett mit goldglänzendem Gitter. Ich wollte gerade hollywoodgerecht ein »Wo bin ich?« hervorstoßen, da sah ich zwischen den als Bettpfosten aufgesteckten Froschkönig-Goldkugeln – Arianna.

Sie saß am Fußende des Bettes in einem Sessel, wie eine Fortsetzung meiner kühnsten Phantasien, wachte über mich und las.

»Arianna«, seufzte ich überwältigt.

Sie sah auf. Die Haare ein paar Zentimeter kürzer als auf dem Foto, zu einem Zopf zurückgenommen, viel Gesicht, viel mehr Gesicht. Ein Hauch Kupfer, keine Spur mausblond.

»Tu mi conosci«, sagte sie überrascht.

»Sì«, sagte ich und verzog beim Versuch zu nicken das Gesicht.

»Mal di testa?« fragte sie.

Ich antwortete mit einer Grimasse.

»Commozione cerebrale«, stellte sie fachfraulich fest. Ich verstand nicht, runzelte die Stirn und bemerkte bei der Gelegenheit, daß sie verpflastert war.

»Testa«, sagte sie und deutete auf ihren Kopf. »Dentro cervello.«

Sie tippte sich gegen die Stirn. »Cervello?«

»Gehirn!« sagte ich.

»Ah, sei tedesca. Gechirnn. Gechirnn ...« Sie machte eine Bewegung, als ob sie einen Drink mixte. »Agitato. Confusione.«

»Gehirnerschütterung! sagte ich.

»Gechirnnershützerüng!« wiederholte sie spitzmäulig.

Ich liebte sie für jeden einzelnen Buchstaben. Mit einem glücklichen Lächeln schloß ich die Augen.

Sie sprach schon wieder italienisch.

»Du mußt langsam reden, ich kann nicht gut Italienisch«, lallte ich. Schlafen, bloß schlafen.

»Ich habe gesagt, ich will dich nicht mit so vielen Fragen quälen mit der Gechirnnershützerüng, dio, was für eine Sprache, aber du mußt mir sagen, woher du meinen Namen kennst. Es ist wichtig.«

»Ich bin auf der Suche nach dir«, formulierte ich langsam, vor meinen Augen tauchten wieder die endlosen Wege auf; Arianna, die sich nicht umdrehte.

»Dein Cousin Daniele hat mich gebeten, dich zu suchen.«

Kopfsteinpflaster ohne Ende, Marmor am Wege, Straßenecken, Blumen in niedrigen Fenstern.

»Daniele? Ich habe keinen Cousin Daniele.«

Ich bekam mühsam die Augen auf. Sie saß mit alarmiertem Gesicht auf dem Bettrand.

»Nein?«

»Wie heißt du, und woher kommst du? Wer hat dich beauftragt, mich zu suchen? Ich dachte, du wärst versehentlich unsere Treppe hinuntergestürzt. Anscheinend war es aber kein Zufall.«

»Ich habe dich verfolgt«, gab ich zu. Es klang furchtbar zudringlich.

»Ich heiße Deborah Gronwald und bin aus Berlin. Meine Freundin Luisa hat hier in der Gegend ein Haus. Dort lebt sie mit einem Mann namens Daniele. Der hat mir erzählt, daß seine Cousine Arianna verschwunden sei. Er machte sich Sorgen und bittet mich, nein, falsch, er bat mich, dich zu suchen.«

Italienisch und Kopfweh verträgt sich schlecht.

»Warum dich? Bist du Detektivin oder Polizistin?«

Ich versuchte, den Kopf zu schütteln. »Consulente fiscale«, murmelte ich kleinlaut und war mir nicht sicher, ob sie sich ein Lachen verbiß.

»Ich kann nur gut... denken«, sagte ich.

»Kombinieren, meinst du.«

»Ja. Und ich bin neugierig.« Das lächelnde Portraitfoto der Frau, die ich unbedingt kennenlernen wollte, tauchte vor meinen Augen auf. Oh, Deborah, das war wohl ein Griff in die Scheiße. Arianna hatte anscheinend den gleichen Gedanken.

»Maledetto!« sagte sie. »Hast du allein gearbeitet?«

»Sì.»

»Ist dir jemand hierher gefolgt?«

»Ich weiß nicht. Ich glaube nicht.«

»Wie hast du mich gefunden? Was hast du über mich herausgefunden? Wem hast du davon erzählt?«

Sie stand jetzt am Fußende des Bettes, über das Gitter gebeugt, hatte die Hände um die Froschkugeln gelegt.

Ich spürte ihren inquisitorischen Blick bis ins Stammhirn und versuchte angestrengt, durch meine Kopfschmerzen hindurch kooperativ zu sein. Und das auf italienisch.

»Ich habe Luisa und Daniele erzählt, was ich unternommen habe. Viel war es nicht. Ich war in deiner Wohnung. Birgit Jäger hat mir die Adresse in der Via del Sasso gegeben. Ich habe dann dort nachgefragt, aber es war nur die Nonna da, und die wußte nichts. Wirklich erfahren habe ich nichts. Daß ich dich hier gefunden habe, war reiner Zufall. Ich habe eure rote Haustür fotografiert. Daß ich hier bin, weiß niemand. Irgendwann kam es mir komisch vor, daß sie suchten, und ich habe ihnen nichts mehr erzählt.«

»Wer ist Daniele?« fragte sie.

»Ich dachte, dein Cousin. Er ist der Lover meiner Freundin Luisa.«

»Wie sieht er aus?«

Ich beschrieb ihr Daniele. Sie schüttelte den Kopf.

»Ich kenne keinen solchen Mann. Aber das hat nichts zu sagen.«

Sie setzte sich wieder neben mich.

»Hör zu, Deborah, es ist wichtig, daß niemand weiß, wo ich bin. Anscheinend haben wir Glück gehabt. Du mußt jetzt erst mal wieder auf die Beine kommen. Das kann ein paar Tage dauern. Danach müssen wir überlegen, was mit dir wird. Du bist ein Risiko für mich, Deborah.«

Ich starrte sie entsetzt an. Sie wich meinem Blick aus.

»Du weißt zuviel über mich«, sagte die Venusfliegenfalle und biß der Fliege den Kopf ab. Ich schloß erschöpft die Augen.

»Wenn du was brauchst, ruf mich einfach«, sagte Arianna und legte mir eine Hand auf den Bauch.

»Meine Güte, du bist ja ganz durchgeschwitzt. Du brauchst ein frisches T-Shirt, sonst holst du dir den Tod.«

Ich ließ mir widerspruchslos mein Hemd ausziehen und ein trockenes an, das sie aus dem Schrank holte. Mir war alles egal. Ich war schon jenseits von Gut und Böse. Das letzte, was ich mitbekam, war Arianna, wie sie die Fensterläden schloß, im Halblicht dastand und zu mir herübersah. Die Venus, die Fliege, die Falle, aber wenn sie mich umbringen wollte, brauchte sie mir doch kein frisches T-Shirt anzuziehen …

Die nächsten beiden Tage verdämmerte ich zwischen Wachen und Schlafen, registrierte nur den Wechsel von Dunkel und Helligkeit, ließ mir von Arianna Tee und italienische Küche einflößen und mir auf zittrigen Beinen zum Klo helfen, wo ich orientierungslos saß, die Arme auf die Knie gestützt, mit platzendem Kopf, froh, wenn ich wieder lag. Trotzdem brachte ich es fertig, sie während dieser Verrichtungen zu beobachten, denn schließlich war es das, was seit Tagen mein Sehnen und Trachten gewesen war: Ich wollte die Frau auf dem Foto mit eigenen Augen sehen.

Und es war ja durchaus ein Erlebnis, sie anzusehen. Es lag an der Selbstverständlichkeit, mit der sie sich bewegte; an der natürlichen Ökonomie der Bewegung, die der Urstoff von Anmut ist. Sie hatte die Umsichtigkeit von Engeln, wenn sie irdische Aufträge erledigen.

Und was der Schwärmerei mehr zu sagen wäre.

Doch das Reizvollste daran: sie war so und wußte es. Und manchmal benutzte sie es. Es waren ihre honiggelben Augen, die immer wieder durch meine Kopfschmerzen und meine Übelkeit drangen. Im Grunde waren es nur ihre Augen, die mich inmitten der Verwüstung in meinem Kopf am Leben festhalten ließen. Der Sinn des Lebens ist es, die Schönheit zu würdigen in allen Dingen. Sonst wäre ich in diesen Tagen liebend gerne gestorben.

Ihre Nase war ein wenig zu lang. Abgegossen von jenen griechisch-römischen Vorlagen in Stein, deren Schöpfern die Nasen anscheinend nie lang genug sein konnten. Die Spitze ein wenig zu breit, was das ganze Stück sonnenbrillentauglich machte. Meistens kam sie barfuß. Leichtfüßig, mit schwarzen Fußsohlen und schmalen Zehen, schmalen Fingern, unbefangen zärtlichen Händen, die mir beim Trinken und beim Aufstehen halfen, mit das Gesicht wuschen, mir T-Shirts aus- und anzogen, Handtücher reichten. Das Haar trug sie meist in einem lockeren Pferdeschwanz aus mehreren geflochtenen Zöpfchen, die sie mit einem Band zusammenhielt. Meine Abneigung gegen diese Art von Haartracht verwandelte sich in stürmische Zuneigung, weil ihr dabei immer die lyrische Strähne ins Gesicht fiel. Am liebsten sah ich sie in Weiß und Brombeerfarben. Sie sich offensichtlich auch.

Manchmal hörte ich Arianna irgendwo draußen mit jemandem reden. Wenn ich sie rief, kam sie sofort.

Am dritten Tag morgens fühlte ich mich zum ersten Mal nicht mehr ganz so blöde im Kopf. Ich richtete mich auf, und siehe da, die Kopfschmerzen hielten sich in erträglichen Grenzen. Ich schwang die Beine über den Bettrand und stand auf. Oh, là, là! Die menschliche Rasse bezahlt ihren aufrechten Gang mit Rückenschmerzen. Mein Rücken reichte in diesen Tagen allerdings bis in die ungewaschenen Haarspitzen. Ich vermied es aus Gründen der gewünschten Aufrichtung, die Beschaffenheit des Fußbodens genauer in Augenschein zu nehmen, und tappte zur Tür. Die Tür hatte eine Eigenschaft, die ich bis jetzt in meinem breitgetretenen Zustand noch nicht bemerkt hatte: Sie war von außen verriegelt. Die Venus, die Fliege, die Falle. Ich schlurfte zum Fenster. Es ging auf einen kleinen Hof hinaus, mit Blick auf nachträglich wie Schwalbennester an die Hauswand geklebte Klozimmerchen und naturfarbenes, rohes Steinpflaster. Meine Siechstätte befand sich im zweiten Stockwerk. (Ich stellte mir vor, wie sie mich wie einen nassen Sack hier heraufgezerrt hatten. Peinlich!)

Und das Fenster war vergittert! Nicht eigentlich, um Gefangene zu halten. Sie hatten das einfach so im Süden. Mit

Blumenkistchen davor. Ein grandioser Feudalknast. Mit persönlicher Betreuung durch mausblonde Zöpfchen. Außerdem war ich in der Case Laura seit drei Tagen überfällig. Ich mußte unbedingt Louise Bescheid sagen. Die ließ mich hoffentlich schon suchen.

Ich prüfte die Festigkeit des Gitters. Eher geeignet, daran sein Leben am Strick zu beenden, als es durch Flucht zu retten. Ich verbot mir das finstere Vokabular. Die Festungshaft begann schon Wirkung zu zeigen. Bald würde ich anfangen, mir Nahrung für meinen Intellekt zu wünschen (der es überdies dringend nötig hatte), und wäre es ein Buch über Schachpartien. In diesem Moment kam Arianna herein. Sie begriff sofort, was ich tat.

»Es geht dir also besser«, sagte sie und wußte, das ich wußte, daß sie begriff. Also gut, dann mit offenen Karten.

»Es geht mir viel besser, Arianna. Danke für deine Hilfe. Ich möchte jetzt nach Hause fahren. Meine Freundin wird sich schon Sorgen machen.«

»Die Freundin von diesem Daniele?«

»L'amante«, sagte sie. Was für ein schönes Wort! Fast so schon wie »Verführung«. Oder wie »Brombeersorbet«. Und sie machte ein solch drohendes Gesicht dabei.

»Louise heißt sie.«

»Es geht nicht, Deborah! Du mußt hierbleiben.«

»Was willst du damit sagen? Du kannst mich nicht hier festhalten.«

»Ich kann dich nicht gehen und denen erzählen lassen, wo ich bin.«

»Aber Louise wird mich suchen lassen!« (Hoffentlich.)

»Sie hat keine große Chance, dich zu finden.«

»Arianna!«

Ihr Gesichtsaudruck wurde undurchdringlich. »Nein!«

Ging aus dem Zimmer, und ich hörte, wie sie den Riegel vorschob. Dann war ich allein und hatte Zeit zum Nachdenken. Die ich nutzte, um zu schlafen. Ich war noch zu rekonvaleszent für solche Dispute.

Es war Nachmittag, als ich wieder aufwachte. Sie war dagewesen und hatte mir eine Flasche Mineralwasser auf den Tisch gestellt. Sogar mit Glas. Ich ging zur Tür, klopfte und rief. Stellte fest, daß sie aus solidem Holz war und mit festen Beschlägen. Diesmal dauerte es lange, bis Arianna kam. Die Zeiten wurden eindeutig härter. Wind Ostnordost.

»Arianna, dove sei? Vieni, per favore!«

»Was ist los?« fragte sie ungeduldig von der anderen Seite der Tür.

»Ich muß aufs Klo.«

»Einen Moment!«

Ich hörte, wie ihre Schritte sich entfernten und wiederkamen. Hatte einen kurzen Augenblick lang das Gefühl, dies sei ein vertrautes Geräusch, déjà vu auf der ganzen Linie. In Atlantis waren wir ein Liebespaar, im alten Ägypten haben wir zusammen im Nil geplanscht, im Mittelalter habe ich dir Minnelieder vorgesungen, also laß den Scheiß und mach endlich die Tür auf.

Sie schob den Riegel weg, blieb neben der Tür stehen. Das Klo lag neben meinem Kerker auf demselben Flur, direkt neben einer Treppe nach unten. Ich sah gierig zu den Stufen.

Sie bedachte mich mit einem langen Blick unter den schräggeschnittenen Lidern hervor, mit diesem Mandelanklang.

»Ich habe unten abgeschlossen.«

Meine Mimik war anscheinend wirklich zu transparent. Zum Poker und zum Detektivspielen.

»Los, mach schon, damit ich dich wieder einschließen kann!«

Ich ging brav aufs Klo, dann wieder an ihr vorbei in

meine Zelle. Ich war zu müde, zu traurig und zu dumm im Kopf, um mich zu wehren.

»Danke für das Mineralwasser«, sagte ich.

»Keine Ursache«, antwortete sie förmlich. Dann hatte ich wieder Zeit zum Nachdenken und mich an die wunderbaren Zeiten zu erinnern, in denen wir im Nil zusammen nach Spulwürmern gesucht hatten. Von der Minne ganz zu schweigen. Inzwischen pflückte ich mir in eifriger Kleinarbeit die Pflaster von der Stirn. Seit ich erwachsen bin, reiße ich nie mehr Pflaster mit einem Ruck ab. Die Behauptung, das täte weniger weh, hatte ich noch vor »Erwachsenen muß man immer gehorchen!« und »Kernkraft ist ungefährlich!« als Lüge entlarvt.

Am Abend kam Arianna wieder mit einem Teller wunderbarer Farfalle, diesen Nudeln in Schmetterlingsform, die schon immer meine besonderen Lieblinge waren. Weil ich die einzige Sitzgelegenheit im Raum belegte, jenen Sessel, in dem ich sie am ersten Tag hatte sitzen sehen, hockte sie sich auf das Bett und sah mir nachdenklich beim Essen zu.

»Ich verstehe immer noch nicht, wie du auf die Idee kamst, nach mir zu suchen«. Ich machte gar nicht erst den Versuch, von der sehnsuchtsvollen Schönheit der Pisaner Bergen zu schwärmen. Aber ich erzählte ein paar Histörchen über Louise und Daniele, ein paar Takte über mich selbst, und schließlich von jenem weinseligen Abend und besagtem Foto. Glücklicherweise schien sie mehr davon zu begreifen, als ich in meinem langsamen Italienisch sagen konnte. Vielleicht wußte sie auch etwas über die Konstruktionspläne von Herzen. Jedenfalls saß sie auf meinem Bett, hörte zu, ließ ein barfüßiges Bein baumeln und machte in sich gekehrte Augen. Ließ mich reden, bis ich nichts mehr zu sagen fand und »Das ist alles!« seufzte.

Unsere Blicke kreuzten sich über das Gitter hinweg, und

ich spürte die Schmetterlingsnudeln in meinem Magen wiederauferstehen.

»Una storia strana!« murmelte sie. »Mi sento privo d'aiuto.«

»Was?«

»Ich weiß nicht, was ich mit dir machen soll. Du bringst mich in Gefahr, Deborah. Ich weiß nicht, ob ich dir und deiner Geschichte trauen soll. Dieser Daniele und sein Freund, von dem ich mir jetzt denken kann, um wen es sich handelt ... ich habe jedenfalls keine Lust, ihnen in die Hände zu fallen.«

»Ich würde dich bestimmt nicht verraten!«

Sie wiegte den Kopf. »Das weiß ich nicht, und das weißt du nicht. Außerdem sieht man in deinem Gesicht mehr, als du dir vorstellen kannst.«

Oje, das saß.

»Ich bin im Hauptberuf übrigens Pokerspielerin«, sagte ich.

Endlich lächelte sie wieder. Wind drehend nach Südwest.

»Du kannst mich aber nicht ewig hier festhalten. Irgendwann werde ich nicht mehr brav an dir vorbei aufs Klo marschieren wie vorhin, sondern wild aus dem Fenster brüllen.«

Mich packte langsam die Wut! Was bildete sie sich eigentlich ein! Ich war vielleicht auf den Kopf gefallen, aber ganz blöde war ich noch nicht.

»Das hatte ich heute nachmittag schon befürchtet. Statt dessen hast du geschlafen.«

»Weil ich mich noch zu krank fühle, aber nicht mehr lange.« Ich spürte frischen Saft in meinen Adern. »Also, wie lange willst du mich hier widerrechtlich festhalten?« Der Zorn schien mein Gehirn von neuem zu erschüttern, denn mit den Zornesadern schwollen auch die Kopfschmerzen zu einem neuen Crescendo an.

Ihre Miene wurde noch undurchdringlicher, sie zog die

Zugbrücke hoch, ich hörte das Fallgitter krachen. Arianna war das Pokerface, nicht ich. Plötzlich hatte ich Angst vor ihr. Tiere werden bösartig, wenn sie sich in die Enge getrieben sehen. Menschen auch.

Wir saßen mit Ausdauer schweigend da, während das Abendlicht auf uns hereinfiel und wir auf das Abendlicht, weil es die Schatten längt, die Konturen aufweicht und die Sehnsüchte nach einer friedlichen Nacht weckt.

Schließlich legte ich den Kopf auf die Sessellehne, zog die Füße an, rollte mich noch mehr zusammen, bis ich fast zwischen den Polstern verschwunden war. Manchmal fühle ich mich traurig, wenn ich einfach nur müde bin. Manchmal ist es umgekehrt. In diesem Fall war das eine vom anderen nicht mehr zu unterscheiden.

Sie stand auf, kam herüber; ihre Hände an meiner Schulter und meinem Knie machten mich vollends wehrlos.

»Mein Gott, sie ist immer noch verknallt«, hörte ich im Geiste Louise resigniert seufzen.

»Geh schlafen, Deborah«, sagte Arianna sanft. »Du mußt mir ein bißchen Zeit lassen, mich neu zu organisieren. Du mußt das verstehen. Du fällst wie eine Motte von der Lampe meine Kellertreppe hinunter, und dein erstes Wort, als du aufwachst, ist, daß du mich verfolgst. Das ist alles nicht ganz einfach für mich.« Sie strich mir übers Haar, eine Geste, die ich bei kaum einer ertrage, ohne wütend zu werden; aber mein Kopf hatte anscheinend wirklich gelitten, denn ich ließ es mir einfach gefallen, und es gefiel mir.

»Ein bißchen Geduld.«

Dann half sie mir, mich auseinanderzukringeln und zum Bett hinüberzuwanken. Gab mir wieder einmal ein frisches T-Shirt aus dem Schrank, brombeerfarben wie der Bettbezug in der Via del Carme, deckte mich am Ende sogar zu.

In dieser Nacht schlief ich ausgesprochen schlecht.

Geduld war noch nie meine große Stärke. Als Arianna mir Frühstück brachte, Tee in einer großen Henkeltasse und ein Hörnchen mit Puderzucker bestäubt, machte ich ihr noch einmal deutlich, daß ich nicht gedachte, in diesem Hause Patina anzusetzen. Sie hörte es sich kommentarlos an.

»Wie geht es deinem Kopf?« fragte sie dann.

»Gut genug, um nach Hause zu fahren!« fauchte ich. »Hast du überhaupt verstanden, was ich gesagt habe?«

»Ja, habe ich. Und ich habe dich gestern um ein bißchen Zeit gebeten. Ich muß mir ein anderes Versteck suchen.«

»Ich habe doch schon gesagt, daß ich dich nicht verrate.«

»Und ich habe gesagt, daß ich mich darauf nicht verlassen will. Herrgott, Deborah. Dieser Freund von Daniele, sein Name ist Massimo Ceragioli; ich hatte vor kurzem eine Affäre mit ihm und habe ihn verlassen. Und jetzt bedroht er mich.«

»Warum bedroht er dich? Weil du dich getrennt hast?«

Ich glaubte ja alles, was Männer anging.

»Interna«, sagte sie knapp. »Bei mir zu Hause ist er ständig aufgetaucht, also habe ich mich hier bei meiner Nonna versteckt. Aber meine Nonna heißt auch Lazzarini. Sie brauchen also nur ins Telefonbuch von Lucca sehen. Daß das Versteck nicht sicher ist, hast du mir ja schon hinreichend bewiesen.«

Hinreißend bewiesen hatte ich es. Ich war ihr wie ein reifer Pfirsich vor die Füße gefallen. Ein zweiunddreißigjähriger Pfirsich.

»Lucca ist zu klein, und du sagst ja selbst, daß sie mich hier vermuten.«

»Trotzdem, wann läßt du mich gehen?« fragte ich wütend. Wegen eines Exliebhabers hatte ich nun überhaupt keine Lust, hier rumzusitzen. Beziehungsscheiße von anderen Leuten ausbaden.

»Das weiß ich nicht«, erwiderte sie kalt. Ich hätte sie würgen können. Giftiges Schweigen. Mindestens fünf Minuten lang. Draußen stimmten ein paar Hunde eine Belcanto-Arie an. Arianna besah sich verstockt die rauhweiß gestrichenen Wände, warf mir ab und zu einen prüfenden Blick zu. Gib dir keine Mühe, Mädchen, so zickig wie du bin ich schon lange.

»Es ist noch Tee unten in der Kanne«, sagte sie schließlich. »Möchtest du?« Ich hatte keine große Lust auf Tee für den Frieden, nickte aber.

Sie nahm meinen Henkeltopf und ging hinaus. Ließ die Türe unverriegelt. Vielleicht wollte sie, daß ich jetzt hinter der Tür auf sie lauerte, sie überwältigte, ihr eine Gechirnnershützerüng überbriet und floh. Ich hatte Kopfschmerzen. Als sie wiederkam, saß ich unverändert harmlos in meinem Siechensessel und starrte auf die Schuhe, die sie ausnahmsweise trug. Ich mochte ihre Schuhe.

Sie schob mir die Tasse über den Tisch.

»Die Nonna hat dein Hemd gewaschen«, sagte sie, »wenn du es wieder anziehen möchtest.«

»Pace, pace, wie?« sagte ich mißmutig.

»Non sono una bestia.« Sie lächelte mich an.

Ach, schwach ist das Weib. Sie kriegte mich doch immer wieder rum, daß ich sie verstand und liebte und ihr am liebsten einen Heiratsantrag gemacht hätte.

Ich trank meinen Tee, und sie beobachtete mich dabei. Er war schon abgestanden, schmeckte schal, das italienische Wasser ist für Tee nicht geeignet. Vielleicht sollte ich nur Kaffee trinken. Aber mein morgendlicher Tee war einfach der allerbeste Anfang für einen Tag in der Fremde.

»Die Nonna läßt fragen, was du heute essen möchtest«, flötete Arianna. »Sie hat sich auch nach deinem Befinden erkundigt und wünscht dir gute Besserung. Sie war einmal hier oben, während du schliefst, aber sie hat etwas Schwierigkeiten mit den steilen Treppenstufen, deshalb bleibt sie lieber unten.«

Und kriegt nicht mit, daß ihre Enkelin mich gegen meinen Willen hier festhält, wie praktisch.

»Farfalle hätte ich gern«, sagte ich, »die liebe ich heiß und innig.«

Draußen sangen wieder die Hunde von amore. Belcanto-Oper. Ich fühlte mich müde, so wie früher im Chemieunterricht, mittags von zwölf Uhr fünfzehn bis dreizehn Uhr. Ich merkte noch, wie Arianna leise die Tasse wegnahm und hinausging, dann war ich eingeschlafen. Ob sie die Tür zuriegelte, weiß ich nicht.

Es war schon Nachmittag, als ich aufwachte, immer noch im Sessel sitzend. Mit einem Brummschädel, an den ich mich allmählich zu gewöhnen begann. Somit hatte ich fast den ganzen Tag verschlafen. Was für ein Glück für Arianna, denn auf diese Weise konnte ich ihr nicht die ganze Zeit vorheulen, was für ein unmoralisches Geschöpf sie war. Ich mußte aufs Klo.

Die übliche Prozedur, rufen, klopfen, Tür auf. Ich schielte erst gar nicht nach der Treppe. Mir war schummrig, und ich hatte soviel Watte in den Ohren, daß ich kaum etwas hörte. Auf dem Klo war ein Waschbecken, an dem ich mich schon während der ersten Tage notdürftig gewaschen hatte. Ich ließ mir Wasser über die Arme laufen, wusch mir das Gesicht und den Nacken, viel besser.

»Ich hab den ganzen Tag geschlafen«, sagte ich zu Arianna.

»Anscheinend geht es dir doch noch nicht so gut.« Sie sah an mir vorbei. Wahrscheinlich wollte sie mich schnell wieder loswerden, keine langen Debatten und schon gar kein Gejaule.

»Ja, jetzt fühle ich mich ganz seltsam. Wie in, wie heißt

das auf italienisch, das Zeug, woraus sie Tampons machen?«

»Cotone.«

»Als hätte ich Cotone in den Ohren.«

»Soll ich dir einen Tee kochen? Damit du ein bißchen wacher wirst?«

O ja, das war eine wunderbare Idee.

Sie brachte mir wieder den großen Henkeltopf, und ich griff gierig danach, um mein Filzmaul anzufeuchten. Aber der Tee schmeckte wieder so abgestanden und nach Chemikalien wie am Morgen, und ich mochte ihn nicht trinken. Ich stellte ihn aufs Fensterbrett. Und stillte meinen Durst an der Mineralwasserflasche. Dann setzte ich mich aufs Fensterbrett und sah den Katzen zu, die ein Stockwerk tiefer auf dem Vordach lagen, sich die Pfoten leckten, einander mit Ohrfeigen erfreuten und dergleichen mehr. Wenn das Gitter nicht gewesen wäre, hätte ich vielleicht versucht, auf das Vordach zu springen, und in ein Fenster, guten Tag, Gronwald mein Name, und dann auf die Straße. O nein, Deborah, das hättest du nicht. Dir wird ja schon schwindlig, wenn du am U-Bahnhof Hallesches Tor runter aufs Wasser und zum Postamt guckst.

Als Arianna wiederkam, griff sie sofort nach dem Teebecher.

»Du hast den Tee gar nicht getrunken?« Mit mehr Brimborium in der Stimme, als es eigentlich nötig war. Schließlich war das ja keine von Tante Doktor verordnete Medizin.

»Nein, er schmeckt so komisch. Weißt du, ich glaube, das Leitungswasser in Italien ist für Tee ziemlich ungeeignet. Vielleicht könntest du beim nächsten Mal lieber Mineralwasser ohne Kohlensäure nehmen. Das war heute morgen schon so, daß der Tee so seltsam geschmeckt hat.«

Kein Kommentar. Jetzt war sie beleidigt. Sah mich nicht an.

»Tut mir leid, ich wollte nicht unhöflich sein.«

»Nein, nein, schon gut.« Sie ging hinaus, und ich hörte wieder das »Klack« des Riegels. Wahrscheinlich gibt es kein besseres Heilmittel gegen Liebesanwandlungen als dieses Geräusch. Ich hätte sie wieder einmal schütteln können. Oder mich bis zur Bewußtlosigkeit gegen die verdammte Tür schmeißen.

Wieder saß ich am Fenster. Was konnte ich denn dafür, wenn der Tee nicht schmeckte. Hatte ich darum gebeten, hier herumzusitzen und mir von Madame Chemikalientee servieren zu lassen? Sie sollte froh sein, daß ich so wenig Zicken machte und den Tag selig verschlief. Wenn ich nicht so leer im Kopf gewesen wäre, hätte ich ihr noch ganz andere Szenen machen können. Oder vielleicht wirklich über sie herfallen. In der unzärtlichen Variante des Wortes.

Hallo, Moment mal! Kronleuchter! Wenn ich schlief, war ich friedlich. Die letzten Tage hatte ich sowieso nur der kleinen Schwester des Todes in den Armen gelegen. Bis auf kurze Ausflüge ins Reich der Lebenden. Seit gestern morgen aber ging es mir besser, bis zu dem Moment, als ich Ariannas Chemietee zu mir genommen hatte. Von wegen abgestanden! Kein Wunder, daß ich Watteohren und eine Filzgosche hatte. Das kriegt man, wenn man Schlafmittel zu sich nimmt. Und heute nachmittag hatte sie es wieder probiert. Pech für sie, daß jeder Tee einen sehr eigenen Geschmack hat. Ich durfte aber damit rechnen, daß sie bei nächster Gelegenheit einen neuen Versuch machen würde, sich als Giftmischerin zu betätigen.

Deborah, das ist deine Chance, flüsterte es in mir. Tu so, als ob du das Zeug genommen hättest, dann wird sie unaufmerksam, und es ergibt sich eine Gelegenheit zum Verschwinden. Neu war die Idee zwar nicht, das kommt in jedem zweiten Krimi vor, aber Schlafmittel im Tee waren ja auch nicht das Originellste.

Die nächste Gelegenheit waren die Farfalle. Es tat mir in der Seele weh, denn die Fleischsauce duftete elysisch. Aber essen würde ich sie mit Sicherheit nicht. Ich wartete, bis Arianna hinausgegangen war, was sie immer tat, seitdem wir unsere atmosphärischen Störungen hatten, dann wandte ich mich dem Fenster zu, öffnete es und begann mit Farfalle nach Katzen zu werfen. Zuerst flohen sie ob des Schmetterlingshagels, doch dann erlagen sie Großmutter Lazzarinis Kochkünsten. Feines Futter, meine Pelzmäntelchen. Ihr dürft alles aufessen. Und bitte leckt dann auch das Dach noch sauber, damit Arianna nichts merkt, und legt euch in irgendwelchen Ecken zur Ruhe, damit ihr nicht im Chemieschlaf vom Dach fallt.

Sie fraßen alles, bis auf den letzten Schmetterling, und ich legte mich zufrieden, wenn auch hungrig auf mein Lager. Als Arianna später den Teller holte, schlief ich allerdings aus lauter Langeweile schon fast. Sie kam an mein Bett, beugte sich über mich, wie die Prinzessin über den Frosch, und ich hätte sie gerne am Zopf gepackt und in den Kleiderschrank gehängt. Ich hielt jedoch an mich und begnügte mich mit Wartenurbaldgefühlen. Vendetta, meine Liebe!

Ich sah sie zwischen Augenwimpern hinduch lächeln und atmete tief in vorgetäuschtem Schlaf.

Sie ging hinaus, ich wartete auf das Klack. Aber es kam nicht.

Na also! Natürlich hätte ich gleich verschwinden können, aber ich war so ruhebedürftig, daß es kaum ein Schlafmittel gebraucht hätte, um mich außer Gefecht zu setzen. Außerdem fürchtete ich, daß Arianna im Zuge eines normalen bürgerlichen Verhaltens nachts die Haustüre zusperrte. Nicht, damit niemand hinaus, sondern, damit niemand herein konnte. Morgen war auch noch ein Tag. Der fünfte meiner Gefangenschaft.

Zum Frühstück gab es wieder Tee und Hörnchen. Um Arianna zu ärgern, erklärte ich ihr nörglerisch, der Tee schmecke wieder so grauenhaft nach Leitungswasser und ob sie mir nicht einen bringen könnte, der mit Mineralwasser zubereitet wäre. Sie behauptete, kein Mineralwasser mehr im Haus zu haben, aber ich sah zu meiner Befriedigung hinter den Honig- und Mandelaugen ihr Gehirn auf Hochtouren arbeiten, was für eine Ausrede sie gebrauchen sollte, wenn ich sie nach Mineralwasser losschickte. Dann versuchte sie mir Kaffee anzudrehen, und ich akzeptierte gnädig. Nachdem sie ihn gebracht hatte, machte ich ihr wieder Vorhaltungen, damit sie ging, und goß das Gebräu in ein Blumenkistchen. Das Hörnchen aß ich. Der Puderzucker war echt.

Als ich Arianna kommen hörte, legte ich mich wieder zur süßen Ruhe. Wieder nahm sie mit einem Lächeln das Geschirr mit, und erneut wartete ich gespannt auf das »Klack« des Riegels. Und wieder ließ sie die Tür unverschlossen. Damit war meine Stunde gekommen.

Leise stand ich auf, zog meine Schuhe an, checkte meine Sachen. Sogar meinen Rucksack und die Tüte mit den neuen Schuhen hatte Arianna gerettet und hier heraufgetragen. Fast wäre ich gerührt gewesen, dachte aber noch rechtzeitig an die Unverschämtheit mit dem Schlafmittel. Der Kamera war im Gegensatz zu meinem Kopf nichts passiert.

Ich nahm die neuen Schuhe aus dem Karton und packte sie in meinen Rucksack. Ganz sicher würde ich eine so wilde Flucht nicht mit einem Schuhkarton unter dem Arm antreten.

Leise öffnete ich die Tür zum Flur, trat hinaus, leise schloß ich sie wieder. Die Holztreppe nach unten knarzte an manchen Stellen, daran hatte ich immer hören können, daß Arianna heraufkam. Also tastete ich jede Stufe nach Knarzen und Knarren ab, bevor ich meinen Fuß daraufsetzte. Ab Mitte der Treppe sah ich vorsichtig über das Geländer. Wenn Arianna oder ihre Nonna mich bemerkten, würde ich sie wohl erwürgen müssen.

Nun war ich im ersten Stockwerk angelangt. Zwei Türen zum Flur, beide halb offen, beides Schlafzimmer und leer, wie ich im Vorbeischleichen feststellte. Ein Badezimmer, im Grundriß genau unter meinem Waschklo oben. Auch das leer. Das war ja alles ganz einfach. Die Treppe zum Parterre aus Stein, mit einem braunen Rupfenteppich belegt, ich würde im Triumph lautlos darüber hinschweben.

Als ich Ariannas Stimme hörte, blieb ich einen Moment lang erschrocken stehen. Viele aufgeregte italienische Worte unten aus einer Tür, die vom Flur abging. Dann Stille, ein paarmal »sì, sì, ti l'ho spiegato, tu già sai«, dann wieder Worte am Stück, von denen ich nur einen Satz verstand: »Felice, non posso venire a Milano.« »Felice, ich kann nicht nach Mailand kommen.« Ah, Signora holten sich ihre hinterlassenen Nachrichten. Was sie hoffentlich davon abhielt, aus dem Fenster zu sehen. In der Küche hörte ich die Nonna summen und klappern. Ich roch Verführerisches, mir knurrte der Magen.

Schnell und lautlos schlich ich nach unten, öffnete leise die Haustür auf die Via del Fosso. Hielt vorsichtig ein Bein in den Wind, sah nach draußen, sah nach drinnen, einen letzten schaudernden Blick auf die aus dem Dunkel schimmernde Kellertreppe. Ciao, Arianna, mia vita, es war nett bei dir; leider kann ich nicht bleiben. Sah wieder nach draußen auf die Gasse. Da stand Daniele. Mit einem der von ihm gelernten Flüche zog ich meine vordere Körperhälfte wieder ins Haus. Eine pikante Situation. Wollte ich mich nun von Arianna oder von Daniele zum pranzo verspeisen lassen?

Freiheitsdrang versus Loyalität gegenüber meiner Lieblingsarchitektin?

Ich sah vorsichtig durch den Türspalt. Daniele stand auf der anderen Straßenseite, rauchte und las Zeitung. Nicht übel als Wachhund. Es wäre ein alter, aber guter Trick gewesen, wenn er sich Löcher in die Zeitung geschnitten hätte. Er las sie aber wirklich.

Ich schätzte den Abstand bis zur nächsten Straßenkreuzung ein. Ein Sprint und dann um die Ecke? In der Küche rief die Nonna in heiserem Toskanisch: »Arianna, kannst du mir einen Moment helfen?« Und Arianna rief zurück: »Ich komme, Omama, einen Moment noch.« Jetzt also subito! Noch ein kurzer Blick nach draußen, Daniele schlief offenbar den Schlaf der Gerechten, ich griffelte den Rucksack fester und gab mir den Startschuß. Ab in Richtung Dom.

Zwei Ecken weiter hielt ich an, keuchend und Feuer spuckend. Blinzelte verzückt ins Tageslicht, nach der langen Nacht des Kerkers. Freiheit, schöner Götterfunken. Es war beinahe so ein erhebendes Gefühl wie der Fall der Berliner Mauer.

Nach dem ersten triumphalen Rausch, sowohl Frau Skylla als auch Hern Charybdis entronnen zu sein, begann ich nachzudenken. So hatten sie uns also aufgespürt! Nicht »uns«, »sie« korrigierte ich mich, denn ich hatte keinen gewalttätigen Liebhaber. »Uns« hatte es sich endgültig aufgehört zu denken.

Stand der Kerl vor dem Haus und spionierte. Hatte wohl Freund Massimo mit dem Mafiaauto in der Seitengasse stehen. Oder war als Schnüffler vorausgeschickt worden? Weil nicht nur Louise seine dienenden Fähigkeiten zu nutzen verstand. Denn daß Busenfreund Massimo in außerordentlich dringenden Geschäften in Paris weilte, gehörte mit Sicherheit auch in das Reich der Märchen und Mythen. Aber leider habt ihr Pech, Jungs. Ich suchte eine Telefonzelle, fand Annunziata Lazzarini in der Via del Fosso. Du hast kein Glück bei den Frauen, Bel Ami, summte ich mit leicht abgewandeltem Text. »Kein Glück« paßte auch vom Wortrhythmus besser. Es tutete dreimal, dann hörte ich Ariannas Stimme. Ach, Geliebte!

»Sono io«, sagte ich, »Deborah.«

Wenigstens zwei Sekunden Stille, dann ein sizilianischer Fluch. Er mußte sizilianisch gewesen sein, denn er klang kraftvoll und ursprünglich.

»Hör zu, Arianna, keine langen Vorreden. Ich will dich warnen. Daniele steht vor deinem Haus. Der schwarzhaarige Typ, der Zeitung liest. Der mit dem schicken Hemdchen und der rosa Lagerfeld-Duftwolke.« Ich hörte sie grunzen.

»Ich sehe ihn durchs Fenster. Verdammte Scheiße! Also haben sie mich doch aufgestöbert. Ist Massimo auch da?«

»Nein, ich bin mir fast sicher, daß Daniele allein ist.«

»Ich muß weg, so schnell wie möglich, bevor Massimo auftaucht. Ich muß irgendwie in meine Wohnung und zur Bank und dann ... Mein Auto ist in Milano.«

»Meines steht an der Stadtmauer. Ich kann dich fahren.«

Halt, halt Deborah. Aber es war schon zu spät.

»Das wäre grandios. Wo bist du? Ich komme dorthin.«

»In der Nähe des Doms. Aber Arianna, Daniele weiß, wie du aussiehst. Er kennt dein Foto.«

»O. k., dann dauert es ein paar Minuten länger. Wo treffen wir uns?«

»Am Dom ist an der einen Wand ein Labyrinth eingemeißelt. Dort hinter der Säule.«

»In Ordnung. Bis gleich.«

»Bis gleich!«

»Ach, Deborah?«

»Ja?«

»Du stehst nicht unter Schlafmitteln?«

»Nein«, sagte ich.

Es war ein solcher Genuß, einfach den Hörer aufzulegen.

Dann hüpfte ich wie ein rotgesichtiger Gummiball am Labyrinth herum, zur Freude der Touristinnen. Es war nicht auszuhalten. Ich mußte wissen, was sich tat in der Via del Fosso. Nun kam es mir zugute, daß ich die Stadt wie im Tiefschlaf kannte.

Über einen kurzen Schleichweg durch eine Reihe kleiner Gassen kam ich zurück zur Via del Fosso, an eine Stelle, von der aus ich Daniele beobachten konnte, ohne selbst von ihm gesehen zu werden.

Ariannas Haustür hatte ich auf diese Weise nicht im Blick, aber wenn sie die Straße entlangkam und an Daniele vorbeiging, hatte ich immer noch Zeit genug für den Abkürzungsweg zum Dom.

ES sah in höchstem Maße gelangweilt aus. Hatte einen Fuß an die Wand gestellt, mußte inzwischen schon die Nachrichtenseiten der Zeitung studieren, denn die Sportseiten hatte ES schon durch.

Plötzlich überlief es mich heiß. Die Straße entlang kam eine Gestalt, deren Konturen mir sehr vertraut waren. Sie trug ein helles, großzügig geschnittenes Baumwolljackett, dazu Jeans und weiße Turnschuhe. Mehr als die Hälfte des Gesichtes verschwand hinter einer pechschwarzen Sonnenbrille, und auf dem Kopf hatte sie eine voluminöse, geschmacksverirrte Ballonkappe aus buntfarbigen Lederstreifen. Über der Schulter trug sie eine kleine Reisetasche, und aus dem Mundwinkel hing ihr eine unangezündete Zigarette. Natürlich war es Arianna, und ich hätte sie auf mehrere hundert Meter Entfernung erkannt. Aber das war eben ich und nicht Daniele. Sie ging locker, entspannt, easy going. Und nicht an Daniele vorbei, sondern direkt auf ihn zu. Mich traf fast der Schlag. Als sie direkt vor ihm stand, klopfte sie an seine Zeitung wie an ein historisches Haustor. Achtzehntes Jahrhundert. Große Göttin! Er ließ die

Zeitung sinken, starrte sie an. Sie sagte etwas. Ich war mir sicher, daß er sie erkannte. Wartete darauf, daß er sie am Kragen packte und mit sich fortzog. Langsam griff er in die Tasche, wahrscheinlich hatte er eine Waffe, eine Pistole vielleicht. Er holte ein Feuerzeug heraus. Sie zündete ihre Zigarette an, nahm einen tiefen Zug. Er steckte das Feuerzeug in die Tasche zurück, sie schob die Sonnenbrille hoch, gönnte ihm einen langen Marzipanblick, dann ein »Grazie«. Er hielt es nicht für nötig zu antworten. Machte durch verächtliches Mundwinkelziehen deutlich, daß sein Geschmack bei Frauen ein ganz anderer war und er keinen weiteren Kontakt wünschte. Arianna drehte sich grinsend um und schlenderte in Richtung Dom. Ich starb einstweilen an meiner Straßenecke den Erschöpfungstod.

Als ich beim Dom ankam, war sie schon da, stand hinter einer Säule. Ich war erleichtert und schrie sie an, ob das denn nun nötig gewesen sei, sich die Fluppe ausgerechnet von Daniele anzünden zu lassen.

Sie nahm die Sonnenbrille ab, wischte sich den Schweiß aus dem Gesicht.

»Ich wußte doch nicht, wie er aussieht«, sagte sie, »ich wollte ihn mir ansehen. Damit ich ihn bei einer nächsten Begegnung vielleicht eher sehe als er mich.«

Sie nahm mich beim Ohr und zog daran, ein ungeheuerlicher Fauxpas!

»Deborah, du machst dir ja Sorgen um mich?«

»Ach, halt die Klappe und komm«, murmelte ich. »Das Auto steht in dieser Richtung.« Dabei hätte ich mich von ihr am Ohr durch ganz Italien ziehen lassen.

Ich schloß, wie sich das gehört, die Beifahrerinnentür zuerst auf, fühlte mich zum ersten Mal seit Tagen wieder wohl gelaunt und unternehmungslustig. Es geht los, der Berg ruft. Ich warf mich auf den Fahrerinnensitz, der vertraute Geruch, abgestandenes Plastik, sonnengewärmter

Motor und getrocknete Apfelbutzen unter dem Sitz. Ich war zu allem bereit.

»Wohin?« wollte ich wissen.

»Zuerst zu einem Bancomat.«

Ich wußte, an welcher Straßenecke einer war, hatte vor Tagen selbst daran Geld getankt. Während Arianna mit den Göttern des Bankwesens Zwiesprache hielt, rief ich Louise an. Sie war sehr erleichtert und zugleich hell empört darüber, wie ich es wagen konnte, ihr solche Sorgen zu machen. Natürlich argwöhnte sie sofort, ich hätte Arianna gefunden und nicht angerufen, weil ich mich in den letzten Tagen in ihrem Bett herumgewälzt hätte. Was leider nur den äußeren Tatsachen nach der Wahrheit entsprach. Ich empörte mich darüber, was für ein Bild sie von mir hatte, aber nicht ernsthaft. Kinder und Narren sagen die Wahrheit, so ist das nämlich. Wo ich gewesen war und wo ich mich gegenwärtig aufhielt, davon sagte ich nichts.

Arianna stand schon wieder am Auto.

»Wohin jetzt?« fragte ich.

»Zu meiner Wohnung in der Via del Carme. Du fährst am besten zuerst …«

»Ich weiß den Weg«, kürzte ich die Prozedur ab und erntete einen befremdeten Blick.

Sie blieb im Auto sitzen, getarnt mit Sonnenbrille, Lederkappe und hochgeschlagenem Jackenkragen. Ich betrat mit ihrem Schlüssel die Wohnung, um eine Tasche mit Klamotten zu packen, und traf auf eine unregelmäßige Verbformen paukende Birgit, die sich über mein Erscheinen freute, wahrscheinlich, weil unregelmäßige Verben so frustrierend sind, daß einen alles andere mehr freut.

»Du hast einen Wohnungsschlüssel! Also hast du Arianna gefunden«, schloß sie messerscharf.

»Jawohl«, sagte ich, warf in Eile irgendwelches brombeerfarbenes Zeug in eine Reisetasche.

Sie stellte sich für einen Plausch in den Türrahmen.

»Gestern war übrigens noch jemand da, der nach Arianna gefragt hat.«

Ich hörte auf zu stopfen.

»Ja, so ein Dunkelhaariger, ziemlich schnieke angezogen. War mir irgendwie unangenehm, so scheißfreundlich. Hat gesagt, er wäre Ariannas Cousin.«

»Ach du Schande. Und was hast du gesagt?«

»Ich hab ihm die Notfalladresse gegeben, so wie dir.«

Und inzwischen waren die stolzen Großeltern eines kleinen Mädchens, das nun hoffentlich einen Namen hatte, aus Rom zurück und hatten Daniele den goldenen Tip gegeben, doch mal in der Via del Fosso vorbeizuschauen. Na ja, woher hätte sie's wissen sollen.

Ich packte zu Ende und sagte ciao.

»Was ist denn mit Arianna, daß ihr sie sucht?«

»Sie soll in Saudi-Arabien einen Scheich heiraten, und wir kriegen als Provision alle einen Mercedes. Aber sie will nicht.«

Birgit machte Augen wie ein Oldtimer.

»Der Rest steht bei den Schwestern Grimm«, sagte ich und überließ sie ihren Verben.

Arianna wartete tatsächlich noch im Auto.

»Wohin jetzt?« Inzwischen Standardfrage.

»Wenn ich das wüßte.«

So mutlos hatte ich noch keinen Satz von ihr gehört. Also landeten wir in jenem kleinen Bergort, in dem ich vor einigen Tagen die deutsche Bauzeichnerin und die Schweizer Chaffi-Tanten beobachtet hatte. Es war mein Vorschlag gewesen, natürlich.

Es wäre auch jeder andere Ort zwischen Lucca und Tanger recht gewesen. Objektiv gesehen. Aber ich hatte einen kleinen Albergo mit freien Zimmern gesehen, und der Ort war weit genug vom Schuß für ein Versteck. Von der Minne ganz abgesehen. Während der Fahrt erzählte ich ihr, was ich in der Via del Carme erfahren hatte.

Als wir endlich ankamen, war es nachmittags, und ich fühlte mich wie besoffen. Mein erster Ausflug nach fast einer Woche Festungshaft.

Wir stellten das Auto auf einen Parkplatz außerhalb der Stadtbefestigung und stiegen den kurzen Weg bis zum Albergo »Il Cacciatore« hinauf. Das Haus lag mitten im Städtchen, ein schmales Haus, mit Blick auf eine der breiteren Gassen, die zur unteren Piazza führten. Es ging in einen dunklen Hausflur hinein und dann eine steile Marmortreppe nach oben. Im ersten Stock, hinter einer Glastür, verbreiterte sich der Flur zu einer Rezeptionstheke aus dunkelgebeiztem Holz, auf der eine leicht angestaubte Palme stand. Hinter der Theke an der Wand hingen ein Schlüsselbrett mit sieben Schlüsseln und eine Preisliste. Auf der Theke lagen verschiedene Prospekte, Touristenfahrten nach Elba, nach Florenz und nach Rom, nach Montepulciano zur Weinprobe und ein Kulturkalender für das Städtchen selbst. Sie hatten sogar ein Theater hier, in dem Konzerte und Vorträge stattfanden. Und es wurde »La Traviata« gespielt. Auf der Piazza. Nicht gerade meine bevorzugte Oper. Wenn wenigstens eine Hosenrolle darin vorkäme, eine nette Mezzosopranistin, die die zauberhaft lächelnde Sopranistin erfolgreich anbalzt. Aber »La Traviata«!

Arianna rief laut »Buona sera« in den Flur hinein, und gleich darauf kam die Wirtin selbst aus einer der Türen.

»Guten Abend«, wiederholte Arianna. »Wir hätten gerne zwei Einzelzimmer. Mit Dusche, wenn das möglich ist. Für mehrere Nächte.«

Die Wirtin trug höchst elegante Pumps, trocknete sich die Hände an ihrer blütenweißen Schürze ab und fing eine wortreiche Erklärung an. Wieder einmal mußte ich schneller hören, als sie sprach, aber inzwischen hörte ich schon viel flüssiger, dank des täglichen Umgangs mit einer echten Italienerin.

»Oh, Signora,« jammerte die Wirtin, »wir haben Einzelzimmer, aber die sind im Moment nicht hergerichtet. Da können Sie gar nicht wohnen. Und ich bin zur Zeit allein, meine Schwiegermutter ist krank. Also, Signora, am liebsten wäre mir, die Signore würden zu zweit ein Zimmer nehmen, die Duschen sind sowieso auf dem Flur. Ich habe auch ein Zimmer ohne Letto matrimoniale, wenn Sie das bevorzugen.« Ehebett! Mir wurde ganz anders.

»Also, dann nehmen wir ein Doppelzimmer ohne Ehebett! entschied Arianna. Sie drehte sich zu mir um.

»Va bene così?«

Ich zuckte die Schultern.

»Va bene così!«

Ich würde es schon überleben.

Es ging aufwärts. Seit der Episode mit Daniele waren wir besser aufeinander zu sprechen. Vielleicht glaubte sie mir endlich, daß ich nicht zu Louises dienenden Schmuckstücken gehörte.

Wir saßen zusammen in jenem internationalen Café auf der Piazza, ich trank Campari Orange, las »La Repubblica« und machte Arianna auf Überschriften aufmerksam. Wir bummelten durch die Gassen und kamen auf siebzehn verschiedene Motive von Türklopfern, in jeweils verschiedenen Varianten. Löwen, Tiger, Hunde, Kränze, Schleifen, Ringe, Ägypter mit Königsperücke und abstehenden Ohren. Ein besonderes Zeichen von Vornehmheit, habe ich mir sagen lassen. Gemeinschaftlich tauften wir unseren Albergo «Il Cacciatore« – der Jäger – in »La Cacciatrice« – die Jägerin – um. Denn lieber zwei keusche, tapfere Jägerinnen als zwei arme hasenäugige Gejagte.

Einmal am Tag, immer gegen Abend, rief Arianna in Mailand an. Felice Romani und ihren eigenen Anrufbeantworter, wie ich vermutete. Danach war sie meistens schweigsam. Wälzte Gedanken. Sah an Hausdächern hoch oder übers Land, je nachdem wo wir uns gerade befanden. Natürlich hätte ich ihr gerne beim Denken geholfen, aber sie zog mich nicht ins Vertrauen, also war es ihre Sache, und ich ließ meine Pfoten bei mir.

»Du kannst dich nicht ewig verstecken«, sagte ich am dritten Abend, nachdem sie nach der täglichen Dosis Frust wieder weiß wie Mozzarella an unserem Zimmerfenster hing. Nahm ihre Hand, spielte »Ich schau' dir in die Augen, Kleines«, was ich mir sonst selten erlaubte, weil es schmerzte und überdies mir mehr bedeutete als ihr.

»Nein«, sagte sie, »nicht ewig. Nur noch zehn Tage.«

Da merkte ich erst, daß die Zeit verging.

Ich reagierte zunehmend sensibel auf solche Wörter wie »bald« oder »morgen«. Noch zehn Tage. Und dann? Zurück nach Lucca? Oder nach Mailand? Immer noch war mir nicht klar, worin die Gefahr bestand, in der sie schwebte. Und noch weniger, was zehn Tage weiter im Rad der Zeit daran ändern konnten. Die Nachrichten aus Mailand schienen nach wie vor nicht erfreulich zu sein. Ich spielte in einem Spiel mit, dessen Regeln ich nicht kannte und bei dem auch niemand Lust hatte, mir etwas zu erklären.

In dem ich zunehmend eine Zierpudelrolle einnahm. Wie mein Lieblingsfeind Daniele.

Nicht, daß ich nicht frei gewesen wäre zu gehen. Inzwischen standen die Kerkertore weit offen, und ich blieb trotzdem. Dies nämlich ist des Pudels Kern und sein eigentliches Wesen. In manchen Momenten haßte ich Arianna dafür.

Abgesehen davon fühlte ich um so mehr Zuneigung zu ihr, je besser ich sie kennenlernte. Das soll vorkommen.

Wir fanden leicht einen gemeinsamen Rhythmus, ein Auf und Ab von Reden und Stille, von Für-sich-sein und miteinander, das sehr gut tat. Es war nicht nötig, sich zu produzieren, damit die andere einem nicht die Luft zum Atmen nahm, so wie mit Louise. Und die lauen Sommerabende auf den Piazza waren so geschaffen für intime Gespräche wie lange Winterabende auf dem Sofa mit dem Telefonhörer am Ohr.

Sie fragte mich aus über Berlin. Besonders über die politische Lage seit dem Fall der Mauer und über die Situation im Osten. Was für Sanierungsprogramme es gebe für den Bestand an alten Häusern, wie die Vergabe von Geldern laufe und so weiter. Insiderinformationen konnte ich ihr natürlich nicht geben, aber ich erzählte ihr viel von den Umständen des täglichen Lebens in meiner Stadt. Von meiner Arbeit als Finanzberaterin für Frauenprojekte, vom täglichen Kampf um Gelder und erschwingliche Räumlichkeiten und wie es vielen Frauen- und Lesbenprojekten nun im Einheits-Schwarz-Rot-Mostrich schon wieder an den Kragen gehen sollte.

In meiner Verblendung hielt ich ihre Fragen für ein durch Architektinnenaugen gefiltertes Interesse an meinem Leben und an meiner Person.

Überdies war es an der Zeit, vorsichtig ein paar Dinge klarzustellen. Wir saßen auf der Piazza im Café, und ich übte mich in leichtem Konversationston:

»Louise ist zwar ein ganz schönes Miststück, und unser Verhältnis ist einigermaßen kompliziert, trotzdem war ich ziemlich eifersüchtig, als sie mir hier in Italien plötzlich ihren neuen Liebhaber vorgeführt hat; auch wenn ich nicht gerne an der Stelle eines Liebhabers von Louise wäre, immerhin hatten wir letzten Winter doch eine ziemlich leidenschaftliche Affäre, und ich war sehr verliebt in sie.«

Das war wahrscheinlich der längste und komplizierteste

Satz, den ich jemals auf italienisch über die Lippen gebracht hatte. Ich nehme an, es lag an der inneren Beteiligung angesichts des Themas.

In ihrer Miene war nicht zu lesen, daß ich etwas Besonderes gesagt hatte. Vielleicht hatte sie die Bedeutung nicht richtig erfaßt, aber was sollte »fui inammorata« anderes als »fui inammorata« bedeuten.

Ich wartete die nächste Bestellung ab, Arianna Kaffee, ich inzwischen Tee, dann machte ich einen neuen Versuch.

»Wenn ich zuviel Kaffee trinke, dann schmeckt er mir nicht mehr. Irgendwann ist dann Schluß. Koffeinbremse. Es gab allerdings Zeiten, da hab ich furchtbar viel Kaffee getrunken. Meine erste Freundin mit zwanzig war so ein Kaffeeschluckspecht. Wir wohnten zusammen und haben die reinsten Kaffeeorgien durchgezogen. Irgendwann mochte ich allerdings nicht mehr. Aber dann bin ich auch ausgezogen.«

Ich holte tief Luft.

»Was versuchst du mir eigentlich die ganze Zeit auf so fürchterlich unauffällige Weise klarzumachen?« fragte Arianna, schob ihre Sonnenbrille hoch und sah mich mißbilligend an.

»Komm, laß uns zahlen und ein bißchen durch den Ort laufen.« Ich war überzeugt davon, daß das gesamte italienische Publikum inzwischen die Ohren spitzte. Und ein paar Anderländer dazu.

»Che io sono omosessuale«, würgte ich an der nächsten Straßenecke endlich das schreckliche Wort heraus. Ich wußte kein besseres auf italienisch, keines jedenfalls, das nicht nach ansteckender Krankheit klang. Ich habe ein Talent für peinliche Momente.

»Aber Deborah, das habe ich doch längst begriffen. Erstens hast du es mehrmals deutlich rübergebracht, und zweitens, ein bißchen Gespür für Menschen hab ich schon auch.«

Ich hatte es mehrmals deutlich rübergebracht? Wann?

»Dann ist es ja gut«, sagte ich glücklich.

»Findest du es denn schwierig, lesbica zu sein?«

Oh, danke für den Sprachunterricht.

»Nein, gar nicht, ich bin recht zufrieden damit. Manchmal sogar stolz darauf. Ich bekomme nur Schwierigkeiten, wenn andere Schwierigkeiten damit haben.«

»Aber das muß doch nicht dein Problem sein.«

»Wenn mir was an der anderen Person liegt und mir wichtig ist, was sie über micht denkt? Nein, du hast recht, in Wirklichkeit finde ich es eher spannend. Da gibt es etwas, das ein wichtiger Teil meines Leben ist; das die Art beeinflußt, wie ich auf meine Umgebung reagiere. Etwas, das im ersten Moment nicht so offensichtlich ist. Und es ist sehr spannend, wann es denn offensichtlich wird, woran die jeweilige Person es merkt und wie sie darauf reagiert. Aber meistens rede ich doch ziemlich bald darüber. So wie jetzt.«

Sie grinste mich an. »Weißt du, daß du ein ziemlich kokettes Weibsstück bist? Koketterie ist unmoralisch«, lachte sie.

»Ach Quatsch, unmoralisch. Laß mir doch meine spannenden kleinen Spielchen.«

»Wenn du den Gedanken daran aufgibst, sie seien nicht völlig offensichtlich.«

»Ich will ja offensichtlich sein.«

»Weißt du, wann ich das erste Mal gedacht habe, du könntest una lesbica sein? Als du mit deiner Gechirnnershützerüng im Bett lagst und ich dir ein frisches T-Shirt angezogen habe. Da war plötzlich etwas im Raum, was ich sonst bei einer Frau so nicht gespürt hätte.«

»Was denn?«

»Du hast es trotz deiner Kopfschmerzen und obwohl du Angst hattest, sehr genossen.«

»Na ja, ›sehr‹ nicht«, protestierte ich schwach.

»Sagen wir, du bis ziemlich drauf abgefahren.«

»Du willst mich wohl unbedingt in Verlegenheit bringen, was? Sooo einfach finde ich es nicht, darüber zu reden. Es ist jedenfalls nichts, was ich jedem gleich auf die Nase binde. Oder jeder, in diesem besonderen Falle.«

Sie grinste schmaläugig und boshaft. »Du redest ja auch nicht immer gleich davon, wenn du heterosexuell bist.«

»Natürlich nicht. Das ist auch nicht notwendig, weil sowieso alle davon ausgehen, daß du's bist. Das ist ein gesellschaftliches Axiom.«

»Für mich nicht.«

»Für mich auch nicht. Aber ich bin lesbisch.«

»Wer sagt dir, daß ich's nicht bin? Wer verbreitet hier gesellschaftliche Axiome? Nimm von jeder Frau so lange an, daß sie eine Lesbe ist, bis sie dir das Gegenteil beweist!«

Sie nahm mich auf den Arm!

»Oh, Göttin, was für ein frustrierendes Lebensscript!« stöhnte ich. Aber es gab ihn ja schon, den Gegenbeweis.

»Und Massimo?« fragte ich triumphierend.

»Vielleicht eine schwache Stunde? Vielleicht geschäftliche Interessen?«

»Zu schön, um wahr zu sein! Das nehm ich dir nicht ab!« sagte ich voller Überzeugung und mit einem gerüttelt Maß an Arroganz.

Da schwieg sie. Machte ein undurchdringliches Gesicht. Und ich war mir sicher, daß ich recht hatte. Daß die Geschichte mit Massimo keine vorübergehende Verstandesschwäche gewesen war, sondern ganz alltägliches Heteraleben. Vielleicht war sie eine von diesen Gehirnlesben. Die es sich ganz gut vorstellen könnten, mit der besten Freundin, aber wehe, die Freundin hätte die gleichen Gedanken!

Die ihre wichtigen, stärkenden, aufregenden, emotionalen, zärtlichen Beziehungen mit Frauen haben. Und ihre sexuellen und unglücklichen mit Männern.

Ich habe nie behauptet, mit dieser Art von Frauen gut klarzukommen. Ich schätze es nicht besonders, für sie die Frau fürs Grobe und für den Notfall zu sein. Vor allem nicht, wenn ich in eine von ihnen verliebt bin.

An diesem Abend hatten wir einen Tisch bei Lastrucci bestellt. Es war schon dämmrig, die Sonne war untergegangen, als wir von unserem Albergo hinuntergingen, durch die schon dunklen Gassen. Außerhalb der Mauern war es noch hell, ein Licht, das die Farben aus ihrer Dunsthaut befreite, damit sie von innen zu leuchten anfingen. Ein Stück der Straße entlang, in mehreren Kurven, bis zu jener vorstehenden Felsnase, an der das Lokal lag. Das Land lag weit unter uns, in rötliche und gelbliche Töne getaucht. Ich blieb stehen, ließ die Farben einzeln in meine Augen sinken, dunkles Gelb, leuchtendes Orange, Rotbraun. Darüber der Himmel in dichtem Rot und Gelb, zartem Grün und Hellblau und über uns schon das strahlende satte Dunkel des Abends. Ein Honigmond darangeklebt.

Ich rührte mich nicht, als ich Arianna in meinem Rücken spürte. Als sie zuerst den einen, dann beide Arme um mich legte, ihren Kopf an meinen lehnte. Ich wollte das zauberhafte Bild nicht zerstören.

Bei Lastrucci gab es einen guten hauseigenen Wein. Wir hatten Insalata mista, Spaghetti vongole, in Knoblauch gebratenen Tintenfisch und Schokoladenkuchen.

Als wir uns auf den Heimweg machten, war es kaum kühler. Es war eine helle, leichte Nacht, mit vielen Geräuschen, und ich hatte alle Mühe, die Stimmung zwischen uns nicht mit flapsigen Sprüchen zu versauen, weil ich die Spannung nicht ertrug.

In den Gassen, an den Hausecken brannten vereinzelt weiße Straßenlaternen und warfen lange Schatten auf das unregelmäßige Pflaster.

Es war schon so spät, daß sich auch die blauflimmernden Fernsehgeräte zur Ruhe begeben hatte.

Auf einer der kleinen Treppen zur Piazza hinauf nahm Arianna plötzlich meine Hand. Ich blieb überrascht stehen, sah sie an. In ihren Marzipanaugen mischten sich Spott und Angst, Begehren und Zärtlichkeit, daß ich den Blick kaum aushalten konnte. Nur stocksteif stehenblieb und nicht wußte, auf welches dieser Gefühle ich nun reagieren sollte. Ein kleiner Scherz, um die Verkrampfung zu lösen? Ein Wort, über das, was ich wahrnahm? Nach vorne und zurück?

Sie beugte sich herüber, gab mir einen kurzen, zarten Kuß. Na ja, vielleicht mußte ich nicht unbedingt etwas sagen.

Ich lehnte mich an die Hauswand, wollte Arianna näher zu mir heranziehen. Da hörte ich Stimmen, die von oben, von der Piazza her näher kamen. Laut englisch redend, weinselig. Ich ließ Ariannas Hand los, steckte die meine zur noch besseren Tarnung in die Hosentasche.

»Was ist? Möchtest du nicht?« fragte sie leise.

»Da kommen Leute!« sagte ich mit heiserer Stimme.

»Na und, es ist doch dunkel. Wir brauchen uns nur in so eine Ecke zu stellen, dann sehen uns nur noch die Mücken. Wenn diese Leute überhaupt hier herunterkommen.«

»In Italien fühle ich mich eben noch unsicher. Wo alle katholisch sind und mit dem Papst und so. Hier kann ich das eben überhaupt nicht einschätzen, wie die Leute reagieren.

»Deborah, die Leute da oben sind Engländer. Die haben überhaupt keinen Papst. Und überhaupt, was interessieren mich die Leute. Italienische oder andere.«

Ich gebe es ja offen zu, daß ich paranoid bin. Und nicht

besonders mutig. Zaghaft und ängstlich. Nicht, weil ich besonders schlechte Erfahrungen gemacht hätte. Mir reichen schon die normalen.

Ich strich Arianna die lyrische Haarsträhne aus dem Gesicht, griff in die mausblonde Wirrnis. Es war noch weicher, als es aussah. Kinderhaar.

Die Stimmen oben verklangen. Die Mixtur in Ariannas Gesicht kam zurück, traf mich diesmal nicht auf dem falschen Bein. Ich gab ihr den kurzen, zarten Kuß von vorhin zurück.

»Komm, laß uns nach oben gehen!«

Ersoff dabei fast in einer Welle von Zärtlichkeit.

Sparte mir einfach so dumme Witze, wie den mit der sturmfreien Bude, und ähnliche Lockerungsübungen.

Sie lachte amüsiert.

»Endlich eine klare Willensbekundung. Darauf warte ich schon seit Tagen!«

»Was soll denn das heißen?«

»Na komm, schließlich denkst du seit Tagen an nichts anderes, wenn du mich ansiehst, als wie du mich in dein Bett bekommen kannst.«

»Das ist nicht wahr! Arianna, das stimmt nicht!«

»Ich glaube sogar, du denkst über nichts anderes nach, seit wir uns kennen.«

»Wenn du das glaubst, schlafe ich heute nacht auf dem Flur.«

»Nein, nein, das laß mal lieber. Ich bin nur verwundert, wie wenig ich in Wahrheit von dir weiß. Zuerst habe ich gedacht, du bist leicht durchschaubar. Aber hier habe ich meine Meinung inzwischen gründlich geändert.«

Als ob ich umgekehrt schon besonders viel über Ariannas wirkliches Wesen erfahren hätte. Mit dem Unterschied, daß ich wußte, daß ich keine Ahnung hatte.

Unser Albergo lag still und dunkel. Wir stiegen die steile

Treppe zu unserem Zimmer hinauf. Das Haus schlief tief und fest. Ich zog die Zimmerschlüssel aus der Jackentasche, sperrte die Tür auf.

»Weißt du«, dozierte sie weiter, »ich glaube, du bist nur in den Dingen so transparent, die du sowieso sehen lassen willst. Der Rest bleibt ganz im verborgenen. Vielleicht sogar dir selbst. Und alle Leute meinen, sie hätten schon alles gesehen von dir, während das meiste und das Wichtigste unerkannt bleibt.«

Ich schloß die Tür und warf meine Jacke aufs Bett, nahm Arianna mit noch ein wenig ungewohnter Geste in den Arm.

»Nun sei doch endlich mal still! Ich bin jetzt völlig im Bilde über mich. Du brauchst keine komplette Charakterstudie zu liefern, nur um mit mir ins Bett zu gehen.«

Sie machte sich beleidigt aus meinen Armen los, in die sie so gut paßte. Fra le mie braccia heißt es auf italienisch. Zwischen meinen Armen. Wo eine Menge Platz ist.

»Aber vielleicht bin ich ja auch nervös, du egozentrisches Miststück!«

Ach so? Na dann!

Die Sonne knallte durchs offene Fenster, als ich aufwachte. Es war schon fast Mittag, und Arianna saß am Bettrand und hielt eine Tasse Tee in der Hand, die sie unserer Wirtin abgebettelt hatte.

»Ich habe gesagt, du wärst ein bißchen krank, aber ich glaube, ›krank‹ ist nicht das richtige Wort dafür, wenn ich mir eine schmutzige Bemerkung erlauben darf.«

Sie hatte ein Paar alte, beulige Jogginghosen und ein ausgewaschenes T-Shirt an, das sie so nonchalant trug wie einen Abendanzug.

»Ich liebe dich sehr heute morgen«, sagte ich, die Teetasse in den Händen.

»Nur heute morgen? Oh, das ist aber eine ziemlich kümmerliche Liebeserklärung!« Sie fegte mit der Hand eine Fliege aus ihrem Gesicht. »Dieses Fliegenzeug treibt mich in den Wahnsinn. Haut ab, Kinder, geht woanders spielen! Also was ist mit einer leidenschaftlicheren Liebeserklärung?«

»Mehr getraue ich mich nicht. Ewige Liebesschwüre sind in der Regel eher lästig für die, der sie zugedacht sind. Außerdem klingt die Balzerei auf italienisch immer gleich so schwülstig.«

»Aber nur für deutsche Ohren, amore mio. Oh, oh, des Morgens schon so komplizierte Gedankengänge. Du mußt eine kreative Nacht gehabt haben! Wie ist es denn jetzt? Stehst du auf, oder soll ich wieder ins Bett kommen?« Ich spürte ihre Hand kühl auf meiner Haut.

»Von mir aus gerne zweiteres.«

Mit einem Grinsen, das ich unter weniger romantischen Umständen als feist bezeichnet hätte, nahm sie mir die Tasse aus der Hand und stellte sie vors Bett auf den Boden.

Ich erwachte, zum zweiten Mal an diesem Tag, in einem Knäuel von Armen und Beinen, von denen mehrere nicht mir gehörten. Das Anstrengende an Liebesnächten und -tagen ist meiner Ansicht nach nicht das eigentliche Geschehen, sondern die Tatsache, daß die beteiligten Personen danach so genau sortieren müssen, was welcher gehört. Körperlich, wie seelisch-geistig. Ich befreite mich aus einer Beinschere und entwand mich zwei starken Armen. Und welcher gehörten diese jungen, aufstrebenden Brüste, mir oder ihr?

Etwas von ihrer Selbstverständlichkeit mit sich und der Welt hatte an diesem Nachmittag auf mich abgefärbt. Ich spürte es daran, daß ich mein T-Shirt trug wie einen Smoking.

»Laß uns zum Meer fahren. Es gibt einen wunderschönen Strand hier. Du kannst dir ja im Ort einen Badeanzug kaufen, und ich besorge mir auch so einige nützliche Dinge des täglichen Gebrauchs. Zum Beispiel Unterwäsche. Sehr zweckmäßig bei längerer Abwesenheit von zu Hause.«

»Ich kann frühes Aufstehen nicht ausstehen!« sagte sie, aber das war schon wieder eine schamlose Bemerkung, denn es war zwanzig vor drei.

Am Strand versuchten wir Berührungen. Von klebrigem Salz auf Lippen, krümeligen Sandkörnern in Haaren, blonden und dunklen, von Sonne wolkenlos heiß auf den Gesichtern, den Körpern, von zärtlicher weißer Sonnenmilch auf bloßen Rücken.

Berührungen von warmem Wasser und kühlem Wind, von miteinander verflochtenen Händen an der Wasserlinie entlang.

Stürmische Eroberungen im Wasser, vorsichtigere an Land (wegen des Papstes).

Berührungen mit Augen, mit Händen und tieferen Schichten. Es war einer dieser Tage in makellosem Blau.

Nachts schien uns der Mond durch die offenen Läden aufs Bett, und ich fand lange nicht den Absprung von einem quälenden Dämmerzustand in den Schlaf.

Ich hatte an der Steilklippe nach dem Tod, der ein untersetztes Kerlchen in zerrissenen Leinenhosen war, mit Steinen geworfen, mit scharfkantigen, großen Brocken, die, wenn sie ihn trafen, von ihm wegsprangen wie Gummibälle. Nun kam er, mich zur Strafe zu holen.

Hielt mir von hinten mit schwieligen, vom Ackern staubigen Händen den Mund zu, riß mich mit sich, einen Weg entlang, der in die Felsen hinaufführte.

Ariannas Hände weckten mich, streichelten an meinem Rücken die Angst zur Ruhe, mit leisen Worten, bis ich richtig wach wurde, mich zu ihr umdrehte und sie zu küssen anfing in einer gruseligen Mischung aus Zärtlichkeit und wütender Trauer.

Warum fühle ich mitten im makellosen Blau immer seine Zerbrechlichkeit mit?

Was mich am anderen Morgen weckte, war ein aufgeregtes Klopfen an der Tür.

»Signora Lazzarini, telefono per Lei. Di Milano. Presto, presto!« Es war die Stimme der Wirtin.

Arianna blinzelte auf ihre Armbanduhr. »So spät schon. Es ist zehn Uhr durch.«

Das lag an den emotionsgeladenen Nächten.

»Un momento, vengo subito«, rief sie.

»Telefon aus Mailand?« fragte ich.

»Wahrscheinlich mein Büro.«

Einen Augenblick lang Ariannas Gestalt im Gegenlicht, als sie die Fensterläden gegen den strahlenden Sonnenschein zu sanftem Schattenlicht schloß. Sie griff nach einem T-Shirt, streifte die Beulenhosen über, schlüpfte in ein Paar Stoffschuhe.

»Eine Signora Agnello. Es ist sehr wichtig«, sagte die Wirtin, als Arianna die Tür öffnete und sich an ihr vorbeidrängte. Es klang, als hätte sie soviel Aufregung sonst nur zu Weihnachten und am Ostersonntag. Sie warf einen schnellen Blick ins Zimmer, bei dem ihr sicherlich nicht entging, daß eines der Betten unbenutzt war.

Ich zog mir die Bettdecke über den Kopf. Was ging sie das an? Was kümmerten mich die Leute? Ich bin durchaus lernfähig.

»Danke!« sagte Arianna, schloß sorgfältig die Tür, polterte die Treppe hinunter zur Rezeption.

Ich streckte mich ein paarmal, bis die Himbeersoße in meinen Knochen sich wenigstens zu Gelee verfestigte, und stand auf. Ich bin zu alt für soviel Gemütsbewegung.

Wenn ich allerdings gewußt hätte, was an diesem Tag noch auf uns zukam, wäre ich mit an Sicherheit grenzender Wahrscheinlichkeit liegengeblieben. Als ich Arianna die Treppe zweistufig nehmen hörte, war ich beim Anziehen. Gleich darauf brach sie ins Zimmer herein.

»Ich muß sofort nach Mailand. Sie haben in unsere Büros eingebrochen und meines total verwüstet.«

Sie warf Brombeerfarbenes und Weißes wahllos in ihre Reisetasche. Den Badeanzug, der Tags zuvor in der Brandung des Tyrrhenischen Meers tapfer die Stellung gehalten hatte. Die Beulenhose und das T-Shirt hinterher, Arianna war schon auf dem besten Weg zu einem repräsentativen Outfit.

Ich stand mit hängenden Armen.

»Ein paar Kilometer entfernt von hier ist eine Bahnstation. Könntest du mich bis dorthin fahren?«

Ich zog meine Schuhe an, nahm die Tasche aus dem Schrank.

»Ich fahr dich natürlich nach Mailand.«

»Nein, Deborah, das mußt du nicht tun. Du hast doch Ferien.«

»Ich möchte es aber.«

Wo du hingehst, da will auch ich hingehen? Oder was probierte ich gerade? Ich wollte einfach nicht, daß das makellose Blau schon zu Ende war.

Arianna war wieder einmal grau unter der Sonnenbräune.

»In Ordnung, danke!« sagte sie leise. »Aber beeil dich mit dem Packen. Ich geh schon mal die Hotelrechnung bezahlen.«

Sie war draußen, bevor ich den Versuch einer tröstenden Geste machen konnte. Karrierefrauen brauchen keinen Trost, die sind knallhart.

Kaum drei Stunden später waren wir in Mailand.

Ab der Autobahnausfahrt lotste Arianna mich. Mit knappsten Anweisungen.

»Rechts. Jetzt links. An der Ampel wieder rechts. Halt dich links und bieg da vorne an der großen Kreuzung nach halblinks ab.«

Nach der langsamen Gangart unseres Bergdorfes überforderte mich ihr plötzlich verändertes Tempo.

Und die Stadt sprengte mir den Schädel auseinander.

Ihr fuhr durch innercerebralen Nebel. An einer roten Ampel rieb ich mir erschöpft über Stirn und Schläfen und streckte meine Arme, bis die Gelenke krachten.

Knurrte: »Mal di testa!« und gähnte.

»Gechirnnershützerüng?« fragte Arianna vorsichtig lächelnd und strich mit ihrer linken Hand über meinen Nacken, eine Berührung, von der sie inzwischen wußte, daß ich dabei unweigerlich zu schnurren anfange.

»Nein«, sagte ich, »große Stadt.«

Der Corso Garibaldi lag in der Nähe des Parco und Castello Sforzesco. »Wir parken in der Zona Blu vor dem Haus. Da ist ein reservierter Parkplatz«, sagte Arianna mit Stalltrieb in der Stimme. Sie nahm einen Lippenstift aus der Tasche, von dessen Existenz ich bis zu diesem Zeitpunkt noch gar nichts gewußt hatte, und zog ein paar rasche Verschönerungsstriche in Pastell. Ein langgeprobter Augenaufschlag in den Handspiegel und wieder der Blick auf die Straße.

»Nein, hier noch nicht, fahr noch ein Stück vor, da, hinter dem Lancia.«

Ehe ich mich aus dem Auto gezerrt und die Tür abgeschlossen hatte, stand sie schon in der verzierten Jahrhundertwendetür und redete über die Sprechanlage mit ihrer Sekretärin.

Die Balkone wurden getragen von abgasgeschwärzten

Karyatiden. Hibiskus auf einem Vorgartenstreifen vor dem Haus. Der Hausflur und die Treppenstufen bestanden aus hellgrauem Marmor, Spiegelglas und dunklem Holz. Verzierte Lampen, und alles roch nach Großbürgertum mit Tradition und seriösem Geschäftssinn.

»Heute kriegt man solche Räume hier gar nicht mehr zu mieten«, sagte Arianna, die meinen ein wenig fassungslosen und neidischen Blick gesehen hatte. »Felice hat diese Büros schon seit fünfzehn Jahren, und davor hatte sein Vater die Räume als Arztpraxis. Ich bin als Juniorpartnerin in das Architekturbüro Romani eingestiegen. Er verkörpert die Seriosität und ich den wilden Willen zum Aufstieg«, lachte sie.

Im ersten Stock stand die Tür offen. Arianna besah sich das Schloß. »Ziemlich stümpferhaft geknackt«, stellte sie fest, »die Tür einzutreten wäre eleganter gewesen.«

Wir kamen in einen großen, hohen Flur mit Fußboden aus schwarzen und weißen Steinfliesen. Aus der ersten Tür auf der linken Seite kam uns eine Frau mit dunklen, kurzen, lockigen Haaren entgegen. Sie trug einen gelben Bermuda-Hosenanzug zu knackig braunen Beinen. So braun, daß sie noch aus dem Vor-Ozonloch-Zeitalter zu stammen schienen.

»Arianna, gut, daß du endlich da bist. Dein Büro sieht schauderhaft aus. Abgesehen davon, daß in den letzten beiden Wochen ungefähr tausend Leute nach dir gefragt haben.« Sie warf ein »buon giorno« und ein Nicken in meine Richtung.

Arianna legte mir die Hand auf die Schulter.

»Deborah, darf ich dir Tiziana Agnello vorstellen? Meine rechte Hand und des öfteren auch mein Kopf. Tiziana, das ist Deborah Gronwald. Sie ist diejenige, die mich vor Massimos Klauen bewahrt hat.«

Ich gab Tiziana die Hand.

»Ich glaube, wir haben schon miteinander telefoniert. Ich bin die geographische Verirrung. Die Berlinerin, die nicht aus Berlin angerufen hat, sondern aus Lucca.«

»Ach ja!« lachte Tiziana mit breitem Mund und großen Zähnen.

Arianna zog die Augenbrauen hoch, sagte aber nichts. Es gab einige, mehr als einige Kapriolen in meinem Weg zu ihr, die ich nicht gestanden hatte.

»So, jetzt will ich mir aber das Büro ansehen.« Sie holte tief Luft und öffnete die Tür, die Tizianas Büro gegenüberlag.

»Scheiße«, murmelte sie.

»Das tut weh, nicht?« fragte Tiziana.

»Nein, es macht mich stinkwütend«, antwortete Arianna ihr.

Der Raum war groß und ging auf einen Hof mit Bäumen hinaus, deren grüne Schatten auf dem gelblichen Holzfußboden dem Büro etwas von friedlicher Stille gaben. Im Moment allerdings war der Raum keineswegs still und friedlich. Irgend jemand hatte hier seinem geballten Zorn Ausdruck verliehen. Oder mit Liebe zum Detail alles niedergemacht, was niederzumachen war. Am Fenster stand ein großer weißer Schreibtisch, dahinter ein auf zierliche Weise repräsentativer Schreibtischstuhl. An den Wänden einfache Metallregale, deren ästhetischer Pfiff darin bestand, daß sie eins weiß, eins grau nebeneinander standen. In der Mitte auf dem Boden in einem unordentlichen Haufen ein weißer Wolläufer, mit ausufernden schwarzen Farbklecksen darauf. Ein Leuchttisch an der Wand. Die Regale waren leer, sämtliche Ordner herausgezerrt, Skizzen von den Wänden und Grünpflanzen vom Fensterbrett gerissen. Kugelschreiber, Bleistifte, Lineale vom Schreibtisch gefegt, Glasscherben lagen herum und krümelige Blumenerde.

»Der Leuchttisch ist doch noch ganz«, bemerkte Tiziana

trocken. »Aber ich glaube, den neuen Wolläufer kannst du wegschmeißen, da ist Tinte drauf ausgelaufen. Na ja, wenigstens nichts aufs Parkett.«

Arianna stieg vorsichtig über am Boden verstreutes Papier, zu ihrem Schreibtisch.

»Tiziana, mein Lämmchen, sei so lieb und mach mir einen Kaffee. Für dich auch?« fragte sie mich.

»Mit viel Milch, bitte«, sagte ich.

»Und irgendein Sandwich oder ein Panino. Ich glaube, ich bin heute ein bißchen länger hier.«

Sie deutete auf ein braunes Ledersofa mit wunderbar abgeschabten Polstern.

»Setz dich doch, Deborah. Oder möchtest du lieber einstweilen ins Stadtzentrum gehen und mich meiner Verwüstung überlassen?«

»Ich dachte, ich könnte dir vielleicht helfen.«

Die Guten ins Töpfchen, die Schlechten in den Mülleimer.

»Wenn du möchtest, gern. Du könntest die Ordner aufheben, die aussehen, als wären sie vollständig, und sie wieder in die Regale zurückstellen. Sie sind den Arbeitsgebieten nach farbig geordnet. Und du könntest die Pflanzen wieder einsammeln, sie in die Töpfe zurückkippen und die Erde auffegen. Diese Arschlöcher! Wenigstens die Pflanzen hätten sie in Ruhe lassen können. Was können die armen Biester dafür, wenn ich mich mit diesen Herren im Krieg befinde.«

Sie ließ ihre Blicke über das Durcheinander schweifen.

»Mein Gott, was für eine Sauerei!« sagte sie. »Jetzt darf ich jedes einzelne Stück in die Hand nehmen und durchsehen. Das ist schlimmer als jeder Jahresabschluß. Ah, *vendetta* ist eine wunderbare Sache.«

»*Vendetta?*« fragte ich.

Aber sie antwortete mir nicht, sah nur grimmig auf das Chaos.

Tiziana brachte unseren Kaffee und zwei Brötchen mit Tomaten und Mozzarella.

»In der Mikrowelle heiß gemacht«, sagte sie. »Ein Mikrowellenherd ist die einzige Möglichkeit, um diese Frau hier und ihren dem Herzinfarkt zustrebenden Partner dazu zu bringen, während der Arbeit mal was anderes zu essen als amerikanische Schokoladenriegel.«

Ich nahm ihr meine Tasse und meinen Teller ab. Tiziana stellte die zweite Portion auf Ariannas Schreibtisch und gab Arianna einen Klaps, den diese grinsend hinnahm.

»Weißt du, Deborah, Tiziana ist die ideale Sekretärin. Empfangsdrachen nach außen, Kinderkrankenschwester nach innen.«

Ich setzte mich auf das Sofa, stellte meinen Teller auf die breite Armlehne und behielt die Kaffeetasse in der Hand. Arianna schwang sich hinter ihren Schreibtisch, streifte die Schuhe ab, zog eine Schublade heraus, auf die sie die Füße setzte. Trank einen Schluck aus ihrer Tasse. Ich sah mich Mozzarella kauend und Tomaten schlürfend um. Pläne und Skizzen an den Wänden, sofern sie sich noch an ihrem Platz befanden. Ein paar Drucke von Escher. Die Eidechsentiere, die Treppe, die qualvoll sisyphosartig hinauf oder hinab im Kreis führt, das seltsame Haus im Weltraum, mit Sternenhimmel von allen Seite. Daß Arianna solche Gehirnverschlingungen mochte, war mir ein weiteres Indiz für die Komplexität ihres Gemüts. An einer Wand kleine Feder- und Bleistiftskizzen von allerlei Bauwerken quer durch die Stilepochen, antike Säulen und antikisierendes, barockes Tingeltangel, gotische Gebete in Stein, das eine oder andere Moderne. An jeder Skizze die Signatur: A.L. Der Geist der Architektur und seine Materialisierung mit den Augen einer Baumeisterin.

Ich mochte die Skizzen, ich mochte auch den friedlichen, grünen Raum.

»Tiziana, ruf doch bitte Guiseppina an, sie soll morgen für ein paar Extrastunden putzen kommen. Und wir brauchen jemand für das Türschloß. Ich bin die nächste Stunde nicht zu sprechen, außer wenn Felice anruft. Ich rede jetzt mit dem Anwalt. Das können wir uns ja nicht so einfach bieten lassen. Mafiamethoden sind das, ehrlich.«

Tiziana nickte, zupfte vorsichtig an einem Stapel Blätter, legte die Papiere sorgfältig zusammen, hob sie auf und trug sie nach draußen.

»Deborah, mein Schatz«, sagte Arianna lächelnd zu mir, »ich glaube, es wäre mir doch lieber, wenn du ein bißchen auf der Piazza Kaffee trinken gingst, während ich hier krumme Sachen mache. Du verstehst zu gut Italienisch.«

Ich nickte ebenfalls, verspeiste den letzten Bissen des Panino. Stand auf, griff mir den Teller und die Kaffeetasse. Sie saß hinter ihrem Schreibtisch, den Hörer am Ohr, stirnrunzelnd.

»Ti amo«, sagte ich, bevor ich die Tür aufmachte.

Sie winkte mir zu, lächelte wie ein Dutzend mausblonder Sonnen.

»Bis in einer Stu … Sì? Sì, vorrei parlare a Signor Battaglia. Ach, er ist nicht da? Richten Sie ihm doch aus, Signora Lazzarini möchte ihn dringend sprechen. Studio di Architettura Lazzarini e Romani. Es ist sehr wichtig. Oh, er kommt gerade zur Tür herein. Na, wunderbar! Ascolta, Michele, sono io, Arianna. Hier ist wieder mal eine ziemlich unangenehme Sache passiert. Sorg doch bitte dafür, daß du ungestört reden kannst.«

Ich zog von draußen leise die Tür zu. Tiziana war eifrig mit dem Sortieren von Papieren zu Gange. Sie sah nur kurz auf, als ich über den Flur ging, Kaffeetasse und Teller in einer kleinen Küchennische abstellte und zur Tür hinausschlich.

An einem Kiosk kaufte ich mir einen Stadtplan von Mailand und eine Zeitung. Mit gemischten Gefühlen setzte ich mich auf die Bank an einer Bushaltestelle und sah dem vorbeirauschenden Verkehr zu. Der Lärmpegel und der Gestank machten mich mürbe wie einen alten Biscotto. Ich hatte keine Lust auf ein Café, wollte mich lieber schlecht fühlen an einer Bushaltestelle.

Ich wußte, daß ich auch so war, wenn ich arbeitete, so straight. Und wenn mein Büro, das ich immer noch nicht habe, abgesehen von dem einen Raum in meiner Wohnung, wenn also mein Büro in dieser Wohnung verwüstet worden wäre, würde ich genauso reagieren. Trotzdem spürte ich mit einem Gefühl von Verlust, daß Arianna in ihre Mailänder Existenz hineinschlüpfte wie in ein perfekt sitzendes Kleidungsstück. Mit ihrer Umgebung verschmolz wie ein Chamäleon, das den Untergrund gefunden hat, der seinem innersten Wesen entspricht.

Zwei Stunden später, inzwischen hatte ich doch noch in einer Bar einen Kaffee getrunken, ging ich zurück und setzte mich zu Tiziana in ihr Büro. Sie saß deutlich genervt über einem Packen Papiere, die zum Teil in Fetzen oder zumindest an der Lochung aus dem Ordner gerissen worden waren.

»Allmählich reicht es mir, alle paar Wochen das ganze Büro mit Tesafilm zu verpflastern!« murrte sie. »Als ob ich nichts anderes zu tun hätte!«

»Wieso denn alle paar Wochen!« fragte ich erstaunt.

»Das hatten wir doch schon mal, letzten Monat, bevor Arianna sich unsichtbar gemacht hat. Damals haben sie auch den ganzen Laden auf den Kopf gestellt. Allerdings nicht so gründlich wie diesmal. Beim letzten Mal schienen sie ja noch ernsthaft nach was zu suchen. Diesmal siehst es aus wie die blanke Zerstörungswut!«

»Wer ist denn ›sie‹?«

»Hat Arianna dir das nicht erzählt? Nein? Ach, dann soll sie das auch mal lieber selber machen. Ich weiß nicht, was von der Geschichte für fremde Ohren bestimmt ist. Ich will mich nicht in die Nesseln setzen.« Ariannas Bürotür öffnete sich, sie stand im Türrahmen, hielt einen Ordner in der Hand, füllte das ganze Zimmer mit Anwesenheit.

»Ach, Deborah, da bist du ja wieder. Komm herein, wenn du magst, vielleicht willst du dich ja noch immer der armen Pflanzen annehmen. Hör mal, Tiziana, mir sind in dem Durcheinander die Unterlagen von diesem Valentini in die Hände gefallen. Ich glaube, den müssen wir anrufen. Die Geschichte hab ich ganz vergessen in dem Trubel um den Wettbewerb.«

Ich betrat Ariannas Büro wie den inneren Bezirk des Tempels. Es sah schon wieder ein bißchen weniger nach Vandalismus aus. Manche Ordner lagen aufgeschlagen auf ihrem Schreibtisch, andere standen wieder im Regal. Ausgebreitete Zeitungen wellten sich auf dem Fußboden. Und auch Arianna war mit Klebeband und Lochverstärkern am Werk. Die nächste Stunde beschäftigte ich mich mit den Pflanzen, danach half ich, Klebeband abzureißen, verstreute Stifte, Schnellhefter, Reißzwecken, leere und volle Klarsichtfolien einzusammeln und zu sortieren. Ich fegte die Glasscherben eines zerbrochenen Bilderrahmens zusammen, brachte den Wolläufer zum Müll, kochte noch einmal Kaffee und dergleichen mehr. Es war schon nach neun, als wir fertig waren. Tiziana hatte sich gegen sechs davongemacht, ich hatte sie in einer tomatenroten Flitzschrippe, sprich einem Fiat 500, wegfahren sehen.

Ich ließ mich, wo ich stand, in die nächstbeste Sitzgelegenheit fallen. Es war Ariannas Schreibtischstuhl. Da saß es sich ganz gemütlich. Repräsentativer, als ich sonst meinen Mandantinnen gegenüberzusitzen pflege. Mit Sicht auf eine Arianna, die über dem letzten Ordner auf dem Fußboden kniete und das Register sortierte, dann einige Zeichnungen zusammenrollte, ein Gummiband darumschnipste, aufstand und die Rollen in der Ecke verstaute. Sie warf mir einen kritischen Blick zu. Der Chefsessel war nur für die Chefin, oder wie?

Ich streifte die Schuhe ab, zog die rechte untere Schublade heraus und plazierte meine Füße darauf.

Arianna stand mitten im Zimmer, die Hände in den Hosentaschen, und sah sich um.

»So eine beschissene Arbeit«, fluchte sie. Sie sah wieder blaß aus unter ihrer Sonnenbräune. Es nahm sie mehr mit, als sie zugeben wollte, aber mittlerweile sah auch ich ein bißchen mehr als nur Pokerface.

»Was sagt denn dein Anwalt?«

»Nichts, was besonders hilfreich gewesen wäre. Aufräumen und die Sache vergessen, meint er.«

Ihre Antwort kam zögernd, so als überlege sie genau, was sie mir sagen wollte oder was nicht. Das Vertrauen ehrte mich ungemein. Es ist eben ein Irrtum, zu meinen, daß das Bloßlegen der Körper auch die Seele öffnet. Und vielleicht ist das ja auch gut so.

»Aber das Ganze ist doch eine Schweinerei!«

Ich wollte endlich wissen, wie eigentlich der Film hieß, in dem ich mir das Fleisch wund spielte.

Darum tat ich empörter, als ich war. In erster Linie war ich neugierig.

»Klar ist es eine Schweinerei.« Sie stand immer noch mitten im Raum. »Und du sollst nichts unternehmen?«

»So lautet der weise juristische Rat.«

»Sehr seltsam! Weißt du denn, wer es war.«

»Nicht, wer die Leute hier im Büro waren. Aber wer der Auftraggeber ist.«

»Dein Freund Massimo?«

»Ja.«

»Und mein Freund Daniele?«

»Wer weiß.«

»Und jetzt schon zum zweiten Mal.«

Beim Doppelkopf wäre das mindestens die Pikdame gewesen.

»Woher weißt du das dann?«

»Tiziana hat es mir erzählt.«

»Und was hat sie sonst noch von sich gegeben?«

Leichter Ärger in der Stimme.

»Nichts. Sie sagte, sie wüßte nicht, wieviel von der Geschichte für fremde Ohren bestimmt sei, und wenn, dann solltest du mir das selbst erzählen.«

»Womit sie völlig recht hat.«

»Und?«

»Was und?«

»Du willst doch wohl nicht ernsthaft dabei bleiben, daß das hier eine Privatfehde mit deinem Exliebhaber ist. Dann hätte er bei dir zu Hause doch Seife auf die Türklinke geschmiert oder einen Hundehaufen in den Briefkasten gesteckt. Aber das hier hat doch eindeutig mit deiner Arbeit zu tun.«

Sie kam auf mich zu, beugte sich über den Schreibtisch. Auge in Auge mit der Bestie.

»Halte dich aus meinen Angelegenheiten raus, Deborah. Ich mag das nicht. Du hast dich schon mal eingemischt, und nicht zu deinem Besten.«

»Aber zu deinem Besten, Arianna. Ich... du... ohne mich hast du gar nicht gewußt, daß Daniele in der Via del Fosso war. Ohne mich...« Mir fehlten mal wieder die nötigen Verbformen: Du hättest, du würdest, du könntest. »Ich habe dich vor Daniele gewarnt! Aber in der Gegend herumfahren darf ich doch, dir dein Händchen halten und die Füße küssen. Dafür bin ich gut genug. Nur wissen darf ich nichts.«

»Du kannst jederzeit die Tür aufmachen und gehen!«

Sie war nicht weniger erschrocken über die glasklare Wucht dieses Satzes. Schweigend loteten wir die Untiefen aus, die wir gerade durchschifften.

Aber noch saß ich im Chefsessel.

»Also ist es was Geschäftliches.«

»Ja. Massimo ist auch Architekt. Wir sind Konkurrenten in einer bestimmten, ziemlich großen Sache.«

»Geht es um den Wettbewerb?«

»Woher hast du denn das nun schon wieder?«

»Du hast es vorhin selbst gesagt. Die Unterlagen, von diesem Valentini, die du wegen des Wettbewerbs fast vergessen hattest.«

Und plötzlich hatte ich mein Telefongespräch mit Tiziana vor einer Woche wieder im Ohr. Ob ich aus Berlino anrufen würde. Wegen der Unterlagen, die Frau Lazzarini eingereicht hätte. Einen Moment lang stolperte mein Herzschlag.

»Arianna, hast du dich an einem Wettbewerb für ein Objekt in Berlin beteiligt?«

Sie setzte sich in den Ledersessel, der vor dem Schreibtisch stand, das passende Stück zur Couch. Normalerweise sank da hinein wohl ihre Kundschaft.

»Allmählich wirst du mir unheimlich, weißt du. Wenn du eines Tages meine Büstenhaltergröße wissen willst, gebe ich sie dir, glaube ich, lieber freiwillig, sonst brennst du mir noch mit Hitzeblick ein Loch in die Bluse, nur um an die Information zu kommen, superwoman.«

Ich genehmigte mir einen Streifen Film über unser idyllisches Bergdorf. Nur ein ganz kurzes Stück von »La Cacciatrice«, der keuschen Jägerin …

»Weißt du, ich glaube, diese Art von Information über dich brauche ich nicht mehr«, sagte ich mit dem Blick in weite, innige Fernen.

Sie kam um den Schreibtisch herum, gab mir einen Klaps auf den Rücken.

»Komm, laß uns was essen gehen. Ich habe Hunger, bin müde und schlecht gelaunt. Wir gehen zu Lorenzo und Gianfranca, da kriegt man zum Essen noch Seelennahrung.«

Sie streichelte mir über den Nacken.

»Entschuldige wegen vorhin, ja?«

Ich nahm den Befriedungskuß an. Jenen glasklaren Satz hingegen vergaß ich den ganzen Abend nicht.

»Da Lorenzo e Gianfranca« war eine kleine, feine Trattoria in einer Seitenstraße des Corso Garibaldi, wo Gianfranca kochte und Lorenzo bediente. Und beide ihre Gäste in private Gespräche verwickelten.

Gianfranca war klein, rundlich und dunkelhaarig, und Lorenzo war noch kleiner, noch rundlicher und noch dunkelhaariger.

»Ah, Arianna, lange nicht gesehen!« rief er und hielt ihr die haarige Wange hin. Sie hielt die ihre dagegen und schmatzte einen Kuß über seine Schulter in die Luft. Wie das eben so gemacht wird in Italien.

»Und wer ist diese wunderschöne Frau?« (Er meinte mich!)

»Das ist Deborah. Die Freude meiner alten Tage.«

Oha, das kam der Wendung »meine derzeitige Geliebte« aber bedenklich nahe. Lorenzo nahm es als das, als was es gemeint war: Ich wurde mit besonderer Sorgfalt bedient.

Es war schon spät, als wir aufbrachen. Mit größeren Mengen Wein abgefüllt und vielen Abschiedsluftküssen, was uns beides glücklich machte und uns sorglos und heiter in die Nacht entließ. Ariannas Wohnung war, wie sie sagte, nur einen langen Abendspaziergang weit entfernt. Ich hatte die Hände in die Jackentasche gesteckt, sie hängte sich bei mir ein. Bohrte ihren Kopf in meine Schulter wie eine junge Katze. Sang mir italienische Liebeslieder, die alle mit einem Wortschatz von kaum mehr als zehn Wörtern auskamen: amore, mia bella, mio bene, partire, bacio, sempre, dolore, dolce, tesoro und cuore. Mit uns selbst beschäftigt, schlenderten wir durch die nachtkühlen Straßen.

»Gibt es einen bestimmten Zeitpunkt, zu dem du wieder in Deutschland sein mußt?« fragte sie mich unvermittelt.

»Nein, gibt es nicht. Irgendwann in absehbarer Zeit sicher. Bevor ich nach Berlin fahre, muß ich unbedingt bei Louise vorbei, um meine Sachen zu holen und um ihre Steuererklärung vorzubereiten. Sie ist nämlich neben meiner Ex-Affäre auch meine Mandantin, mehr oder weniger mein einziger großer Fisch. Die Butter auf meinem Brot sozusagen. Warum fragst du?«

»Nur so!« Sie schubste ihre Haare aus dem Gesicht, verknäulte sie hinter dem Kopf, wo sie ungefähr dreißig Sekunden blieben, bevor sie ihr wieder ins Gesicht fielen.

Kein Mensch fragt so etwas nur so. Über Zukünftiges unterhält man sich nicht ohne Hintergedanken. Besonders nicht über die Zukunft von Liebesangelegenheiten.

»Wie viele Tage sind es eigentlich noch bis zur Deadline für deinen Wettbewerb?«

»Vier«, sagte sie, ohne nachzurechnen. Wahrscheinlich hätte sie mir die Zahl der verbleibenden Stunden genauso prompt sagen können. Es war eine unsichtbare, aber dennoch sehr präsente Sanduhr, die da rieselte.

»Und wenn du gewinnst?«

»Dann baue ich in Berlin«, sagte sie. Veni, vidi, vici!

»Wann denn?«

»Oh, mit dem eigentlichen Baubeginn, das dauert noch. Aber ich muß dann bald schon öfter vor Ort sein. Vielleicht brauche ich sogar eine Wohnung da.«

Wir schwiegen beide beredt über dasselbe Thema. Aber ich wußte nicht, ob wir die gleiche Meinung dazu hatten.

»Du könntest bei mir wohnen«, wagte ich mich vor. Veni, vidi. Vici?

»Mal sehen, Deborah. Laß uns über ungelegte Eier nicht reden. Noch habe ich nicht gewonnen.«

Das war sehr elegant! Weder ein Ja noch ein Nein. Sondern ein Vakuum. Ein doppelter Konjunktiv. Würde sie bei mir gewohnt haben, wenn sie den Wettbewerb gewonnen hätte? Ich nahm ihre locker eingehängte Hand, deutete einen Handkuß darauf an.

Die Nacht war mild und romantisch, und am nächsten Haustor war es mir einmal mehr egal, ob Leute vorbeigingen und uns zusahen.

Arianna genoß die Knutscherei im Schatten des Hauseingangs, wie sie meine Zärtlichkeiten immer zu genießen schien, und besonders die spontanen. Ich aber fühlte mich zudringlich. Sie sollte so verliebt in mich sein, wie ich in sie war, darum küßte ich sie.

»Was wirst du in diesen vier Tagen machen?« fragte ich, als wir schließlich Arm in Arm weitergingen. »Wieder wegfahren und dich verstecken?« Zu viele Fragen, zuwenig Gelassenheit.

»Nein. Ich bin damals weggefahren, weil Massimo mein Büro hat verwüsten lassen und weil er mich bedroht hat. Das machte mir große angst. Ich dachte, es sei ein Schutz, wenn ich verschwände. Jetzt kommt es mir vor, als hätte ich nur den Kopf in den Sand gesteckt. Denn auch wenn ich nicht zu erwischen bin, gibt es als Angriffspunkt immer noch das Büro. Und die arme Tiziana. Und Felice. Jetzt bleibe ich hier und verteidige mich, wenn es sein muß.«

»Warum reagiert er so? Nur weil ihr um ein Bauprojekt konkurriert? Das kommt doch jeden Tag ein dutzendmal vor!«

Ich bekam die übliche Reaktion.

Ein böser Blick aus gelben Augen, der mich augenblicklich vergessen machte, mit welch orientalischer Süße mich diese Augen zuweilen ansehen konnten.

»Interna!«

Das hatte ich auch schon mal gehört. Als Gnädigste behauptete, mit Massimo Ceragioli ein Intimverhältnis gehabt zu haben.

Wobei sich Lieb' und Bauvorhaben ja nicht ausschlossen, leider.

Es war in der Tat ein anstrengender Heimweg. Zu viele Gefühle. Ich war verdammt froh, als sie in der nächsten Straße auf eine Haustür zusteuerte, sich von mir losmachte, den Hausschlüssel aus der Handtasche zog, aufsperrte und auf den Lichtschalter drückte.

Mit hängendem Kopf trat ich hinter ihr in den funzelig beleuchteten Flur.

Danach ging alles ganz schnell.

Arianna ging durch den Flur, hob die Hand zum Treppengeländer, setzte den Fuß auf die erste Treppenstufe, da löste sich etwas aus dem Schatten, glitt auf sie zu, packte sie am Genick, riß sie zurück. Ich wunderte mich noch, daß sie nicht schrie.

Gleichzeitig spürte ich einen Ruck, eine Hand erstickend über Mund und Nase. Einen Arm, der sich über meinen Brustkorb legte, und am schlimmsten: etwas Kaltes, Spitzes, das heiß durch mein Hemd drang, sich beißend an mein Brustbein drückte.

»Wenn du schreist, stech ich zu!« sagte eine Stimme auf italienisch.

Ich verstand vor Angst kein Wort und verstand doch. Nickte. Die Hand lockerte sich ein wenig. Ich atmete pfeifend ein. Die Stimme kannte ich. Ich kannte das Rasierwasser. Lagerfeld, mit Zöpfchen.

Es war Daniele!

Und Arianna hatte nicht geschrien, weil der andere Mann ihr ebenfalls den Mund zuhielt. Sie im gleichen Clinchgriff hielt, wie Daniele mich.

»O. k.«, sagte der andere zufrieden, »raus zum Auto mit den beiden Hübschen. Wenn ihr mitmacht, tut's nicht weh.«

In mir erwachte die Tigerin, als ich seinen muskulösen Arm um Ariannas Oberkörper gelegt sah, seine beringte Pranke in ihrem Gesicht. Ich trat rückwärts hart gegen Danieles Schienbein, eben die höchste Stelle, die ich auf diese Weise erreichen konnte.

Hörte ein Stöhnen und sah Sternchen von dem Schlag auf den Kopf, den er mir mit dem Messerknauf verabreichte.

Gechirnnershützerüng, bitte Vorsicht.

»Dieses Weib ist eine Pest, Massimo. Am liebsten würde ich sie hier abstechen und liegenlassen«, fauchte Daniele.

Aha, Freund Ceragioli.

Arianna wand ihr Gesicht aus der Goldpranke.

»Lascia, Deborah«, sagte sie, »vieni!«

Mir stellte sich das Rückenfell auf. Seit wann war sie so ein sanftes Schäfchen? Warum haute sie dem Kerl keine in die Eier? Wenn sie ein Verhältnis mit ihm gehabt hatte, mußte sie doch wissen, wo die Dinger zu finden waren. Und auch sonst. Das war Allgemeinbildung. Das wußte ja sogar ich.

Statt dessen sagte sie: »Laß, Deborah, und komm!«

Ich riß Danieles Hand von meinem Mund. Auch ein manikürter Schweinehuf ist immer noch ein Schweinehuf und kein Vergnügen, wenn er einem den Mund zuhält.

Daniele lachte gutmütig, denn da war immer noch das Kalte, Spitze an meiner Haut.

»Paß auf, wenn ich das Louise erzähle!« giftete ich.

Er sagte etwas, das wie »Die alte Krähe« klang. Wahrscheinlich zahlte Massimo besser.

»Schluß jetzt«, sagte Massimo, »andiamo! Los, Daniele, pack sie ins Auto. Und keine Mätzchen mehr.«

Daniele trat neben mich, legte den rechten Arm um meine Schulter, als wären wir ein Liebespaar in trauter Harmonie. Das Messer rutschte an meinen Hals, die Messerspitze an meine Kehle.

Er bugsierte mich zur Haustür, öffnete sie mit der freien Hand. Ich spürte seine Wärme ekelhaft durch mein Hemd. Pfeifend lotste er mich zu einem dunkelblauen BMW, der auf der gegenüberliegenden Straßenseite geparkt stand. Auf einem legalen Parkplatz! Fortuna ist eine unmoralische Person. Daniele lenkte mich zur rechten hinteren Tür, wartete, bis Massimo die Zentralverriegelung geöffnet und Arianna ins Auto gezwungen hatte. Dann stieg er ein, hielt mein Handgelenk im Schraubstock, zog mich mit sich.

Ich hätte ihm vielleicht ein paar Finger brechen und abhauen können. Aber ohne Arianna wollte ich nicht, und Massimo stand vor der linken hinteren Tür, wie der leibhaftige Höllenhund. Dann betätigte er wieder die Zentralverriegelung und stieg ein. Der Käfig war zu.

Und auch er benutzte ein teures Rasierwasser, das ich von nun an hassen würde wie den Geruch von Hundescheiße.

Massimo schnallte sich gelassen an, startete den Wagen, steuerte ihn vom Bordstein, ohne zu blinken, fuhr aus der Wohnstraße auf eine größere Allee. Fädelte sich in den auch um diese Zeit noch vorhandenen Verkehr ein.

»So, Arianna, jetzt ist dein Spielchen vorbei. Endlich habe ich dich doch. Ich hatte sehr gehofft, daß dein aufgeschlitztes Büro dich nach Mailand bringen würde«, sagte er mit einem Blick in den Rückspiegel. Sie schlug mit der Faust gegen seine Nackenstütze.

Wir bitten im eigenen Interesse, den Fahrer während der Fahrt nicht bewußtlos zu schlagen.

Eine Weile ging es noch durch die Stadt, dann wurde die Besiedlung dünner, und es waren nur noch einzelne Autos auf der Straße. Nach wenigen Minuten hörten die Häuser ganz auf, Massimo schaltete das Fernlicht ein. Ich sah das flache Land im Mondlicht an uns vorübergleiten. In vier Tagen war Vollmond, und schon jetzt hatte ich einen weiten Blick über die silbrigglänzende Ebene. Ich sah zu Arianna hinüber, die mit ihrem Zugbrückengesicht steif und aufrecht neben Daniele saß. Noch vier Tage! Es war zum Heulen.

Massimo schaltete den Auto-CD-Player ein. Hinter mir fing ein spröder Kontrabaß an zu zupfen, aus Ariannas Ecke schrammelten Schlagzeugbesen, klappte träge ein Hi-Hat. Vorne rechts und links gab es ein Piano. Cool-Jazz! Ich mag das Gedudel sowieso nicht.

Verstohlen sah ich auf die Uhr. Zehn nach eins.

Und ich hätte so verdammt gerne geschlafen! In einem breiten, nicht zu weichen Bett. Mit Arianna neben mir oder allein. Aber geschlafen.

Ich erwachte davon, daß der Kontrabaß aufgehört hatte zu schnarren. Der Mond war nicht mehr zu sehen. Wir fuhren an Hecken und Zäunen vorbei, die, vom Fernlicht gestreift, sich wieder im Dunkeln verloren. Ein Ortsschild, das ich nicht lesen konnte, Massimo schaltete das Fernlicht aus. Häuser mit dunklen Fenstern, mehrere enge Kurven, rechts eine Kirche, wieder ein Ortsschild, durchgestrichen, irgend etwas mit Ver..., wieder Hecken und Zäune. Schließlich bogen wir in eine Einfahrt zwischen hohen Zypressen ein, rumpelten einen Weg entlang, vor uns tauchte ein größeres Gebäude auf, knirschender Kies in der Linkskurve, eine Freitreppe in Sparausführung gondelte an mir vorbei, irgendwo drinnen bellte ein Hund. Wir fuhren am

Haupthaus vorbei, hielten vor einem Anbau, der wie eine ehemalige Remise aussah, mit einem großen Garagentor.

Und alle außer mir schienen zu wissen, wo wir uns befanden.

Massimo ließ das Fenster herunter, streckte beschwörend ein kleines schwarzes Kästchen hinaus. Ferngesteuert öffnete sich das Garagentor. Ästchenknackend fuhr das Auto hinein, ich sah hinter mich. Leise schloß sich das Garagentor. Wir waren angekommen.

»So, meine Hübschen, hier sind wir!«

Massimo lächelte freundschaftlich.

Er sah eigentlich gar nicht so schlecht aus. Ein bißchen zu erfolgreich, mit allen dazugehörigen unangenehmen Begleiterscheinungen. Ich versuchte, ihn mir im Bett vorzustellen; ich sage nicht, mit wem. Aber es war keine erfreuliche Phantasie.

Ich verstand nicht, was Arianna anziehend an ihm gefunden hatte. Aber frau muß auch nicht alle Macken der Frau begreifen müssen, die sie liebt.

Massimo stieg aus, und Daniele verteilte Puffe und Schubser nach rechts und links. Ist ja schon gut, du Mistkerl.

»Leider müßt ihr in der Garage übernachten«, sagte Massimo, als wir alle vier wie die Säulenheiligen um das Auto herumstanden. Die Garage war groß genug für zwei Prunkkutschen und dementsprechend hoch. Das große Auto stand etwas verloren darin herum. Die Luft war kühl und feucht und roch nach Gummi. An den Wänden lehnten Reifen und etwas, das aussah wie der Teil eines Getriebes, wenn es nicht ein modernes Kunstwerk war. Ein kaputtes Fahrrad, die Überreste einer Hundehütte samt Kette. Gegenüber dem Garagentor befand sich eine Holztür, links daneben ein kleines Fenster. Zu klein und zu vergittert. Massimo sah meinen gequälten Blick.

»Die Garage ist der einzige wirklich ausbruchssichere Raum in meinem Haus. Ihr könnt es euch ja einstweilen auf der Rückbank bequem machen, das Auto ist groß genug. Und morgen nach dem Frühstück rufst du in Berlin an, Arianna, und sagst, daß du deine Unterlagen zurückziehst.« Er lachte. »›Deine‹ ist überhaupt gut! Eine schriftliche Erklärung faxen wir dann gleich hinterher. Ich habe sie schon fertig, du brauchst nur zu unterschreiben, dann kannst du gerne nach Hause gehen.«

»Und wenn ich danach in Berlin anrufe und sage, daß ich doch weiter im Geschäft bin? Daß man mich gezwungen hat zurückzuziehen?«

»Das würdest du nicht tun. Das macht doch einen allzu unseriösen Eindruck. Du willst doch nicht dein Gesicht verlieren. Außerdem drehe ich dir dann den Hals um. Und das mit dem allergrößten Vergnügen.»

Er klang völlig gelassen und sehr mit sich zufrieden.

»Du bist eine Hexe, Arianna, aber am Ende bin ich besser als du.«

Damit ging er durch die Tür, an der Daniele schon wie die rechte Hand des Paten wartete, schloß sie und drehte den Schlüssel.

Das letzte, was ich im Schein der Gartenlaternen sah, war ein fettes Grinsen auf Danieles Zierpudelgesicht.

»Du gottverdammter Dreckskerl, du mieser Haufen Scheiße. Wenn ich dich erwische, reiße ich dir den Arsch bis zur Kopfhaut auf. Warte nur, wenn du mir unter die Finger kommst, du Dreckskerl, dich mach ich fertig, daß du keine Sonne mehr siehst.«

Es klang wunderbar italienisch!

Aber Massimo waren wir für heute nacht bereits so gleichgültig wie das berühmte Fahrrad, das in Palermo am Bahnhof umfällt. Er schenkte sich in seinem sicher sehr gediegenen Wohnzimmer jetzt noch ein Glas Wein ein, klopfte Daniele männerbündlerisch auf die Schulter und legte sich dann zur Ruhe, um einem neuen wunderbaren Tag entgegenzuschlafen.

Arianna trommelte mit der Faust auf die Kühlerhaube.

»Er kriegt mich nicht dazu, in Berlin anzurufen. Verdammt noch mal, ich mach das nicht. Da kann er mir die Zähne einschlagen!«

»Was er dann bestimmt auch tun wird.«

Adrenalinspiegel plus Cappuccino verloren ihr letztes bißchen Wirkung. Ich fühlte mich leer und stand ungefähr einen halben Meter neben mir. Arianna stieg auf eine leere Weinkiste und sah durch das Remisenfenster.

»Da paßt nicht mal eine Katze durch.«

Ich rüttelte halbherzig am Garagentor; an der seitlichen Tür. Jeweils ein deftiges Schloß. Hinter mir trat Arianna gegen das Auto. Über mir, an der nackten Glühbirne, summten sich Nachtfalter und Käfer zu Tode. Motten umschwirrn mich, wie Männer Marlene. Mein Blick streifte etwas an der Decke.

»Arianna, schau mal, da ist eine Falltür. Da in der Ecke.«

»Wo? Tatsächlich!«

»Aber sie ist verriegelt. Und viel zu weit oben.«

»Das werden wir schon sehen, ob die zu weit oben ist.«

Sie schwang sich hinter das Steuer des Autos, kuppelte und nahm den Gang heraus.

»Komm, hilf mir mal den Wagen dorthin in die Ecke zu schieben. Ich brauche was zum Hinaufsteigen.«

Mit ein bißchen hin und her schaukeln schafften wir es, den Wagen anzurollen und rückwärts an die Wand zu schieben. Er bekam nur einen ganz kleinen Kratzer, als dabei ein Gartenrechen umfiel und an der Seite entlangschrammte. Wer stellt sich denn auch einen Gartenrechen in die Garage?

Arianna setzte den Fuß auf die Stoßstange, stieg auf die

Motorhaube und dann aufs Dach. Sie wippte ein paarmal und stampfte mit der Ferse auf.

»Fühlt sich doch ganz stabil an! Aber zieh mal die Handbremse an, Deborah, damit er uns nicht wegrollt.«

Ich tat es, und sie reckte sich zur Decke.

»Ein ziemlich solides Ding, dieser Riegel. Verdammte Scheiße, ich komme nicht ganz dran. Gibt es denn keine Leiter?«

Es gab eine Leiter, eine hölzerne Trittleiter, die alt, aber in gutem Zustand zusammengeklappt in der Ecke stand.

»Gib mir die mal rauf, Deborah.« Arianna winkte ungeduldig mit der Hand.

»Ja, in Ordnung, ich hab sie, laß los!«

Sie klappte die beiden Teile auseinander und hakte sie ein.

»Ich glaube, du mußt raufkommen und das Teil festhalten. So ein Autodach ist ganz schön rutschig.«

Ich nahm denselben Weg, über die Motorhaube. Arianna warf einen zufriedenen Blick auf unsere Füße.

»Schade, daß wir keine Pfennigabsätze anhaben. Aber ich glaube, die Trittleiter tut's auch.«

Im Blech unter unseren Füßen waren bereits deutlich Schrammen und Schmirgelspuren zu sehen, auch ein paar kleinere Knicke und Beulen. Arianna schob die Leiter lustvoll zurecht.

»Eigentlich schade um das schöne Auto! Aber BMW-fahren verdirbt sowieso den Charakter. So, jetzt halte dieses Ding bitte mal fest.«

Ich nahm einen festen Stand ein, versuchte, möglichst nicht nach unten zu sehen. Mir war nicht recht klar, ob ich da war, um die Leiter zu halten, oder die Leiter dastand, um mich zu halten. Arianna schwang sich engelhaft leicht zur Decke. Stand auf der Leiter, mit deren Hilfe sie jetzt den Riegel leicht erreichte. Fing an, daran zu zerren.

»Er bewegt sich kein bißchen. Wahrscheinlich ist er seit zwanzig Jahren nicht geöffnet worden.«

»Wo denkst du denn, daß die Falltür hinführt?«

»Genau weiß ich das nicht. Ich habe das Haus nur zweimal kurz bei Tag gesehen. Aber da dies ein altes Landhaus ist, denke ich, daß früher über der Garage die Chauffeurswohnung war. Und noch früher über der Remise die Wohnung des Kutschers. Und da gab es eben eine Leiter hier herunter. Das ist viel klassenbewußter, als den Chauffeur oder den Kutscher durch den Salon und über die Vordertreppe zu seinem Gefährt schlurfen zu lassen.«

Sie zerrte wieder an dem Riegel.

»Was jetzt allerdings da oben ist, kann ich dir auch nicht sagen. Hoffentlich nicht die Folterkammer.«

Die Trittleiter wackelte bedenklich.

»Ich krieg das keinen Zentimeter auf! Deborah, guck doch mal unten, ob da irgendwo Öl oder Schmiermittel ist. Eine Flasche oder Dose, wo ›lubrificante‹ oder ›oleo lubrificante‹ draufsteht. Aber laß mich hier zuerst absteigen. Wenn ich herunterfalle, könnte das Geräusch den Hausherrn wecken.«

Ich fand in einem Regal tatsächlich eine Dose mit der italienischen Variante von Kriechöl und reichte es Arianna hinauf.

»Jawohl!« triumphierte sie und studierte die Beschriftung. »Genau das Richtige. Komm rauf, halt mich fest.«

Aber liebend gern, mein Schatz.

Sie besprühte das Schloß großzügig.

»So ein Dreckszeug! Hast du mal einen Lappen? Ich sehe aus wie ein Schwein.«

Auch ein Lappen fand sich. Arianna wischte sich daran die Hände ab, umfaßte dann den glitschigen Knauf des Riegels und zog. Er glitt auf, wie von Feenhand berührt. Arianna quietschte vor Freude.

»So, jetzt wird's spannend«, sagte sie. Ich hielt mit eisernem Griff die Leiter. Sie drückte gegen die Falltür und hob sie langsam an. Stieg noch eine Sprosse höher, dann noch eine, dann die letzte. Ich hörte, wie sie die Falltür umklappte. Sie stand freischwebend auf der obersten Stufe, machte einen großen Schritt, und ich sah ihre Füße über mir in die Decke verschwinden.

Über mir hörte ich tappende Füße, ein leises Krachen, wie Schienbein gegen Stuhlbein, dann ging oben ein Licht an. Und dann tauchte Ariannas Gesicht mit einem strahlenden Lächeln in dem Loch auf.

»Wunderbar!« flüsterte sie zu mir herunter. »Ein Raum mit lauter Gerümpel. Und eine Tür, die irgendwohin führt. Hoffentlich ist es Massimos Schlafzimmer. Dann schneide ich ihm die Ohren ab. Los komm, Deborah. Es ist ganz einfach.«

Ich wäre liebend gerne unten geblieben. Ergeben fing ich an, die Leiter hochzuklettern. Sie rutschte bedenklich, fand ich. Der Göttin sei Dank für gutes Schuhwerk. Auf der drittletzten Stufe richtete ich mich auf. Arianna gab mir ihre Hand. Ich umklammerte sie und stieg eine weitere Stufe, noch eine, verlor für einen Moment das Gleichgewicht. Stand Todesängste aus.

Balancierte jetzt ganz oben auf der Leiter, in diesem Land konnte man wirklich das Beten lernen.

»Komm, es ist nur ein Schritt. Ich zieh dich hoch!«

Das ewig Weibliche zieht uns hinan, ich hatte es immer schon gewußt. Mit völlig verkrampften Kiefern und knirschenden Zähnen stand ich einen Moment, dann holte ich tief Luft und machte einen riesigen Schritt. Unter mir krachte die Trittleiter auf das Autodach, dann auf die Motorhaube hinunter und rutschte seitlich auf den Boden, wo sie zwischen Kotflügel und Wand verkeilt hängen blieb. Madonna mia! Das Krachen war bestimmt bis Kalabrien zu hören gewesen. Wir standen angespannt, bereit für einen wilden Kampf, aber im Haus blieb es ruhig.

Keuchend sah ich mich um im Raum. Wahrscheinlich war das Zimmer als Chauffeurs- oder Kutscherwohnung ganz gemütlich gewesen, mit seinem großen Fenster auf die Einfahrt hinaus. Jetzt waren die Scheiben blind vor Dreck und der Raum voll von Gerümpel. Ein alter Tisch stand in der Mitte, vollgepackt mit historischem Werkzeug jeden Oxidationsgrades und allerlei modrigem Messinggerät. An jeder Wand ein bauchiger Schrank, dazwischen mehrere Kommoden und Schränkchen, deren Innenleben ich lieber gar nicht genau in Augenschein nehmen wollte. Zum Teil ragten sie quer in den Raum, weil sie sonst keinen Platz mehr gefunden hätten. Auf den Schränken stapelten sich Koffer, Hutschachteln und Kartons, an Haken in der Wand hing allerlei Abenteuerliches. Seile und Stricke, flache Korbtaschen, Säcke, ein angelaufenes Jagdgewehr, ein maroder Strohhut. Es gab staubblinde alte Weinflaschen, angeschlagene Blumentöpfe, Gartengerät, eine fleckige blaugraue, zerschlissene Hose darübergehängt. Es roch staubig und dumpf, nach alter Veroneser Patriziergruft.

»Was für eine traumhaft schöne Rumpelkammer«, sagte Arianna. »Alles, was ein Mensch in seinem Leben nicht mehr brauchen wird und deshalb aufhebt. Jetzt weißt du, warum die Wohnungen von italienischen Menschen immer so sparsam möbliert sind. Sie stopfen alles in ihre Abstellräume. Auf solch schandbar simple Weise schaffen wir ästhetische Prinzipien.«

Ich interessierte mich nur für die Tür. Und die war abgeschlossen. Mit einem mittelstarken Wutanfall rüttelte ich daran. Was nützte es, daß ich bei der Besteigung der Trittleiter-Nordwand mein Leben riskiert hatte, wenn wir nun hier oben mitten im Gerümpelfeld steckenblieben? Die Tür hatte keinen Rahmen, war bloß von innen vor die Türöffnung gesetzt; das Schloß war rostig und gar nicht besonders solide, aber um uns einzusperren, reichte es doch allemal. Arianna öffnete das Fenster und beugte sich hinaus, der frühen Morgenluft entgegen. Nein, bitte nicht aus dem Fenster abseilen oder ähnliche Scherze.

»Es wäre fast möglich zu springen«, sagte sie nachdenklich, »aber wenn wir uns dabei die Gräten brechen… Es reicht ja ein verstauchter Fuß. Schließlich müssen wir nachher noch ein Weilchen laufen.«

Vor meinem geistigen Auge tauchten kilometerlange Fußmärsche in sengender Sonne und zügigem Tempo auf, die scharfen Falkenaugen beständig suchend auf den Horizont gerichtet, immer das Auftauchen eines dunkelblauen zerbeulten BMW samt allzu zutraulichem Inhalt fürchtend.

Ich trat neben Arianna ans Fenster und sah hinunter auf den im Dunkel matt schimmernden Kies. Es war definitiv zu weit zum Springen. Vielleicht sollten wir uns hier zwischen dem Gerümpel zur Ruhe betten und den Tag erwarten, die Hände über der Brust gefaltet, wie Giulietta und Romeo in der Veroneser Patriziergruft.

Ich war plötzlich ungeheuer müde. Über der Zypressenhecke am Tor erhob sich zaghaft das erste Morgengrau.

Arianna schäumte vor sich hin. »Verdammt noch mal, jetzt haben wir's schon aus der Garage geschafft! Ich bleibe nicht hier und lasse mir meine Karriere ruinieren. Meiner Erinnerung nach führt diese unglückseligerweise abgeschlossene Tür auf einen Balkon hinaus, der das Chauffeurszimmer mit dem Haupthaus verbindet. Darunter ist der Wintergarten. Wenn wir irgendwie auf den Balkon hinüberkämen… Mir ist eingefallen, daß von dort aus eine Treppe nach unten führt.«

Es gab sogar einen Mauervorsprung unter dem Fenster entlang, den Arianna jetzt mit begehrlichen Blicken musterte.

»Vielleicht können wir uns hinüberhangeln. Es sind keine vier Meter.«

In der Waagerechten, verstand sich. Nach unten war es weiter. Arianna sah zum Dach hinauf.

»Vielleicht finden wir ein Seil, das wir an der Regenrinne einhaken können. Daran halten wir uns fest und klettern hinüber.«

Sie meinte das völlig ernst. Mir sträubten sich die Haare, so ernst meinte sie es. Sollte sie hangeln. Ich würde hierbleiben und mich zur Ruhe betten.

An einem Haken neben der Tür hing ein Seil. Ein alles andere als vertrauenerweckend aussehendes Seil. Arianna griff danach und kletterte ins Fenster. Leb wohl, leb wohl! Ein Kuß – ich steig hinab. Da fing ich an, mich in unserem Beletage-Gefängnistrakt umzusehen. Es mußte doch eine Möglichkeit geben, uns in die goldene Freiheit zu entlassen, ohne daß wir dabei Kopf und Kragen riskierten. Im Klartext: Ich suchte nach einem Dietrich.

Während Arianna versuchte, sich am Fensterkreuz aufzuknüpfen, durchsuchte ich klirrend den Metallhaufen auf dem Tisch. Es war alles da, wirklich alles, was rosten kann in dieser Welt. Nur kein Dietrich. Arianna kletterte von der Fensterbank herunter. Draußen schminkte sich Aurora die Wänglein rot für den Morgenspaziergang.

»Ich finde nichts, woran ich dieses verdammte Seil befestigen könnte. Wir werden ohne Seil klettern müssen. Langsam wird die Zeit knapp!« Ich mußte ungeheuer begeistert ausgesehen haben, denn sie sagte: »Ich kann auch allein klettern, Deborah. An dir hat Massimo ja kein Interesse. Er läßt dich heute früh sicher gehen.«

Nein, das ging nicht, das war ehrenrührig. Ich sah schon Danieles grinsende Visage, wenn ich heute morgen hier alleine saß. Arianna hat es geschafft zu fliehen, aber Deborah sitzt immer noch fest.

Ich klapperte verzweifelt mit ein paar Metallkeilen, mit denen man früher wohl die hochherrschaftlichen Flügeltüren offengehalten hatte. Dann sah ich zum ersten Mal mit Bewußtsein die Tür an. Sie war nicht in den Rahmen eingepaßt, sondern davorgesetzt, und zwar von unserer Seite aus. Und plötzlich hatte ich die ehrenrettende Idee. Wir würden nicht aus dem Fenster klettern, wir würden nicht roh die Tür eintreten. Nein, wir würden sie elegant aus den Angeln heben. Ich war eben doch eher eine Gehirnakrobatin. Arianna hing schon wieder im Fenster.

Auf dem Tisch lag ein Hammer, den ich mir jetzt griff. Dann zog ich die alte Gartenhose von den Spatenstielen herunter. Ich kniete mich an die Tür, untersuchte, ob es möglich war, zwischen Tür und Schwelle einen Keil einzutreiben. Jawohl, es war genug Platz. Ich faltete die Gartenhose zusammen, legte sie um den Metallkeil, um den Lärm zu dämpfen, setzte den Keil an und schlug zu.

»Dio mio, Deborah, was machst du da! Willst du das ganze Dorf aufwecken?«

»Nein, ich will die Tür..., ich weiß das Wort nicht auf italienisch..., hier an der Seite will ich sie hochheben, daß sie da herausrutscht und am Schloß auch. Dazu schlage ich dieses Metallstück unten zwischen der Tür und der... und der... na eben dem Boden ein und hebe die Tür an.«

»Du willst sie aus den Angeln heben.«

»Genau.«

Ich nahm den zweiten Keil, setzte ihn an, legte den Stoff darüber, schlug zu.

Arianna besah sich die Angeln.

»Noch einen!«

Beim dritten Keil rutschten die Metallringe der Angel über die Stifte. Das Schloß gab sofort mit sanftem Klicken nach. Arianna fing die Tür auf, damit sie mir nicht den

Schädel einschlug, lehnte sie mit einigem Kraftaufwand in den Türrahmen. Ich stand auf, klopfte mir die Hose sauber.

»Deborah, du bist genial!« flüsterte Arianna und drückte mich dabei fast tot.

Eine meiner leichtesten Übungen! So, und jetzt bitte nach ihnen, Signora.

Draußen war es beinahe hell.

Der Balkon war mit den üblichen möhrenroten Fliesen gepflastert. Er war nach zwei Seiten hin offen. Der Rumpelkammertür gegenüber lag der erste Stock des Haupthauses. Dort hinein führte wiederum eine Tür, flankiert von zwei ausladenden Töpfen, in denen jeweils ein Wäldchen weißen Oleanders blühte. Die beiden offenen Seiten des Balkons begrenzte ein kniehohes, schmiedeeisernes Gitter. Zur Gartenseite hin, an der Wand zur Remise, hatte dieses Gitter ein Türchen zu einer Treppe ohne Geländer, die am Haus entlang hinunter in den Garten führte. Hinunter auf den sicheren Erdboden. Ich drückte die Klinke. Sie war verschlossen. Na gut. Über ein kniehohes Gitter zu steigen, schaffe ich gerade noch.

Arianna schlich zum Oleander hinüber und winkte mich zu sich.

»Kannst du ihn schnarchen hören?« kicherte sie leise. »Ich habe mich gerade daran erinnert, daß Massimos Schlafzimmer auf dieser Seite des Hauses liegt, hier genau neben dem Balkon. Wir lösen uns sozusagen unter seinem wachenden Auge in Luft auf. Ein sehr hübsches Schlafzimmer, mit einem sehr bequemen Bett«, flüsterte sie. Ich hatte kein Verlangen nach Details.

Sie kicherte wieder. »Leider ist der Herr ein wenig zwanghaft. Ich war zwar nur zweimal hier, aber jedesmal gab es dasselbe blöde Zubettgehritual: Er holt eine Flasche Mineralwasser aus dem Kühlschrank, gibt dem Hund ein Leckerli in der Küche. Dann kommen Herr und Hund die

Treppe heraufgeschlappt, an der Zimmertür zieht Massimo die Schuhe aus. Neben der Tür zu seinem Schlafzimmer steht eine Spiegelkommode. Dort hinein in die oberste rechte Schublade legt er seine Armbanduhr, die Brieftasche und die Autoschlüssel. Dann zottelt er ins Zimmer, der Hund hinterher. Ein Boxer, aber ziemlich angejahrt.«

»Nicht sehr romantisch«, gab ich flüsternd zu bedenken.

»Nein, nicht sehr romantisch«, verzog sie das Gesicht, »weder romantisch noch glutvoll, noch sonst irgendwas.«

»Glaubt man gar nicht, er macht doch sonst einen ganz passablen Eindruck«, raunte ich.

»Na ja, es geht so«, murmelte sie.

»Warum hast du ihn dir denn dann an Land gezogen?«

»Müssen wir denn jetzt ausgerechnet hier darüber reden? Komm, laß uns abhauen.«

Auch wenn sie damit recht hatte, hätte ich auf diese Frage gern eine Antwort gehabt. Was hatte Arianna an diesem Knopf gefunden, wo ihr doch bestimmt halb Italien zu Füßen lag. Und sogar ich war bestimmt die bessere Wahl, auch wenn ich mich nicht gerne an Mauervorsprüngen entlang hangele und auch sonst einige Fehler habe. Aber das waren wie immer Interna.

Arianna hatte inzwischen auch festgestellt, daß das schmiedeeiserne Türchen-ins-Glück verschlossen war, und stieg kurzerhand darüber. Das Gitter saß locker in seiner Verankerung und wackelte beim Darüberklettern wie der bekannte Kuhschwanz. Dazu gab es geradezu beunruhigende Geräusche von sich. Arianna setzte auf der anderen Seite den Fuß auf die Treppe. In diesem Moment ging das Hundegebell los. Wahrscheinlich fand der Hund die Geräusche auch beunruhigend. Aber soviel Lärm wäre nicht nötig gewesen. Wir wollten ja nur über das Gitter klettern und es keineswegs widerrechtlich entfernen. Es wäre überdies für den bevorstehenden Gewaltmarsch über Land viel zu schwer gewesen. Das konnte aber der Hund nicht wissen.

Dreißig Sekunden nach dem ersten Alarmton tauchte Massimos Kopf im Fenster auf, neben ihm, einen Meter kleiner, die Grauschnauze seines besten Freundes, laut sabbernd. Ich stand immer noch neben dem Oleander und sah die Speichelflocken aus nächster Nähe herumspritzen. Sah, wie Massimos Blick starr auf die Treppe gerichtet war, auf der Arianna auf dem Weg nach unten stand, zu ihm hochsah, die Hände an die rauhe Hauswand gestützt, mit einem Gesichtsausdruck, der sich um Frechheit bemühte, aber die Angst schlecht verbarg.

Wiederum konnte ich meinen Wortschatz um einen sizilianischen Landarbeiterfluch bereichern, dann verschwanden Massimos und Hundchens Köpfe. Ich hörte den Hund im Zimmer weiterbellen, es klang gedämpfter, dann kam es, wieder lauter, aus dem Flur, und zwei Sekunden später riß ein rotgewandetes Wesen die Tür zwischen den Oleandertöpfen auf und stürmte »Arianna, bleib sofort stehen!« brüllend heraus. Roter Satinmorgenmantel, wow! Leider nix drunter. Den Anblick, ihn so über das Gitter klettern zu sehen, in Anwesenheit von Damen, wollte ich mir lieber ersparen.

Es kostete mich – *corriger la fortune* – nur einen Schritt aus dem Sichtschutz des Oleanders und einen gehobenen Fuß. Ich hatte den Moment so glücklich gewählt, daß Massimo nicht nur über mein Bein ins Stolpern kam, sondern, weil er zu nah am Ziergitter herumsprang, über selbiges stürzte und kopfüber in den Garten fiel. Begleitet von seinem Rosenspalier, an dem er seinen Sturz abmilderte, sehr zu dessen Ungunsten.

Während ich mich oben mit einem Bambusstab aus dem Oleandertopf des Hundes erwehrte, der gerne mit mir Polka tanzen wollte, brach unten Arianna in schallendes

Gelächter aus. Das kommt davon, wenn einer unter dem Morgenmantel nix anzieht.

Es gelang mir, den Hund am Halsband zu packen, dann zog ich daran und schob mit den Knien in Richtung Rumpelkammer nach, schubste den Wauwau durch den Türrahmen. Drängte noch ein kleines Stück weiter, und mit einem Winseln des reinen Entsetzens segelte das Hundetier ein Stockwerk tiefer und landete mit auf Autolack quietschenden Krallen. Sorry, Schätzchen, es war nur halb absichtlich. So eine Spontanaktion. Aber bei dem höllischen Gebell, das er jetzt von sich gab, konnte er sich nicht schwer verletzt haben.

Arianna beugte sich im Garten über den stöhnenden Hausherrn. Sie sah zu mir herauf.

»Er hat's überlebt! Alles noch dran! Los, Deborah, hol die Autoschlüssel und komm runter. Schnell! Daniele hat zwar wahrscheinlich nichts gehört, das Gästezimmer liegt auf der anderen Seite des Hauses, aber man kann nie wissen. Rechte obere Schublade!«

Ich fand sie sofort. Feine graue Marmorfliesen den Flur hinunter, ein hübscher türkisfarbener Läufer, feine Intarsienarbeiten an der Spiegelkommode. Ein unausgeschlafenes Gesicht im Spiegel. Diese Ringe unter den Augen konnte man einem spanischen Kampfstier durch die Nase ziehen. Außerdem mußte ich Haareschneiden gehen. Bald! In Milano! Nach einem ausgedehnten Frühstück, einer Dusche und vielen Stunden Schlaf! In genau dieser Reihenfolge. Elfenhaft schwang ich mich in der frischen, tauklaren Morgenluft über das Ziergitter, was konnte mich jetzt noch aufhalten?

Arianna stand schon am Garagentor. Ich warf ihr die Schlüssel zu. Hepp! Der zweite Schlüssel, den sie probierte, paßte.

Sie öffnete die Tür, da fing drinnen von neuem ein ganz

mörderischer Radau an. Oh, den Wauwau hatte ich glatt vergessen.

»Vorsicht, Arianna, der Hund!« rief ich.

»Was?«

Es war schon zu spät, aber überdies war es auch egal, denn der arme Mißhandelte rannte laut »WaHu, WaHu« rufend in den Garten und verschwand im Pinienwäldchen. Wir befreiten die Trittleiter aus ihrer mißlichen Lage und stiegen ins Auto. Der Wagen sah gemein aus. Arianna setzte sich am Steuer zurecht wie eine Katze auf ihrem Lieblingskissen, startete, und dann rasten wir jubelnd wie die jugendlichen Ferkel aus dem Tor.

Als wir den Ort hinter uns hatten, atmete ich auf.

»Hast du keine Skrupel, Massimo so liegenzulassen? Wer weiß, wie er sich verletzt hat.«

»Soll Daniele sich doch um ihn kümmern.«

»Der schläft doch. Und wer weiß wie lange noch.«

»Dann wecken wir ihn eben auf.«

Sie deutete auf etwas, das ich erst jetzt wahrnahm. Ein Autotelefon!

»Ich kann Massimos Nummer sogar auswendig. Immer schon ein gutes Zahlengedächtnis gehabt.«

Sie strahlte mich an. »Warum sollst nur du immer so erfreuliche Telefongespräche führen dürfen?«

Murmelte die Nummer vor sich hin und drückte die Tasten. Klemmte sich den Hörer ans Ohr. Währenddessen brausten wir mit unverminderter Geschwindigkeit der Freiheit, einem Frühstück und einem Bett entgegen. Ich gab kleine glückliche Laute von mir.

»Geh ran, pazzo! Es gibt Arbeit«, knurrte Arianna. Dann ging die Sonne auf in ihrem Gesicht.

»Daniele, buon giorno, buon giorno. Sono io, tua cugina Arianna.«

Ich meinte am anderen Ende ein hysterisches Kreischen

zu hören, aber ich konnte mich auch getäuscht haben, und es war nur das Auto, das seine blauen Flecken bejammerte. Ich streichelte ihm entschuldigend über den Sitz.

»Beruhige dich doch, Daniele, es hat gar keinen Sinn, sich so aufzuregen, wir sind schon auf dem Weg nach Milano. Du solltest lieber mal im Garten unter dem Rosenspalier nachsehen, da wartet eine Überraschung auf dich. Oder sollte man besser sagen ›zwischen dem Rosenspalier‹? Und der Hund wäre wieder einzufangen. Er ist ein bißchen verstört, glaube ich.« Ich lag quietschend auf meinem Sitz. Arianna kniff mich ins Bein.

»Ach, und Daniele? Zieh dir was an unter dem Morgenmantel, bevor du losgehst. Man kann nie wissen.« Sie legte den Hörer auf, schenkte mir ein zärtliches Lächeln.

»Wie schön, daß du auf so einfache Weise zu erfreuen bist, Liebste.« sagte sie. »Meine Güte, habe ich einen Hunger.«

Irgendwann zwischen dem durchgestrichenen Ortsschild Ver… und Mailand brauchte sich die Euphorie auf.

Müdigkeit breitete sich aus zwischen uns. Getrenntes Schweigen, Gedanken in Vereinzelung. Ich wollte nicht einschlafen, das wäre lieblos gewesen. Arianna sang vor sich hin: »Amore, amore, domani voglio alzarmi presto.« Grinste dabei. Ich lächelte müde mit. Auf der Autouhr war es kurz vor sieben. Ich hatte nur noch verwaschene Empfindungen. Mir war kalt. Innen und außen.

»Ich bin fix und alle«, sagte Arianna. »Und du siehst aus wie Magermilch. Blau, wäßrig und nährstoffarm.«

»Du machst mir Komplimente, als wären wir seit zehn Jahren unglücklich verheiratet. Reizend.«

»Das war kein Kompliment. Komplimente mache ich nur über Dinge, die mir gefallen. Und so wie du jetzt aussiehst, Herzchen, das gefällt mir überhaupt nicht. Willst du nicht ein bißchen schlafen?«

»Nein, sonst mußt du ja ganz allein fahren.«

»Ich kann mir ja Massimos Cool-Jazz-Kram anschalten.«

»Grausig, bitte nicht! Diese Eiswürfelmusik. Lieber bleibe ich wach.«

Ich rutschte ein wenig tiefer in meinem Sitz, stemmte die Füße gegen die Ablage. Legte meine linke Hand auf Ariannas Oberschenkel. Es tat gut, ihre Nähe zu spüren. Sie warf mir einen schnellen Blick zu, legte ihre Hand auf meine.

»Wir sind einfach ein gutes Team«, sagte sie zufrieden. »Jetzt kann bis zum letzten Abgabetermin eigentlich nichts mehr passieren. Mamma mia! Jetzt spüre ich erst, wie angespannt ich die ganze Zeit war! Seit mehr als einem Monat dieses Theater. Immer die Angst, daß das passiert, was schließlich gestern nacht passiert ist. Und ohne deine Hilfe hätte ich es auch nicht geschafft, Deborah. Ich hätte sicher nur bibbernd in einer Ecke der Garage gesessen und darauf gewartet, daß sie mich zum Telefon zerren.«

Sie hätte es auch ohne mich geschafft. Wahrscheinlich hätte sie das Telefonkabel zerbissen.

»Aber eines verstehe ich immer noch nicht, Arianna.«

»Was denn?«

»Warum Massimo überhaupt so neidisch und eifersüchtig ist. Hat er denn auch eingereicht?«

Sie hielt die Augen geradeaus auf die Straße gerichtet. Wir näherten uns Mailand. Langsam begann der morgendliche Berufsverkehr.

»Nein, er hat es nicht rechtzeitig geschafft.«

»Aber dich dann daran hindern zu wollen einzureichen ist ja ganz schön gemein. Wieso so eine miese Art von Kleinkrieg? Er hätte dir doch einfach den Vorteil lassen können. Warum bekämpft er dich so?«

Sie sah mich von der Seite an.

»Hm.«

»Was denn ›Hm‹?«

»Deborah, ich glaube, du solltest doch die ganze Geschichte wissen. Ich wollte dir eigentlich so wenig wie möglich davon erzählen, aber durch die Ereignisse hast du Stück für Stück doch alles erfahren. Und nach dem, was letzte Nacht war … Ich habe dir nicht alles erzählt, weil ich nicht wußte …«

»Du hast mir überhaupt nichts erzählt!«

»… weil ich nicht wußte, wie du darauf reagieren würdest. Ich … ich … wir hatten einfach eine so schöne Zeit miteinander, und ich wollte das nicht gefährden, was zwischen uns war. Und irgendwie habe ich auch bis jetzt immer noch gefürchtet, du könntest doch zu Massimo gehen und mich verraten.«

»Das ist ja eine nette Eröffnung. Weißt du, inzwischen könntest du mich auch besser kennen.«

»So war es eben. Und wie lange kennen wir uns denn, Deborah?«

»Ungefähr dreitausend Jahre. Wir waren ein Liebespaar in Atlantis.«

»Gran bambina«, sagte sie. Das heißt soviel wie Kindskopf.

»Laß uns erst mal in Mailand ankommen. Ich bin fix und fertig. Ich möchte irgendwo Kaffee trinken und frühstücken. Ich brauche eine Unterlage im Magen für das große Geständnis. Wir werden ja sehen, was du dazu sagst.«

La gran confessione. Ich brauchte auch eine Unterlage.

Wir fuhren schon durch den Stadtverkehr. Der Morgen hatte klare Farben und so scharfe Konturen, daß alles um uns herum wie Plastik aussah.

Arianna steuerte ein Café an, das sie kannte.

»Von hier aus können wir zu Fuß nach Hause laufen. Die Autoschlüssel schicke ich dann bei Massimo im Büro vorbei, mit einem freundlichen Briefchen, wo die Kiste geparkt ist. Und ein paar hunderttausend Lire. Für den Onkel Autodoktor.«

Wir fanden eine ruhige Ecke im Café della Libertà. Sehr sinnig! Arianna rutschte auf die rotplüschige Bank, und ich setzte mich ihr gegenüber. So konnte ich mich goldumrandet im Spiegel sehen, vor graumeliertem Fliesenfußboden, einer mahagonifarbenen Einrichtung und weißen Wänden. Arianna bestellte Kaffee, viel Kaffee und Hörnchen. Viele Hörnchen. Mit und ohne Puderzucker, mit und ohne Marmelade, mit und ohne Puddingfüllung. Um uns wollüstig den Wanst vollzuschlagen.

Nach dem dritten Kaffee setzte ich mich neben Arianna auf die Bank. Wenn ich einem Spiegel gegenübersitze, kann ich nicht konzentriert zuhören, denn dann muß ich mich immer voller Narzißmus selbst beglotzen.

Arianna spielte mit dem Zuckerstreuer. Zuckerstreuer auf Teller, Krümel an Zuckerstreuer, wieder herunter auf Tisch, Krümel auf Tisch, Zuckerstreuer auf Serviette, Krümel vom Tisch auf Teller fegen ... Sie machte mich fertig!

»Geht's jetzt los?« fragte ich.

Sie fischte etwas Fliegenartiges vom Tellerrand, das eben in gelbem Marmeladenschleim zu ertrinken drohte.

»Aber du hörst mir zu, bis ich zu Ende bin, ja?«

»Wie viele Leichen pflastern deinen Weg denn?«

»Keine. Aber sonst ein paar weniger nette Dinge. Und ich halte dich für ein moralisch denkendes Wesen, Deborah. Mitfühlend, gerechtigkeitsliebend und fair.«

»Ich glaube, ich muß dringend was für mein Image tun. Das ist ja unerträglich!«

»Nun gut! Ich habe Massimo auf so einer Architektenparty kennengelernt, die eine Bekannte aus Lucca gab. Ich bin ja öfter in Lucca, wegen Oma und wegen der Wohnung, und Massimo baute zu der Zeit gerade dort. Er war mir von Anfang an nicht sonderlich sympathisch, so ein jovialer Angebertyp, aber er lungerte dauernd um mich herum und wollte mit mir quatschen. Irgendwann kamen wir darauf, daß ich plante, mich an dem Wettbewerb von Senatsverwwaltüng Fur Pauund Vonüngsvesen a Berlino zu beteiligen. Ich machte ein paar Andeutungen über meine Vorstellungen und Ideen, und da meinte er, mir mit väterlichem Rat zur Seite stehen zu müssen. Dann kam heraus, daß er auch einreichen wollte. Ich fand ganz spannend, was er vorhatte, und da er sowieso ein begehrliches Auge auf mich geworfen hatte, lud ich mich am nächsten Tag in sein Büro ein, um mehr darüber zu erfahren. Er war auch sehr stolz, mir seine Pläne zu erklären, krittelte arrogant an den meinen herum und tätschelte gleichzeitig mein Knie, was ich in dieser Kombination doppelt widerlich fand. Seine Pläne aber waren ziemlich genial. Wie genial, habe ich eigentlich erst begriffen, nachdem du mir mehr von der aktuellen Berliner Situation erzählt hattest. So hautnah wußte ich ja nichts über die Stadt. Meiner Ansicht nach ist es genau das, was da gebraucht wird, nur ein wenig verbesserungsbedürftig. Weniger ästhetisch, mehr auf die alltäglichen, praktischen Bedürfnisse der Menschen ausgerichtet. Weniger steril, weniger protzig, dafür Platz für eigene Ideen. Für Leben. Für Spielereien. Hoffentlich sieht das Senatsverwwaltüngg Fur Pauund Vonüngsvesen auch so.«

»Wieso, ich denke, Massimo hat die Unterlagen nicht eingereicht.«

»Nein, aber ich.«

»Du? Wieso..? Du hast… Aber…?«

Sie legte eine offene Hand einladend auf den Tisch. Als ich nicht darauf reagierte, zog sie meine um die Kaffeetasse gewickelte Hand in ihre. Sah mir in die Augen und sagte langsam, zum Mitschreiben:

»Ich habe mit Massimo ein Verhältnis angefangen, und dann hab ich ihm die Unterlagen geklaut. Zu einem Zeitpunkt, als sie noch unfertig genug waren, daß ich meine Ideen darin unterbringen konnte, als es aber gleichwohl zu spät für ihn war, die ganze Arbeit aufzuholen. Es war an einem Montagnachmittag, während der Mittagspause in seinem Büro. Wir hatten dort miteinander geschlafen, was er absolut aufgeilend fand, sozusagen unter den Augen der Sekretärinnen, und er schnarchte auf seinem Bürosofa. Da bin ich aufgestanden, ich wußte ja, wo das Zeug lag. Der Schreibtischschlüssel war in seiner Hosentasche, und die Hose hatte er ja gerade nicht an.«

Ich saß da und fror.

»Warum hast du das gemacht?«

»Seine Grundidee war so gut, wie meine nie hätte sein können. Aber ich wollte, daß meine Variante davon gebaut würde. Mein jetziger Entwurf ist besser, als seiner je geworden wäre.«

»Aber was du gemacht hast, ist strafbar!«

»Gott ja, Dummheit ist auch strafbar. Er war so blöd, sämtliches Material an einem einzigen Ort aufzubewahren, und er hütete es eifersüchtig. Niemand sonst wußte Genaueres über seine Pläne, er konnte nicht beweisen, daß die geklauten seine waren. Mir hat er den ganzen Kram gezeigt, weil er dem kleinen dummen Häschen imponieren wollte. Um mich rumzukriegen. Was er damit ja auch geschafft hat.« Sie kicherte.

»Und du hast, nur um an die Unterlagen zu kommen, mit ihm …«

»Welche Version wäre dir denn lieber? ›Ja, ich fand es ziemlich widerlich und habe nur mit ihm geschlafen, um an die Unterlagen zu kommen.‹ Oder: ›Nein, ich habe ihn innig geliebt, bin total auf ihn abgefahren, und die Unterlagen zu klauen war so ein Ausrutscher. Eigentlich wollte ich sie mir übers Bett hängen, aber dann hab ich sie doch eingereicht.‹ Oder irgend etwas dazwischen.«

»Ich weiß nicht, welche Version mir lieber ist. Ich weiß nicht einmal, welche Vorstellung mir weniger unangenehm ist.«

»Such's dir aus, du hast die Wahl.«

»Ich bin zu müde, um weiterzudenken.« Ich hatte zu keiner der möglichen Varianten ein Gefühl, nur mein Kopf sagte mir, daß... aber nicht einmal mein Kopf sagte noch irgend etwas.

»Ich möchte ins Bett, Arianna. Ich kann nicht mehr.« Moralische Kategorien waren mir im Moment scheißegal.

»Was denkst du denn jetzt von mir?«

Es durchblitzte mich salomonisch. In meinem Zustand würde ich keine verbindlichen Aussagen mehr machen. Nicht meiner Geliebten gegenüber. Und nicht ohne Anwalt.

»Ich denke, daß ich mich nicht in deine Angelegenheiten einmischen sollte.«

Es ist ja nicht so, daß wir nicht lernfähig wären, Madame.

Sie bekam das Gesicht einer Vampira. Sangue und Amore zusammen in einem Moment.

»Dein verdammtes Glück, mein Herz.«

Ich entzog ihr meine Hand, die sie die ganze Zeit festgehalten hatte. Fühlte mich augenblicklich einsam.

»Ich glaube dir nicht, daß du keine Meinung dazu hast«, sagte sie. »Aber das ist auch egal. Du gehörst jetzt dringend ins Bett.« Sie winkte dem Kellner, zahlte unser Frühstück. Stand auf, kam um den Tisch herum. Zog mich von der Bank hoch und legte den Arm um mich.

Es tat gut, ihre Nähe zu spüren.

»Testa«, sagte ich, tippte gegen meine Stirn, »dentro cervello. Agitato, confusione.«

»Ach, Deborah!« antwortete sie zärtlich.

Es war halb drei, ein sonniger Nachmittag, als ich in Ariannas kleinem Appartement aufwachte.

Sie lag mit offenen Augen träumend neben mir, streckte sich, als sie sah, daß ich wach war.

»Buona sera, wie geht's dir?« fragte sie.

»Ganz gut. Als wäre ich gestern zu lang in der Disco gewesen. Und dir?«

»Ich bin ein völlig neuer Mensch. Gestern noch ein völliges Nervenbündel, und jetzt fühle ich mich wie frisch aus dem Urlaub. Ach, das Leben ist doch wunderbar. Ob man wohl herausbekommen kann, was mit Massimo passiert ist? Ich würde zu gern einen Blumenstrauß schicken.«

Seit ich die eher unfeinen Sequenzen der Affäre Lazzarini/Ceragioli kannte, war ich nicht mehr so voller Schadenfreude. Es brachte mein bequemes Schwarzweißdenken ins Wanken. Ich stützte mich auf meinen rechten Ellenbogen und sah nachdenklich auf das mausblonde Gift neben mir herab. Streichelte den hellen Streifen an ihrem Handgelenk, wo sonst die Armbanduhr saß. In den letzten vierundzwanzig Stunden hatte ich so viele Ariannas kennengelernt, daß ich nicht mehr hinterherkam. Aber ich vermutete, daß ich einige von ihnen nicht besonders leiden konnte. Hätte gerne zurückgespult, zu jenem unschuldsvollen Abend bei Lastrucci, als sie mich draußen an den Felsen umarmte und ich sie schlicht und aus reinem Herzen liebte.

Das war vor vier Tagen gewesen.

Arianna strich mir über die Nasenwurzel.

»Meine Mutter hat immer gesagt: ›Mach nicht solche Falten, Kind, sonst kriegst du keinen Mann.‹ Allerdings kann ich nicht behaupten, daß ich diese Aussicht jemals als bedrohlich empfunden hätte. Was denkst du, Deborah?«

»Nichts von öffentlichem Interesse«, sagte ich. »Interna!«

Sie grinste.

»Häschen, ich liebe dich!« Sie zog meinen Kopf zu sich herunter. Kisses, sweeter than wine. Trotzdem kann ich nicht lieben mit verschlossenem Herzen. Ich schmiegte mich an ihre Schulter, schloß die Augen, wartete, bis es weniger weh tat.

Dann sah sie auf den Wecker.

»Kurz vor drei schon. Deborah, es tut mir leid. Ich muß unbedingt noch ein paar Stunden ins Büro. Ich habe gestern beim Aufräumen soviel Liegengebliebenes gefunden. Mir ist richtig schlecht geworden. Dieser Spontanurlaub, so schön er war, jetzt macht er mir erst mal Bauchschmerzen.«

Sie schmatzte mir einen viel zu lauten Kuß aufs Ohr, stand auf, hinterließ eine leere Stelle neben mir.

»Mach's dir bequem hier, ja? Oder schau dich ein bißchen in der Stadt um. Ersatzschlüssel liegen in meinem Schreibtisch. Im Bücherregal bei den Reisebüchern ist ein Stadtplan. Mailand ist eine interessante Stadt, es gibt viel zu sehen. Wahrscheinlich wie in Berlin.«

Während des Redens nahm sie Klamotten aus dem Schrank, wählte schließlich ein Paar dunkelblaue Jeans, eine weiße Bluse, dazu zog sie das helle Baumwolljackett aus der Reisetasche, das sie in der Via del Fosso angehabt hatte. Als Freund Daniele ihr die Fluppe angezündet hatte.

»Willst du das wirklich anziehen?« fragte ich. »Es ist ziemlich zerknittert.«

»Du hast recht. Es sieht ein bißchen nach Ziegenstall aus.« Sie legte es beiseite und holte ein anderes Jackett aus dem Schrank.

»Handtücher sind im Badezimmer. Wenn du dir Kaffee machen willst, die Espressokanne ist im linken Küchenschrank. Aber Milch ist keine da. Ich glaube, auch sonst gibt es wenig Eßbares. Ach, mach einfach, wozu du Lust hast. Wir sehen uns heute abend. Vielleicht ruf ich dich zwischendurch mal an.«

Sie ging ins Badezimmer. Ich stand lustlos auf, zog mir ein T-Shirt über, ging ihr nach.

Saß auf dem Klodeckel, sah ihr bei ihren kosmetischen Verrichtungen zu. Das hatte ich früher schon gern bei meiner Mutter getan, wenn sie abends ausging. Im Schlafanzug auf dem Klodeckel gesessen und bewundernd festgestellt, was für eine schöne Frau sie war. Und wie sie im Laufe der Prozedur immer noch schöner wurde. Am schönsten fand ich das kleine Stückchen Lidstrich im äußeren Augenwinkel, das eigentlich gar nicht zu sehen war; das wie eine natürlich zum Auge gehörende Linie wirkte und doch die Form des Auges so entscheidend veränderte. Von diesem Geheimnis wußte nur ich, diese Linie gehörte nur mir.

»Wäre es nicht schön, wenn du nach Berlin kämst?« fragte ich.

Sie kippte den Spiegel, bis unsere Blicke sich trafen. Sah mich mit weichen Augen an.

»Ja, das wäre schön.«

Dann war sie fertig, schlüpfte in flache, weiße Pumps und gab mir einen duftenden Kuß. Sie benutzte ein Herrenparfüm.

Und ließ mich im Schlafanzug zurück, so wie mich meine Mutter immer zurückgelassen hatte. Mit wundem Herzen. Ich habe es ihr nie gesagt.

Ich widerstand der Versuchung, wieder ins Bett zu gehen, zog mir das T-Shirt über den Kopf und ging unter die Dusche. Zog irgendwelches einigermaßen passables Zeug an, suchte den Stadtplan, um mich zu orientieren. Dann ging ich einkaufen. Für ein Candlelight-Dinner. Nicht viel, aber erlesen. Stöberte in einer Buchhandlung herum, fand und kaufte ein paar Bücher von Fruttero & Lucentini, machte ein paar italienisch aussehende Fotos, schrieb eine Karte an die Frauen vom Beratungszentrum in Berlin, dessen Finanzen ich demnächst unter die Lupe nehmen sollte.

Hätte fast ein paar Schuhe erstanden, die sie, Göttin sei Dank, in meiner Größe nicht da hatten. Dann ging ich zum Friseur und hatte endlich die Ohren wieder frei.

Als ich Ariannas Wohnungstür aufschloß, hörte ich das Telefon, aber das Gespräch war weg, bis ich die Einkäufe und mich zur Tür hineingeschoben hatte. Mit einem sinnlosen »Pronto« auf den Lippen stand ich da, den tutenden Hörer am Ohr, dünngeschnittenen Schinken und Meeresfrüchte in der Plastiktüte an meiner Seite baumelnd.

Arianna kam später, als ich gedacht hatte, ich hatte inzwischen schon Stulle gegessen, las im Wohnzimmer Fruttero & Lucentini. Ich legte das Buch aufs Gesicht, daß der Buchrücken knirschte, und begrüßte Arianna im Flur.

Sie wirkte sehr zufrieden.

»Oh, du hast eine neue Frisur? Schön geschnitten, steht dir gut.«

»Möchtest du was essen?« fragte ich. »Ich habe Antipasti gekauft. Meeresfrüchte, Schinken, Artischockenherzen in Öl, Oliven, lauter feine Sachen. Und einen Wein dazu?«

»Nein, jetzt nicht, Deborah, danke.« Sie streifte die Schuhe von den Füßen, hängte das Jackett auf. Die Jeans machten unbestreitbar einen knackigen Hintern.

»Aber du mußt doch...«

»Ich hab schon... Ich war bei Lorenzo und Gianfranca, habe Spaghetti gegessen. Ach, das Arbeiten hat mir richtig gefehlt!«

»Du hättest mich doch anrufen können. Ich hätte doch hinkommen können zu Lorenzo e Gianfranca.« Ich übte mich zunehmend im Gebrauch der Konjunktive.

»Ich hab's zwischendurch mal versucht, da warst du nicht zu Hause. Außerdem brauchte ich mal wieder etwas Zeit für mich allein.«

»Deshalb hast du es dann auch kein zweites Mal probiert.«

»Richtig, habe ich nicht. Tiziana läßt dich grüßen. ›Schöne Grüße an die geographische Verirrung‹, soll ich ausrichten.«

»Danke, sehr freundlich«, sagte ich mißgelaunt, versuchte, ins Wohnzimmer zu entkommen.

Sie hielt mich am Arm fest.

»Deborah, magst du nicht doch einen Wein öffnen?«

»Wozu? Es gibt weder einen Grund noch einen Anlaß.« Mittlerweile war ich manchmal schon in der Lage, geistreich zu sein auf italienisch.

»Doch! Wir könnten zum Beispiel auf Berlin trinken. Ich habe heute da angerufen.«

»Ja? Und?«

Sie hatte gewonnen! Sie kam nach Berlin!

»Nun, es ist ja noch immer nichts entschieden. Aber sie waren recht nett da und geduldig, als ich mit meinem Kauderwelsch aus Englisch und Französisch anfing, Fragen zu stellen. Wo doch das einzige Wort, das ich auf deutsch kann, ›Gechirnnershützerüng‹ ist.«

Na ja, es gab mittlerweile ein paar mehr. Aber die waren nicht salonfähig.

Ich holte die gut gekühlte Weinflasche aus dem Eisschrank, dazu zwei ebenfalls gekühlte Gläser. Manchmal zeige ich durchaus Stil. Aber meistens aus Liebe, nicht einfach nur l'art pour l'art. Öffnete die Flasche. Schenkte ein.

»Also auf Berlin.« Ich hob mein Glas. »Daß du gewinnst und viele schöne Häuser baust.«

»Nur eins, mein Schatz, nur eins, aber ein großes! Ich hab mir übrigens morgen vormittag frei genommen. Um dir etwas von Mailand zu zeigen. Zum Beispiel den Dom und die Galleria. Nachmittags muß ich dann allerdings ein bißchen arbeiten. Aber du findest dich ja auch ohne mich zurecht.«

Natürlich. Zurechtgefunden hab ich mich immer.

Es waren schwierige Seilnummern, die wir an diesem Abend aufführten. Auf einem Bein, mit graziös gestrecktem Fuß, ohne Sonnenschirm und Balancestange.

Ich bestand darauf, sie zum Einschlafen in den Arm zu nehmen.

In der Nacht schreckte ich ein paarmal auf, lag einige Zeit wach. Dachte zum ersten Mal seit Tagen an Louise. Ich mußte sie anrufen. Nach meinen Sachen fragen, nach der Steuererklärung fragen, nach Daniele fragen. Fragen, ob sie mich noch mochte.

Am Morgen war ich immer noch schlecht gelaunt. Das Wetter war scheußlich schön, und ich mochte nicht aufstehen. Arianna lief schon swingend, frisch geduscht und duftend zwischen Badezimmer und Küche hin und her.

»Komm, mein Herzblatt, steh auf und mach nicht so ein mißgelauntes Gesicht. Die Sonne scheint.«

»Das kann sie auch ohne mich.«

»Was ist, hast du schlecht geschlafen?«

»Ja.«

»Soll ich dir einen Aufwachtee kochen? Garantiert ohne Schlafmittel!«

»Nein. Du könntest wieder zu mir ins Bett kommen. Ich brauche Trost und menschliche Nähe.«

Sie setzte sich auf den Bettrand, fuhr mir durchs Haar.

»Ach nein, Deborah, ich mag jetzt nicht. Für die Bergeinsamkeit hat es gepaßt, den halben Tag im Bett rumzugammeln, aber hier in Mailand würde mich das ganz kribbelig machen. Komm, steh auf, mein Engel.«

»Ich mag nicht in der heißen, staubigen Stadt herumlaufen!«

»Komm, wenn du schon in Mailand bist, mußt du dir wenigstens den Dom anschauen.«

Na gut, Touristenprogramm. Ich wäre lieber mit Arianna

zu Hause gesessen, hätte sie auf dem Sofa in den Armen und dazu den Mund gehalten.

Ich duschte und trank folgsam meinen Tee. Vergriff mich am Schinken. Wenn sich sonst schon niemand dafür interessierte. Arianna kam summend in die Küche. Sie sah sehr städtisch aus, trug Ohrstecker mit kleinen Smaragdsteinen, einen weißen Leinenanzug, die Schuhe passend zu den Ohrringen, das möchte ich einmal im Leben fertigbringen, Schuhe passend zu Ohrringen zu tragen, ein weißes Band in den Haaren, wunderschön, Arianna, soviel Gesicht. Ich putzte mich mehr auf, als ich eigentlich vorgehabt hatte. Es war schöner, mit ihr zusammen schön zu sein, als allein.

Ich trabte in ihrem Windschatten hinter ihr her, als sie rasch die Via Mazzini überquerte, sich zwischen dem schnell fließenden Verkehr durchschlängelte, wie es nur in Italien gebürtige Menschen können. Denn diese Art der Straßenverkehrsordnung muß man mit der Muttermilch eingeflößt bekommen.

Auf der anderen Straßenseite nahm ich ihre Hand. Sie lächelte mich aus weiter Ferne an.

»Deborah ist immer noch Deborah«, sagte ich. »Aber Arianna ist nicht mehr Arianna.«

»Wie?«

Gegen den Verkehr gebrüllt, klang der Satz zugegebenermaßen weniger philosophisch. Sie sah mich traurig an. Und, wie ich meinte, ein wenig mitleidig. Aber vielleicht täuschte ich mich, und es war nur mein Mitleid mit mir selbst.

Als wir schließlich am Domplatz ankamen, war es fast Mittag und heiß wie im Backofen. Der Platz vor dem Dom war voller Menschen, Touristen und Einheimische. Es gab Straßenverkäufer mit Karren voller Souvenirs, Menschen in Cafés, Menschen allein und in Gruppen, Motorinos, Fahrräder, Kinderwagen, Fotoapparate, Einkaufstaschen,

Handtaschen, Rucksäcke, Tauben, Katzen, Hunde, Pumps, Sandalen, Turnschuhe. Ich sah an der Fassade des Doms hinauf.

»Ist das nicht ein wundervolles Bauwerk?« rief Arianna. »Mein Gott, sich so was auszudenken!« Sie strahlte mich an. »Komm, wir gucken uns die Stadt von der Kuppel aus an! Willst du mit dem Aufzug fahren oder zu Fuß gehen?«

Ich wollte überhaupt nicht auf die Kuppel.

»Ach, lieber fahren. Da muß ich vielleicht nicht ganz soviel Angst ausstehen wie auf irgendwelchen frei in den Wolken schwebenden Treppenstufen.«

Höhenunterschiede hatte ich in den letzten Tagen sowieso genügend überwunden. Autodächer, Trittleitern, Treppen im freien Raum, Rosenspaliere.

»Die Treppen sind nicht freischwebend. Und um das ganze Dach herum ist eine Brüstung. Du mußt keine Angst haben!«

Hast du eine Ahnung von Höhenangst, mein freischwebender Engel!

Arianna löste zwei Karten für den Accensore.

Vor dem Aufzug warteten die Menschenmassen.

»Hier deine Karte, falls wir uns im Gedränge verlieren«, sagte sie.

Die Plattform empfing uns mit der gleißenden Helligkeit des weißen Sandsteins. Ich merkte, wie meine Pulsfrequenz stieg. Um das grüne, spitz zulaufende Dach des Kirchenschiffes herum spazierten viele Leute, lehnten an der Brüstung und sahen auf die Stadt hinunter. Die Sicht war umwerfend im Fönwind, weiße Nebelstreifen am Horizont. Wie mir Arianna erklärte, die Trentiner Alpen.

Mir war gar nicht wohl, so weit oben, und wenn ich die steinernen Heiligen ansah, die weit draußen in der Fönluft auf ihren schmalen, gotischen Zuckerbäckersäulen standen, war mir noch viel unwohler. Mit sehr gemischten Gefühlen sah ich hinunter auf die Piazza, hinein in die Galleria, umklammerte das Geländer. Arianna legte fest den Arm um mich, gab mir einen Kuß auf die Backe.

»Ich glaube, die einzige Möglichkeit, dir zu entkommen, mein Liebling, ist, dich auf einer Aussichtsplattform mit Höhenangst zu beschäftigen und sich davonzustehlen«, sagte sie.

»Da bin ich allerdings auf andere Dinge konzentriert als auf Nachspionieren. Da versuche ich, mein Leben zu retten.«

Lachend ließ sie mich los, ihre Hand streifte über meinen Rücken.

Das Gewühl unten glich der berühmten Ameisenstraße. Ich stieg auf den untersten Vorsprung des Mäuerchens, um besser darübersehen zu können, und hielt mich an der Brüstung fest. Das Pflaster unten auf dem Platz bildete graue und weiße Zacken und Bögen. Ich sah auf die vielen Köpfe hinunter, schwarze, braune, rote, graue, blonde, mausblonde, wie sie ebenfalls Muster formten, durch ihre Bewegung, Zacken, Bögen, Linien und Kreise. Stand mit den Tauben, die draußen den Zuckerbäckerheiligen auf den Köpfen hockten, auf derselben luftigen Höhe. Die Wahrnehmung aus der Perspektive der geflügelten Geschöpfe. Die Sonne brannte mir auf den Kopf und auf die bloßgelegten Ohren. Soviel Angst hatte ich gar nicht.

Das Leben unten zog sich ein wenig in den Schatten der Häuser und in die Cafés zurück. Es wurde stiller auf dem Platz, die Menschen suchten die Kühle. Ich hatte Lust auf ein Eis. Einige der Straßenhändler ließen die Planen an ihren Karren herunter. Unten waren die einzelnen Menschen klarer unterscheidbar, die Augen liefen sich nicht mehr blind beim Beobachten. Ich verfolgte eine Gruppe von in bunte Saris gekleidete Frauen, bis sie zwischen den Häusern verschwand.

Auch hier oben waren jetzt weniger Stimmen, weniger Geräusche zu hören. Touristen sind so hitzeempfindlich wie ihre Fotoausrüstungen. Das zarte Gurren der Tauben und die leisen Flötentöne des Windes, der mir leicht durchs Haar fuhr, waren deutlicher zu hören. Mir war so wohl, wie mir bis jetzt in der ganzen Zeit, die ich in Mailand war, zuvor nie gewesen war. Felsnasen und Kirchtürme. Es tat gut, wieder einen weiten Blick zu haben. Ich stieg von meinem Vorsprung herunter und drehte mich um.

Arianna war verschwunden.

Einen Augenblick lang war ich zutiefst erschrocken. Dann fing ich mit klopfendem Herzen an, sie zu suchen. Ich wußte, daß sie nur auf die andere Seite des Daches hinübergegangen war. Ich wußte, daß es hier oben nicht schwierig war, sie wiederzufinden. Ich suchte einmal um das ganze Dach herum, kletterte dann auf die grüne Schräge, um einen besseren Überblick zu haben. Aber es gab ja keine Menschenmenge mehr, in deren Mitte sie verborgen sein konnte. Einzelne Paare und Familien standen an den Brüstungen und zeigten einander die Aussicht. Einige Menschen gingen in Richtung Treppe oder zum Aufzug. Die Augen liefen sich nicht blind. Es wäre unmöglich gewesen, Arianna zu übersehen.

Ich ging zurück zu der Stelle, an der ich vorher gestanden hatte, von der aus ich die Piazza überblicken konnte.

Unten ging eine mausblonde Ameise eilig über den Platz. Selbst wenn sie es gewesen wäre, hätte sie mich auf diese Entfernung nicht gehört. Ich rief nicht.

Es dauerte eine Weile, bis ich bereit war, vom Olymp herunterzusteigen, aus den schwerelosen Gefilden der Seligen. In der Zwischenzeit stand ich dort an der Brüstung, sah auf den Domplatz. Die Sonne hatte ihren höchsten Stand erreicht. Nun waren die Muster ganz deutlich zu sehen. Ich streichelte der Steinrosette, neben der ich stand, tröstend über ihre Rundungen. Vielleicht würde ich einen Strauß roter Rosen zum Corso Garibaldi schicken. Mit einer leeren Karte. Kein Absender, keine Adresse, denn schließlich stehe ich in Berlin im Telefonbuch. Aber ich war mir nicht sicher, daß ich es tatsächlich tun würde, wenn ich unten auf dem Platz angekommen wäre.

La donna è mobile.

Dritter Teil

Belle nuit d'amour

All jenen wunderbaren MezzoSopranistinnen

Belle nuit, ô nuit d'amour
Souris à nos ivresses!
Nuit plus douce
ce que le jour,
O belle nuit d'amour!

Le temps fuit et sans retour
emporte nos tendresses,
Loin de cet heureux séjour
Le temps fuit sans retour …

Schöne Nacht, o Liebesnacht,
lächele unserem Rausch!
Nacht, viel süßer als der Tag,
oh, schöne Liebesnacht.

Die Zeit flieht und nimmt ohne Wiederkehr
unsere Zärtlichkeit mit.
Fern von jenem glücklichen Ort
flieht die Zeit und kehrt nicht zurück.

Es zog in der Kassenhalle der Oper. Feuchtkaltes Gedränge. Mit jedem Menschen, der die Türen zur Straße öffnete, umwehte uns ein neuer Schwall klammer Herbstluft, die postwendend in meinen schalfreien Halsausschnitt hineinkroch. Die Spuren ungezählter sumpfiger Schuhe auf den Fliesen des Marmorbodens. Es roch nach nassen Wollmänteln. Die Frau vor mir in der Schlange hatte einen Fuchspelz um den Hals, der aus braunen Glasaugen mitleidig meine dünnen Söckchen betrachtete. Ich war in letzter Zeit zu sehr auf meine schlechte Verfassung konzentriert gewesen, als daß ich auf das Wetter geachtet hätte.

Premierenvorverkauf für »Hoffmanns Erzählungen«. Eine meiner bevorzugten Opern, weil die Musik so ironisch ist, von Anfang bis Ende Blendwerk: Empfindsamkeit hinter Witz versteckt, hinter Popanz und Maske. Zitierte Gefühle statt direkter Ausdruck.

Was, wenn der Fuchspelz und seine Besitzerin die allerletzte Karte bekämen? Oder das blondhaarige Paar vor ihr? Oder der Typ, der so aussah, als könnte er sowieso jeden Schwarzmarkt-Wucherpreis zahlen? Noch sechs Leute vor mir. Ich wollte nur eine einzige Karte. Ich wollte, ich mußte Jeanette Guillaume als Olympia hören, live und leibhaftig. Von der Wärme ihrer Stimme mein tiefgekühltes Herz auftauen lassen.

Wie die Leute vor mir ganz gelassen miteinander plaudern oder entzückt im Spielplan blättern konnten, so ganz in Vorfreude auf kommende Genüsse! Das blonde Paar zog lächelnd mit zwei dunkelblauen Eintrittskarten davon. Auch Madame Fuchsschwanz war erfolgreich.

Und jetzt war ich dran.

»Einmal für die Premiere von ›Hoffmanns Erzählungen‹. Der Preis ist fast egal.«

Die Frau hinter der Scheibe nickte huldvoll: »Sie haben Glück«, sagte sie. »Das ist eine der letzten Karten. Es ist so gut wie ausverkauft.«

Ich seufzte erleichtert. Hatte dieses Gefühl des Auserwähltseins: Ich! (und vierzehnhundert andere). Das Rot ihres Pullovers war ein Rot der reinen Freude. Ich lächelte überschwenglich zurück.

»Kein Wunder, daß sich die Leute um die Karten reißen, wenn Jeannette Guillaume die Olympia singt. Ich hatte gar nicht damit gerechnet, noch einen Platz zu kriegen, und war schon ganz trübsinnig.«

Sie reichte mir das dunkelblaue Streifchen Papier heraus:

»So, einmal ›Hoffmanns Erzählungen‹, zweiter Rang, Seite, dritte Reihe.«

Ich seufzte hingerissen: »Sie ist sooo phantastisch.«

Die Kassiererin nahm meinen Geldschein in Empfang und nickte geschäftsmäßig zustimmend: »Obwohl die meisten Leute wohl eher den Brooks als Hoffmann hören wollen. Oder Alessandro Fanesini als Niklas.« Sie schüttelte den Kopf. »Diese Countertenöre! Ich weiß ja nicht! Auch wenn die jetzt in Mode sind, mein Geschmack sind sie nicht. Ich bin immer wieder irritiert, wenn ich einen Mann mit einer so hohen Stimme singen höre. Viele Leute kommen bestimmt aus Neugierde. Herr Fanesini ist ja inzwischen ein richtiger Star.«

Ich verzog das Gesicht: »Ich komme jedenfalls nicht wegen Herrn Fanesini. Ich mache mir auch nicht viel aus Countertenören. Ich hätte lieber eine Frauenstimme als Niklas.«

»Da sind Sie aber bestimmt eine Ausnahme«, sagte die Frau an der Kasse.

Ich nickte ihr in Abschiedsabsicht zu, verstaute die Karte im Portemonnaie, schnappte mir einen Spielplan. Draußen auf den »Linden« zogen bei aufklarendem Wetter die Ströme bunten Sonntagslebens einher. Es war Herbst geworden in den letzten Wochen, und ich hatte nichts davon bemerkt. Zuweilen hatte ich das Gefühl, die Liebe (jene, die mich so melancholisch machte) irrte immer noch zwischen Brenner und Bologna herum, den Daumen im Wind, auf der Suche nach einem schnellen Autostopp nach Mailand. Es wurde Zeit, daß ich wieder aus mir selbst herauskroch, aus dem Kokon aus Arbeit und Trübsinn. Der goldene italienische Sommer war ein für allemal vorbei. Dafür hing ein kupferner Berliner Herbst in den Bäumen, und Jeanette Guillaume sang die Olympia. Ich konnte mich ihrer Stimme erfreuen. Ich konnte wieder einmal am kulturellen Leben dieser Stadt teilnehmen. Ich konnte Frauen in der U-Bahn zulächeln.

Ich konnte vielleicht nicht mehr an Arianna denken.

Auf dem U-Bahnhof blätterte ich im Spielplan. Für den nächsten Sonntag war eine Werkeinführung zur Premiere von »Hoffmanns Erzählungen« angekündigt. Ich beschloß hinzugehen. Anderthalb Stunden, in denen mein Liebeskummer sinnvoll beschäftigt sein würde.

Zunächst aber war diese Veranstaltung im Konzertsaal der Oper eine Enttäuschung. Frau Guillaume könne leider nicht anwesend sein, da sie abends in Leipzig singen würde, verkündete der Moderator mit gramvoller Stimme. Daraufhin saß ich lustlos in meinem Sessel mit den verschnörkelten Armlehnen und studierte mißgelaunt die Anordnung der weißen Säulen. Vorne das Podium mit seinen Tischmikrofonen und in der Ecke ein schwarzer Flügel. Der anhaltend lächelnde Moderator stellte die verbliebenen Objekte der Begierde vor. Zur Rechten der amerikanische Regisseur, Henry Gould (Bärenjägerhüften mit Intellektuellenbrille), der Sänger des Hoffmann, Ray Brooks (beifallgewohntes Nicken ins Publikum über knöpfesprengender Tenorbrust). Zur Linken die Sängerin der Giulietta, Kristina Malikowsky (selbstsicheres Sporanistinnenlächeln unter Langhaar in Altgold), die Sängerin der Antonia, klein und dunkel, und dieser arrogante Pinsel und hochgelobte Countertenor, Alessandro Fanesini, der den Niklas singen sollte. Der eine norditalienische Haarfarbe hatte und sich nicht entscheiden konnte, ob er mit Machismo oder engelhafter Lichtgestalt beeindrucken wollte. Aber auf jeden Fall beeindrucken.

Der Moderator holte tief Luft und faltete die Hände über seinem Manuskript: »Ich freue mich sehr, daß Sie bei diesem schönen Herbstwetter so zahlreich erschienen sind! Ich hoffe, wir können Ihnen einen informativen Vormittag gestalten.«

Er dienerte enthusiastisch ins Publikum. Ich seufzte still und hörte seinen in Radioton vorgetragenen Ein- und Ausführungen nur halbohrig zu. Das Herz war schon wieder auf dem Weg nach Milano.

»Einer der reizvollsten Aspekte der Oper ist die Verflechtung von Wirklichkeit und Traum; von unerfüllt gebliebenen Sehnsüchten und Wünschen und der feindlichen Realität… der Dichter Hoffmann erzählt von drei seiner Geliebten, die eigentlich jede einen Aspekt seiner jetzigen Geliebten verkörpern: die gefühllose Puppe Olympia, die Kurtisane Giulietta, die empfindsame Künstlerin Antonia… Alle Handlungsstränge laufen in eine Richtung: Die Begegnung mit der realen, materialischen Welt bringt dem Dichter Unglück und Leid, er wird getäuscht, gekränkt…«

Das brachte alles keine neuen Erkenntnisse, ich überlegte, ob ich nicht zu Hause von Mailand weiterträumen sollte.

»... sein Freund Niklas schließlich, der eigentlich die Verkörperung der Muse und deswegen eine Frauenstimme ist, hat nur ein Interesse: daß Hoffmann keine glücklichen Liebesgeschichten erlebt, sondern sich ganz dem Dichten widmet, aber da sind wir ja bei einer wirklich interessanten Frage, Henry Gould ...«, er wandte sich an den Bärenfänger, »... an Sie als Regisseur. Warum wird Ihr Niklas von einem Mann gesungen?«

Ich horchte auf, hörte plötzlich gespannt zu. Jawohl! Warum?

Der Moderator blätterte eine Manuskriptseite um.

»Früher, eigentlich bis zu Rossini, waren hohe Männerpartien ja üblich und beliebt. Sie waren zuerst mit Falsettisten, dann, besonders in Italien, mit Kastraten besetzt, weil Frauen vielerorts gar nicht singen durften. Die hohe Stimmlage war in Mode, da sie das Jugendliche, Königliche und Göttliche, das Übermenschliche, worum es in den Barockopern ja immer geht, dem Zeitgeschmack nach am besten verkörperten. Und am allerbesten verkörperte dies die Kastratenstimme. Im 19. Jahrhundert, als die Kastration zunehmend als barbarisch galt, als es dann nur mehr wenige Kastraten gab, wurden diese Partien mit Mezzosopranen besetzt, als Hosenrollen also.«

Er blätterte wieder eine Manuskriptseite um. Wahrscheinlich wollte er über Kastraten promovieren, deshalb war er gar so gut vorbereitet.

»Andererseits wurden auch für Frauen ausdrücklich Hosenrollenpartien geschrieben, bei denen besonders mit dem Aspekt der nicht eindeutigen Geschlechtszugehörigkeit gespielt wird. Man denke an den ›Cherubino‹ in ›Figaros Hochzeit‹ oder an den ›Rosenkavalier‹. Und nun wenden sie sich ganz bewußt wieder den hohen Männerstimmen zu. Es ist, wenn ich das so sagen darf, recht unüblich, Mr. Gould, den Niklas mit einem Countertenor zu besetzen. Die Partie ist ja ursprünglich ausdrücklich für eine Frauenstimme, eben Hoffmanns Muse, geschrieben. Ist das eine Art Renaissance des Kastratentums?«

Gould schob einen imaginierten Kaugummi in die Backe und spitzte das Mündchen, bevor er sich der Anstrengung des Deutschredens unterzog.

»Nein, natürlich nicht. Weil, schon der Gesangstechnik ist ja ein ganz andere. Und die Stimmen von die Kastraten haben ganz anders geklungen als eine Countertenor. Die Kastratenstimme ist neutral, wie eine Musikinstrument. Bei die Countertenor ist immer zu horen, daß es ein Mann ist, und zwar eine ganze. Uenn also ›Renaissance‹, dann Renaissance von die Falsettisten. Nein! Ich uollte einmal horen, ob es auch männliche Musen in diese Uelt gibt. Und Sascha Fanejsinj ist perfekt dafür. Seit ich ihn kenne, uill ich diese Prouduksion mit ihm als Nijklas machen. Es gijbt männliche Musen, Siej uerden ejs hören. Ganz uonderbar.«

Sascha Fanesini senkte betont bescheiden den Kopf, strich sich die hellbraunen kurzen Locken zurecht. Wippte drei Achtel mit dem linken Macho-Stiefel.

Der Moderator wandte sich an ihn: »Herr Fanesini! Normalerweise sind Sie ja als Countertenor sehr auf die Opera Seria, die Barockoper, festgelegt, Sie haben den Xerxes gesungen, in Hamburg, den Orfeo und den Julius Cäsar. Und hier sind Sie jetzt außer für den Niklas auch für ›Orpheus und Euridice‹ engagiert. Das Repertoire eines Countertenors ist ja, was Bühnenrollen angeht, recht einseitig barock.«

»Ja, deshalb ist es um so schöner, jetzt den Niklas zu singen, wissen Sie, einmal eine ganz andere Art von Musik zu gestalten.« Fanesini machte ein Chorknabengesicht, schlug die Beine übereinander und wippte mit dem Fuß.

»Sie sind ja einmal als der ›Tenor mit der weiblichen Gurgel‹ bezeichnet worden. Das heißt, Ihre Stimme könnte man in Momenten beinahe für die einer Frau halten«, begeisterte sich der Moderator. Fanesini aber schien den Vergleich mit einer Frauenstimme nicht sehr zu mögen, denn er zog ein saures Gesicht. Wahrscheinlich war er ein heimlicher Sexist. Henry Gould lächelte inzwischen geheimnisvoll den Tisch vor sich an.

»Könnten Sie sich denn vorstellen, nicht nur Hosenrollen zu übernehmen, also Männerrollen, die sonst von Frauen gesungen werden, sondern richtige Frauenrollen?«

»Na ja, da kämen wohl nur komische Rollen in Betracht. Eine ernste Rolle verkäme bestimmt zur unfreiwilligen Parodie. Zur Zeit des Barock war es ja eine Selbstverständlichkeit, daß Männer als Frauen auftraten, aber heute würde jedes Publikum das nur komisch finden. Vorstellen könnte ich es mir schon. Mit dem Niklas verlassen wir ja bereits das klassische Repertoire eines Countertenors. Aber viele dieser Partien sind sowieso zu hoch für mich. Und warum sollte man eine Mezzopartie, die keine Hosenrolle ist, mit einem Countertenor besetzen, wo es doch Mezzosoprane gibt? Die das sehr viel besser können.«

Meine Rede, meine Rede. Der Mann wurde mir langsam sympathisch.

»Und welche Frauenrolle würde Sie am meisten reizen? Mal abgesehen von der Stimmlage. Und wenn es nicht unfreiwillig komisch aufgefaßt werden würde?«

Fanesini lächelte. Sehnsüchtig, wie ich fand.

»Brünnhilde! Oder Kundry! Nicht nur der Musik wegen, auch wegen der Rolle. Leider sind beide ja nun überhaupt keine Partien für einen Countertenor!«

Ich sah, wie des Moderators gerührtes Herz ihm zuflog. Auch im Publikum seufzte es hier und dort leise.

»Nun, aber ich denke, auch in Ihrem Stimmfach bereiten Sie dem Publikum mehr als genug Ohren- und Augenschmaus. Und deshalb würden wir doch gerne noch etwas von Ihnen hören, Herr Fanesini. Wären Sie denn bereit?« Er deutete auf den Flügel samt Pianistin.

Fanesini lächelte gewinnend ins Publikum. Jetzt eindeutig Sunnyboy.

»Aber gerne!«

Dann hinüber zu Kristina Malikowsky.

»Also dann das Herzstück, die Barcarole«, so als wäre ihm das gerade erst eingefallen.

Schmierenkomödiant!

Er stand auf und zog die Malikowsky mit einem unverschämt charmanten Handkuß vom Stuhl an seine Brust. Halb zog er sie, halb sank sie hin, oder so ähnlich. Sie überließ ihm aus lauter Betörung die Show. Er schritt männlich-entschlossen zum Flügel hinüber, stellte sich neben die Pianistin, drehte sich zum Publikum und dachte laut und wichtig:

»Also Venedig!« sagte er, breitete die Arme aus, spreizte die Finger.

»Sie müssen sich Gondeln vorstellen, eine warme Nacht im Süden, der Duft des Meeres, Wasser, das leise an Mauern und Brücken plätschert... Stellen Sie sich die Zinnen eines Palazzo vor. Dort oben steht ein weißgekleideter Jüngling.«

Er winkte die Malikowsky zu sich, nahm sie bei der Hand.

»Giulietta, eine höchst verführerische Frau, angebetet von allen Männern, einschließlich Monsieur 'offmann, steht auf einer Brücke und sieht ins sternenfunkelnde Wasser.«

Er stellte sich in Sängerpose. Beine breit, fester Stand.

»Da ertönt eine Stimme von oben. Gesang! Lieblicher, berückender Gesang!«

Gab der Pianistin ein Zeichen. Sie spielte ein paar Läufe, er holte Luft und begann zu singen. Und in diesem Augenblick verwandelte sich das Podium in jene phantasierte sternenblaue Nacht im Süden. Man konnte das Wasser riechen, Algen und feuchtes Holz, sah die Festbeleuchtung, die aus den Ballsälen der Adelshäuser herüberleuchtete, im Canale Grande gespiegelt. Ich hielt den Atem an. Giuliettas seidene Unterröcke raschelten, als sie sich dem schönen Musenjüngling zuwandte und ihn süchtig anstarrte. Fanesini sang nicht nur phantastisch, er spielte auch, spielte die Muse und verwandelte singend das leere Podium in eine südliche Nacht. Ohne Kulissen, ohne Kostüm. Und ich war wieder einmal auf Abwegen in Italien.

Am Samstag darauf kleidete ich mich schwarz und fein (die Schuhe, wie neuerdings immer, von Delbrouck) und fuhr zur Oper. Schlenderte durch die hellerleuchteten Flure, kaufte ein Programmbuch und beobachtete die Leute, wie sie die Leute beobachteten.

»Als Punsch gebraut wird, dringen die Zechgenossen in E.T.A. Hoffmann, ihnen einige seiner großen Liebesleidenschaften zu erzählen. In melancholischer Stimmung beginnt der Dichter: ›Der Name meiner ersten war Olympia‹«, las eine paillettenbesetzte Dame ihrer gelangweilten, halbwüchsigen Tochter vor. Der Name meiner ersten war Susanne, aber das tat hier nichts zur Sache. Ich betrat den Zuschauerraum und setzte mich auf meinen Platz.

Die Premiere war ein großer Erfolg. Jeanette Guillaume als Musikapparat Olympia sah aus wie eine Käthe-Kruse-Puppe in Abendrobe. Wenn sie mitten im Lied langsamer wurde, mit gespitztem Mund und großen erstaunten Knopfaugen einen Moment lang innehielt, so präzise, als käme wirklich ein Spielwerk zu Ende, lachte das Publikum amüsiert. Ray Brooks spielte einen eher deftig-volkstümlichen Hoffmann. Einen Säufer und Aufschneider und Geschichtenerzähler. Neben dem sein Niklas im hellen Anzug sehr jung wirkte, ein Knabe, noch gar nicht recht auf dem Weg zum Mann. Ein Ewigjunger, der schon ein Dutzend solch widerwilliger Dichter zum Sublimieren gebracht hat. Distanziert, mit einem belustigten »Dich krieg ich schon zum Schreiben«-Gesicht. Immer im rechten Moment da, die unglücklich verlaufenden Liebeshändel für seine Zwecke zu nutzen. Unnahbar bis auf eine einzige Szene: als er von der Zinne des venezianischen Palastes an einer aus dem Schnürboden hängenden Strickleiter auf die Bühne herunterkletterte und mit der Malikowsky die Barcarole sang. Das wirkte so hingegeben an die Musik, als wäre das Duett Niklas' Selbstbekenntnis, die Hymne, die die Muse sich selbst singt. Am Ende bekam er Bravorufe, daß die Ränge zitterten, und einen Vorhang nach dem anderen.

Ich verstand langsam, was Fanesinis Fans an ihm fanden. Kaufte mir eine Karte für die nächste Vorstellung von »Orpheus und Euridice«.

Saß drei Tage später wieder dort im zweiten Rang. Die Begegnung mit der realen, materialistischen Welt brachte auch mir nur Unglück und Leid, hatte ich beschlossen, auch ich wurde getäuscht, gekränkt, betrogen ... Gut, daß es die illusionäre Welt des Theaters gab.

Ich wartete wie immer mit diesem seltsamen Gefühl, daß sich vor meinen Augen eine Geschichte entrollte, deren Ende – ob glücklich oder tragisch – ich kannte, und das ich doch erwartete, als sei es mir völlig neu. Deren Figuren ein eigenes, wirkliches Leben hatten, über die Person hinaus, die ihnen in diesem Augenblick Körper und Stimme lieh. Figuren, die existierten, unabhängig davon, ob ihnen jemand zusah.

Flegelte mich auf meinem rotgepolsterten Sitz zurecht. Verwandelte mich mehr und mehr in ein Augen- und Ohrenpaar, den Körper in Stand-by-Position, abwartend, damit er mich nach der Vorstellung nach Hause tragen konnte.

Der Vorhang öffnete sich während der Ouvertüre auf eine griechische Gebirgslandschaft. Rechts und links Zypressen, die nach hinten die Sicht freigaben auf einen rotgoldenen Sonnenuntergang.

Der Chor, als Hirten und Hirtinnen getarnt, umstand einen lichten Rasenhügel und sang kummervoll. In ihrer Mitte an einer weißen, mit Blumengirlanden geschmückten Säule lehnend, Fanesini, als Orfeo in eine weiße Tunika gekleidet. Euridices Grabmal.

Stützte, da er noch nichts zu singen hatte, die edle Schläfe daran. In der Hand hielt er weitere Blumen, die er passend zur Musik auf den Kunstrasen fallen ließ. Er sah so gebrochen aus, daß ich davon überzeugt war, er würde seinen Einsatz verpassen.

Fanesini hob den Kopf, sah in Richtung des Orchestergrabens. Dort endete die Graslandschaft jäh an nackten Felsen, und drei in Stein gehauene Stufen deuteten den Weg in die untere Welt an. Das erste »Euridice« aus seinem Sängermund jagte mir die kalten Schauer den Rücken hinunter. Soviel Einsamkeit in einem einzigen Wort! Ich erklärte mir selbst, daß Fanesini verflucht gut sang und spielte, daß alles nur technisches Kalkül war. Bis in den dritten Rang hinauf sollten wir gerührt sein. Es half nichts. Die Qual des leidenschaftlich leidenden Jünglings brach sich die beabsichtigte Bahn in mein Herz, das stürmisch anfing zu klopfen. Sich an die Euridices in meinem Leben erinnerte und wollüstig mittrauerte.

Man nennt dies die kathartische Wirkung des Theaters.

Der Chor ließ Orfeo allein am Grabmal der Geliebten. Es trieb ihn sichtlich um, zwischen den einsam stehenden Lorbeerbäumen. Mit zornig geballten Fäusten, die er, unterstützt von den ebenfalls zornigen Streichern, gegen den grausamen Willen der Götter erhob, um danach wieder resigniert in sich zusammenzusinken und Blütenblätter zu zerzupfen. Lächelnd in plötzlichen Dur-Passagen. Hin- und hergerissen zwischen Bildern vergangener glücklicher Zeiten und der schrecklichen Realität.

Da war das Motiv schon wieder: die glückliche Illusion und die grausame Wirklichkeit.

Auf der Treppe zur Unterwelt lag ein weißes Seidentuch, hingeworfen oder verloren auf der eiligen Reise in die Schattenwelt. Orfeo wandte sich dem Felsengraben zu, hielt inne, als er das Tuch sah, hob es auf. Setzte sich und drehte wehmütig den Schal zu einer Seidenwurst. Ach, Euridice! Zwischen den Pappfelsen schlich sich Amor heran.

Ein kleiner Genius, eine lyrische Sopranistin, barfuß in weißem Spielhöschen und T-Shirt. Mit der wichtigen und zufriedenen Miene von Leuten, die gute Nachrichten zu überbringen haben.

Die Götter hätten Mitleid. Wenn es ihm gelänge, die Bewacher der Unterwelt, die mitleidlosen (und unmusikalischen) Furien mit Gesang zu rühren – wenn es ihm darüber hinaus gelänge, Euridice an die Oberwelt zu bringen, ohne sie anzusehen, dann würde sie wieder ins Leben zurückkehren. Furien durch Gesang rühren? Das tat einer wie Fanesini mit dem linken Stimmband! Auch wenn die Aufgabe irrwitzig schien: sich die Sehnsucht, Euridice wiederzusehen, aus dem Herzen zu reißen, um sie von den Göttern wiederzuerhalten. Daß sie, die schon jenseits der irdischen Mühsal war, ein Leben mit Orfeo den Seligkeiten des Paradieses vorzog.

Beherzt schritt er auf den Eingang zur Unterwelt zu. Doch bevor er in den Orchestergraben fiel, senkte sich der Vorhang zur Pause, und das Publikum drängte sich ins Souterrain zum Schnittchenessen. Ich ging die Treppe hinunter, durchs Foyer und hinaus auf die Straße.

Es war dunkel und kühl, und über den Linden der »Linden« zogen sich düstere Regenwolken zusammen. Wie jedesmal hoffte ich, Euridice würde ohne Widerrede mitgehen, hinauf ans Tageslicht. So wie ich jedesmal in der »Tosca« hoffte, Cavaradossi würde nicht erschossen werden, die Tosca würde ihn am Ärmel aus dem Gefängnis zerren und draußen wartete die Kutsche, die sie aus der Stadt brachte ... So wie ich jedesmal, wenn ich in den Briefkasten sah, hoffte, daß Arianna ...

Die Aufgabe war von vornherein unlösbar. Ein unheilvolles Geschenk der Götter. Und ich fragte mich, ob Orfeo das nicht wußte. Ob er nicht sich selbst und Euridice so gut kannte, daß ihm klar war, wie sie beide aufeinander reagieren würden. Die Götter verlangten zuviel Vertrauensvorschuß, zuviel Liebe über so große Fremdheit hinweg. Und vielleicht traf er die Entscheidung sich umzuwenden bewußt. Um diesen schrecklichen Moment zu beenden. Um sich nicht weiter der Demütigung und der Lächerlichkeit preiszugeben, nur das Spielzeug der Götter zu sein. Lieber in eigener Verantwortung handeln und versagen.

Und konnte er nicht die Naturgesetze von Leben und Tod, von Liebe und Entfremdung außer Kraft setzen, so schuf er sich wenigstens die Freiheit, seinen eigenen Weg darin zu gestalten. So gesehen war das C-Dur des »Ach, ich habe sie verloren ...« der Ausdruck von Schmerz und zugleich größtmöglicher Klarheit.

Die Naturgesetze außer Kraft setzen können nur die Götter. Aber innerhalb dieser Grenzen mit der größten inneren Unabhängigkeit das eigene Leben zu führen, das ist den Mutigen wohl möglich.

Ob der gefeierte Fanesini wußte, was er da für grundlegende Dinge besang? Nachdenklich ging ich zurück auf meinen Platz. Wie mir doch in diesem Herbst die Selbstironie flötengegangen war. Das mußte sich wieder ändern.

Das Bühnenbild des zweiten Aktes zeigte den Keller des griechischen Hügels. Auf der rechten Hälfte der Bühne ragte eine dunkle Höhlenwandimitation auf. Von oben hing schwach beleuchtetes Wurzelwerk. Dort führte durch einen Torbogen eine in Stein gehauene Treppe herunter, deren Stufen im Interesse der darstellenden Personen hoffentlich nicht so glitschig waren, wie sie aus dem Zuschauerraum wirkten. In Abständen waren in die Felswand Spiegel eingelassen, die matt aus dem Dunkel schimmerten. Beim ersten Fanfarenstoß der Bläser erschien Orfeo im Torbogen, jetzt gegen die grimmige Kälte der Unterwelt in einen hellen Umhang gehüllt. Vorsichtig und tastend begann er die Stufen hinabzusteigen, hielt am ersten Spiegel inne, sah hinein. Die Reise in die Unterwelt ist auch die Begegnung mit den Schatten im eigenen Selbst.

Auf der Treppe hockten, kaum sichtbar im fahlen Graulicht, schwarzvermummte Gestalten. Bei Orfeos Anblick wurden sie lebendig, streiften Kapuzen zurück, schüttelten Umhänge ab, zeigten Fratzen und Tiergesichter, breiteten schwarze Flügel aus. Orfeo wich erschrocken zurück. Die Furien traten drohend näher. Orfeo griff entschlossen zur Leier. Erbat singend Einlaß in die Unterwelt, weil er ohne Euridice der traurigste aller Menschen sei, ebenso mit Höllenpein im Herzen wie die Herrschaften Furien, die auf ihren Underdogposten auch nur arme Schweine seien. Die Solidarisierung der von den Göttern Gezüchtigten funktionierte ausnahmsweise, und in einem Moment der Milde ließ die Höllen-Wach-und-Schließgesellschaft Fanesini passieren.

Er blieb auf der Mitte der Treppe stehen, sah ihnen ungläubig nach. Von der Hinterbühne fuhr, hell erleuchtet, das Paradies heran, um an der Rampe zu parken. Zierliche Apfelbäume wuchsen dort, die zugleich blühten und Früchte trugen. Auf grüner Wiese saßen zwischen Blumen leichtbekleidete, selig lächelnde Mädchen und Jünglinge.

Gefüllte Becher mit Hades Südhang wurden herumgereicht. In ihrer Mitte saß auf einem besonders grünen Stück Rasen Euridice. Die Fete war bei lieblicher Flötenmusik in vollem Gange. Orfeo kletterte die schwarze Treppe vollends hinunter und traute seinen Augen nicht. Wäre mir ähnlich gegangen, wenn meine Freundin sich so blendend amüsiert hätte, während ich rotzverschmiert und verheult zu ihrer Rettung antrat. Er hielt sich jetzt die Hand vor die Augen, damit er sie nicht aus Versehen ansah, und wirkte reichlich beunruhigt. Und so war er auch weder zu einem Glas Höllenriesling noch zum Äpfelessen zu bewegen, sondern wollte nur seine Gattin und nach Hause. Was die seligen Geister verstanden. Sie führten Euridice zu ihm, der von ihnen abgewandt mit dem Gesicht zur Treppe stand, er streckte die Hand nach rückwärts aus, griff Euridices, hielt sie fest. Sie, gerade erst wieder auf der Seite der Lebenden, ließ sie ihm und stand wie in Trance. Schritt für Schritt begannen sie den Aufstieg. Die seligen Geister winkten noch ein bißchen »Auf Nimmerwiedersehen«, da setzten schon die ersten Töne der nahenden Katastrophe ein.

Denn natürlich würde sie die mühelosen Wonnen des Paradieses nicht aufgeben, um für diesen Eisklotz von Ehemann an die kahle Erdoberfläche zurückzukehren. Er wußte es vom ersten Moment an. Es war nur die Frage, wie lange sie sich quälen würden. Welch ein jammervolles Pasde-deux dort auf der Treppe. Er zog sie nach oben: »Sei still und komm!« Sie entwand sich seinem Griff, wollte nach unten. Er faßte blindlings nach ihrem Kleid, hielt sie fest. Sie griff nach seinem Arm, wollte ihn zwingen, sie anzusehen. Er ließ sie los, bedeckte sein Gesicht mit den Händen. Sie wich zurück: »Bin ich denn nicht mehr schön, daß du mich nicht ansehen willst?« Er drehte sich zu dem Spiegel, vor dem er stand, lehnte sich daran, stöhnte: »Ecco un nuovo tormento!«

»Ach, neue Qual.«

Ein bitterer Tanz, der mir nur allzu bekannt vorkam. Da endlich drehte Orfeo sich um. Nahm die Hände weg. Euridice sah ihn an, voller Erstaunen, er griff zu, sie starb in seinen Armen. Völlig außer sich, aber sanft ließ er sie niedergleiten; das Vorspiel des Orchesters zu Orfeos Arie klang, als würde ihm in C-Dur ein Dolch in die Brust getrieben.

»Che faró senza Euridice? Dove andró senza il mio ben?«

Beim höchsten Ton hatte ich Angst, nun würde ihm doch die Stimme wegbrechen und in einem unkontrollierten Schluchzen ersticken. »Der Sänger soll nicht schöne Töne singen, er soll schreien, als ob ihm ein Bein abgesägt würde«, hatte Gluck gesagt. Aber Fanesinis Stimme brach nicht weg, der Ton kam präzise intoniert und mit bemerkenswerter Intensität. Dann sank er auf die Treppe, bereit, an gebrochenem Herzen zu sterben. Doch da kam wieder der kleine, helle Amor, um dem Spiel ein Happy-End zu machen, Euridice gnadenhalber wiederzuerwecken und leutselig die Liebenden zu vereinen. Er führte sie die Treppe hinauf und durch das Tor. Sie verschwanden dahinter, dann sank der Höhlenprospekt nach unten, so daß seine oberste Kante in Höhe des Tores hing. Oberhalb der Kulissenfelswand grünte nun wieder die Felsenlandschaft mit dem Anfang der Unterwelttreppe, jetzt in vier Metern Höhe. Euridice, Amor und Orfeo standen dort oben, Hand in Hand im Morgenlicht, und sangen ein glanzvolles »Trionfi d'amore«. Die Sehnsucht hatte gesiegt.

In diesem Moment war ich froh um das »Lieto Fine«, das glückliche Ende. Fanesini legte zu den letzten Orchesterklängen den Kopf in den Nacken, als wäre die Musik ein sommerlicher Regen.

So, wie es denn auch in Wirklichkeit regnete, als ich das Opernhaus verließ. Glitschiger Herbstregen, schmierige Blätter auf dem von Nässe glänzenden Trottoir. Nach fünfzig Metern klebten mir die Haare im Gesicht, zwanzig Meter weiter fror ich, patschte durch eine Pfütze zu meinem Auto. Von wegen sommerlich! Das glückliche Ende des Stückes gegenüber dem ursprünglichen Mythos war ein Zugeständnis an den Zeitgeschmack, der kein tragisches Ende duldete. Sie hatten recht gehabt, das wirkliche Leben war tragisch genug. In der archaischen Version der Geschichte hatte Orfeo von der Welt und vor allem den Frauen abgesondert gelebt, bis ihn schließlich die Mänaden zerrissen. Ausgerechnet auf Lesbos war er beerdigt worden, wofür die Insel und ihre Bewohnerinnen mit der Gabe der Dichtkunst belohnt wurden. Was wiederum meine Theorie stützte, Orpheus sei eine heimliche Hosenrolle. Ich schloß kichernd und mit klammen Fingern die Autotür auf. Saß minutenlang durchweicht im Dunkeln, ohne das Bedürfnis, jemals wieder auch nur den kleinen Finger zu bewegen.

Trionfi d'amore? Von wegen! Klar, daß Euridice im Hades bleiben wollte. Dort war es trocken und warm. Seufzend steckte ich den Schlüssel ins Zündschloß, ließ das Auto an, wischte ihm mit den schlappenden Scheibenwischern die Tränen aus dem Gesicht. Schaltete die Heizung an. Nach Hause? Bloß nicht! Wenn woanders Amor triumphiert! Ich fuhr ins »La Belle«.

Nicht gerade meine Lieblingskneipe, außer der Tatsache, daß ich fast gegenüber wohne und daß es eine Frauenbar ist. Die Musik definitiv Geschmackssache. Ich klingelte, ließ mich durchs kleine Fensterchen begutachten. Frau kannte mein Gesicht dort. Ins »La Belle« gehe ich, wenn ich müde bin und noch nicht nach Hause möchte, wenn ich im Innersten durchgefroren bin und bei einem Glas Wein im

Dunkel sitzen will mit dem Gefühl, daß das Leben um mich tobt.

Ich holte mir am Tresen einen Riesling und setzte mich auf mein Lieblingssofa an der Tanzfläche. Es war noch vor zwölf, die Berliner Nacht jung und das Lokal halb leer. An einem Tisch in der Ecke ein knutschendes Pärchen, allgegenwärtig schlechte Musik und wenig Licht. Ich hielt einen langen zärtlichen Dialog mit meinem Weinglas. Erneut leuchtete über der Tür das visuelle Klingelzeichen. Die Türsteherin erhob sich potentiell bedrohlich von ihrem Barhocker, sah durch den Spion und öffnete. Hell fiel das Licht der Straßenlaternen in die Bar. Im Türviereck, einen langen Schatten werfend, eine Frau in einem preußisch-blauen Jackett zu weißem T-Shirt und schwarzen Jeans. Sie trug schwarze Stiefeletten von Enzella und einen großen Hut, der ihr Gesicht verdeckte. Lässig hob sie die Hand: »Hi, Schwester!«

Die Geste der Türsteherin hinter ihrem Rücken klang eher patzig. Die preußisch-blaue Lady sah sich in aller Ruhe um im Lokal, bestellte ein Bier am Tresen, setzte sich dann an einen Tisch, von dem aus sie sich in einem der vielen Spiegel begutachten konnte. Zog den Hut noch tiefer ins Gesicht. Einzig zu sehen der mokante Mund, weich auf die Schaumkrone des Bieres und um eine Zigarette gelegt. Den Arm auf der Rückenlehne des Stuhles neben ihr, so daß das Jackett sich öffnete. Das T-Shirt war enganliegend, ich sah lieber nicht so genau hin.

Sie trank Bier und rauchte Gauloises, beharrlich eine nach der anderen, die Beine übereinandergeschlagen. Irgendwie kam sie mir bekannt vor. Etwas an der Art, wie sie saß, wie sie die Zigarette hielt. Aus der Ferne amüsiert beobachtend, träumend mit sich selbst beschäftigt. Und mir fiel nicht ein, woher ich sie kannte.

Pfingsttreffen zweiundneunzig, die Veranstaltung über

butch/femme-Klischees? Oder die Lesbenwoche fünfundneunzig, der Vortrag über Virginia Woolf und Vita Sackville-West? Oder sechsundneunzig der Klitoris-Dia-Vortrag? Ich kenne einfach zu viele Frauen zu wenig gut. Langsam füllte sich das Lokal. Die blaue Lady trank und rauchte und wippte abwesenden Blickes mit dem Fuß gegen den Takt der Musik.

Viervierteltakt, und das Wippen immer auf den unbetonten Schlag. Ich sah hin, bis ich Gleichgewichtsstörungen bekam, dann stand ich auf und holte mir noch einen Wein an der Bar.

Als ich mein Glas zum Tisch zurückbalancierte, hatte die blaue Lady Besuch bekommen. Blonden, sehr jungen Besuch. Der Jeans trug und ein weißes Baumwollhemd, strahlend weiß wie Amor selbst. Blonde Locken, kurz wie ein Wollschäfchen. Sie umschlang ihr Bier und flirtete. Und der Blauen war das sehr recht. Ich sah es an ihrem Mund, der anfing nette Dinge zu sagen, der noch etwas zu trinken vorschlug, natürlich auf Kosten des Mundes. Sah es an der Art, wie sie aufstand, wie sie das neue Bier bestellte und es zum Tisch zurücktrug. Sie setzte sich wieder, machte irgendeine reizende Bemerkung. Die andere lachte und schob der preußischen Lady den Hut aus dem Gesicht.

Da wußte ich plötzlich, warum ich sie zu kennen geglaubt hatte. Sie ähnelte ein wenig dem Orfeo von heute abend. Aber Fanesini ging wahrscheinlich eher selten in Lesbenkneipen. Ich sehnte mich nach meiner Euridice und hatte schon Wahrnehmungsstörungen.

Die Musik wechselte in einen Walzertakt. Die Tanzfläche leerte sich. Frau wollte keine Beinknoten. Der weiche, reizende Mund sagte etwas wie »Kannst du Walzer tanzen?« Blondkopf nickte.

Sie tanzte gut, die blaue Lady, führte ausgezeichnet, ganz

selbstverständlich, den Hut tief im Nacken, mit glänzenden Augen, eine entschlossene Hand im Rücken ihrer Tanzpartnerin, genau in der Mitte der Wirbelsäule, wo das Geführtwerden am deutlichsten zu spüren ist. Ließ die Musik zu den Ohren hineinfließen und zu den Schuhspitzen wieder heraus. Ich hoffte, Engelshaar wußte es zu schätzen. Schieben und drehen, und gleichzeitig quatschten sie einander noch mit galanten Geschichten voll, die Füße hatten ihr Privatvergnügen.

Als der Tanz endete, sah die blaue Lady dem Goldlöckchen tief in die Augen, griff nach der Hand der anderen und führte sie in zartem Kusse zum Mund. Oh, was für ein Zitat! Zweihundert Jahre Wiener Schmäh in einer Bewegung. Küß die Hand, verehrteste Komteß, willst du der Frosch in meinem Bette sein? Die Blonde fuhr mit den Händen unter das Jackett der anderen und zog sie näher an sich heran. Trionfi d'amore. Ich hörte mich mit den Zähnen knirschen.

Die beiden kamen zum Tisch zurück, leerten ihre Gläser im Stehen und brachen auf. Sie verließen die Bar in eindeutiger Absicht.

Da war sie also in den dunklen Hades herabgestiegen, die preußische Lady, und jetzt holte sie sich den blonden Amor selbst ans lüsterne Licht der Straßenlaterne.

Ich gähnte, es war spät genug für eine leere Wohnung.

In meine Träume jedoch schlichen sich leise und unerlaubt blaue Frauen mit schwarzen Hüten und weichen Mündern, blonde Engelsköpfe, paradiesische Apfelbäumchen, die nicht daraus zu verbannen waren.

Amors Versuch, mit einem Walzer über einen nassen, freudlosen Herbst zu triumphieren.

Am nächsten Tag rief ich im Pressebüro der Oper an. Am anderen Ende eine jugendlich klingende, männliche Stimme.

»Pressebüro, Arno Degen!«

»Guten Tag«, sagte ich, »Müller ist mein Name.«

Für so eine blöde Frage, wie ich sie stellen wollte, würde ich meinen richtigen Namen nicht preisgeben. Aber die Antwort wollte ich wissen.

»Sagen Sie, ich weiß, es ist eine dumme Frage...«

Die Stimme wurde einen Viertelton tiefer, äußerst höflich und überaus geduldig.

»Ja bitte?«

»Können Sie mir vielleicht sagen, ob Alessandro Fanesini, der gestern den Orfeo gesungen hat...«

»Sascha Fanesini, ja!«

»... ja, ob der vielleicht eine Schwester hier in Berlin hat?«

Die Stimme am anderen Ende wurde resignierter und noch ein wenig höflicher.

»Gnädige Frau, selbst wenn ich das wüßte, könnte ich Ihnen darüber keine Auskunft geben.«

Es kostete ihn, deutlich genug, jede Faser seiner Professionalität. Und es wäre mir an seiner Stelle auch so gegangen.

»Ich habe mir fast schon so was gedacht. Ich wollte nur... ich habe nämlich letztens eine Frau gesehen, die Herrn Fanesini sehr ähnlich sah, und da wollte ich wissen... Ich meine, ich weiß, wie er aussieht. Ohne Kostüm und Maske, meine ich. Von der Einführungsveranstaltung. Na ja, aber danke für Ihre Geduld.«

Sie faseln, Gronwald.

»Oh, bitte, bitte. Wenn Sie wieder einmal eine Frage haben...«

»... holen Sie sich fünfzig Pfennig bei mir ab und quatschen die nächste Parkuhr voll«, beendete ich den Satz in Gedanken und legte schleunigst auf.

Ich wußte, er würde jetzt eine Bemerkung über die absolute Entbehrlichkeit von Publikum im Opernbetrieb loslassen.

Jedoch: wenn ich etwas wissen wollte und man mir nicht antwortete, war dies schon immer der reizvollste Grund, es in Erfahrung zu bringen. Ob Arno Degen sich meiner Neugierde widersetzen würde, wenn ich in seinem Büro auftauchte, ich, Deborah Gronwald, Bezwingerin von Berliner Hauswartsfrauen, italienischen Machos und des Mailänder Doms?! Ich stellte mein Auto in einen Wald von Parkverbotsschildern: Berlin ist Europas größte Baustelle, besonders in dieser repräsentativen Ecke. Dann sortierte ich im Kopf die Bauwerke, da drüben die Humboldt-Uni und das hier das Opernhaus… und hier das Kronprinzessinnenpalais, nein das Kronprinzen-, nein doch das Kronprinzessinnen – … jedenfalls muß das dahinter das Verwaltungsgebäude der Oper sein. Erfragte beim Pförtner den Weg zur Presseabteilung und erklomm den zweiten Stock und den Dramaturgieflur. Ging an einer Tür vorbei, hinter der hoch und heftig gesungen wurde.

»… tu bramerai fra noi l'alpi fraposte e il mar!«

»… du wirst dir wünschen, die Alpen zwischen uns zu haben und das Meer!«

Das klang gut, das war brauchbar fürs tägliche Leben!

Am Ende des Flures eine offene Tür. Darüber ein Schild, auf dem stand »Presseabteilung«. Ich blieb auf der Schwelle stehen, klopfte an den Türrahmen. So wie frau das in einem amerikanischen Büro gemacht hätte. Da stehen auch immer die Türen offen, das heißt aber nicht, daß du wie eine deutsche Eiche ins Zimmer fällst. War beeindruckt, wieviel Papier in einem 12-Quadratmeter-Büro Platz hat.

Die beiden Personen im Raum, ein Mann und eine Frau, sahen von ihrer Arbeit auf.

»Ja? Sie wünschen bitte?« fragte der Mann mit »Pressebüro-Arno-Degen«-Stimme.

Arno Degen hatte kurzes, blondes Haar und musterte mich über den Rand einer Halbbrille, die aussah wie zwei von diesen viereckigen Plastikschildchen, unter die man auf Kongressen den Namen klemmt: »D. Gronwald, Finanzberaterin.« Arno Degen war ein weitsichtiger Mensch. Ich hielt mich am Türrahmen fest.

»Guten Tag. Deborah Gronwald ist mein Name. Ich wollte … ich komme wegen Herrn Fanesini.«

»Ja? Ach, Sie sind sicher die Dame vom ›Kurier‹ wegen des Interviews. Aber das hätten wir doch auch telefonisch …«

»Nein«, sagte ich tapfer, »es ist sozusagen eine private Angelegenheit.«

Ich warf einen Blick auf die Frau, die höchstens zwanzig war, eine gescheite Stupsnase hatte und aussah wie eine Praktikantin mit Lebenserfahrung und Menschenkenntnis. Große Göttin, in welch peinliche Situationen ich mich doch immer wieder in aller Freiwilligkeit begab!

Arno Degen aber war ein feinfühliger Mensch in einem taubenblauen Rollkragenpullover. »Ach, Anke«, sagte er zum Spottmund, »könntest du die Karten für Marion und mich für heute abend an der Kasse abholen? Nachher wird es sicher wieder knapp.«

»Jetzt gleich?« fragte sie.

»Ja, bitte! Wenn du gerade nichts Dringendes zu tun hast.«

Sie erhob sich, langbeinig und hosenanzüglich, strich brünettes Haar hinter zwei graziöse Öhrchen.

»Du bist ein Engel!« sagte Arno Degen mit süß lächelndem Mund und taubenblauem Augenaufschlag. Sie ging widerspruchslos, denn er war völlig durchschaubar, aber unwiderstehlich.

»Also: Sascha Fanesini!« sagte er und knipste sein Überredungslächeln aus. »Worum geht's denn?«

»Es ist völlig albern!« sagte ich.

»Setzen Sie sich doch!« Er deutete auf einen Stuhl vor seinem Schreibtisch. Über seinem Kopf erschien eine Denkblase mit »Das sind wir hier gewohnt«.

Ich setzte mich. Er stützte die taubenblauen Ellenbogen auf die Schreibtischplatte, legte zierlich seine langen, schmalen Finger gegeneinander. Sah mich erwartungsvoll an.

Ein schwuler Beichtvater, das gefiel mir. Er sah mich über ihn grinsen und grinste zurück.

»Ich habe gestern schon mal angerufen«, sagte ich, »die Frau, die wissen wollte, ob Sascha Fanesini eine Schwester hat.«

Er zog eine Augenbraue hoch. Jawohl! Nur eine!

»Ich habe meinen richtigen Namen nicht gesagt, weil die ganze Geschichte eben so … so albern ist.«

Amüsement in zwei taubenblauen Augen.

»Na ja, in der Regel versuche ich nicht mit Gewalt, mich zu blamieren.«

Das Amüsement griff auf den Mund über.

»Möchten Sie… möchtest du eine Tasse Kaffee? Ich heiße Arno.«

Einen mausblonden Milchkaffee, Deborah?

»Deborah«, sagte ich. »Gerne. Mit viel Milch, bitte.«

Er ging um den Schreibtisch herum zur Kaffeemaschine.

»Erzähl ruhig weiter«, sagte er.

»Hm. Ist dir das ›La Belle‹ ein Begriff? Wahrscheinlich nicht, denn es ist ›Ladies only‹. Ein Anmachschuppen für Lesben. Dort habe ich letztens eine Frau gesehen, die sah Sascha Fanesini ähnlich. Fast wie eine Schwester. Wie eine weibliche Ausgabe von ihm.«

»Und jetzt willst du sie kennenlernen! Die andere Hälfte des ›frevelnden Zwillingspaars‹.«

»Ja. Nein! Ich sage ja, es ist albern.« Ich nippte an meinem Kaffee, schüttelte den Kopf. »Nein. So ist es nicht. Es ist auch Fanesini selbst, der mich irritiert. Ich habe ihn letzte Woche als Niklas gesehen. Da fand ich ihn ganz beachtlich. Vorgestern abend war ich dann in Orfeo. Da war ich völlig hingerissen. Er spielt den Orfeo so, daß er ... daß er fast schon echt ist. Und dann ist da etwas an ihm, was mich ganz kribbelig macht. Ich weiß nicht, ob es die hohe Stimme ist oder die Art, wie er sich bewegt, oder daß ich seine Rollen bisher nur von Frauen gesungen kenne. Dabei mag ich Countertenöre überhaupt nicht. Ich habe Mezzosoprane lieber. Da ist mehr Fülle, mehr Wärme in der Stimme. Ich finde, bei einem Mann klingt diese hohe Lage immer etwas mühevoll. Was für eine seltsame Inszenierungsidee, Niklas mit einem Countertenor zu besetzen! Das paßt doch überhaupt nicht zum Stück! Und außerdem habe ich an Hosenrollen einfach mehr Spaß. Zwei Frauen auf der Bühne in einer Liebesszene und so weiter ...«

»Begreiflicherweise. Aber du bist nicht die einzige, die bei Fanesini einer Sinnestäuschung erliegt und das Kribbeln kriegt. In den Vorstellungen rätseln die Leute dauernd, ob da nicht doch eine Frau singt.«

»Ich weiß. Der Tenor mit der weiblichen Gurgel. Ich war in der Einführungsveranstaltung zu ›Hoffmann‹.«

Arno sah an mir vorbei zur Tür. Ich drehte mich um. Dort stand eine kupferlockige Frau in einem grünen Overall. Ihre Aura ließ wissen: Ich kann Bäume fällen, Motorrad fahren, Klaviere tragen, Kulissen schieben. Mißversteh also meine zierlichen Körperformen nicht.

»Hallo, Marion«, sagte Arno.

»Hallo, Arno, ick wollte dir ins Casino entführen auf 'n Bier und 'n paar Wiener Würstchen vor der Vorstellung.«

Hinter ihr tauchte die Praktikantinnenstupsnase auf, legte Arno wortlos zwei gelbe Eintrittskarten auf den Schreibtisch und setzte sich an den Computer.

»Ist es schon so spät?« stöhnte Arno. »Ich bin heute wieder mal zu gar nichts gekommen vor lauter Telefongebimmel!«

Die kupferfarbene Marion swingte um den Schreibtisch herum und kraulte Pressebüro-Arno-Degen im taubenblauen Rollkragennacken.

»Nee, du Armer, es iss noch 'ne Stunde. Aber ick sterbe vor Hunger. Oder mußte janz dringend noch wat erledijen?«

Er legte ihr den Arm um die taillierte Taille.

»Ach, dringend ist sowieso immer alles. Laß uns ruhig ins Casino gehen. Ich bin auch hungrig, obwohl ich schon den ganzen Tag Schokoriegel mampfe. ›Casino‹ heißt bei uns die Kantine«, sagte er in meine Richtung, »wahrscheinlich, damit sich alle fühlen, als wären sie permanent in militärischem Einsatz.«

Und zu seiner Praktikantin: »Anke, du kannst ruhig auch Schluß machen. Sei so nett und schließe das Büro ab und gib den Schlüssel zum Pförtner. Kommst du auch noch mit, Deborah?«

Ich nickte erfreut. Arno strich sich über den Bauch.

»Bald werde ich in meinem Ballettunterricht vor lauter Bauch das Bein nicht mehr heben können. Nicht einmal mehr zum Petit Battement!«

Ich sah prüfend auf die hundertfünfzig Gramm Bauchspeck, verteilt auf einen halben Quadratmeter, und seufzte mit zur Decke erhobenem Blick: »Ja, grauenvoll. Wenn man solche Figurprobleme hat, kann man sich mühelos den ganzen Tag sinnvoll narzistisch beschäftigen und dabei noch überall Mitleid erregen.«

»Spotte nicht, Deborah«, sagte Arno mit tadelndem Blick über seine Halbbrille hinweg. »Ach Marion, das ist Deborah. Deborah, Marion ist eine Person, die höchst interessant für dich sein müßte. Sie ist nämlich Maskenbildnerin hier am Theater, und zwar für Soloherren, ach nein, für Herrensolo natürlich!«

»Miststück«, knurrte Marion.

»Es gibt kaum jemanden im Haus, der ihm näher kommt als sie. Deborah interessiert sich für Sascha.«

»Sind Sie von der Presse?«

»Nein, mein Interesse ist rein privat«, sagte ich und wurde schon wieder rot. Nichts schlimmer als zudringliche Fans, deutete ich ihren stirngewellten Gesichtsausdruck. Und nichts wollte ich weniger sein. Wir gingen die Treppen hinunter.

»Kleiner Tip übrigens, wenn du Sascha auflauern willst, geh doch ins Casino. Da hängt er meistens rum. Hat wohl kein Zuhause«, sagte Arno.

»Ich will ihm nicht auflauern!« stöhnte ich gequält.

Marion hielt mir kühlen Blickes die Schwingtür zum Casino auf.

»Ich will ihn auch gar nicht belästigen, am Bühneneingang knien und ihm eine Locke fürs Poesiealbum abschneiden«, sagte ich zu ihr.

»Ach, der sorgt schon selbst dafür, det ihn keener belästicht. Wenn der sein' Stachelschweinpelz sträubt, denn zittert det Abendland«, sagte sie drohend. Wahrscheinlich brachte sie selbst das Abendland zum Zittern, wenn sich jemand unerlaubterweise den Herren-Solo-Garderoben näherte. Das Casino war ein langgezogener, hell erleuchteter Raum mit großen runden Tischen und einem Tresen am hinteren Ende. Wir holten uns Bier und Würstchen mit viel Senf und setzten uns an einen der Tische in der Mitte. Um uns herum lungerten größere Teile des Orchesters, schon in Frack und Abendkleid für die Vorstellung.

Ich sah schmalhüftigen Jünglingen und Mägdelein in Trikots und Legwarmers zu, wie sie in ballettypischem Rotwildgang den Raum durchschlurften, sich dabei ausgeleierte Pullover um die bleistiftdünnen Taillen schlangen, und hörte zu, wie sie Haarsträhnen zurechtzupfend ihre Abendprobe rekapitulierten.

»Weißt du, Marion«, sagte Arno, »Deborah interessiert sich nämlich für die dunklen Geheimnisse unseres ›Tenors mit der weiblichen Gurgel‹.«

»Ach, laßt ihn doch in Ruhe damit!« giftete Marion. »Hormonstörung oder wat? In diesem Sumpf von einem Theater jibt's nüscht, worüber sich nich irgend jemand das Maul zerreißt. Jede Kleinigkeit wird breitgequatscht, selbst wenn det Gerede noch so bescheuert iss. Wat über Sascha schon allet für Unsinn geredet worden ist! Dabei isser doch nur 'n netter Junge mit 'nem bißchen ungewöhnlichen Stimmfach. Aber egal wie blöde, Hauptsache, es wird getratscht.«

Ich sah auf die Uhr über dem Tresen. »Ich muß langsam los. Noch ein bißchen arbeiten.« Marion war mir entschieden zu ungemütlich.

»Was arbeitest du denn?« fragte Arno.

Ich stand auf, zog meine Jacke an. »Ich bin Steuer- und Finanzberaterin.«

»Ach, das ist ja spannend! Kennst du dich denn auch mit Steuerrecht für Theaterleute aus? Ich habe da nämlich letztes Jahr ...«

Ich ließ mich wieder auf den Stuhl fallen.

»Oh, nein, Arno«, sagte ich, »entweder du überträgst mir ein offizielles Mandat, daß ich mich um deine Steuer kümmern soll, oder ich sage keinen Ton. Das passiert mir dauernd, daß irgendwelche Leute bloß mal schnell eine Auskunft haben wollen. Und die Bloß-mal-schnell-Auskünfte sind meistens die kompliziertesten.«

Arno lachte. »So fängt man Kunden. Echt professionell! Na gut, dann übertrage ich dir jetzt das Mandat, und wir machen einen Termin. Ich denke schon länger darüber nach, mir jemanden für meine Steuer zu suchen, ich hasse Steuererklärungen! Kriege ich Rabatt, wenn ich dich mit Fanesini bekannt mache?«

»Da können wir drüber reden«, sagte ich grinsend und zückte meinen Terminkalender.

»Ich könnte zum Beispiel übermorgen gegen Abend. Ich liebe übrigens Steuererklärungen. Wie wäre es, wenn du deine Unterlagen möglichst vollständig hierher brächtest, und ich holte sie mir ab? Das wäre eine gute Gelegenheit, mir eure Tosca-Produktion anzusehen.«

»O ja, da komme ich sogar mit in die Vorstellung. Und inzwischen höre ich mich ein bißchen um, was der Theatersumpf so zu erzählen hat, einverstanden.«

Ich warf einen vorsichtigen Seitenblick auf Marion.

»Wir haben auch einen Lebenslauf von Sascha im Pressebüro, den können wir uns ansehen. Ob er eine Schwester hat, oder vielleicht Hormonstörungen.«

»Ach, Arno, das wäre wunderbar!« sagte ich begeistert.

»Dabei mag sie Countertenöre gar nicht«, sagte Arno zu Marion, »eigentlich ist Deborah eine glühende Verfechterin der Hosenrolle!«

»Ausnahmen sind dazu da, um Regeln zu bestätigen«, erwiderte ich. »Also dann übermorgen!«

»Ick sehe schon«, sagte Marion, »wenn Menschen ihre langen Nasen in anderer Leute Privatangelegenheiten stekken wollen, denn isses fast unmöglich, sie daran zu hindern.«

»Es sind sehr diskrete und wohlwollende Nasen!« sagte ich.

»Begeisterte und höchst differenziert schnüffelnde Nasen! Nuanciert wahrnehmende Fan-Nasen!« grinste Arno.

»Ihr habt 'n Knall!« sagte sie empört.

Arno legte seine Hand auf ihre, warf mir einen Blick zu. »Ach Marion, sei nicht so lustfeindlich! Das ist spannend!« sagte er. »Vielleicht hat er wirklich eine Hormonstörung!«

»Pah, 'ne Hormonstörung, mit der man so gut singen kann, hätt' ick ooch jerne«, schnaubte sie.

Die Theaterfamilie adoptiert einen bei gegenseitiger Sympathie schnell.

Zwei Tage später saßen wir wiederum zu dritt in Arnos Büro zwischen Massen frisch gedruckter Programmbücher. Arno suchte nach Fanesinis Lebenslauf. Ich suchte einen Platz auf dem Boden, um meine Füße abzustellen. Marion wartete auf den Beginn ihres Abenddienstes und wollte plaudern. Vielleicht wollte sie aber auch die Auswüchse unserer Neugierde kontrollieren. Arno blätterte eifrig:

»Wo ist dieser Wisch denn abgeheftet? Das ist wieder der Vorführeffekt. Wenn man schon Büroordnung demonstrieren will! Ach, ja doch, hier haben wir's ja! Alesssandro Fanesini! Vierunddreißig! Ich hätte ihn um mindestens fünf Jahre jünger geschätzt! Eltern: eine italienische Sängerin und ein deutscher Pianist. Geburtsort: Montreal.«

»Ach, wie romantisch!« spottete Marion.

»Gott, es kann nicht jeder so wie du in Berlin/Marzahn geboren sein. Dafür hat er einen Schweizer Paß. Und eine ältere Schwester.«

»Wenn sein Vater Deutscher ist, warum hat er dann einen italienischen Nachnamen?« wollte ich wissen.

»Wahrscheinlich ein Künstlername. Mädchenname der Mutter oder so. Alessandro Huber klingt bei weitem nicht so gut wie Alessandro Fanesini.«

»Huber?«

»Oder Maier, egal.«

»Kann man herauskriegen, wie er wirklich heißt?«

»Das müßte im Paß stehen. Aber, liebe Deborah, den mußt du ihm selbst aus dem Portemonnaie klauen. Also weiter: verschiedene Internate, Schweiz, Deutschland. Ab acht Jahren Unterricht in Klavier und Querflöte, Chorsänger. Abitur in Deutschland, aahaa, Schauspielschule, deshalb ist er so spielfreudig. Weiter Gesangsstudium. Aha, jetzt wird's interessant. Jetzt kommt nämlich ein großes Loch. Er war in Basel auf einer Schauspielschule und hat auch noch Gesang studiert. Fast drei Jahre. Da hätte er eigentlich auf dem besten Wege zur Bühnenreifeprüfung sein müssen. Und dann ist erst mal Sendepause. Kein Auslandsaufenthalt, kein Stipendium, keinerlei sonstige Ausbildung, einfach gar nichts. Das nächste Datum ist dreieinhalb Jahre später. Der Tag der Bühnenreifeprüfung. Damals hat er schon Countertenor gesungen, steht hier.«

»Hat er in der Zeit dazwischen nicht gesungen?« fragte ich.

»Doch, bestimmt. Du kannst nicht drei Jahre pausieren und dann zur Bühnenreifeprüfung antreten. Höchstens als stumme Rolle. Als Drachenhinterteil, Zauberflöte, erster Akt.«

»Was hat er dann gemacht in der Zeit? Vielleicht wollte er nicht mehr Sänger werden und hat eine andere Ausbildung angefangen.«

»Keine Ahnung. Komisch, daß hier nichts steht! Aber er muß ja doch in dieser Zeit Gesang studiert haben, sonst hätte er die Bühnenreifeprüfung nie geschafft. Vielleicht hat er erst Tenor oder Bariton gesungen und dann das Stimmfach gewechselt. Das machen viele Countertenöre. Obwohl auch das keine dreieinhalb Jahre dauern kann. Und das hätte er auch reinschreiben können – ist ja nichts Ehrenrühriges. Nach der Bühnenreifeprüfung geht es dann jedenfalls Schlag auf Schlag. Kometenhafter Aufstieg. Engagement in Stuttgart, kleinere Partie in Schwetzingen, dann hat Gould ihn entdeckt, weißt du, der jetzt Hoffmann bei uns macht. Und der hat ihn für seine Produktionen überallhin mitgeschleppt, wo es fein und lecker ist. München, Salzburg, Hamburg, Dresden. Plattenaufnahmen. Und für diese Spielzeit nach Berlin. Gould ist ein großer Fan von Sascha und umgekehrt, glaube ich auch. Ob die gute Zusammenarbeit rein beruflich ist oder das Verhältnis auch privaterer Natur, entzieht sich meiner Kenntnis.«

»Siehste, Arno, genau det meine ich mit Scheißtratscherei!« sagte Marion triumphierend. »Entzieht sich meiner Kenntnis, aber ick rede drüber! Guck mal, det Foto.« Marion zupfte es aus der Klarsichthülle.

Wir steckten neugierig die Köpfe zusammen.

»Er iss schon ein Hübscha! Hat 'n Mund wie 'n Mädchen. Zum Küssen schön. Und unverschämt lange Wimpern. Daß et immer die Männer sind, die die schönen langen Wimpern haben! Det war schon zu meiner Schulzeit so. Hattet ihr det ooch in der Schule, Deborah, det die Mädchen in der Klasse immer die Jungs um ihre langen Wimpern beneidet haben?« Marion spitzte die Lippen.

»Hm, keine Ahnung. Ich jedenfalls nicht. Ich hab mal einen Jungen um seine E-Gitarre beneidet.«

Sie zog ein Gesicht. »Det Foto iss schrecklich jung. Da sieht er aus wie 'n zarter, braver Chorknabe. Tut ihm jut, älter zu werden, jefällt mir besser mit den kurzen Haaren und 'n paar grauen dazwischen.«

»Wenn du ihn als Orfeo so auf Jüngling machst, sieht er immer noch aus wie eine richtige Hosenrolle«, lächelte ich.

»Ick kann ihm ja 'n Vollbart malen.«

Marion hatte prinzipiell was gegen schwärmerische Untertöne.

»Nein, ich hab ihn so viel lieber:
Ein Pärchen stand kosend an einer Ecke,
die eine hieß Katharina die Kecke,
der andere, der hieß Käthchen,
oh, ich glaub, das war auch ein Mädchen.«

»Das hast du aber nicht in der Schule gelernt, liebe Deborah«, stellte Arno befriedigt fest.

»Nee, das ist von mir. Das ist autobiographisch.«

Marion machte ein kommentarloses Gesicht und fischte nach einem der roten Programmbücher: »Mensch, Walküren-Premiere iss ja ooch bald«, sagte sie, »ihr habt die Programmbücher diesmal aber früh!« Arno klappte den Ordner zu.

»Ja, wir sind auch schon dementsprechend weichgekocht, zwei Premieren so kurz hintereinander. Und dann ausgerechnet die ›Walküre‹! Gehen wir noch ins Casino vor der Vorstellung? Was ist mit dir, Marion?«

Sie sah auf die Uhr.

»Für 'n Kaffee reicht's noch.«

Also wechselten wir so abrupt die Örtlichkeit wie zuvor das Thema, saßen wieder um den runden Tisch, umgeben von schwarzbefrackten Orchesterbestandteilen.

Arno zog einen kopierten Zeitungsausschnitt aus seinem Portemonnaie und schob ihn mir über den Tisch: »Deborah, ich hab noch was für dich!« Fanesini auf einem Agenturfoto, distanziert lächelnd. »Wie Orpheus im Falsett die Furien vertreibt«, war die Artikelüberschrift. Alliteriere, oder ich fress dich. Arno hatte einige Sätze rot angestrichen.

»Lies mal laut«, bat Marion.

»Sascha Fanesini singt und spielt den ›Orfeo‹ mit einem differenzierten Verständnis für die Rolle und großer Musikalität. Dabei bewältigt er die Partie mit Eleganz, nie zwingt er seine Stimme, die auch in dieser hohen Lage eine unglaubliche Flexibilität und natürliche Fülle behält. Seine Höhe ist brillant, die Tiefe warm. Einzig die Mittellage, oft die Schwachstelle dieses Stimmfachs, ist manchmal kritisch, jedoch durchaus ausbaufähig und tut, dank seiner ausgezeichneten Technik, dem Hörvergnügen keinerlei Abbruch. Auf die Zukunft dieses jungen Sängers dürfen wir gespannt sein. Wer so singt und spielt, dem steht eine große Karriere bevor.«

»Schreckliches Gesülze!« stöhnte Marion.

»Aber eine Kritik, die sich Sascha ins Poesiealbum kleben kann. Willst du denn den neuesten Klatsch hören, Deborah? Ich habe nämlich Hermann ausgefragt, weißt du, der unseren Scarpia singt, der war in Hamburg mit Sascha engagiert. Sascha würde sich für eine hartnäckige Gerüchteküche anbieten, sagte Hermann, so zugeknöpft wie er sei, und so ein Geheimniskrämer, was sein Privatleben betrifft. Einen geheimnistuerischen Kollegen, das hält niemand aus am Theater.«

»So unzugänglich erscheint er mir gar nicht«, sagte ich, »er wirkt doch ganz freundlich. Beim Schlußapplaus strahlt er immer übers ganze Gesicht und freut sich riesig, daß das Publikum ihm Beifall klatscht.«

»Ja, schon. Nett und freundlich und immer auf Distanz. Das ist ganz komisch. Frag ihn mal irgendwas Persönliches, und sofort wird der Mensch zur Auster. Ihn zu interviewen muß ein schönes Stück Arbeit sein! Er wirkt immer, als sei er auf der Hut, nur ja nicht zuviel von sich preiszugeben. So, als wäre jede Kleinigkeit irgendwie explosiv. Schüchtern ist er aber nicht. Nur irgendwie … scheu. Völlig sängeruntypisch!«

Marion machte einen zickigen Mund und schwieg.

»Was gibt es denn für Gerüchte?«

»Na ja, ein beliebtes Gerücht bei einem Countertenor ist ja immer, daß er schwul ist. Aber das ist ja mittlerweile so wenig skandalös, daß es kaum noch Spaß macht, es zu verbreiten. Ein viel lohnenderes Gerücht ist, er wäre mal eine Frau gewesen, also transsexuell. Hätte sich operieren lassen. Aber das verwarf man schnell wieder. Denn wie das mit der Stimme gehen sollte, konnte sich niemand so recht vorstellen. Man bekommt doch dann Hormone, und die Stimme wird tiefer. Da hätte er ja völlig neu singen lernen müssen.«

»Die drei Jahre Pause? Könnte es das gewesen sein? Daß er manchmal klingt wie eine Frau. Er hat sich operieren lassen, aber die Stimme ist geblieben. Und eine Ausbildung hatte er ja auch schon. Dann hat er eben als Mann mit weiblicher Gurgel gesungen.«

»Ich weiß nicht, Deborah. Da müßtest du mal jemanden fragen, der beruflich mit Kehlköpfen und Hormonen zu tun hat. Hermann sagt, er hält ihn einfach für einen selbstverliebten Affen. Narziß und Goldkehl, das wäre alles. Weißt du, je undurchsichtiger die Person, desto mehr Phantasien und Mythen kann sich das Publikum ausspinnen. Der Mythos Fanesini! Einige seiner weiblichen Fans spionieren ihm schon in Lesbenkneipen nach, wußtest du das?«

»Ich roll mir untern Tisch!« prustete Marion.

»Du kannst deine Steuererklärung gleich selbst machen, Arno Degen!«

»O, Gott, bloß nicht! Also weiter im Konzept. Bei den Regisseuren und Dirigenten wäre Sascha immer ganz beliebt, weil er sehr diszipliniert arbeitet, schnell kapiert und sehr kreativ ist. Und sich ansonsten aus allem raushält. Aber die Kostümabteilung in Hamburg hat ihn leidenschaftlich gehaßt, sie haben sich dauernd über ihn beklagt. Er hat rumgemäkelt, er könne nicht singen, wenn er sich eingeengt fühle, er müsse sich bewegen können auf der Bühne; hat immer wieder Anprobentermine platzen lassen bis kurz vor der Fotoprobe, so daß sie für den ›Julius Cäsar‹ ein Kostüm sogar fast ohne Anprobe fertig gemacht haben, stell dir so was mal vor. Irgendwann haben sie es unter Vollneurose verbucht. Wenn er nicht so gut wäre, könnte ihn so ein Quatsch glatt mal ein Engagement kosten.«

»Und hier?«

»Ich hab noch nichts Negatives gehört. Aber unsere Kostümfrauen sind auch Seelen von Menschen. Zu denen kannst du mit jedem Blödsinn kommen. Wie ist er denn bei dir, Marion?«

»Ick hab keene Probleme mit ihm. Klar, jeder hat seine Eigenheiten in so 'ner Situation kurz vorm Auftritt. Darauf kann man sich ja einstellen. Allerdings hab ick noch keenen erlebt, der vor seinen Auftritten so nervös ist wie er. Det iss richtig nervenaufreibend. Aber ansonsten kommen wir jut miteinander klar.«

Arno nahm einen Schluck aus seinem Glas.

»Ach, zum Thema Selbstinszenierung gibt es noch eine nette Geschichte: Als er in Hamburg engagiert war, kam er zur Geburtstagsfeier einer Kollegin als »Marschallin«. Mit Perücke und Reifrock. Der Busen war natürlich ausgestopft und hochgeschnürt. Das hätte man auch deutlich gesehen. Aber das Gesicht! Als er zur Tür hereinkam, hat ihn zuerst niemand erkannt, und dann lagen ihm die Männer wie Mürbgebäck zu Füßen. Da muß er sich nicht wundern, wenn solche Gerüchte aufkommen. Aber vielleicht wundert er sich ja gar nicht.«

»Er ist eben ein Schmierenkomödiant, wenn auch anscheinend ein sympathischer.«

Marion lächelte milde.

»Hermann hat mich übrigens ganz frech gefragt, warum ich so ein gesteigertes Interesse an Sascha Fanesini hätte. Ich wette, das ist bald ebenfalls auf der Speisekarte der Theater-Gerüchteküche. Daran bist du schuld, Deborah. Ich habe etwas von Interviewtermin gefaselt, aber ich sah Hermann an, daß er wußte, wie geschwindelt das war. Dabei ist Fanesini gar nicht mein Typ.«

»Jeschieht dir recht«, sagte Marion befriedigt, »hä, hä, ihr wärt ja auch echt 'n Traumpaar!« Dann sah sie über meine Schulter hinweg zur Tür.

»Dreht euch nicht um, aber da kommt der Gegenstand eurer heißen Sehnsucht persönlich.«

Ich fühlte ein Prickeln zwischen meinen Schulterblättern, sah Arno und Marion genüßlich grinsen. Marion winkte. Ich konnte in ihrem Blick wie im Spiegel sehen, wie Fanesini näher kam, wie er den Tisch erreichte. Graue Wolle von rechts in meinem Gesichtsfeld, ein lindes Lüftchen männlich-herben Eau de toilettes, dann stand er neben mir. Legte Arno ein kameradschaftliches Händchen auf die Schulter, gab Marion ein Machoküßchen. Sah schmaler, kleiner, alltäglicher aus als auf der Bühne.

»Darf man sich zu euch setzen, mit einem Erholungsbier? Ich komme gerade von der Probe. Rick meinte, mich zwiebeln zu müssen, nach allen Regeln der Kunst. Lauchzwiebeln, Frühlingszwiebeln, Silberzwiebeln... Meine Herrschaften!«

Ließ sich am Tresen ein Bier zapfen, sank neben uns auf einen Stuhl. Lehnte sich zurück, den Kopf im Nacken, betrachtete meditierend die geschwungenen Lampen. Schlug die Beine übereinander und wippte mit dem Fuß. Massierte versunken die Nackenmuskeln.

Auf diese Weise unbeobachtet, konnte ich sein Gesicht in aller Ruhe studieren. Ein langer Bogen vom Ohr zum Kinn. Hohe Schläfen. Zartwangig, kaum Bartwuchs. Eine zweitrangige Nase, ein sinnlich weicher Mund. Kleine Ohren, um die sich das braune Haar ringelte. Die Krähenfüße um die Augen und die vierunddreißigjährigen lebenserfahrenen Falten auf der Stirn bildeten einen ganz merkwürdigen Kontrast zum Rest des Gesichtes. Es erschien knabenhaft und irgendwie unfertig. So, als hätte man die prägenden Linien darin mit einem Schwamm ausgewischt, und nun legte sich der Ausdruck von Situation zu Situation verschieden darauf. Der Mann, die Frau, der Knabe, das Mädchen, das Alter, die Verzweiflung, die Liebe. Je nach

Rollenanforderung suchte Fanesini sich eine andere Maske für sein Gesicht und dessen Züge.

Arno legte eine Hand auf seinen Arm.

»Sascha, darf ich dir Deborah vorstellen. Sie ist ein großer Fan von dir, wenn auch ein wenig widerwillig, denn im allgemeinen mag sie keine Countertenöre. Deborah Gronwald, Sascha Fanesini.«

Er beugte sich vor, gab mir eine zarte Hand. Lehnte sich in seinem Stuhl zurück und musterte mich, küßte dabei genußvoll die Schaumkrone seines Bieres.

Ich spürte eine sanfte Röte in meinem Gesicht. Nein, nein, nein, nix da!

Als er alle technischen Daten über mich gespeichert zu haben schien, knipste er die Laseraugen aus. Schlug die Beine übereinander und wippte mit dem Fuß ein paar Achtel.

Arno winkte ihm zu: »Mich kennst du ja, ich bin der blöde Pressemensch, der dir immer schreckliche Journalisten auf den Hals hetzt.«

»Ach, du meinst diese Pest von Radioreporter, letzte Woche? Den Kerl, der wissen wollte, warum ich so spät angefangen habe zu singen, wie oft ich mit Henry Gould schlafe und wann ich endlich meine Abschiedstournee plane. Zu fragen getraut hat er sich dann nur ersteres. Wollte mich gern in die Pfanne hauen, dieser Schweinehund.«

»Warum denn?« fragte Marion.

»Keine Ahnung. Vielleicht mag er keine Countertenöre. So wie Deborah!« Er warf mir einen schnellen Seitenblick zu. List und Schalk im Auge. Hu, tiefe braune Augen, wie ein Meer aus Vollmilch-Nuß-Schokolade. »Mögen Sie wirklich keine Countertenöre, Deborah?«

Arno und Marion grinsten boshaft.

»Na ja, Mezzosopranistinnen höre ich schon lieber. Das klingt irgendwie... ja also... na ja, wenn man Sie singen hört... also Ihr Orfeo ist schon sagenhaft. Dafür wäre ich auch aus der Unterwelt mitgekommen.«

»Keinen bis auf einen!« sagte Arno anzüglich.

Marion sah auf die Uhr über dem Tresen.

»Entschuldigt mich, ick hab Dienst. Ick muß zu meinen Bleichgesichtern.« Sie stand auf.

»Was wird denn gespielt, heute abend?« fragte Sascha.

»Tosca!« grunzte Marion.

Fanesini legte sich die Hände um den Hals, drückte zu und rollte die Augen in Todesnot. »Ah, erstickst du in deinem Blut?!«

»Oh, nee danke, keen Bedarf, Herzchen!«

»Wer singt denn?«

»Laura Sarti die Tosca, Ray den Cavaradossi, Hermann den Scarpia. Aber die Grippe geht um. Meistens weeßte morgens noch nicht, wer am Abend denn tatsächlich auf der Bühne steht. Tschüs, ihr Lieben.« Marion schritt davon wie ein kanadischer Holzfäller.

Arno stellte sein leeres Glas auf den Nebentisch.

»Letzte Woche hatten wir eine Kundry für den ersten und zweiten Akt, und die heisere Kundry, die eigentlich singen sollte, für den dritten, weil die andere Kundry ihren Flieger kriegen mußte. Und im dritten Akt muß sie ja nur noch einmal »dienen, dienen« singen. Und stöhnen, leiden und büßen. Aber das kann sie mit Grippe sowieso besser als ohne.«

Er sprang auf, gestikulierte wild.

»Ach, einen Moment bitte, Herr Mihailescu! Sie versuchte ich schon den ganzen Tag zu erwischen!«

Mit Fanesini allein an einem Tisch! Ich war in Versuchung, unter meinen Stuhl zu kriechen. Was redet man mit einem Opernsänger, außer daß man ihn bewundert? Was redet man mit einem Mann allein am Tisch? Ich hatte auf beiden Gebieten nicht sehr viel Erfahrung.

Fanesini schüttelte schmollmundig den Kopf.

»Mit Grippe kann sie besser leiden! Ganz schön freche Töne! Das Operngeschäft verdirbt den Charakter. Man hat zuviel mit großen Gefühlen zu tun. Liebe, Leidenschaft und Tod. Alles schon mal dagewesen diese Woche. Was ist dagegen eine Grippe? Richtig inflationär ist das! Wie im Fernsehkrimi! Keine Leiche? Und der Kommissar nicht zerstückelt? Wie langweilig!«

»Geht mir nicht so. Ich bin leicht zu beeindrucken. Als sie den Bellini hier gespielt haben, ›I Capuleti e i Montecchi‹, da habe ich in jeder Vorstellung geheult. Aber da haben die Sängerinnen sich auch selbst geglaubt, was sie gesungen haben. Die Stelle, wenn Romeo ›Ah, infelice‹ singt und taumelt und dann das ›tutto già sai‹ und dabei giftgebeutelt und sterbend zu Boden sinkt. Das hat mir jedesmal das Herz gebrochen!«

Er lächelte amüsiert. »Romeo! Auch eine schöne Partie.«

Holla! Gift und Dolch und Dolch und Gift! Den Niklas sollte er meinetwegen singen dürfen. Aber Romeo hatte wirklich eine Hosenrolle zu sein! Die würde er nur über meine Leiche singen. (Große Gefühle!!)

»Aber überhaupt nicht Ihr Stimmfach: dramatischer Mezzosopran«, erwiderte ich spitz.

»Ja leider«, schenkte er mir einen großen Augenaufschlag. »Leider sucht man sich das Stimmfach mit der Stimme und nicht mit dem Herzen.« Er grinste und stand auf.

»So, ich muß mal wieder an die Arbeit. War nett, Sie kennengelernt zu haben.«

»Ganz meinerseits«, floskelte ich, da ich keine Worte fand für das, was ich in Wirklichkeit gerne gesagt hätte.

Er lächelte, neigte den Kopf ein wenig. Machte einen Walzerschritt vom Tisch weg, blieb stehen, sah mich an, sagte: »Vielleicht sehen wir uns ja mal wieder, hier in der Kantine.«

Es war keine Frage, sondern eine Feststellung.

Ging davon, mit Füßen, deren Spitzen leicht nach außen zeigten. Ballettunterricht hatte er auch gehabt.

»Komm, es ist Zeit für die Vorstellung«, sagte Arno neben mir. »Er hat schon was, der Fanesini, nicht? Man weiß nur nicht, was.«

Um uns herum standen die Orchesterpinguine auf, setzten dienstliche Gesichter auf und ließen ihr schmutziges Geschirr auf den Tischen stehen.

Die Bekanntschaft mit Arno und Marion war entschieden ein Gewinn für mein soziales und kulturelles Leben. Und führte in Arnos Begleitung tief hinein ins Innerste des Theaters. In jenen Teil des Hauses, von dem das Publikum im rot- und goldplüschigen Zuschauerraum nur eine vage Ahnung hat. Hinter Arno her durch den Tunnel zwischen Intendanzgebäude und Opernhaus, durch die gelbgestrichenen, fensterlosen Flure der Garderoben mit der Patina von zweihundertfünfzig Jahren Lampenfieber, vorbei an den nüchtern ausgestatteten Aufenthaltsräumen des Orchesters, über malerisch abgetretene Linoleumfußböden. Vorüber an ausdrucksvoll abgeschabten Türen; an abenteuerlichen Requisitenteilen, Schwertern und Speeren und Rheingold-Brocken aus eingefärbten Schwämmen in großen Körben. So oft, bis ich den Weg kannte und mir keine Kieselsteine zum Hinter-mich-Streuen mehr wünschte.

Im Vorbeigehen schwindelerregende Blicke in die Abgründe der Unterbühne. Über uns die Bühnenbretter, dort waren Schritte zu hören, jemand trällerte einige Takte Tenor. Hinter mir klatschte eine dicke Eisentür ins Schloß. »Achtung, Brandschutztür, immer geschlossen halten! Rauchen verboten!« Der theatertypische Geruch nach Maschinenöl, Holz und Staub. Eine Treppe hinauf, dann die Bühne selbst in neonweißem Arbeitslicht. Der verlassene

Zuschauerraum, der bei geöffnetem Vorhang ein gähnendes, schwarzes Maul aufriß.

Ein riesiger leerer Raum, der mich aus der Seitenbühne nach draußen zog, mich einsog, nach vorne an die Rampe, und noch darüber hinaus ins unbestimmte Dunkel.

Dort, auf der Bühne, an der weißen Begrenzungslinie zwischen Haupt- und Seitentür, trafen wir auf Fanesini, dem Arno einen Interviewtermin abzuringen hatte. Später wollten wir in die Vorstellung. Ich hatte Blumen dabei, die in Arnos Büro parkten.

Für die göttliche Jeanette.

Gerade wurde die Studentenkneipe zu »Hoffmann« aufgebaut.

Sascha hatte eine Hand in der Hosentasche und sah besorgt auf die Strickleiter, die eben probehalber aus dem Schnürboden heruntergerollt worden war. In der anderen Hand hielt er eine unangezündete Zigarette, mit der er sich gegen die Oberlippe klopfte. Er lächelte uns zu.

»Oh, hallo, Deborah! Hallo, Arno! Na, ihr beiden Hübschen?«

Er deutete auf die Strickleiter, die von hier aus noch murkeliger aussah als aus dem Zuschauerraum. »Warum muß eine Muse unbedingt von oben einschweben? Ich würde ja meinetwegen aus dem Orchestergraben hochkriechen. Am liebsten würde ich mich aber ganz bequem aus der Unterbühne hochfahren lassen. Doch nein: Der Regisseur will ein besonders schönes Bild. Ich mache ja einiges mit auf der Bühne, aber diese Kletterei treibt mir jedesmal den Angstschweiß auf die Stirn. Bei den ersten Proben mit Originalbeleuchtung hatte ich nicht mal genügend Licht, hatte Angst danebenzutreten, weil ich das Seil nicht sehen konnte. Ich bin mir vorgekommen wie der Geheimrat Goethe in seiner Sterbestunde: ›Licht, mehr Licht!‹ Wie Henry das überhaupt durchgekriegt hat, von wegen Sicherheitsbestimmungen. Wahrscheinlich vertraut man auf meinen jugendlich-durchtrainierten Körper.«

»Aber du siehst sehr elegant aus, wenn du von da oben einschwebst«, lächelte Arno.

»Ja, ja, wie Tarzan, Herr der Affen! Greif die Liane, Jane! Du kommst wegen des Interviews, nicht, Arno? Ich lese es in deinen unschuldsvollen Augen! Aber vielleicht können wir das im Casino besprechen. Ich muß mal wieder was zu essen kriegen. Und dringend eine rauchen. Ach, ständig häng ich da im Casino. Vom nächsten Journalisten, der was von mir will, laß ich mich superfein zum Essen ausführen, sonst sag ich gar nichts.«

Auf der Bühne trugen Arbeiter mysteriöse Dinge durch die Gegend, Prospekte fuhren hin und her, Scheinwerfer gingen an und wieder aus.

Ich machte einen Schritt auf die Hauptbühne hinaus, um besser sehen zu können, doch sofort stürzte ein grimmiger Mensch männlichen Geschlechts auf mich zu. »Halt, stopp! Vorsicht, Umbauten! Sehen Sie nicht, daß hier gearbeitet wird!«

Sascha zog mich am Ärmel hinter die weiße Linie.

»Erstes Gebot der Bühnenkarriere: nie ohne Erlaubnis über die weiße Linie treten, und niemals nie, ohne nach oben zu schauen. Denn du weißt nicht, ob nicht gerade in diesem Moment ein Prospekt gefahren wird.« Er deutete nach oben: »Siehst du, die Zugstangen sind so lang, daß sie genau bis zur weißen Linie reichen. Das heißt, wenn du hinter dieser Linie stehst, ist die Gefahr, eine auf den Kopf zu kriegen, relativ gering.«

Der Bühnenarbeiter nickte und ging wieder an seine Arbeit, nicht ohne beim Abgang einen vorsichtigen Blick nach oben zu werfen.

»Eine Bühne ist die einzige Baustelle, wo Menschen ganz legal unter schwebenden Lasten arbeiten. Manchmal gruselt mich bei der Vorstellung, was alles da oben hängt!« sagte Sascha und zog dramatisch den Kopf ein.

Wieder saßen wir in der Kantine, die Herren besprachen Dienstliches, aßen Würstchen mit viel Senf und tranken Bier dazu. Ich beschloß, daß ich die Würstchen schon beim vorigen Mal ekelhaft gefunden hatte, und verzichtete.

»Eigentlich esse ich diese Würstchen ja nur wegen des Senfs«, räsonierte Arno. »Die Würstchen selbst sind eigentlich überhaupt kein Grund, Würstchen zu essen.« Er tunkte den bräunlichen, schlappen Gegenstand in seiner Hand tief in den großen, gelben Klecks auf seinem Teller und schob sich das eine Ende in den Mund. Mich schauderte.

»Deborah, schau weg! Dein Blick verdirbt mir den Appetit«, sagte er vorwurfsvoll.

»Was ist eigentlich der Unterschied zwischen einem Countertenor und einem Altus?« fragte ich, um mich abzulenken. »Je mehr Leute ich frage, desto mehr verschiedene Meinungen erfahre ich.«

Sascha verdrehte die Augen.

»Oje! Ich glaube, der Unterschied ist ungefähr wie der zwischen einem Wiener und einem Frankfurter Würstchen: Sie heißen verschieden.«

Er biß knackend von seiner Wurst ab und kaute referierend: »Die Bezeichnung ›Countertenor‹ wurde von Alfred Deller geprägt, dem ersten modernen Falsettisten, der diese Stimmlage wieder populär gemacht hat. Und da er Engländer war, nannte er sich eben auf englisch ›countertenor‹. Das ist im Englischen eine satztechnische Bezeichnung für eine Stimme im vierstimmigen Choral. Im 18. Jahrhundert konnte das sowohl eine hohe Männer- als auch eine Frauenstimme sein. ›Altus‹ oder ›Altist‹ wäre dann die deutsche Bezeichnung für dasselbe, nämlich eine männliche Stimme in der Altlage.«

Er zündete sich eine Zigarette an und zog den Aschenbecher näher heran. »Alles andere ist Koketterie und vornehmes Getue. Allerdings gibt es verschiedene Arten der Gesangstechnik. Die heute gebräuchliche Technik mischt Kopf- und Bruststimme ganz ähnlich der Art, wie Frauen den Ton erzeugen. Das macht meiner Ansicht nach auch die klangliche Ähnlichkeit mit einer Frauenstimme aus. Ich habe meine ersten Gesangsstunden auch mit Absicht bei einer Lehrerin genommen, damit sie mir zeigte, wie das gemacht wird.«

Ich sah auf seine schmalen Hände, die erläuternd gestikulierten, die eine Hand mit der Zigarette in Augenhöhe für die Kopfstimme, die andere vor der Brust, und dann Gefuchtel für die wilde Mischung. Am kleinen Finger trug er einen Silberring mit einem Türkis. Plötzlich sah ich nur noch dem Mädchenmund beim Sprechen zu, ohne zu begreifen, was er sagte. Hatte die Vision von der Lady im »La Belle«. Ein Mund, der trank und rauchte und nette Dinge sagte. Eine zarte Frauenhand, die zum Tanz führte. Amors Triumph, und ich rief mich in die Realität zurück.

Fanesinis Mund sagte gerade: »Registerbruch«, und seine Hand drückte den Zigarettenstummel ins kalte Porzellan des Aschenbechers.

»Und warum können manche Männer Countertenor singen und andere nicht?« fragte ich.

»Vielleicht haben die einen eine kürzere Stimmritze als die anderen«, spekulierte Arno und leckte sich manieriert die Senffinger. »Weißt du, anatomisch gesehen: je kürzer die Stimmritze, desto höher der Ton, der erzeugt werden kann. Wie bei den Kastraten. Die wurden ja auch kastriert, damit ihr Kehlkopf nicht weiterwuchs und die Stimmritze knabenhaft kurz blieb.«

»Jetzt fängst du auch an mit diesen Kastratenanalogien«, stöhnte Sascha. »Euereins sollte das doch besser wissen. Es reicht doch, daß einem das Publikum dauernd auf den Hosenschlitz schaut!«

»Lieber Sascha«, sagte Arno, »wenn ich dir mit diesem Vergleich irgendwohin schaute, metaphorisch gesprochen, dann ist es der Kehlkopf und nicht der Hosenschlitz. Ich glaube, du verwechselst da was. Es sei denn, du trägst deine Hosen um den Hals.«

»Vielleicht hilft das ja gegen Heiserkeit«, kicherte ich.

Sascha sah mich kummervoll an: »So jung und schön erschimmerst du mir. Doch wie kalt und hart kennt dich mein Herz – kannst du nur höhnen, so hebe dich fort, du arge, fühllose Maid!«

»Walküre, zweiter Akt, Todesverkündigung«, rief ich triumphierend.

»Wotanswetter, das nenne ich textfest.« Er zwinkerte mir zu.

»Ach«, sagte ich, »das hab ich an Gesetzestexten geübt. Steuerrecht auswendig zu lernen ist viel schwieriger als einen poetischen Text, der noch dazu Rhythmus hat. Gegen so was ist ein bißchen Walküre ein Kinderspiel.«

Sascha zog die Augenbrauen hoch.

»Bist du Rechtsanwältin?«

»Nein, Steuerberaterin. Aber bevor du jetzt gleich eine steuerrechtliche Frage stellst, erzähl mir lieber noch was über Kastraten, ich bin nämlich gerade nicht im Dienst. Haben damals wirklich so viele Kastraten Frauenrollen gesungen?«

Er schlug die Beine übereinander und wippte mit dem Fuß ein paar Viertel.

»Ja, das ist richtig. Viele haben ja ganz früh ihre Ausbildung angefangen, so daß sie mit fünfzehn oder sechzehn Jahren schon sehr virtuos waren. Andererseits waren sie dann aber noch so schnuckelig, daß sie auf der Bühne ganz realistisch Mädchen und Frauen darstellen konnten. Obwohl das im Barock sowieso durcheinanderging. Es ging ja nicht um Realismus. Im Kirchenstaat und an anderen Orten in Italien durften Frauen überhaupt nicht singen, das war unkatholisch. Aber sonst: Hauptsache hoch und viele Koloraturen, Schwelltöne auf langen Noten, Triller und Firlefanz. Und da waren Kastraten natürlich im Vorteil, denn sie hatten viel Luft und brauchten für ihre kurzen Stimmritzen wenig davon. Damit sangen sie dann jede Sängerin mit minutenlangen Koloraturen in Grund und Boden und wurden gefeiert und hofiert. ›Viva il coltello – es lebe das Messerchen‹, haben die Leute geschrien. Dafür waren die meisten Kastraten dann auch richtige Kotzbrocken. Bekamen furchtbar viel Gage, viel mehr als Frauen, und wer etwas auf sich hielt, engagierte natürlich einen Kastraten statt einer Sängerin. Händel hatte sich, als der ›Xerxes‹ herauskam, total mit einem Sänger in den Haaren. Dem gefiel eine Arie nicht. Er verlangte von Händel, daß er sie umschrieb. Der wollte aber nicht.«

»Und wie ging die Sache aus?«

Sascha zündete sich eine neue Zigarette an.

»Der Sänger hat die Arie nicht gesungen. Das sollte sich heute mal jemand erlauben! Schon Gluck hatte eigentlich die Schnauze voll von dem Kult um das Koloraturengejodel. Deshalb auch seine Idee mit der Reformoper. Um dem Ausdruck der Gefühle gegenüber der inhaltsleeren Artistik wieder Raum zu geben. Die Musik des Orpheus zum Beispiel ist ja eigentlich ganz schlicht. Und gerade deshalb ungeheuer ausdrucksvoll. Trotzdem singe ich sehr gern Barock, wenn der Dirigent mir Raum läßt. Wegen des Improvisierens und der blue notes. Wenn jeder Ton in den Koloraturen vorgeschrieben ist, das ist ja langweilig.«

Er machte einen mokanten Mund und zog an seiner Zigarette. Ich starrte gebannt in sein Gesicht: »Du hast wirklich einen Mädchenmund!«

»Was?«

»Marion hat mal gesagt, du hättest einen Mädchenmund.«

Ich lächelte flirtend, registrierte es beunruhigt, aber er glotzte nur hochdramatisch durch mich hindurch.

»Also, ich muß jetzt los«, sagte er und stand auf. »Es ist allerhöchste Zeit! Ihr sitzt ja sicher noch ein Weilchen.«

»Vielleicht sollte ich schon mal die Blumen aus deinem Büro holen, Arno«, sagte ich, von der plötzlichen Aufregung angesteckt.

»Ach, das hat noch Zeit!« sagte Arno gemütlich.

»Blumen?« fragte Sascha mit sanft begehrlichem Unterton. Kaum zu hören für das unaufmerksame Ohr.

»Deborah hat Blumen mitgebracht für Jeanette Guillaume. Zum Auf-die-Bühne-Werfen. Sehr hübsch, passend zum Kostüm.«

»Na klar«, sagte ich, »so mache ich das immer. Das ist eine Stilfrage, die Blumen passend zum Kostüm!«

Arno lächelte hintergründig.

»Ach so!« sagte Sascha knochentrocken. »Also dann viel Spaß in der Vorstellung. Bis morgen zur Gymnastikstunde, Arno! Tschüs!«

Wieder verfolgte ich die ausgedrehten Fußspitzen, bis sie eilig durch die Schwingtür verschwanden.

»Was hat er denn jetzt?« fragte ich verblüfft.

Arnos amüsierte Augenbrauen plus Mundwinkel strebten zur Decke: »O weh, ich glaube, das hat ihn getroffen. Triumphgemüse für die Guillaume! Und er kriegt keines! Und ausgerechnet du übst solchen Verrat! Wo er doch gestern so beiläufig erwähnte, meine Bekannte da, die von letztens aus dem Casino, die sei ja ziemlich nett!«

»Hat er gesagt? Wie furchtbar! Es lag überhaupt nicht in meiner Absicht anzubändeln.«

»Es ist dir aber allem Anschein nach gelungen. Die Bemerkung mit dem Mädchenmund war aber übrigens ein Fauxpas. So was mag er gar nicht.«

»Ich habe keinerlei triebhafte Absichten, Arno! Das wäre ja grauenvoll, wenn er jetzt...! Und du glaubst, daß es ihm im Ernst was ausmacht, wenn ich der Guillaume Blumen schmeiße und ihm nicht?«

»Ich werde ihn morgen mal ein bißchen aushorchen. Wenn er weichgeklopft ist von der Gymnastikstunde, werde ich ihm das Geständnis der gekränkten Eitelkeit entlocken. Oder der zarten Triebe.«

»Was für eine Gymnastikstunde denn?«

»Ach, hier im Haus gibt es eine allgemeine Gymnastikstunde. Für die Sänger und alle anderen, die Kondition brauchen. Ich gehe neuerdings auch wieder hin. Es ist dringend nötig. Muskeln wie ein Kolibri Krampfadern! Und Sascha ist auch immer da. Wegen der Strickleiter, sagt er.« Arno fing an zu kichern: »Ach, in der Gymnastikstunde ist übrigens letzte Woche was Peinliches passiert. Ich bin vor Lachen fast zusammengebrochen. Sascha hat zur Gymnastik immer ganz unglaubliche Klamotten an. Leggings und darüber riesenhafte T-Shirts. Und dazu ein Stirnband für die Lockenpracht. Er sieht aus wie Tante Frieda im Nachthemd. Vor der Stunde war plötzlich das Licht ausgefallen und ein Haushandwerker im Anmarsch, um den Schaden zu beheben. Wir standen alle schon in unseren Gymnastikklamotten im Weg herum, da kam er und sagte von hinten zu Sascha: ›Na gehen 'se mal zur Seite, junge Frau, ich muß da jetzt nämlich durch, damit 'se heute hier noch hüpfen können!‹ Da drehte Sascha sich um, und der Handwerker, der ihn offenbar kannte, versank vor Verlegenheit fast im Erdboden: ›Oh, Herr Fanesini, Sie sind das. Jetzt hab ich Sie glatt für eine von unseren Chormädels gehalten. Det iss mir aber jetzt unangenehm!‹«

»Und Sascha?«

»Hat versucht, es witzig zu nehmen. Aber es war ihm trotz nicht unbeträchtlicher schauspielerischer Anstrengungen anzusehen, wie peinlich es ihm war. Wo diese Mann-Frau-Geschichte hier doch eh Dauerthema ist. Dabei hat er eigentlich gar keine feminine Figur. Er hat schon Schultern. Es ist eher die Art, wie er sich bewegt. Jedenfalls wirkte sein Lachen dann sehr beklommen und ziemlich aus der hintersten Komödiantenecke rausgezogen.«

»Langsam verstehe ich, warum Marion solche Beschützerinstinkte hat. Das ist ja wirklich zum Paranoiakriegen. An Saschas Stelle hätte ich bestimmt schon einige Leute kopfunter an die Wand genagelt.«

»Bitte jemand von der Maske zu den Herren-Solo-Garderoben!« kam es aus dem Lautsprecher. »Jetzt hat er beschlossen, sich doch einen Vollbart ankleben zu lassen«, sagte Arno lachend. Er sah auf die Uhr.

»Es ist noch Zeit. Trinkst du auch noch einen Wein?« Ich nickte. Schließlich spielt »Hoffmanns Erzählungen« in einem Berliner Weinkeller. Darauf muß man sich einstimmen.

Am nächsten Morgen saß ich über Arnos spärlichen Steuerunterlagen. Hatte mir den ersten Rumkandistee dieses Herbstes gekocht. Wahrscheinlich mußte ich Arno bei Gelegenheit mal das eifrige Sammeln von Quittungen nahelegen. Wenn ich gesagt hatte, ich liebe Steuererklärungen, dann mußte ich das jetzt differenzieren: Ich liebe gut vorbereitete Steuererklärungen.

Im CD-Player dudelte »Giulio Cesare in Egitto«. Mit Sascha Fanesini als Julius Cäsar! Sie war mir am Tag zuvor im Plattenladen gegen meinen erbitterten Widerstand bis auf die Straße nachgelaufen. Mitten in einer cäsarischen Arie klingelte das Telefon.

»Gronwald?«

»Sascha Fanesini«, sprach es am anderen Ende.

Ach, sieh mal an, er besitzt ein Telefonbuch.

Ich drehte schnell den Lautstärkeregler des CD-Players leise, aber er hatte die entscheidenden Töne schon gespeichert: »Das ist ja meine Hamburger Live-Aufnahme von ›Julius Cäsar‹.«

»Ich hab sie mir gekauft«, gestand ich, innerlich schamrot.

»Und«, fragte er, »wie findest du's?«

Ich fühlte Bosheit keimen im Herzen.

»Na jaaa, schon toll! Bis auf die Tatsache, daß der Cäsar mit einem Countertenor besetzt ist. Das stört mich etwas.«

Der Telefonhörer fauchte heftig.

»Perlen vor die Säue!« tönte es heraus. »Und mir fällt nicht einmal ein Opernzitat ein, mit dem ich solchen Impertinenzen begegnen könnte! Ach doch! Ich hab eines parat: ›Ich bin nicht, wie andere Männer sind!‹ Kann ich damit dein Herz milde stimmen und zu dem eigentlichen Grund meines Anrufes überleiten?«

»Mit einem Zitat aus dem ›Rosenkavalier‹ immer.«

»Ich habe nämlich einen probenfreien Tag, und mir ist langweilig! Was machst du gerade?«

»Ich verzweifle über Arno Degens Steuererklärung. Dieser Mann wirkt doch sonst ganz geordnet. Aber bei seinen Unterlagen fehlt so viel... Ich überlege gerade, ob ich den Kram liegenlasse.«

»Wunderbar! Dann hast du also jetzt auch einen freien Tag.«

»Ich wußte nicht, daß das auch reziprok funktioniert. Eigentlich nicht ... ich habe eine ganze Menge...«

»... schrecklich langweiliger Dinge zu tun! Es funktioniert bestimmt reziprok. Weißt du das nicht? Alle Schimmel sind Pferde. Alle Schimmel sind weiß. Also sind alle Pferde weiß.«

Ich hörte ihn albern kichern. Oh, große Göttin!

»Was kann man in dieser Stadt denn unternehmen? Vor allem an Dingen, die man in Begleitung einer probenfreien Steuerberaterin tun kann.«

»Hm.«

»... an einem so schönen sonnigen Herbsttag wie heute in Begleitung einer pro...«

»Ich hab schon verstanden. Probenfreie Sänger können ziemlich nervig sein.«

»Weiß ich nicht, ich kenne keine probenfreien Sänger.«

»Also gut! Wir könnten zum Beispiel rausfahren. Zum Köpenicker Schloß. Oder an den Wannsee. Auf die Pfaueninsel übersetzen.«

»Pfaueninsel? Gibt es da richtige Pfauen?«

»Jede Menge.«

»Oh, ich liebe Pfauen! Ich falle jedesmal vor Bewunderung in Ohnmacht, wenn einer ein Rad schlägt. So ein Aufwand um ein paar mickerige Federn. Die perfekte Vorspiegelung falscher Tatsachen. Mit der vorderen Hälfte schmücken sie Herrscher und Throne, und hinten dran haben sie doch nur einen Hühnerarsch. Ein Pfau ist die lebende Verkörperung der Theaterillusion.«

»Wie poetisch! Der Hühnerarsch, meine ich!«

»Ja, nicht wahr! Fahren wir zur Pfaueninsel?«

Wir fuhren.

Ich holte Sascha mit meinem Auto ab. Dann gondelten wir die ewig lange Straße »Unter den Eichen« entlang.

»Also unter den Eichen kann man auch fahren, nicht nur unter den Linden«, stellte Sascha fest.

Durch Wannsee-Ort auf die Königstraße und den Nikolskoer Weg entlang. Setzten mit der kleinen Personenfähre über und gingen spazieren.

Als wir die weitläufige Ostseite der Insel erreicht hatten, schälte uns eine heiße Oktobersonne aus unseren Klamotten. Ich zog meine Jacke aus, Sascha öffnete die seine, schob jedoch seinen Schal über Hals und Bronchien zurecht, mit einer mütterlichen Geste, die irgendwo zwischen beruflicher Notwendigkeit und feistester Koketterie lag.

Über uns spannte sich ein unglaublich blauer Herbsthimmel. Wir fanden eine sonnige Bank mit einem Blick, der wie gemalt aussah. Öl auf Hartfaser, neunzehntes Jahrhundert, englische Landschaftsmalerei. Der Blick weit über eine Grasfläche, drüben ein Hain und ein aus griechischem Licht in den frostigen Norden entrückter Tempel. Auf der linken Seite das kühle Blau der Wasserfläche. Ich imaginierte Segel, die weiß darauf schaukelten.

Sascha seufzte und breitete die Arme aus. »Seid umschlungen, Millionen von Grashalmen! Solch ein Herbstwetter macht mich immer ganz melancholisch, ein Gefühl von glücklichem Schmerz. In der Schauspielerei gibt es eine Übung, die heißt ›sunshine‹. Du stellst dir ganz intensiv vor, du lägest in der Sonne, und registrierst dabei, wie du dich fühlst. Und ob es immer dasselbe Gefühl ist. Und wenn du dieses Gefühl später in einem anderen Zusammenhang brauchst, stellst du dir Sonnenschein vor, und eh voilà, schon hast du per Assoziationsverknüpfung das Gefühl. Das Ganze geht auch mit anderen sinnlich erfahrbaren Situationen. Mit einer warmen Dusche oder kalten Füßen.«

Er schlug die Beine übereinander und wippte mit dem Fuß.

»Natürlich klappt es nicht immer«, fügte er hinzu.

»Klingt sehr technisch!«

»Ja und nein. Es ist eine Hilfe, wenn du anders nicht an ein Gefühl herankommst. Besser ist es natürlich, die Gefühle aus der Situation der Bühnenfigur zu erzeugen. Das ist authentischer. Ich nehme manchmal am Ende von Orfeo ein wenig ›sunshine‹ zu Hilfe, wenn ich schlecht drauf bin. Aber in der Regel bin ich beim ›trionfi d'amore‹ geradezu unverschämt glücklich. Ich halte nichts von Falschspiel bei Bühnengefühlen.«

»Du warst auf der Schauspielschule, nicht? Bevor du gesungen hast.«

Er räkelte sich auf der Bank zurecht. »Nein, ich habe immer auch gleichzeitig gesungen. Ich wußte nur lange nicht, ob ich singen wollte oder Sprechtheater machen. Aber wenn man ernsthaft zu singen anfängt, kann man irgendwann nichts anderes mehr tun. Und das Singen ist befriedigender. Und tut mehr weh, wenn's nicht klappt.«

»Es klappt doch«, wollte ich sagen, da sah ich ihn an und schluckte den Satz hinunter.

Zog an seinem Jackenaufschlag. »Was mußt du dir denn vorstellen, um ein solches Gesicht zu machen? Du in einem Auto bergabwärts ohne Bremsen und deine soeben verblichene Geliebte auf dem Beifahrersitz?«

Sascha lächelte traurig.

»Nein, einen geschlossenen Süßwarenladen.«

Sprang auf: »Laß uns noch ein Stück gehen. Wo sind denn die versprochenen Pfauen?«

»Ich glaube, eher am vorderen Schloß. Wenn wir jetzt hier am Wasser entlang und dann durch den Park gehen.«

»Also, dann los!«

So war es also, wenn der Mensch zur Auster wurde. Arnos Beschreibung war treffend.

»Was ist deine Lieblingspartie?« versuchte ich im Gehen meine Austernzange.

»Kann ich so nicht sagen. Eigentlich immer die, die ich gerade singe.«

»Und deine Lieblingsrolle?«

»Damit ist es ähnlich. Einer meiner Schauspiellehrer hat gesagt, du mußt deine Rollen lieben, als seien sie deine Freunde. Selbst wenn du einen verabscheuungswürdigen Menschen spielst, mußt du versuchen, seine Motive zu durchdringen, und ihn dafür lieben, wie und was er ist. Denn wie sollst du jemanden überzeugend darstellen, den du nicht ausstehen kannst? Den du gar nicht kennen und in dessen Haut du sicher nicht stecken möchtest? Sehr menschenfreundlich gedacht. Mit so einer Einstellung könnte man Kriege verhindern.«

Er nahm das Kinn hoch. Das tat sein Orfeo auch immer.

»Denkst du gerade an Orfeo? Du siehst so aus.«

»Das hast du gesehen? Ich habe wirklich gerade an ihn gedacht. Gute Beobachtungsgabe! Weißt du, daß er Blues-Musik mag?«

»Wer?«

»Orfeo liebt Blues. Er ist eigentlich ein sehnsuchtsvoller und melancholischer Mensch. Euridice muß ihn oft aufheitern. Ach, ich liebe ihn schon sehr.«

»Wie kommst du denn auf Blues?«

»Ach, das ist wieder was Schauspieltechnisches. Wie kann ich dir das erklären? Jede Figur hat ihr Geheimnis. Das ist im Schauspiel so und somit in der Oper auch. Dieses Geheimnis muß ich aufspüren, wenn die Rolle gut werden soll. Weißt du, all die geheimen Freuden und Leiden, die dich zu einem lebendigen, farbigen, tiefgründigen Menschen machen. Mein Schauspiellehrer hat mal gesagt, erst wenn du weißt, was Romeo als Kind am liebsten auf seiner Pizza hatte, ob er nackt schläft oder Boxershorts trägt und was er vom § 218 hält, dann bist du bereit für: ›O teure Julia, was bist du noch so schön!‹«

Sascha sah versonnen vor sich hin: »Das ist schon eine faszinierende Vorstellung, daß genau das einer Rolle Tiefe gibt, was das Publikum nie zu sehen kriegt. Was nicht gezeigt wird, sondern nur zu spüren ist. Was die Zuschauer vielleicht gar nicht benennen könnten. In der Oper ist das natürlich nicht so von Bedeutung, das Singen macht jede Situation sowieso künstlich. Wer stellt sich schon mit gezogenem Degen hin und jault seinen Todfeind fünf Minuten lang voll, anstatt ihn gleich abzustechen? Aber man merkt trotzdem, ob jemand in seiner Rolle lebt oder bloß rumsteht und dem Dirigenten die Takte vom Stöckchen zählt.«

»Und was ist das innerste Geheimnis von Sascha Fanesini?«

»Zwiebeln und Schinken! Was die Pizza angeht. Keine Boxershorts. Alte Trikothosen mit vielen Löchern«, sagte er kokett.

»Das glaub ich nicht.«

»Was glaubst du nicht?«

»Dein innerstes Geheimnis. Du würdest nicht ernsthaft glauben machen wollen, daß deine unsterbliche Seele aus alten löchrigen Unterhosen besteht.«

Paradox ist, wenn einem Sänger die Worte fehlen.

Und dann trafen wir die Pfauen. Zwei männliche und ein grauweißgesprenkeltes Weibchen. Das sich um nichts kümmerte als Federnpflege und Würmer. Da stellte sich einer der Herren in Positur und fächerte seine Pfauenaugen vor dem blauen Herbsthimmel.

»Was sie wohl dabei empfinden?« flüsterte Sascha ehrfürchtig. »Ob es dasselbe Gefühl ist, wie ein Helden-›C‹ zu singen?«

»Ich weiß es nicht, weder hab ich je mit dem Hintern ein Rad geschlagen noch ein Helden-›C‹ gesungen.«

»Oh, es ist ganz wunderbar. Die reine Ekstase! Zumindest das ›C‹ solltest du mal versuchen. Ein Kollege von mir, da waren wir alle noch jung und knusprig, der war so süchtig nach dem ›C‹ in seiner Kehle, daß er richtig Angst bekam, es könnte ihm einmal untreu werden. Beim Frühschoppen nach der Probe sprang er einmal plötzlich auf und war verschwunden. Als er wiederkam, fragten wir natürlich, was los gewesen sei. Und er seufzte: ›Ich hatte plötzlich fürchterliche Angst, die Stimme wäre weg.‹ Da war er doch zum Flügel geflitzt, hatte eine Runde Skalen rauf und runter gesungen und erleichtert festgestellt, daß das ›C‹ noch dort war, wo es sein sollte. Zuerst waren wir alle sprachlos, und dann mußten wir sehr an uns halten, um nicht laut herauszuplatzen.«

»Nicht sehr komisch«, sagte ich.

»Nein, eher tragisch. Ein hysterischer Nebenschauplatz des Lampenfiebers. Das haben wir alle mal, aber die meisten nicht so überspannt.«

Als wir an Bord der wartenden Fähre gingen, hing über den Bäumen ein feuriger Sonnenuntergang. Spiegelte sich ein rot und röter leuchtender Ball im schattigblauen Wasser. Wir standen an der Reling, lehnten uns zwischen Rucksäcken und Kinderwagen an die Brüstung. Kalt fuhren die Windböen über den See. Wir hörten dem Schwappen des Wassers unter dem Fährenbauch zu. Der Fahrtwind roch nach November.

Sascha kniff in romantisierender Absicht die Augen zu: »Ach, ist das schön!«

Aber ich war mir nicht ganz sicher, ob er wußte, daß die Hügel vor uns nicht aus Pappe und die rote Sonne keine Laserprojektion war. Daß er den Sonnenuntergang wegen mir nicht demonstrativ genießen mußte.

Von einem späten Ausflugsdampfer, der unseren Weg kreuzte, klangen aus dem Lautsprecher Wortfetzen herüber: »Rechterhand… Pfauenins… ursprünglich unbewohnt… Schlösser als künstliche Ruinen erbaut… Pfauen werden dort gehalten seit…«

Dann waren wir am anderen Ufer.

Eine Weile fuhren wir schweigend unter dämmrigen Bäumen. Sascha lehnte sich zurück, streckte die Beine aus.

»Arbeiten eigentlich alle Sänger und Sängerinnen so … so schauspielorientiert wie du?« fragte ich.

»Nein, das ist Privatvergnügen. Was soll ich denn anderes machen, wenn ich in einer fremden Stadt bin und niemanden kenne? Dann gehe ich eben spazieren und denke über meine Rolle nach. Das ist unschlagbar als Mittel gegen Einsamkeitsgefühle. In der Oper ist es dann allerdings schon hauptsächlich Arbeit an der Interpretation und am Ausdruck über die Stimme, es sei denn, du hast einen Schauspielregisseur, der sich extra damit befaßt. Die Musik ist das allerwichtigste. Wenn du irgendwo Repertoire singst, bekommst du vielleicht gerade mal die Gänge erklärt oder siehst dir ein Video der Inszenierung an. Das ist nicht gerade phantasieanregend. Und mit einem Augen- und Ohrenwinkel bist du immer beim Dirigenten und beim Orchester. Du kannst dich nie so sehr in eine Rolle hineinfallen lassen, einen Satz verzögern, um eine andere Wirkung zu erzielen, denn dann wärest du ja hinter der Musik. Oder vielleicht läßt man sich anders hineinfallen. Die Töne transportieren die Emotionen ja auch, nur auf andere Weise.«

Er zupfte an seinem Sicherheitsgurt. »Ach, ich bin ein altes Sabbelhuhn! Was ist deine Lieblingsoper, Deborah?«

Ich bog auf die Hauptstraße ein.

»Meine Lieblingsoper? Musikalisch gesehen habe ich viele Lieblingsopern, es gibt einfach soviel schöne Musik. Von der Story her ist es eindeutig der ›Rosenkavalier‹. Oder vielleicht der ›Ring‹.«

»›Der Rosenkavalier!‹ Ach ja, ich erinnere mich: die Vorliebe für Mezzosopranistinnen.«

»Jawohl, und für Hosenrollen im besonderen.«

»O ja, und da sprichst du noch mit mir, wo ich doch den Damen die Rollen wegsinge.«

»Es sei dir verziehen, weil du es so schön machst.«

»Was ist so faszinierend an Hosenrollen?«

»Zwei Frauen auf der Bühne, die ineinander verliebt sind«, antwortete ich entschlossen.

»Ach so«, sagte er, »hat das irgendwelche Parallelen zu deinem realen Leben?«

»Klar.«

Gut kombiniert und messerscharf auf den Punkt gebracht.

»So ist das also! Na ja, dann verstehe ich, warum du an Countertenören keinen rechten Spaß hast. Aber ich finde Hosenrollen auch großartig. Das Illusionärste, was das Theater zu bieten hat, noch vor Theaterdonner und -blitz. Selbstverständlich wissen alle, daß da eine Frau singt, spätestens wenn sie den Besetzungszettel gelesen haben. Aber die Zuschauer sind eben bereit zu glauben, daß der jugendliche Liebhaber ein Mann ist. Darauf kommt es an. ›Belief of suspense‹ nennt man das im Krimi.«

»Ich sehe da nie einen Mann auf der Bühne.«

»Ja du, Deborah. Aber du willst ja auch eine Frau sehen. Verweigerst dich der gesellschaftlichen Übereinkunft.«

»Nein, ich habe nur eine andere Theorie. Octavian ist nämlich kein Mann, er ist ein Mädchen, das vorgibt, ein Jüngling zu sein, und die Marschallin weiß das. Natürlich weiß sie es, schließlich ist der vermeintliche Kerl ihr Liebhaber. Deshalb fällt ihr der Abschied auch so schwer. Denn soooo eine Liebe wird sie so bald nicht mehr finden. Sophie wird sich allerdings in der Hochzeitsnacht noch sehr wundern über ihren ›Jungen Herrn aus großem Hause‹. Und das Publikum glaubt, es soll denken, Octavian sei ein Mann. Dabei könnten sie's viel einfacher haben. Die Marschallin ist bisexuell.«

»Oh, là, là, eine kühne Deutung! Das muß ich Henry erzählen. Der liebt solche schrägen Interpretationen.«

»Ja klar. Sein Hoffmann ist ja auch mindestens bi. Mit einer männlichen Muse als Begleitung. Und mit den Frauen hat er ja auch kein besonderes Glück.«

Ich verlangsamte, um die Spur zu wechseln. »Die Lieblingsoper meiner Mutter ist übrigens auch der ›Rosenkavalier‹. Den hat sie mindestens dreimal im Jahr live gehört. Als Kind hab ich sie mal gefragt: ›Gehst du heute in die Rosenkavaline oder in eine normale Oper?‹ Die Maid in Hosen muß mich schon damals sehr beeindruckt haben.«

Sascha lächelte.

»Du liebe Güte, Deborah, jetzt sag nicht, der ›Rosenkavalier‹ sei schuld an der Frauenliebe!«

Ich lächelte zurück. »Wer redet denn von ›Schuld‹?«

Ich hielt an einer roten Ampel, sah zu ihm hinüber. Er hatte rote Kinderwangen von der Sonne.

»Wir sind gleich in Steglitz«, sagte ich. »Willst du hier aussteigen und gleich die S-Bahn nehmen, oder fährst du noch mit bis nach Schöneberg?«

»Die S-Bahn? Ja, also… wohin fährt die denn?« fragte er verstört. »Ja, also, ja… ich denke, ich steige hier aus«, zögerte er. »Berlin ist einfach riesengroß. Ach, irgendwie finde ich schon nach Hause. Ich bin ja ein tapferer, junger Mann!«

Ich fuhr ihn zum S-Bahnhof, er stieg aus, beugte sich durch die offene Tür herein: »Danke, Deborah! Das war ein wunderbarer probenfreier Tag. Wie ein Urlaub auf dem Land. Siehst du Arno diese Tage?«

»Na ja, ich habe seine nachweislose Steuererklärung zu Hause. Ich werde ihn nachher anrufen und einen Termin mit ihm ausmachen.«

»In der Oper?«

»Wahrscheinlich.«

»Ich habe viel zu tun dort in den nächsten Tagen, morgen und übermorgen und dann die nächste Vorstellung… Ja also: ciao, dann!«

»Ciao«, wiederholte ich, kam plötzlich meinen Gefühlen nicht mehr hinterher.

Er warf die Autotür zu, ging eilig in Richtung der S-Bahn-

Treppen davon. Waren wir jetzt in der Oper verabredet oder was? Ich lenkte verwirrt mein Auto heimwärts in Richtung Arno Degens Telefonnummer.

»Weißt du, du mußt einfach mehr Quittungen sammeln«, schulmeisterte ich eine halbe Stunde später in Arnos häuslicher Ruhe. »Immer, wenn du irgendwas kaufst, überlegen, ob du das nicht von der Steuer absetzen könntest. Klamotten zum Beispiel. Abendgarderobe!«

»Oje, Abendgarderobe!«

»Kannst dir ruhig mal 'n schicken Fummel gönnen«, grinste ich, »schadet gar nichts!«

»Halt dein loses Mundwerk, sonst erzähl ich Fanesini, daß du gleichgeschlechtlich liebst, dann ist's vorbei mit dem Geflirte.«

Mir wurde bei Saschas Namen seltsam warm ums Herz. Ein schöner Tag in Begleitung eines probenfreien Sängers.

»Er weiß es schon. Und flirtet trotzdem. Wir waren heute nachmittag zusammen auf der Pfaueninsel.«

Arno seufzte tief: »Wenn ich nicht auf alles ein waches Auge habe.«

»Habt ihr eigentlich Saschas Telefonnummer in der Oper?«

»Ja. Die Nummer seines Hotels. Kannst auch im Telefonbuch nachsehen. Hotel Mark Brandenburg, liegt in der Nähe der Oper. Wofür willst du sie denn?« Ich hörte listigen Sadismus aus seiner Stimme und spielte mit. »Ich mache seine Steuererklärung.«

»Nein«, kreischte es am anderen Ende, »du schwindelst!«

»Arno«, sagte ich, »du mußt dir nicht Marions Gluckengehabe zum Vorbild nehmen. Und auf die Reinheit der invertierten Ideologie passe ich selbst auf.«

»Ich warne dich«, orakelte er düster, »Countertenöre sind in den allermeisten Fällen männlich.«

Eine Viertelstunde später verabredete ich mich mit dem sehr erstaunten und, wie mir schien, verstohlen erfreuten Sascha für den nächsten Abend zum Essen.

Am nächsten Morgen jedoch, ich war heftig beim Arbeiten, klingelte das Telefon.

»Deborah, ich kann heute abend nicht mit dir essen gehen, ich springe in der Tosca ein«, sprach es am anderen Ende.

Ich war erstaunt, wie enttäuscht ich war. Und wie spitzzüngig.

»In der Tosca? Als was denn? Da gibt es doch gar keine Partie für dich! Singst du den Picknickkorb oder den Brunnen? Oder einen der Kerzenleuchter. Den linken oder den rechten?«

»Natürlich gibt es eine Partie für mich. Den Hirtenknaben«, sagte Sascha gekränkt.

»Mein Gott, die werfen dir wirklich alles zum Singen vor, was Hosen anhat.«

»Nein, das war reiner Zufall. Ich war im Casino, da kam der Betriebsdirektor mit dem Mihailescu, der die Tosca dirigiert. Sie standen hinter mir an der Kasse. Da sagte der Betriebsdirektor: ›Fragen ma doch den Sascha, der möcht ja eh imma olles singen. Und können tut er a olles, sogt er.‹ Er kommt aus Wien, weißt du. Und dann sagte er: ›Sascha, haben's etwa zufällig den Tosca-Hirten drauf? Täten Sie sich zutraun, das heut abend zu singen?‹ Ich hatte die Partie tatsächlich mal so spaßeshalber probiert, und so habe ich ›ja‹ gesagt. Die Altistin, die den Hirten normalerweise singt, hatte gestern nachmittag einen Termin wegen ihres Kostüms. Dabei hatte sie einen Kreislaufkollaps, und jetzt liegt sie zu Hause im Bett.«

»Vielleicht probiert sie nicht gerne Kostüme an.«

»Wie?«

»Ach nur ein Witz!«

»Na ja, jedenfalls findet der Betriebsdirektor es total abgefahren. Ein Countertenor, der den Hirtenknaben singt. Dieses Haus tut wirklich, was es kann, um positiv von sich reden zu machen. Und wenn's eine ganze Abendgage für ein trauriges Liebeslied ist. Komm doch in die Vorstellung. Ich sage Bescheid, daß sie dir eine Karte reservieren. Und nach der Vorstellung vor meiner Garderobe? Dann haben wir doch noch eine Verabredung.«

So kam ich zu einer »Tosca« mit einem echt männlichen Hirtenknaben. Der, obwohl er am wenigsten zu singen hatte, als letzter in seine Alltagskleider fand. Ich stand seiner Garderobe gegenüber an die Wand gelehnt und wartete. Hermann winkte mir zu, deutete auf die geschlossene Tür:

»Er wollte nur kurz duschen, hat er gesagt.«

Ich nickte ergeben. Wartete. Endlich kam Sascha aus der Tür, mit föngestylten Haaren, frisch rasiert und zurechtgemacht. Ich gab ihm einen Kuß auf die zarte Wange.

»Herzlichen Glückwunsch. Du warst gut. So richtig in zarter, erster Liebe entbrannt. ›Io de' sospiri te ni rimanno tanti.‹«

Er bedachte mich mit einem abwesenden Blick, sah mich an, als dächte er über mich nach. Ich hätte gern gewußt, was es über mich nachzudenken gab.

»So, war ich das?«

»Traumhaft hinreißend«, verstieg ich mich.

Sascha lachte.

»So spricht die glühende Verfechterin der Hosenrolle! Deborah, wie wird dir?«

Legte einen jovialen Arm um mich, während wir den Garderobenflur hinunter zur Treppe gingen.

»Verarsch mich nur! Es ist eine Sache von Prinzipien, Hosenrollen den Vorzug zu geben. Einen anderen Counterkerl als dich würde ich auch nicht dulden. Aber so, wie du heute abend gesungen hast …«

»Wie habe ich denn gesungen?«

Ich weiß nicht... es gibt kein Wort dafür... Knabenhaft?... Androgyn!«

»Wie? Na, das muß ja ein Ohrenschmaus gewesen sein! Blecheimer, Keksdose und kaputtes Gummiboot!«

»Ach, hör auf! Wie soll ich das erklären? Hast du mal die Grammophonaufnahme von Alessandro Moreschi gehört, dem einzigen Kastraten, der je auf Platte gesungen hat?«

»Ja. 1904 aufgenommen oder so.«

»Als ich das gehört habe, hab ich verstanden, was die Leute so an diesen Stimmen fasziniert hat. Nicht männlich, nicht weiblich, von beidem etwas, aber jenseits davon.«

Sascha grinste.

»Die transzendente Stimme. Ich weiß, was du meinst.«

»So ähnlich war es heute abend. Nicht ganz so stark. Aber manchmal hab ich eine Frau singen hören, manchmal einen Mann, manchmal etwas dazwischen. Das war bei ›Orpheus‹ auch schon so.«

»Vielleicht bin ich ja ein Kastrat!«

»Bestimmt nicht. Dann hättest du eine vorstehende Oberlippe, überlange Arme und wärst noch viel arroganter. Übrigens: Ich mache dir gerade in höchsten Tönen Komplimente.«

»In höchsten Tönen über höchste Töne!«

»Genau das.«

»Vielleicht macht mich das ja verlegen.«

»Ach, du Armer! Liest du nie deine Kritiken?«

»Doch, aber im stillen Kämmerlein, während ich ein Fläschchen Riechsalz umklammere.«

Wir standen am offenen Bühneneingang. Die Luft war nebelfeucht. Die alten Gemäuer auf der anderen Straßenseite schwammen und schaukelten auf den Wasserpfützen. Die Schleier dahingegangener primi donne und uomini umschmeichelten milchweiß die gelben Berliner Straßenfunzeln. Ich grub mich tiefer in meine Lederjacke, steckte die Nase in den Wollschal. Es war so gemütlich, hier im Halbwarmen den Seelen beim Umgehen zuzuschauen. Sascha knöpfte den Mantel zu.

»Ach, jetzt bin ich ganz satt von Musik! Gehen wir noch was trinken, Deborah?«

»Gern. Weißt du was in der Nähe?«

»Ja. Folgen Sie mir unauffällig.«

Wir steuerten auf die »Linden« zu.

Sascha wickelte sich im Gehen den Schal fester um den Hals und fischte in der Manteltasche nach seinen Zigaretten. Ich klopfte gegen die blaue Schachtel.

»Weißt du, das ist wirklich unlogisch: Bis dreißig Grad im Schatten den Hals einpacken und dann qualmen wie ein Schlot.«

»Ach Gott, irgendein Laster brauch ich doch auch.«

»Hast du sonst keines?«

»Kein einziges! Tugendhaft wie die unglückliche Olympia.«

»Die ist doch eine Puppe! Ein Automat!«

»Eben. Aufstehen, ins Theater fahren, proben, was essen, wieder proben, umziehen, Maske, singen, nach Hause fahren, schlafen, aufstehen, ins Theater fahren. Bis dreißig Grad im Schatten den Hals einpacken, den Mund zumachen und immer studiert auf die Probe kommen. Ich bin auch so ein Püppchen.«

»Keine Drogen, kein Alkohol, keine Frauengeschichten?«

»Willst du Indiskretionen hören?«

»Ja! Ich bitte ausdrücklich darum!«

»Das Geheimnis ist: Es gibt keine. Ich stehe kurz vor der Seligsprechung!«

»Ein Workoholic! Warum habe ich immer mit Leuten zu

tun, die mit fünfundvierzig am Herzinfarkt eingehen wollen? Das muß an mir liegen. Und dann noch rauchen!«

»Nur ein bißchen; und nicht, wenn ich Aufnahmetermine habe. Das verbietet die Eitelkeit. Stell dir vor, der Marlboro-Mann singt auf Compact-Disc Countertenor.«

»Wo gehen wir eigentlich hin?«

»Zur Oranienburger Straße. Aber hintenrum, über die Museumsinsel. Ich will dir was zeigen.«

Ich betrachtete die begeisterten Atemwolken aus seinem Mund.

»Da ist nämlich eine bemerkenswert umfangreiche Freilichtopernbühne. Da werden mehrere Opern synchron gespielt. Immer um Mitternacht.«

»Oh, da sind wir aber noch zu früh dran.«

»Ich will dir auch nur die Bühnenbilder zeigen. Die Opern selbst werden nicht für die Öffentlichkeit gegeben. Normalen Sterblichen ist es sogar strengstens verboten, zuzuhören. Da singen die Stars der vergangenen Jahrhunderte. Caffarelli, Farinelli, Giuditta Grisi, Maria Malibran, Caruso...«

»Ach ja, ein paar von denen hab ich vorhin von der Probe kommen sehen. Die waberten vor dem Intendanzgebäude miteinander um die Straßenlaternen.«

»Gut möglich, Deborah, seeehr gut möglich!«

Wir gingen direkt auf die Spree zu. Sascha verlangsamte seinen Schritt.

»Schließ die Augen! Gib mir deine Hand! Es gibt nur einen einzigen Zuschauerraum für mehrere große Bühnen. Aber das macht nichts, Geister brauchen kaum Platz. Sie passen sogar in Schnapsflaschen und Fingerhüte. Laß die Augen zu!«

»Du hast kalte Pfoten, Sascha!«

»Das macht die Anwesenheit der Seelen!«

»Nein, das Rauchen.«

»Pssst, taci, taci! Sprich nicht von Rauch in Gegenwart von Seelen. Das mögen sie nicht. Das erinnert sie an Urnenbestattung, Scheiterhaufen, Feuersbrünste und Lungenkrebs.«

Ich hielt wie befohlen die Augen geschlossen, roch die Feuchtigkeit des Flusses, des Nebels, spürte, wie der Wind durch meine Haare fingerte. Tappte an Saschas Hand durch die eine oder andere Pfütze.

»Sind wir auf einer Brücke?«

»Pssst!«

Da hielt er an, trat hinter mich, umfaßte meine Schultern, schob mich einen Schritt vorwärts. Raunte mir ins Ohr.

»Oh, der Geist des ermordeten Gatten! Arme Lucia! Sie ist wahnsinnig geworden! Öffne die Augen, Deborah!«

Ich machte die Augen auf. Sah etwas Dunkles aufragen drüben über dem Wasser.

»Siehst du Schloß Lammermoor? Die Zugbrücke, die metallenen Ketten?« Nebelschwaden zogen weiß herüber, leise Wellen platschten gegen die Burgmauer. Es roch nach Moor und schlammigem Grabenwasser.

»Blut, alles voller Blut!« hauchte es an mein Ohr. Plötzlich zischte ein gelber, hellerleuchteter Wurm aus dem Schloß über die Zugbrücke, und die S-Bahn fuhr in Richtung Alexanderplatz davon.

»Ooops!« sagte Sascha, so amerikanisch breit wie sein Freund Henry. »Ein Versehen des Inspizienten. Das war eine ganz andere Oper. Vielleicht in London, im 19. Jahrhundert spielend: ›I segreti di Sherlocco Holmes e del Dottore Watson.‹«

Er legte mir seine Hand über die Augen, die nach Zigarette und Eau de toilette roch und wieder ganz warm war. »Oh, Gott, sieh nicht hin!« flüsterte er.

Dank seiner Pranke vor meinem Gesicht blieb mir erspart, was immer Schreckliches es zu sehen gab. Dafür kitzelte mich sein Atem am Ohr, reizte seine Hand vor meiner Nase mich zum Niesen, gruben sich seine Finger in meine Schulter.

»Oh, ach, da steht er, ein Geist aus dem Jenseits wird es sein. Der dich von Grund auf kennt.«

Ich hätte gern gesehen, wer mich da so gut kannte.

»Oh, was für drohende Blicke er uns zuwirft«, flüsterte Sascha zum Herzklopfen dramatisch. »Oh, statua gentilissima del gran commendatore!«

Ich zerrte die Hand von meinen Augen. Einen Moment lang sah ich Sternchen, von Saschas festem Griff. Weiß blitzte es auf zwischen den erleuchteten Rundbögen des Bodemuseums. Da, wieder! Zwischen den Säulen! Mein Herz schlug aufgeregte Zweiunddreißigstel.

»Weg ist er«, sagte Sascha still amüsiert. Ich spürte seine Wärme angenehm in meinem Rücken. »Ich habe den Komtur lieber nicht zum Abendessen eingeladen. Ich esse nicht gern feurig.«

Ich mußte lachen, drehte mich um, zog ihn am Tenorschal.

»Du Mistkerl! Ich habe wirklich fast den Commendatore gesehen, Leporello!«

»Ich Leporello? Dann wärst du Donna Giovanna. Deborah, was muß ich hören?! Zweihunderteinunddreißig Frauen verführt, allein in Deutschland! Und in Italien sechshundertvierzig! Du warst doch in Bella Italia, im letzten Sommer. Muß ja ein irrer Streß gewesen sein.«

Ich sah den winzigen Moment der Spannung, der über sein Niklas-Gesicht huschte, bevor er ihn mit langgeübter Schauspieltechnik wegwischen konnte. Seine Hand lag immer noch auf meiner Schulter. Das mochte auf der Bühne wirken, aber das hier waren nicht »Hoffmanns Erzählungen«.

»Nein«, sagte ich und schluckte, »es war nur eine Frau. Und die hat mich verführt.«

Schluckte wieder: »Und verlassen.«

Einen kleinen Moment lang sahen wir uns gegenseitig bis hinter die Netzhaut, dahin, wo das Denken anfängt. Ich war es, die den Blick zuerst fortnahm. Das hatte ihn nichts anzugehen. Ich hob den Kopf, deutete über seine Schulter in Richtung Weidendammer Brücke.

»Sieh mal, Venedig!«

Er drehte sich um.

»O ja, die Rialtobrücke. Ah, belle nuit d'amour! Nein, wir sind in Paris, da spielen mehr Opern: La Bohème, Manon Lescaut, La Traviata, Capriccio, na ja, das spielt bei Paris.«

»Deine Geister haben gut zu tun.«

»Oder nein! Wien! An der schönen, blauen Donau!«

»Was für Opern spielen denn in Wien?«

Sascha ging zur Brüstung, legte die Hände darauf, sah hinunter ins Wasser. Zog die Schultern hoch, drehte sich um, raffte phantasierte Spitze und Taft. Stellte zierlich das Füßchen und neigte den Kopf. Fächelte sich Luft zu mit einem unsichtbaren Fächer, das Kinn, die kleine Nase hochgereckt, den Mädchenmund wie zum Weinen zusammengepreßt, ein imaginiertes Dekolleté, das sich unterm Wollschal erregt hob und senkte. Sah mit großen, braunen Augen zu ihrem Liebhaber hinüber.

Quiekte im Falsett: »Mein Gott, es war nicht mehr als eine Farce. Wie er bei ihr steht, und ich bin die leere Luft für ihn.«

Schwang sich auf das Steinbänkchen hinter ihm, kühn und männlich und ein bißchen geckenhaft. Stand breitbeinig oben, die Hände in frommer Innigkeit vor der Brust. Sang mit halber Stimme durch den kalten Nebel. Etwas Zartes, Inniges, was fast sein Stimmfach hätte sein können.

»Es ist was kommen und ist was g'schehn.
Ich möcht' sie fragen: darf's denn sein?
Und grad' die Frag,
die spür' ich, daß sie mir verboten ist.
Ich möcht' sie fragen, warum zittert was in mir? –
Ist denn ein großes Unrecht geschehn? Und grad' an die
darf ich die Frag nicht tun – und dann seh ich dich an,
und seh nur dich, und spür nur dich …«

Stieg langsam von seinem Podest, stand vor mir. Ich steckte die Hände in die Hosentaschen, schluckte. Wer war ich, mich von einem Countertenor anbaggern zu lassen? Ich war überhaupt nicht zu beeindrucken und sagte schnell: »Das kommt mir bekannt vor. Aber ich hab vergessen, aus welcher Oper es ist!«

»Verrat ich nicht. Barock, Opera seria. Du weißt ja, meine Spezialität. Oder vielleicht Mozart? Es klingt ein bißchen wie eine Mozart-Oper, nicht?«

Als er die Arme hob, fürchtete ich einen Moment lang, er wolle mich umarmen. Aber er hielt sie an, mitten in der Luft, wie die Puppe Olmypia, wenn ihr Spielwerk abgelaufen ist, steckte den Schal fester und sagte leise: »Bei diesem Nebel singen, das kann wirklich nicht gut sein für den Hals.«

Da bekam ich endlich wieder den Mund auf: »Barock, du hältst mich wohl für blöd? Das hört doch ein Blinder, daß das kein Barock ist!«

Die Kneipe, die Sascha im Auge gehabt hatte, war brechend voll. In der nächsten komplimentierte uns die Kellnerin gleich an der Tür wieder hinaus. Wir liefen die ganze Oranienburger Straße hinauf und hinunter, ohne einen Platz im Warmen und ein Bier zu bekommen. Schließlich standen wir unter der neuerblühten Kuppel der Synagoge und machten lange Gesichter.

»Eigentlich können wir jetzt gleich zu mir ins Hotel gehen.« Sascha fror sichtlich, wirkte nur noch halb so breitschultrig unter seinen Wollschichten.

»Also dann zu ›Fanesinis‹«, sagte ich. »Sonst leidet noch die goldene Kehle.«

Gehen wir zu dir, Baby, oder gehen wir zu mir?

Die Seitenstraßen waren schlecht beleuchtet und heruntergekommen. Die Häuser ausgefranst, mottenzerfressene Fassaden, rußverklebter Stuck, kaputte Fensterscheiben, hinter denen die Prunkzimmer mit den hohen Decken leer standen.

»Die Gegend sieht immer noch aus, als hätte E.T.A. Hoffmann sie erfunden«, sinnierte Sascha mit glänzenden Augen. »Während der Probezeit habe ich für meine Rolle als Muse hier immer Liebesnacht und Gruselluft geschnuppert. Eine sehr inspirierende Gegend. Von den Menschen im Stich gelassen, traurig und phantastisch. ›... und vor der Tür ein Schneider, der betrunken dort schlief.‹«

»Auch eine Opernbühne!« sagte ich.

»Für den letzten Akt mit tragischem Ausgang. Und in zehn Jahren wird man von all dem hier nichts mehr sehen. Die Deutschen haben so einen fatalen Hang zur Geschichtsverkleisterung. Alles was gewesen ist, ob gut oder schlecht, wird mit frischer Farbe zugeschmiert. Siehst du das Schild? Da vorne wohne ich.«

»Hotel Mark Brandenburg«, ein gelblich-weißes Neonschild. Ein Haus, so angenagt wie alle anderen. Eine schwere Holztür, die mit einem Durchsteckschlüssel geöffnet werden mußte. So was hatte ich seit zehn Jahren nicht in der Hand gehabt.

»Ich muß jeden Abend von neuem überlegen«, sagte Sascha mit dem Schlüssel fuchtelnd, »dabei ist die Sache eigentlich ganz einfach, ich bin nur so verkrampft. Also, Schlüssel hinein, dann aufschließen. Jetzt drehen. Ach ja so, jetzt durchstecken.« Er stemmte sich gegen die Tür. »Ich habe immer Angst, daß ich den Schlüssel durchstecke und die Tür ist trotzdem noch zu. Ach siehst du, jetzt guckt er auf der anderen Seite heraus. Es gibt doch immer wieder angenehme Überraschungen. Das ist nämlich der Sinn des Ganzen: Du bist gezwungen, wieder abzuschließen. Ha, was für eine geniale Erfindung gegen menschlichen Schlendrian!«

Ich mußte lachen.

»Als ich vor zehn Jahren so was hatte, fand ich es nur lästig«, sagte ich.

»Das passiert nur, wenn du es von der Warte des Schlendrians betrachtest.«

Wir erklommen rechts ein paar Stufen zum Treppenhaus, und Sascha öffnete die Tür zur Parterrewohnung. »Guten Abend«, grüßte er den Portier und flüsterte vergnügt: »Den haben sie aus dem Hotel Sacher geklaut. Mitsamt der Uniform.«

»Guten Abend! Es ist Post für Sie da, Herr Fanesini.«

»Ah, endlich das Engagement an die Met!« Er steckte schnell die beiden Briefe in die Manteltasche, ohne auf den Absender zu sehen. »Danke sehr. Und den Zimmerschlüssel bitte! Wir müssen nach oben«, sagte er erklärend. »Hier ist nur die Rezeption. Die Zimmer liegen im ersten Stock.«

Im Treppenhaus war es zugig und kalt. Sascha schloß die rechte Wohnungstür in der ersten Etage auf, dann die zweite der hohen, zweiflügeligen Türen auf dem langen, mit braunem Teppichboden belegten Flur.

»Ich kann mir nicht helfen«, flüsterte er, »für mich liegt hier immer ein Anflug von Raubtierhaus in der Luft. Vielleicht halten sie ja Tiger in den anderen Zimmern.« Er breitete die Arme aus.

»So, bitte schön, ›Chez Fanesini‹! Treten Sie näher, meine Damen und Damen.«

Das Zimmer war grauenvoll! Und am schlimmsten war das Bett, denn es hing durch wie eine Amazonasbrücke.

»Das Mobiliar hat Ähnlichkeiten mit einem Siebziger-Jahre-VEB-Jugendzimmer, nicht?« sagte Sascha, der meinen Blick sah. »Guck nicht so, Deborah, ich bin abgehärtet, was Hotelzimmer angeht. Geradezu immunisiert.«

»Das Orange im Vorhangmuster macht längerfristig sicher blind. Und die Lampen grenzen an Körperverletzung!«

»Wenigstens sind sie auch orange. Orange ist die Farbe der Veränderung. Die Mönche des Zen-Buddhismus tragen Orange. Ich meditiere täglich über dem Vorhangmuster. Das ist jedesmal eine Offenbarung! Setz dich! Willst du einen Kleiderbügel? Nein? Ich brauche einen Kleiderbügel gegen den menschlichen Schlendrian. Mein Mantel hat was gegen Liegekuren.« Er hängte den Mantel mitsamt dem Kleiderbügel an einen Haken hinter der Tür.

»Ich brauche jetzt erst mal mein Theaterei! Singen macht hungrig und aufgedreht!«

»Dein Theaterei?«

»Ach, so eine Marotte von mir, nach der Vorstellung noch ein Ei mit Cocktailsauce zu essen, und wenn es drei Uhr morgens ist.«

Er öffnete das Fenster. Zwischen den Fensterflügeln stand hochkant ein Eierkarton, eine Flasche Sherrysauce und eine Flasche Orangensaft.

»Hier bitte, mein Kühlschrank. Sie haben auch Zimmerservice hier, aber ich mag vor dem Frühstück niemanden sehen, schon gar nicht einen Zimmerkellner. Ich hasse Leute, die in meiner Privatsphäre herumschnüffeln, auch wenn sie es von Berufs wegen tun.«

Er holte ein fein geschliffenes Glas aus dem VEB-Sperrholzkleiderschrank: »Magst du Orangensaft? Oder Wein? Aber ich habe nur weißen, und der war nicht kaltgestellt.

Das Glas ist vom Flohmarkt. Ist es nicht wunderschön?« Er hielt das Glas gegen das Licht. »Ich werde es nie heil bis nach Hause kriegen!«

»Orangensaft ist in Ordnung«, sagte ich, »passend zur Tapete! Was heißt denn ›Nach Hause‹?«

»Ich habe eine Wohnung in Basel. Das heißt, da stehen meine Bücherregale und mein Klavier.«

Er füllte einen Wasserkocher über dem Badezimmerwaschbecken und steckte den Stecker in die Steckdose. Als das Wasser zu kochen anfing, ließ er zwei Eier nacheinander ins Wasser gleiten.

»Die Kunst ist, die Eier zwischen Heizdrähten und Topfwand so zu plazieren, daß sie nicht platzen. Das tut den Heizdrähten nämlich gar nicht gut.«

Ich lehnte in der Badezimmertür und sah in Stand-by-Position zu.

Im mitleidlosen Licht der Erleuchtungslampen sah Sascha blaß und übernächtigt aus. Hohlwangig wie sein Hotel. Zuviel gesungen in der letzten Zeit, zuviel öffentliche Person gewesen, freundlich gelächelt und unverbindlich geistreiche Bemerkungen gemacht. Die Kanten in seinem Kinn traten überdeutlich hervor. Die Erschöpfung in den Augen wurde noch betont durch Kajalreste, die die Dusche überlebt hatten. Ich konnte sehen, wie der leuchtende Goldglanz abblätterte. Wie darunter etwas anderes zutage kam. Etwas von Müdigkeit und Anstrengung, das schmerzte. Weil es immer noch eine Rolle war: Fanesini spielt Fanesini privat. Ich hatte keine Ahnung, ob es ihm überhaupt bewußt war.

Als er so dastand, das eine Bein leicht vorgestellt, die linke Hand in die Hüfte gestützt, die andere mit dem Löffel locker baumelnd, den Blick auf den elektrischen Eiergeysir gerichtet, da war er der heroischste Hühnereiesser, den ich je gesehen hatte.

»Sascha?«

»Ja?«

»Eigentlich bist du ein furchtbar netter Mensch.«

Er sah erstaunt aus.

»Oh, danke, wie komme ich zu der Ehre? Möchtest du eigentlich auch ein Ei?«

»Nein danke!« Ich setzte mich in einen der beiden Fünfziger-Jahre-Clubsessel. Sascha stellte mein Glas auf die Konsole daneben. Dort stand ein kleiner, lächelnder Plüschaffe mit rotem Hut und Schlagwerk in den Pfoten. Ich nahm das Glas, stellte es wieder zurück, griff danach.

»Was ist das denn?«

»Eine weitere Marotte, liebe Deborah.«

Er drehte an einer Schraube, setzte das Äffchen auf den Tisch. Es fing an breit grinsend und geräuschvoll von einem Fuß auf den anderen zu treten und die Beckenhälften zusammenzuschlagen.

»Aufziehspielzeug!«

»Ja. Ich liebe alles, was läuft, quietscht, kracht und kreiselt und brummt. Schau mal, hier!«

Er öffnete die Schranktür. »Sieh mal! Ein Flügel, mit Spieluhr. Leider nur ›Die kleine Nachtmusik‹ und ›Guten Abend, gut' Nacht‹.« Er drehte an einer Schraube. Was da quäkte, klang entfernt nach Mozart.

»Da! An dieser Stelle dreht sich mir jedesmal der Magen um. Völlig falscher Rhythmus. Es ist keine Synkope in diesem Takt. Und an der einzigen Stelle, an der dieses ganze lange Stück spannend wird, da bricht die Musik ab. So muß sich Mozart als Kind gefühlt haben, wenn sie ihm die C-Dur-Tonleiter nur bis zum ›H‹ vorgespielt haben. Das kann einen glatt in den Wahnsinn treiben. Aber das Gutenachtlied ist sehr stimmungsvoll.«

»Und dieses Zeug schleppst du auf Reisen mit dir herum?«

»Was heißt denn auf Reisen? Ich wohne doch vier Monate hier. Die Sachen sind mein Zuhause!«

Er stellte den Flügel vorsichtig in den Schrank. Streichelte dem Äffchen über den Kopf, bevor er es auf die Konsole zurückstellte. Drehte sich nach mir um, legte den Kopf schief wie ein Schmierenkomödiant.

»Ich bin eben doch ein großes Kind. Ich glaube mir selbst, daß ein Aufziehklavier Musik machen kann, und ich glaube auf der Bühne, daß die Gipssäule aus Marmor ist und Euridice tot für immer. Und das ist so traurig, daß ich sterben könnte, wenn der Dirigent mich nicht noch bräuchte für die nächsten beiden Akte.« Er breitete die Arme aus: »Ah, Euridice!«

Streckte die Hand nach seiner unsichtbaren Gattin aus. Da überlief mich eine Gänsehaut. Mit dieser Bewegung hatte die blaue Lady im »La Belle« ihr Amore-Engelshaar zum Tanzen aufgefordert. Der gleiche sehnsuchtsvoll gespitzte Mund, die gleiche Geste! In mein fassungsloses Erstaunen hinein schrillte die Eieruhr.

»Ach, der Mitternachtssnack!« sagte Sascha ungerührt.

Ich ging ihm nach ins Badezimmer, lehnte mich wieder in den Türrahmen.

»Du hast eine Schwester, nicht?«

Sascha trug seine Eier zum Tisch.

»Ja, sie heißt Viola. Sie ist mit einem Schweizer verheiratet und lebt in Como.«

Also nicht gerade wahrscheinlich, daß sie in Berlin in einem Lesbenabschleppschuppen herumhing.

»Warum fragst du, Deborah?«

»Hm. Ich habe vor zwei Wochen in einer Bar eine Frau gesehen, die hätte deine Zwillingsschwester sein können.«

Er sah mich überrascht an.

»Du hast...? Viola ist drei Jahre älter als ich. Was war denn das für eine Bar?«

»Ein Abschleppladen für Lesben, ›La Belle‹.«

»Ach! Wann warst du denn in dieser Bar?«

»An dem Abend, an dem du das erste Mal den Orpheus gesungen hast.«

»Aha, ach so! Sieh mal an! Eine Lesbenbar, also, na ja, nicht gerade die Art von Örtlichkeit, wo meine Schwester sich für gewöhnlich aufhält.«

»Dachte ich mir«, sagte ich.

Er umfaßte sein Glas fester. Runzelte die Stirn.

»Und da hast du eine Frau gesehen, die mir ähnlich sah?«

»Ja, das war recht seltsam. Sie saß mit einer anderen Frau am Tisch, und ich hatte irgendwie das Gefühl, daß ich sie kannte. Sie trug einen Hut, so daß ich zuerst ihre Augen nicht sah. Dann schob ihr die andere Frau den Hut in den Nacken. Und jetzt gerade hast du mich an sie erinnert. Ich fand sie sehr attraktiv.«

Sascha lachte.

»Ich? Ach, du meine Güte! Im übrigen, was machst du denn in einer Lesbenabschleppbar?«

»Sitzen, Wein trinken, Frauen beobachten und über das Leben nachdenken.«

»Und dich abschleppen lassen?«

»Im allgemeinen nicht. Von der Lady mit dem Hut vielleicht. Die hat mich schon gereizt.«

»Weil sie mir ähnlich sah?«

»Bist du reizend?«

»Nur, wenn ich einen Hut aufhabe.«

Damit schlug er dem ersten seiner Theatereier den Kopf ab. Ich verschränkte die Hände hinter dem Kopf.

»Das Singen von Hosenrollen hab ich dir ziemlich übelgenommen«, sagte ich lächelnd. »Bei der Einführungsveranstaltung zu Hoffmann hättest du eigentlich meine erdolchenden Blicke aus dem Publikum spüren müssen.«

»Aber ich bin doch nun mal eine Hosenrolle, liebe Deborah, was soll ich denn sonst singen? Bei der Einführung warst du also auch. Na ja, ich kriege oft solche Fragen zu Frauenrollen gestellt, die zumindest doppelbödig sind.«

»Und trotzdem hast du ganz offen geantwortet.«

»Ach, je weniger geheimnisvoll ich mit der Irritation umgehe, die ich bei den Leuten erzeuge, desto weniger anstrengend. Und Brünnhilde ist ja wirklich meine ganz spezielle Liebe. Eine tolle Frau! Stark, mutig, aufmüpfig, leidenschaftlich, erotisch, zartfühlend, kämpferisch, einfühlsam, humorvoll, klug… Ihr einziger Fehler ist, daß sie sich zuviel gefallen läßt von den Männern, die alle so glaubhaft beteuern, sie zu lieben. Wotan! Siegfried! Meiner Ansicht nach sollte sie nach Siegmunds Tod mit Sieglinde durchbrennen. Dann könnten die beiden fern von Wotans Gockelturm das verlorene Matriarchat wiederaufbauen. Mit Brünnhilde und Sieglinde als Göttinnen und Siegfried als ihrem heldenhaften Sohn. Und jetzt mache ich doch den Wein auf.«

Ich guckte skeptisch.

»Nicht in deinem Sinne, Deborah? Das Matriarchat, meine ich. Gib mir dein Glas, ich wasche es aus.«

»Doch, sehr in meinem Sinne. Ich frage mich nur, wie du auf solche Sachen kommst. Das wiedererrichtete Matriarchat und womöglich noch Sascha Efff als Brünnhilde. Wenn das nicht irritierend wirkt auf eine eingleisig denkende Lesbe wie mich!«

»Vielleicht wäre ich auch lieber ein matriarchaler Held als qua Struktur ein patriarchaler Arsch«, rief er mit Halleffekt aus dem Badezimmer. »So erstrebenswert ist die männliche Rolle nämlich auch nicht in dieser Gesellschaft.«

Stand in der Tür, trocknete die Gläser mit einem Badelaken ab. »Nur halbe Sachen. Mann oder Frau, stark oder schwach, hart oder weich, tot oder lebendig. Zwischen diesen Polaritäten darfst du dich dann zerreißen. Wahrscheinlich genieße ich deshalb mit Wonne die Gerüchte um Countertenöre im allgemeinen und mich im besonderen.«

»Bist du eigentlich schwul?«

Er bedachte mich mit einem langen Blick.

»Du meinst, ob ich auf Männer stehe? So wie Siegmund in der Walküre: ›Mich drängt es zu Männern …‹?«

»Na ja, das will das Wort ›schwul‹ wohl ausdrücken. Also? Drängt es dich zu Männern?«

»Nein.«

Ich nickte befriedigt, ich hatte es nicht anders erwartet, das war nicht das Seltsame, Undefinierbare an seinem Wesen, was ich immer wieder spürte. Was sich entzog und alle irritierte. Ich wartete, ob noch etwas käme, ich hatte so ein Gefühl. Aber er hüllte sich in Schweigen und köpfte sein zweites Ei.

»Und warum die Kundry?« wollte ich wissen. Er drehte die Locke über seinem rechten Ohr in Korkenzieherform.

»Die Kundry! Hm! Weil es kaum eine Opernfigur gibt, die so vieles zugleich lebt. Soviel Polares zur gleichen Zeit verkörpert. Das ist auch eine Aufhebung der Polaritäten. Gut und Böse, Himmel und Hölle, Liebe und Tod, Verwünschung und Erlösung. Die Verkörperung von grundlegenden Gegensätzen in einer Person, beinahe im selben Moment, das fasziniert mich.«

Er legte säuberlich den Eierlöffel neben das Messer auf den Teller. Sah mich mit tiefphilosophischen Augen an.

»Die Verkörperung von grundlegenden Gegensätzen in einer Person«, sagte ich. »So wie ein Countertenor?«

Ein kleines Lächeln, ironisch durch geraffte Mundwinkel.

»Hah, du hast es verstanden! Der Countertenor, das Zwitterwesen. Ein ganzer Kerl dank Chappi, und kaum macht er den Mund auf, suchen alle nach den verborgenen weiblichen Formen und vermuten eine heimliche Hosenrolle. Ist das nicht großartig?«

Dafür hätte ich ihn küssen mögen.

Es war spät, als ich nach Hause fuhr. Lange nach der ersten Flasche Wein. Sascha hatte mich nicht gefragt, ob ich bleiben wollte. Da ordnete ich erleichtert die kleine Szene an der Museumsinsel unter »Theaterdonner« ein, der Göttin sei Dank. Er spielte eben gern.

Ich lag im Bett und konnte nicht einschlafen. Ich war müde genug, ich war sogar betrunken genug. Direkt neben meinem Ohr tickte der Wecker viel zu laut. In meinem Kopf formierten sich Bilder, die dort nichts zu suchen hatten. Sascha Fanesini, der von seinem steinernen Minneliederbänkchen heruntersteigt und auf mich zukommt. Der die Arme hebt, und keineswegs, um sich den Tenorschal um den Hals zu wickeln. Die Bilder machten sich selbständig. Ich biß die Zähne zusammen. Seine Hände, die nun wieder ganz warm sind. Der Anflug eines herben Rasierwassers. Ein glatter, weicher Schal, ein mokanter, weicher Mund, Augen, tief wie ein milchschokoladenfarbiges Meer. Ich wollte keine Bilder von Countertenören, die unbefugt vom Kopf in den Körper wanderten, sich dort ausbreiteten und Unsinn machten.

Machte das Licht wieder an. Erhob mich aus meinem Sündenpfuhl und setzte Teewasser auf. Also gut, Marion, ich gebe mich geschlagen. Er gefällt mir. Ich mag ihn. Und jetzt? Mit den Zehenspitzen vorsichtig tastend, wagte ich mich ungefähr knöcheltief in das Gefühl von Verliebtheit hinein. Mindestens fünfundzwanzig Grad warm. Beim nächsten Schritt reichte es mir bis zu den Knien, und beim übernächsten wurde der Saum des Pyjamaoberteils naß. Dreißig Grad! Also ließ ich mich willig in die Empfindung hineinsinken.

Ich hatte mich im Herbst zu oft allein gefühlt. Hatte mich blind, taub und dumm vor Sehnsucht gefühlt auf der Autofahrt von Mailand nach Berlin. Mein Jackett, das Ariannas Parfüm angenommen hatte. Das mein ständiger Begleiter durch den September gewesen war, bis sogar jedes Wunschbild von Duft verflogen gewesen war.

Ich war emotional nicht ausgelastet. Und Sascha war es auch nicht, war so allein, daß er sich in die Phantasiewelten seiner Rollen vergrub. Es mußte das sein, was man gemeinhin eine schwache Stunde nannte.

Und wenn ich mir die Filme im Kopf einfach erlaubte? Vielleicht tobten sie sich aus und gaben Ruhe. Nicht sehr wahrscheinlich, liebe Deborah! Kopffilme sind doch harmlos, oder? O nein, Deborah, dieser nicht! Es gibt Grenzen, über die eine auf ihre Selbstachtung und ein einigermaßen intaktes Identitätsgefühl bedachte Lesbe selbst in Kopffilmen nicht gehen sollte. Eigentlich war es ganz hübsch, was es da zu sehen gab.

Wahrscheinlich war es wie ein Alkoholexzeß. Das Saufen wäre vielleicht sogar vergnüglich. Was schlimm sein würde, war der Kater danach. Und noch schlimmer die bleibenden Schäden an Leib, Seele und Selbst. Ich stand nun mal nicht auf Männer, falls mir das entfallen sein sollte. Auch nicht auf zartgesichtige Mädchenmünder. Machte den Versuch, mir Sascha als Frau vorzustellen. Der Mädchenmund konnte so bleiben, ebenfalls die Vollmilch-Nuß-Augen. Was machte den Unterschied im Erscheinungsbild aus? Ich trug auch Jacketts und Bundfaltenhosen. Die Haare länger? Na gut, längere Haare machten ein weicheres Gesicht. Aber Sascha mit seinen fast bartlosen Apfelbäckchen, immer gut rasiert und nach Eau de toilette duftend...

Ich versuchte mir Sascha im »La Belle« vorzustellen. Als blaue Laday! Trionfi d'amore! Mit einer charmanten Hand am Rücken der Tanzpartnerin. In meinem Rücken. Mit der Geste der Sehnsucht. »Ach, Euridice!« Der Film stoppte, und alles war ganz klar. Ich wollte keinen Mann im Bett. Ich wollte eine Frau! Und diese Frau sollte Sascha sein.

Und was das anging, standen die Chancen schlecht.

Wieder einmal saß ich vor einer »Hoffmann«-Vorstellung mit Arno und Marion im Casino. Spielte Souveränität und Kühle gegenüber Countertenören. Marion sah auf die Uhr.

»Ick muß, Leute. Der Sascha will immer besonders früh drankommen, damit er noch genug Zeit für sein Lampenfieber hat.«

Sie sah meinen Hundeblick. »Willste mitkommen?«

Wir gabelten ihn bei den Sologarderoben auf, wo er, schon halb im Kostüm, von einem Ende zum anderen lief und die Hände rang. Marion öffnete die Garderobentür, an der »Sascha Fanesini« stand, tätschelte ihm die Wange.

»So, meine Sonne, hier haste mir. Und ick hab dir sogar noch jemand mitjebracht zum Händchenhalten.«

»Ah, Deborah, mein Engel. Willst du in die Vorstellung? Bleibst du so lange hier, bis ich raus muß?«

Ich nahm seine Hände, sie waren eiskalt. Er hatte glasige Augen und glühte.

»Was ist los, bist du krank? Du hast Fieber!«

»Lampenfieber, nur Lampenfieber. Kein Grund zur Sorge. Da sehe ich immer aus, als hätte ich einen akuten Malariaanfall. Komm rein, ich bin schon spät dran.«

»Dem Fanesini brauchste wenigstens keene roten Bäckchen schminken, der jibt auch so 'ne blühende Leiche ab«, unkte Marion, als wir an ihm vorbei durch die Tür traten.

»Leiche! Sag so was nicht vor der Vorstellung!« Er warf empört die Tür ins Schloß.

Marion holte einen abgewetzten braunen Pappkoffer

unter dem Garderobentisch hervor. Sagte: »Nimm mal deinen Rasierapparat da weg, Fanesini!« und stellte den Koffer auf den Tisch. Ließ die Verschlüsse schnappen und holte unglaubliche Dinge daraus hervor, die sie in einer Reihe vor den Spiegel stellte. Das Pappding war so ergiebig wie Mary Poppins' Teppichtasche.

»Was ist das denn?«

»Saschas Schminkkoffer.«

»Nein, ich meine den ganzen Krimskrams da.«

»Das ist kein Krimskrams«, sagte Sascha gekränkt. »Das sind Toitoitois, Glücksbringer für die Vorstellung. Laut Aberglauben darf man sie nicht nach Hause nehmen, sie müssen im Theater bleiben. Deshalb kommen sie in den Schminkkoffer. Den ich natürlich nach einem Engagement doch nach Hause nehme, dort aber nie öffne.«

Marion drapierte Schminksachen und weiteren Krimskrams um den Spiegel.

»Und der Service der Maskenbildnerin isses, sie in der Garderobe aufzubauen«, sagte sie.

Sascha gab mir eine Streichholzschachtel in die Hand. Sie war mit rotem Glanzpapier beklebt und hatte an der Stirnseite ein Loch, so groß wie der halbe Nagel meines kleinen Fingers.

»Du mußt durch das Loch gucken und die Schachtel aufschieben, damit Licht hineinfallen kann«, sagte er eifrig. Ich tat wie geheißen.

Aus dem Dunkel erschien eine winzig kleine Opernbühne, die Kulissen zeigten antike Tempelruinen, dahinter blaues Papier, Himmel oder Meer. Davor drei Figürchen in Heldenpose, jedes inklusive des federgeschmückten Hutes nur so hoch wie eine Streichholzschachtel.

»Die habe ich zur Xerxes-Premiere bekommen. Sie ist aus Venedig«, sagte Sascha stolz, »und das da war zum Orfeo-Debüt.«

Er griff nach einer Spieluhr, auf der ein Junge und ein Mädchen einander zugewandt in vorgebeugter Haltung standen. Das Mädchen auf einer Drehscheibe, so daß es sich, als Sascha die Spieluhr aufzog, um die eigene Achse drehte. Da die beiden aber magnetische Münder hatten, löste sich das Mägdelein jedesmal recht widerwillig von den Lippen des Geliebten, und wenn sie die Runde zu dreivierteln zu Ende gefahren war, eilten ihre Lippen ihr voraus, und die beiden Hartplastikmünder patschten von neuem heißhungrig aufeinander.

»Sehr sinnig, für ein Orfeo-Debüt!« sagte ich.

Sascha zuckte die Achseln.

»Ich flehe nicht um Verständnis«, sagte er.

»Haben alle Sänger und Sängerinnen solche Toitoitois?« fragte ich.

»Na klar! Und der Schminkkasten darf nicht selbst gekauft sein und auch nicht neu. Mein Schminkkasten ist der Koffer, mit dem mein Vater 1954 zu seinem ersten Engagement gefahren ist; ich hab ihn ihm abgebettelt.«

»Bist du denn richtig abergläubisch?«

»Nein, nicht richtig. Nur aus Vorsicht. In dem Metier kannst du es dir nicht leisten, nicht abergläubisch zu sein. Das zieht Unglück an.«

Er setzte sich auf den Stuhl vor dem Spiegel, knipste die Lampen an, hüpfte auf und ab, streckte sich selbst die Zunge heraus und sang ein paar Töne. »La, la, la, la ivresse...« Marion band ihm einen Umhang um, sah ihn prüfend an, fuhr ihm durchs Haar.

»Entspann dich doch!«

Er nahm eine Dose mit Make-up-Grundierung und kleisterte sich etwas davon ins Gesicht. Griff nach dem Kajal. Zog einen schiefen Strich. Schimpfte. Wischte. Zog einen zweiten Strich. Marion kämmte mit gerunzelter Stirn die Niklas-Perücke. Auf der Bühne sah Sascha damit aus wie von Degas gemalt. Hier in der Garderobe wirkte das Ding eher wie ein Designerputzlappen. Sascha zog noch einen schiefen Strich. Marion legte die Perücke aus der Hand.

»Komm her, laß mich det machen, dann geht's schneller. Sonst kannste erst zu deiner Glanznummer mitsingen.«

Sascha lehnte sich im Stuhl zurück und stöhnte. Marion schminkte ihm mit ruhiger Hand die Augen.

»Du bist wirklich grauenhaft nervös heute.«

»Ich sterbe doch immer vor der Vorstellung.«

»Ja, aber heute stirbste besonders. Wenn ick solchet Lampenfieber hätte, würde ick 'ne Umschulung beantragen. Aus jesundheitlichen Gründen. So, fertig mit den Guckerchen.« Sie nahm die Puderquaste, stäubte großzügig.

Sascha drehte sich nach mir um. »Deborah, du könntest mir zur Beruhigung ein Lied singen!«

Marion zog ihm das Haarnetz über den Kopf. »Bloß nicht! Als ob in diesem Haus nicht schon genügend Radau wäre! Halt den Kopf still und schiele nicht dauernd zu ihr rüber. So, fertig! Jetzt den Lippenstift!«

»Ecco un nuovo tormento.« Sascha rollte dramatisch die Augen. Marion klopfte ihm gönnerhaft die Backe, daß der Puder staubte.

»Du bist im falschen Stück, Fanesini. Heute ist nicht Orpheus dran. Und jetzt hörste uff zu zappeln und zu singen, sonst schmier ick dir den Lippenstift nämlich quer über die Backe. Lippen spannen.«

»Che farò senza Deborah, dove andrò senza il mio ben?« Er warf mir einen langwimprigen Blick zu.

Marion tat, als wüßte sie nichts vom galanten Geschäft des Flirtens. Aber sie sprach Italienisch, zumindest Operngrundwortschatz.

»Du bist 'ne Pest heute«, sagte sie, »so wat von überdreht!«

»Ich hab ein ganz blödes Gefühl. Als ob heute irgendwas passiert.«

»Det sagste doch jedesmal, Sascha.«

»Das ist nicht wahr!«

»Doch, ick führe schon Strichlisten. Es passiert bestimmt was heute. Jemand schmeißt dir Blumen, und sie treffen dich an der Schläfe!«

»Marion!«

»Komm, mein Jubelkehlchen«, sagte sie, »geh erst mal noch 'ne Runde spazieren. Du hast noch genug Zeit, dich fertig umzuziehen. Lauf 'n bißchen rum, sing ein paar hübsche Koloraturen! Körperliche Bewegung baut Streß ab.«

Sie nahm einen blauweißgestreiften Bademantel vom Haken hinter der Tür, hielt ihn Sascha hin. Er schlüpfte vorsichtig hinein.

»Ihr könnt ruhig schon gehen«, sagte er, »ich komm nachher schon allein klar. Nach der Vorstellung im Casino?«

Wir nickten, sahen ihm nach, wie er den Flur hinunterging, ganz vorsichtig Fuß vor Fuß setzte, um nicht zu stolpern, denn Stolpern bringt Unglück. Dann stolpern auf der Bühne die Sänger über den Text oder, noch schlimmer, über die Noten.

»Der ist auch so 'n Zarter, der auf breitschultrig macht«, sagte Marion und schloß die Tür. Ich ließ mich wieder in den Sessel sinken.

»Weißte was, Deborah?«

Ich duckte mich unter ihrem Blick. Sie fing an, Pinsel zu ordnen, drehte Schraubdöschen zu.

»Ich gloobe, du bist in Sascha verknallt!«

»Nein!«

»Doch! Ick seh et doch in deinem Gesicht. Hi, hi, det iss schon urstkomisch. Wie de total neben dir stehst, wenn die Tür aufgeht und er reinkommt. Und denn: sich det reinzutun, ’ne halbe Stunde rumsitzen und zuschauen, wie dem Kerl die Farbe ins Gesicht geklatscht wird. Iss ja langweiliger als ’n Horrorvideo. Du hast dich die ganze Zeit widerspruchslos von ihm anschmalzen lassen und ihn mit den Augen aufjefuttert. Ick hab et deutlich jesehen. Also, ick weeß nich’, wie ick det anders nennen soll als bis über beide Ohren …«

»Nein!«

»Warum regste dir denn so darüber uff? Det passiert den besten von uns. Ick sag’s auch nicht weiter.«

Sie deutete mit dem Kopf zur Tür. »Ihm, meine ich. Oder soll ick? Amor und so!«

»Untersteh dich, Marion!«

»Wat iss denn so schlimm dran?«

»Ich bin eine Lesbe, falls ich das noch nicht klar genug ausgedrückt haben sollte!«

»Na ja, und?«

»Lesben stehen nicht auf Männer. Sie verlieben sich nicht in sie, finden sie nicht erotisch, haben wenig bis gar keinen Umgang mit ihnen, aus privaten und politischen Gründen, und auch nicht das Bedürfnis danach.«

Marion machte ein bemüht ernstes Gesicht.

»Wie bei Stasi-Kontakten!«

»Das ist nicht komisch! Du als Hetera verstehst das wahrscheinlich nicht, aber ich war verdammt froh, als ich mein Coming-out hatte. Als ich Männerkontakte endlich abhaken konnte unter ›nicht zwingend notwendig‹. Mir nicht mehr beweisen mußte, daß ich doppelt so normal bin wie die anderen. Das war vielleicht eine Erleichterung! Coming-home, nicht Coming-out. Ich habe keine Lust, das in Frage zu stellen!«

»Was für ’ne schöne Rede! Biste nun in Sascha verliebt oder nicht?«

Ich sah an ihr vorbei in den Spiegel. Bitte keinen Augenkontakt in den nächsten Minuten! Dafür hielt ich stumme, kritische Zwiesprache mit meinem Alter ego. Deborah im Sessel, dunkle Haare, besorgt dunkelblaue Augen. Kurzhaarschnitt, T-Shirt, Hemd, Jackett als Tribut ans lesbische Outfit – woran sollen die Schwestern dich denn sonst erkennen –, ich sah aus wie immer. Keine sichtbaren Veränderungen. Der Göttin sei Dank, ich hatte nicht plötzlich eine Dauerwelle bekommen. Mir war auch kein Schmollmund gewachsen, nur ein dümmliches Lächeln.

»Deborah?«

»Ich sag nix!«

»Also ›Ja‹.«

»Ja! Ja, meinetwegen!«

»Aber?«

»Sascha ist nämlich kein Mann!«

»Ich lach mich tot! Sondern?«

»Ein Countertenor!«

Ich entfloh auf meinen Rangplatz. Verfolgte die ersten beiden Akte mit mäßiger Konzentration. Wenn es schon soweit war, daß die Leute mir meine Verirrungen ansahen …

Als der Vorhang sich zum dritten Akt hob, war die Bühne dunkel. Nur ein einzelner Verfolgerscheinwerfer, der Sascha anleuchtete. Sascha hoch oben auf der Zinne eines venezianischen Palastes, das Gesicht einem imaginierten Sternenhimmel entgegengestreckt. Aus dem Nachtblau herunter baumelte jene abenteuerliche Strickleiter. Sascha hielt in der einen Hand das blumenverzierte, reich mit Bändern geschmückte Gondelruder. Mit der anderen hielt er die Strickleiter.

Im Pianissimo setzten die Geigen ein, ein flirrender, silbriger Ton, Sascha hob den Fuß, um sich für die Barcarole hinaus in die südliche Nacht zu schwingen, und der Scheinwerfer verlosch. Ein unterdrückter Schrei im Dunkel, etwas prallte aus großer Höhe auf den Bühnenboden, ein widerliches, dumpfes Geräusch. Der Dirigent klopfte sofort ab. Die Musiker plemperten noch ein, zwei Takte hinterher, dann herrschte angstvolle, schreckliche Stille. Ein Stöhnen ging durchs Publikum, aufgeregtes Flüstern. Die Bühne lag in völliger Finsternis. Entsetzt sprang ich auf, riß die Logentür auf, rannte hinunter ins Parkett und zur Tür, die hinter die Bühne führte. Die Schließerin stellte sich mir dienstbeflissen in den Weg.

»Halt, hier dürfen Sie nicht durch.«

»Doch, bitte, schnell, ich muß auf die Bühne. Da ist ein Unfall passiert.«

»Ja, aber Sie können doch nicht einfach hinter...«

»Bitte schließen Sie mir auf! Herr Fanesini ist abgestürzt.«

In diesem Fall half es, daß die Welt im allgemeinen heterosexuell und paarweise gestrickt ist. Sie hatte uns einige Male zusammen durch diese Tür gehen sehen und nahm wahrscheinlich an, wir hätten was miteinander. Jedenfalls zückte sie ohne weitere Widerworte den großen Schlüssel und ließ mich durch. Ich stürmte die Stufen hoch, an der Proszeniumsloge vorbei, links durch den Flur, verpaßte fast den Abzweig zur Bühne, gottverdammt, war das ein Irrgarten, die kleine Treppe hoch, »Achtung Bühne, Unbefugten ist der Zutritt verboten!«, riß die Brandschutztür auf und stand atemlos auf der Seitenbühne. Sie hatten inzwischen Zusatzlicht eingeschaltet, das tadellos funktionierte und die Szenerie in harmlose Helligkeit tauchte. Alle hinter der Bühne, Sänger, Statisterie und Technik, standen in den Kulissengassen, so weit draußen, wie es ging, ohne daß die Zuschauer sie sahen. Trotz der vielen Menschen war es merkwürdig still. Das machte die Gewohnheit. An der Rampe darfst du Radau machen, aber in den Kulissen herrscht größtmögliche Ruhe.

Auf der Bühne lag nicht weit von der verwirrt aussehenden Sängerin der Giulietta die bänderumwickelte Stange, die Niklas laut Regieanweisung am Ende des Duetts zu ihr hinunterreicht, das Ruder jener Gondel, mit der sie später in den venezianischen Nebel entschwindet. (Nebenbei bemerkt, ein ziemlich geschmackloser Regieeinfall. Marke Sigmund-Freud-sich.)

Sascha hing oben in seiner Strickleiter, er hing noch, krampfhaft festgeklammert, Panik im Gesicht. Alle sahen zu ihm hinauf, wie er baumelte, so aussah, als riefe er sämtliche Knöchelchen zum Appell, ob sie noch alle wohlbehalten und zu seiner Verfügung wären. Ich lehnte meine weichen Knie mitsamt dem Rest an ein solides Stück tragender Wand.

Sascha in sechs Metern Höhe lockerte seinen Griff, schüttelte die Hände abwechselnd aus, fuhr sich über Wangen, Stirn und Nacken und zauberte ein kleines Lächeln aus seiner Komödiantenkiste. Dann winkte er zu den Rängen hinüber und machte einige aufmunternde Bewegungen des Dirigierens in Richtung Orchester. Das Publikum fing jubelnd an, Beifall zu klatschen, mit den Füßen zu trampeln, »Bravo« zu rufen. Die Beleuchter improvisierten mit dem Licht. Erzeugten ein wenig venezianische Romantik, jedoch ohne zum zweiten Mal das Experiment mit dem Verfolgerscheinwerfer zu machen. Sascha sah prüfend zum Dirigenten hinüber, der sein Orchester sortierte.

Es wurde ganz still, und das Orchester setzte von neuem mit den ersten herzflimmernden Streichertönen ein, Flöten mit Fragezeichen, Celli wie knarrende Schiffskiele, nachts in plätschernder Brandung, dann die Geigen mit dem Barcarole-Thema, jenem schläfrigen Gondelgeschaukel. Celli, Kontrabässe, Schlagwerk, die Harfe, die wiederum das Thema aufnahm. Von oben begann Sascha zu singen.

»Schöne Nacht, o Liebesnacht, lächele unserem Rausch ...«

Er sang wie ein junger Gott, der publikumswirksame Schmierenkomödiant. Die Sängerin der Giulietta besann sich auf ihre Bühnenerfahrung und setzte im richtigen Moment ein.

»Die Zeit flieht und nimmt ohne Wiederkehr unsere Zärtlichkeit mit…«

Und da Sascha nichts mehr hatte, was er laut Regieanweisung hätte hinunterreichen können, kletterte er stattdessen in die Strickleiter, setzte sich auf eine Sprosse und fing sachte an zu schaukeln.

Ich hatte aus mehreren Gründen Tränen in den Augen.

Nachher versuchte Sascha, alles zu bagatellisieren. Es hätte von unten viel gefährlicher gewirkt, als es gewesen sei. Er sei ja schon in der Strickleiter gewesen, nur hätte er eben vor Schreck die Stange losgelassen. Nicht, daß er nach dem Schlußapplaus nicht mit allen denkbaren Schocksymptomen hinter die Bühne gewankt wäre. Doch dann siegte der Schmierenkomödiant, und er warf sich in die Brust. Die Hälfte von all dem wäre doch Bühnenkoketterie gewesen, und überhaupt! Schließlich kofferte ich ihn an, sein »Süß und ehrenvoll ist's, fürs Vaterland zu sterben« könnte er sich in die Haare schmieren, und für das Heldenfach hätte er entschieden die falsche Stimmlage. Worauf er beleidigt war.

Männer sind grauenvoll.

Bei den Beleuchtern folgte natürlich eine aufwendige Überprüfung der Technik. Die aber zu keinem Ergebnis führte, außer, daß alles wie immer war. So plötzlich und grundlos wie der Scheinwerfer ausgefallen war, hatte er nach der Vorstellung wieder funktioniert. Der Chefbeleuchter fragte bei der Firma an, die kürzlich ein neues Reglersystem eingebaut hatte. Nein, sagten sie, der Vorfall könne in keinem Zusammenhang damit stehen. Man überlegte, die Szene ohne die Strickleiter zu spielen, aber Sascha sprach sich vehement dagegen aus, und so beschloß man, einen zweiten Verfolgerscheinwerfer zu installieren.

»Einer wird dann schon anbleiben«, sagte Siggi, der Chefbeleuchter, trocken.

Am Tag der nächsten Hoffmann-Vorstellung fuhr ich spätnachmittags ins Theater. Ich hatte Arnos Steuererklärung fertig und wollte ihm seine Mandantenkopie bringen. Von Sascha hatte ich seit der letzten Vorstellung nichts mehr gehört. Wahrscheinlich war er immer noch beleidigt, daß ich sein standhaft männliches Betragen nicht zu goutieren wußte. Seitdem war ich um das Telefon herumgeschlichen wie die Katze um den heißen Brei und bei jedem Klingeln zusammengezuckt.

Als ich am Haupteingang vorbeiging, sah ich dort Umbesetzungsschilder hängen: »Wegen Erkrankung von Herrn Fanesini singt heute und morgen Frau Gerlach die Rolle des Niklas.« Sascha war krank, deshalb hatte er sich nicht gemeldet. Ich wetzte zum Intendanzgebäude hinüber und zu Arno in den zweiten Stock.

»Arno, ich hab's gerade gelesen. Die Gerlach singt den Niklas! Was hat Sascha denn?«

»Anscheinend nichts Schlimmes. Irgendeinen Virus. Hat sich erst heute krank gemeldet. Im Haus geht die böse Zunge, daß er sich nicht mehr auf die Strickleiter traut. Obwohl er ja so getan hat, als hätte ihn die ganze Sache überhaupt nicht berührt. Jetzt muß er natürlich sein Gesicht wahren. Henry Gould hat ihn vorhin von meinem Büro aus angerufen. Nachdem Anke die Umbesetzungsschilder rausgehängt hatte, kam er wutschnaubend in mein Büro gestampft und hat mich hochnotpeinlich befragt. Ich konnte ihm nur noch aus reiner Notwehr den Telefonhörer in die Hand drücken. Er hat bei Sascha angerufen und ihn zur Schnecke gemacht. Hat gebrüllt, daß man es bis ins Treppenhaus hören konnte. Aber Sascha hat sich tugendhaft zur

Wehr gesetzt. Er hätte Fieber und Dünnschiß und wolle im Bett bleiben. Worauf Gould brüllte, er hätte nur gottverdammten Schiß, auf die Strickleiter zu gehen, und den Hörer auf die Gabel schmiß. Dann hat er sich in seiner vollen Büffeljägergröße vor mir aufgebaut und geschrien: ›Ueißt du, uas er gesagt hat? Ich uürde doch nicht uollen, daß er die teuren Kostume vuollkackt. Der kann froh sein, uenn er bei ein von meine Produkssionen noch eine einzige kleine Fuurz tun darf.‹ Und jetzt singt Mechthild heute und morgen den Niklas. Sie hat übrigens auch Schiß.«

»Dann bleibt ja nur noch eine in dieser Spielzeit! Hast du auch mit Sascha geredet?«

»Nein. Was soll ich mich da einmischen. Da hätte ich viel zu tun, wenn ich jeden indisponierten Sänger bequatschen sollte. Henry ist jetzt natürlich stinksauer. Wenn eine Frau den Niklas singt, ist seine Inszenierung leider nur noch die halbe Show.«

Er griff nach einem Schnellhefter.

»Du, ich muß mal schnell rüber zu unserer Chefdramaturgin. Die kaut mir schon die Ohren ab wegen diesem Artikel hier.«

»Dienst ist Leidenschaft«, hörte ich ihn knurren, als ich leise die Tür hinter ihm schloß.

»Ja, ja«, sagte ich unschuldig. Ich würde inzwischen aus erster Hand Informationen einholen. Ich griff zum Telefon, ließ mich durchstellen. Sascha meldete sich erwartungsgemäß mit dem Gefühlsausdruck: jugendlicher Held waidwund. »Sascha, hier ist Deborah.«

»Ach, hat dich die üble Fama schon erreicht?«

»Ich bin gerade in Arnos Büro. Bist du wirklich krank?«

»Ja, natürlich.«

»Natürlich ist gar nichts im Showbiz. Hör mal, es sind keine Wanzen im Telefon, und Arno ist gerade rüber in die Dramaturgie. Also: Hast du Schiß vor der Strickleiter?«

»Ja. Aber nicht so, wie ihr alle das meint. Ich habe einen Drohanruf bekommen. Das nächste Mal würde man nicht nur einfach die Sicherungsschalter umlegen, sondern vorher noch das Seil anschneiden. Ich dürfe mich jedenfalls auf Überraschungen gefaßt machen, sollte ich noch mal das Bedürfnis verspüren, auf einer Opernbühne das Maul aufzumachen. Ich solle Tippse werden, hat der Anrufer gesagt.« Seine Stimme kippte in quiekendes Falsett.

»›... solltest du noch mal das Bedürfnis verspüren.‹ ... Was für ein Scherzartikel ist denn da am Werk?«

»Ich bin nicht scharf darauf, ihn näher kennenzulernen ...«

»Glaubst du, daß das ernst gemeint ist?«

»Ich will's nicht ausprobieren, deshalb bleibe ich im Bett.«

»Aber Sascha, damit setzt du deine Karriere aufs Spiel!«

»Oder mein Leben.«

»Aber warum? Hast du Feinde?«

»Sieht so aus.«

»Das ist doch Erpressung! Du mußt zur Polizei gehen.«

»Nein.«

»Wieso? Hast du was auf dem Kerbholz?«

»Nein. Jedenfalls ...«

»Jedenfalls ...?«

»Nur ein Geheimnis.«

»Ah, mal wieder ein Geheimnis! Die Tiefgründigkeit des Sascha Fanesini?«

»Ja. Zwiebeln und Schinken.«

»Sehr witzig. Und was ist das Geheimnis?«

»Was für eine gut gespielt naive Frage.«

»Ich drehe sicherlich nicht im Theater die Sicherungen raus, wenn ich's weiß.«

Schweigen.

»Sascha, bist du noch dran?«

»Was sage ich? Ich habe es geahnt. Das ist die Prüfung!«

»Laß doch den Quatsch. Vielleicht kannst du ein einziges Mal normal reden und nicht deinen Rollentext rezitieren!«

»Nein. Man kann sich so gut dahinter verstecken.« Er seufzte. »Ich weiß nicht, warum das passiert ist. Ich kann keinen Zusammenhang zu … zu … entdecken. Jedenfalls weiß ich jetzt, wie der Scheinwerfer sich verabschiedet hat und daß das Ganze kein Zufall war, somit ist mein Vertrauen in die Technik wiederhergestellt. Leider hilft mir das in diesem Falle gar nichts.«

»Denn es gibt jemanden, der sich an besagtem Schalter vergriffen und dich damit fast umgebracht hat. Warum willst du nicht wissen, wer das ist und warum er das macht? Oder ›sie‹?«

Ich ließ mich auf Arnos Schreibtischstuhl nieder. Schieß los, du Zwiebel-und-Schinken-Geheimnistuer.

»Der Anrufer war ein Mann. Mit einem Taschentuch vor dem Hörer, ganz klassisch. Vielleicht war's auch ein Tenorschal.«

»Red schon! Warum willst du nicht nachforschen?«

»Wer nachfragt, erfährt Wahrheiten.«

»Also hat es doch was mit deinem … deinem Geheimnis zu tun! Gott, wie rettungslos albern das klingt! Man kann es auch zu weit treiben mit dem Melodram. Sascha, wenn diese Drohungen ernst gemeint sind, und geh mal davon aus, daß sie es sind, dann mußt du dem nachgehen. So, wie die Sache abgelaufen ist, muß es jemand sein, der sich im Haus auskennt und sich hinter der Bühne bewegen kann, ohne Verdacht zu erregen. Und vielleicht nicht nur hier, sondern auch an anderen Häusern. Das heißt, du bist jedesmal, wenn du auf die Bühne gehst, in Lebensgefahr. Ich kann mir nicht vorstellen, daß irgend jemand mit solchen Aussichten gut singen kann. Und irgendwann wird man dich nicht mehr engagieren, weil du dauernd aus Angst Vorstellungen absagst oder bei jeder Vorstellung, in der du singst, ein Unglück passiert. Ganz zu schweigen davon ... von ... ich habe Angst um dich.«

Der Satz knirschte mir zwischen den Zähnen, legte sich quer, wollte nicht an fremde Ohren. Wieder Schweigen.

»Sag was dazu!«

»Hast du wirklich ...? Also gut! Du hast recht. Ich muß wohl darüber nachdenken. Deborah, du hast die Überzeugungskraft einer Volkstribunin.«

Nun klang er wirklich krank. Während in mir der Jagdfalke den Kopf hob und die Federn schüttelte.

»Jetzt, wo du offiziell krank bist, kannst du allerdings schlecht herumschnüffeln. Soll ich das für dich tun? Arno hilft mir sicher. Einfach mal sehen, ob jemandem etwas Verdächtiges aufgefallen ist. Laß mich das machen!«

»Ich wußte gar nicht, daß du so neugierig bist.«

»Oh, ich kann dir bei Gelegenheit ein paar Geschichten erzählen, was ich mit meiner Neugierde schon alles angerichtet habe. Mir eine Gehirnerschütterung geholt, Katzen mit Schlafmittel gefüttert, Autos verbeult, Kerle im Morgenmantel vom Balkon geschmissen ...«

»Meine Güte. Das ist ja eine ganze Heldinnensaga. Du solltest ein Buch darüber schreiben.«

»Erst wenn ich deinen Quälgeist gefunden habe. Also: Darf ich?«

»Ja. Aber sei vorsichtig.«

»Ja, ja, bin ich. Ich ruf dich wieder an. Oder komme vorbei. Ciao!«

»Ciao, meine Liebe. Und ... bitte, Deborah, tratsche nichts herum!«

»Was soll ich denn herumtratschen – ich weiß ja nichts. Ciao, mein Lieber. Paß auf dich auf.«

Ich legte auf. Spürte ein weiteres Mal widerstrebend, wie

gern ich diesen eigenwilligen, halsstarrigen, zartbesaiteten Menschen hatte. Hatte ihn adoptiert, ohne es zu merken. Oh, Deborah!

»Du siehst aus, als hättest du gerade einen Kreuzzug beschlossen«, sagte Arno im Türrahmen, »oder einen Giftmord.«

»Beides. Und ich brauche deine Hilfe dabei.«

»Oh, là, là! Geht es um Sascha?«

»Ja, natürlich. Die Scheinwerfergeschichte war kein technisches Versagen. Jemand hat die Sicherung rausgedreht.«

»Oha!«

»Und heute hat Sascha einen Drohanruf bekommen. Wenn er weiter singen wolle, würde wieder etwas passieren. Du mußt mir helfen, mit den Beleuchtern zu reden. Ob ihnen am Abend des Unglücks etwas aufgefallen ist. Allein kann ich nicht hinter die Bühne. Wenn die nichts wissen, muß ich mich eben weiter durchfragen, den Inspizienten, die Bühnenarbeiter ...«

Arno sah auf die Uhr.

»Das Licht für heute abend ist bestimmt schon eingerichtet. Wir brauchen nicht hinter die Bühne. Die hocken jetzt alle im Casino, bis die Vorstellung anfängt. Los, komm, mir ist sowieso nach einer Ortsveränderung.«

Er schloß die Tür hinter mir und steckte den Schlüssel ins Schloß. Drinnen klingelte das Telefon. Arno zögerte einen Moment und sagte dann: »Nein, ich bin jetzt nicht da. Ich brauch auch mal 'ne Pause. Alle machen hier Pause, außer mir und noch so ein paar Irren!« Er sperrte die Tür ab und schlurfte den Dramaturgieflur hinunter.

»Dienst ist Leidenschaft!« murmelte er.

Im Casino sammelten sich schon die an der Abendvorstellung Beteiligten. Arno winkte zu einem Tisch hinüber. Dort saß ein dunkelgelockter Jüngling, so einer, wie sie in

Stein gehauen die Galerie um das Dach des Opernhauses schmückten. Sie waren Arnos besondere Lieblinge, die steinernen wie die echten.

»Wer ist das?« fragte ich.

»Ach, nur ein Augenschmaus. Matthias Jensen, auch ›Matthis, der Geiger‹ genannt.«

Muß schwul sein schön sein!

Arno steuerte auf einen Tisch zu, an dem drei Kerls in Blaumännern saßen. Einen von ihnen erkannte ich als Siggi Wolters, den Chefbeleuchter. Nacheinander streckten sie Arno die Hand hin.

»Dürfen wir uns zu euch setzen?« fragte er und legte seinen Büroschlüssel auf den Tisch, damit die Frage rhetorisch blieb.

»Ich wollte nämlich was fragen. Darf ich euch denn noch ein Bier bringen? Und dir, Deborah, einen Weißwein?«

Er bedeutete mir mit einer Handbewegung, mich zu setzen. Ich nickte wegen des Weines und zog mir einen Stuhl heran.

»Aber ein alkoholfreies, bitte, Herr Degen, wegen der Vorstellung«, rief Siggi ihm nach.

Der älteste von den dreien musterte mich kritisch. Er hatte eine Knollnase, Haare wie ein graues Angorameerschweinchen und einen Bier-formte-diesen-schönen-Körper-Bauchansatz, musterte ich kritisch zurück.

»Sind Sie nicht die junge Dame, die neulich hinter der Bühne war, als die Panne mit Herrn Fanesini passiert ist?«

»Ja«, sagte ich, »die Schließerin hat mich freundlicherweise durchgelassen.«

»Sie wissen schon, deß det mittelschwer vaboten iss!« knurrte der Meerschweinchen-Bier-Bauchansatz dramatisch.

Ich nickte ergeben.

»Außenstehende haben nüscht zu suchen hinter der Bühne!« maulte er.

»Frieder ist nämlich abergläubisch«, erklärte grinsend sein Kollege, ein junger Rothaariger mit Segelohren.

»Det hat damit jar nüscht zu tun, Hannes, det iss Dienstvorschrift«, protestierte Frieder. »Außerdem siehste ja, det ick recht habe.« Er deutete auf mich. »Kaum iss jemand Fremdes hinter der Bühne, schon passiert 'n Unglück.«

»Wobei die Dame erst hinter die Bühne gekommen ist, nachdem der Scheinwerfer ausgefallen war, weil sie nämlich die Freundin von dem Herrn Fanesini ist und sich erschrocken hatte, stimmt's nicht?« sagte Segelohr mütterlich besorgt.

»Ja, stimmt so ungefähr«, nickte ich.

»Ich hab Sie nämlich mal weggehen sehen zusammen mit Herrn Fanesini nach der Vorstellung.«

Soviel zum Thema Theatertratsch. Das war ja wie auf'm Dorf.

»Aber Dienstvorschrift isses trotzdem, det keen Fremder nich' hinter die Bühne darf!« beharrte Frieder.

»War jemand Fremder hinter der Bühne?« fragte Arno hinter mir, als hätte er den neuesten Klatsch verpaßt. Er stellte ein Tablett mit Gläsern auf den Tisch. Vier Hände griffen erfreut danach. Eine davon gehörte mir.

»Nee, Herr Degen. Da hat keener nüscht zu suchen. Nur Leute von der Produktion.« Frieder nahm einen tiefen Schluck, alkoholfrei hin oder her. Auch die anderen schüttelten nachdrücklich die Köpfe.

»Auch nicht bei der letzten Hoffmann-Vorstellung?« hakte Arno nach. »Oder ist euch sonst irgendwas Besonderes aufgefallen?«

»Aber Herr Degen!« Siggi hielt das Glas auf halbem Weg zum Mund an und sagte ungeduldig: »Das haben wir doch alles schon durchgesprochen! Was meinen Sie, wie wir uns die Köpfe zerbrochen haben. Alles funktioniert einwandfrei, vorher und nachher, nur in dem Moment nicht, wo der Fanesini in die Strickleiter klettert. Wir sind das alles wirklich genau durchgegangen. Mal abgesehen von der Gefahr für den Fanesini, so was fällt doch auf die Technik zurück. Das macht doch 'n schlechten Eindruck. Als ob wir schludern würden. Sie haben ja selber gesagt, was für ein mieses Presseecho das gegeben hat. ›Tod am Strick – Sicherheitsvorschriften an der Oper, kein Thema?‹«

Arno verzog gequält das Gesicht: »›Das neue Phantom der Oper‹ heißt es in einer Schlagzeile. Ich weiß auch nicht, warum wir immer dann Presse kriegen, wenn mal was schiefläuft.«

Siggi Wolters stellte das Glas auf dem Tisch ab, beugte sich vor.

»Ich hab das alles sogar noch mal mit dem Hagen durchgekaut. Der hatte ebenfalls null Idee. Der war sogar da, an dem Abend, hat mal wieder jede Birne einzeln inspiziert, der Schlauberger.«

»Wer ist denn das, der Hagen?« fragte ich.

Siggi Wolters grinste.

»Thorwalt A Punkt Hagen. Von der Firma, die das neue Reglersystem eingebaut hat, ›Niebel and Homemaster Light Cooperations‹. Er kommt ab und zu vorbei, angeblich um nachzugucken, ob seine Regler einwandfrei funktionieren, Service der Firma. Meiner eigenen bescheidenen Meinung nach ist er nur zu geizig, um sich eine reguläre Eintrittskarte zu kaufen. Er schnüffelt dann vor der Vorstellung immer alles durch, probiert die Regler, schaltet an den Sicherungen herum und tut furchtbar wichtig. Und wenn dann der Vorhang hochgeht, drückt er sich in eine Ecke und guckt zu.«

»Das ist doch auch ein Fremder«, warf ich ein.

»Ach, nee!« Hannes winkte ab. »Der Hagen gehört doch

zum Inventar. Über dem schwingt selbst Frieder keine Knoblauchzöpfe mehr.«

»Wie heißt die Firma noch mal?« fragte ich.

Da ertönte die Stimme des Inspizienten aus dem Lautsprecher über der Theke.

»Achtung, die Kollegen von der Technik bitte zum ersten Bild hinter die Bühne! Die Komparserie, Darsteller kleines Fach, bitte zum ersten Bild. Die Damen des Staatsopernchores bitte Vorsicht bei den Umbauten zur Festszene.«

Die technischen Kollegen erhoben sich folgsam, tranken ihr Bier aus, wischten sich die Münder.

»Toi, toi, toi!« wünschte Arno. »Daß ihr mir die Mechthild Gerlach gut beleuchtet! Die hat Schiß, daß sie die Strickleiter verfehlt.«

»Wird schon schiefgehen«, sagte Hannes und hißte die Segelohren.

»Die Arme«, sagte Arno, »zu allem Überfluß hat sie die Partie erst einmal gesungen. Aber in der Eile war keine andere zu bekommen. Im Betriebsbüro hat Sascha sich auch nicht gerade beliebt gemacht.«

»Hast du dir den Namen der Firma gemerkt?« fragte ich.

»Niebel and Homemaster Light Cooperations.«

»Ich gehe da morgen früh hin. Diesen Thorwalt A. Hagen will ich mir ansehen. Schließlich ist er ein Außenstehender, der hier ganz offiziell Sicherungen ein- und ausschaltet. Eigentlich ist das ungeheuerlich!«

»Ach, Unsinn, Deborah! Meinst du denn, Siggi hat das wörtlich gemeint mit den Sicherungen? Vielleicht war das nur ein Spruch. Was sollte dieser Hagen denn für einen Grund haben, Sascha zu … zu …?«

»Zu ermorden vielleicht? Weiß der Teufel! Vielleicht gehört er zur Mezzosopranistinnenfraktion. Oder er mag die Inszenierung nicht.«

Arno zeigte mir einen berechtigten Vogel.

»Weißt du was Besseres, Arno? Irgendwo muß ich doch anfangen. Was anderes, als diesen Hagen zu verdächtigen, fällt mir auf die Schnelle auch nicht ein. Wir haben nicht besonders viel Zeit. Ich will, daß Sascha die nächsten Vorstellungen singen kann. Und Hagen ist mir als Verdächtiger allemal lieber als jemand vom Haus. Ein verräterischer Schurke aus den eigenen Reihen. Ich bin einfach nur vorsorglich neugierig. So, und jetzt gehe ich nach Hause, lieber Arno!«

Ich griff nach meiner Jacke. »Sind das wirklich nur Männer, bei der Technik? Unglaublich!«

Arno grinste.

»Meines Wissens ja. Aber dafür haben wir eine Dirigentin. Eine ganz ausgezeichnete. Mit einem Pferdeschwanz, der beim forte anfängt zu hüpfen, was ein sehr viel lustigerer Anblick ist als so manche Vollglatze. Als sie das erste Mal bei uns dirigiert hat, gab es beim Schlußapplaus Chaos im Protokoll, weil die Primadonna aus Gewohnheit losgegangen ist, um die dirigierende Person auf die Bühne zu holen, der erste Tenor aber der vielleicht nicht ganz unberechtigten Meinung war, in diesem Falle sei dies seine Aufgabe.«

»Ernsthaft? Also, diese Sichtweise ist mir entschieden zu heterozentriert! Warum soll nicht die Primadonna die Dirigentin auf die Bühne holen? Seit wann bist du so ein Anhänger des Heterosexismus? Außerdem soll sie sie ja nur beim Händchen nehmen, und nicht auf offener Bühne über sie herfallen.«

»Ist ja schon gut, Deborah, ich hab jetzt keine Lust, über Theaterkonventionen zu reden. Außerdem haßt Lynne es allmählich auch, bei Interviews immer wieder die Frage zu beantworten, wie man sich in dieser Ausnahmestellung als weiblicher Dirigent fühle, blablabla. Komm gut nach Hause. Und Toi, toi, toi, morgen.«

Er winkte mir zu.

»Du kannst ja behaupten, du wärest meine Volontärin und würdest einen Artikel schreiben über Lichttechnik.«

»Das ist eine gute Idee. Ich glaube, das mache ich. Du weißt ja, was du sagen mußt, wenn er anruft und eine Volontärin Müller bestätigt haben will.«

»Aber ja, du Intrigantin!«

»Das hätte ich jetzt fast vergessen. Eigentlich wollte ich dir ja nur deine Mandantenkopie bringen.« Ich zog den Schnellhefter aus der Tasche. »Rechnung liegt bei! Zehn Prozent Rabatt wegen Sascha! Fünfzehn Prozent Aufschlag wegen Mehrarbeit auf Grund schlampiger Nachweislage. Schönen Abend noch!«

Am nächsten Morgen suchte ich die Adresse der Beleuchtungsfirma im Telefonbuch und fuhr zum Firmensitz. Es war kalt geworden in den letzten Tagen. Der goldene Herbst neigte sich seinem Ende zu.

Thorwalt A. Hagen, der sparsame Opernfreund, hatte Gesicht und Farben eines Dobermanns. Schwarzes Haar, an den Ohren und im Nacken sehr kurz geschnitten, oben etwas länger, perfekt sitzender Anzug. Schwarze Hose, Hemd und Jackett in Tee-mit-Milch-Tönen. Lederkrawatte, schwarz.

Ich stellte mich als Arnos Volontärin vor und beobachtete gespannt, ob er mir glaubte.

»Danke, daß Sie etwas Zeit erübrigen können«, schmalzte ich, »ich versuche auch, mich kurz zu fassen. Ihre Sekretärin hat mir ja auch schon unmißverständlich klargemacht, wie beschäftigt Sie sind.«

Großer Deborah-Augenaufschlag.

Genauer gesagt hatte mich der Weg vom Pförtner über eine Schreibkraft und das Vorzimmer bis zu Hagens apart pißgrün gestrichener Bürotür zwei Stunden und einen Satz ausgefranster Lippen gekostet:

»Haben Sie einen Termin bei Herrn Hagen? Nein? Dann tut es mir leid!«

»Ich muß den Artikel aber bis übermorgen geschrieben haben. Könnten Sie nicht doch vielleicht …?« Und so weiter.

Nun stand ich in seinem Büro, und er wußte sichtlich nicht, was er mit einer so entschlossen störenden Person anfangen sollte. Kaffee anbieten ist in solch einem Fall immer eine gute Idee, und eine Sitzecke gab es auch. Ich setzte mich und zückte den Notizblock.

»Was wollen Sie denn nun wissen?« fragte Hagen jovial. Er hatte sogar das Lächeln eines Dobermanns. Breite Lefzen in einem sonst schmalen Gesicht.

»Ja, also, es geht in dieser Artikelserie um die technischen Aspekte einer Opernvorstellung. Als Hintergrundinformation für das Publikum, was für ein großer technischer Apparat notwendig ist, um eine Aufführung zu realisieren. Und da hat mir Siggi Wolters, der Chefbeleuchter, den Tip gegeben, mich doch bei Ihnen zu erkundigen. Sie wären sicher so nett, mir einiges zu erklären, besonders, weil Sie ja auch so ein Opernliebhaber wären.«

Gronwald, du Schleimbeutel!

»Ach ja, Siggi Wolters«, sagte er. »Tja, wo fange ich denn jetzt am besten an, also die Aussteuerung der Ha-Em-Is …«

»Was sind denn Ha-Em-Is?«

»Das wissen Sie nicht? Na ja, um Ihnen was über das neue System zu erzählen, müßten Sie schon über Theaterlicht im allgemeinen etwas wissen. Kennen Sie sich denn wenigstens ein bißchen aus?«

Ich schüttelte den Kopf. Er sah gequält drein.

»Ja, aber wie soll ich denn dann …« Irgendwie versagte mein genialer Plan gerade.

In diesem Moment klingelte erfreulicherweise das Telefon. So konnte ich mir erst mal eine neue Strategie überlegen. Denn auf die bisherige Weise würde ich bestimmt nichts erfahren. Nicht einmal über Theaterlicht.

Er ging zum Schreibtisch und nahm den Hörer ab. Steckte die Hand in die Hosentasche.

»Hier Hagen. Ach, du bist es Ka… a… ach wie schön, dich zu hören.«

Drehte mir den Rücken zu.

»Yes, … yes, everything's allright. Pretty easy, the whole thing! I don't think, she is a fighter… Just a moment, dearest, I have a visitor here.« Er nahm den Hörer vor die Brust. Sah mich drohend an.

»Bitte seien Sie so nett und warten einen Moment im Vorzimmer. Das ist ein wichtiges Gespräch aus Übersee.« Er winkte ungeduldig mit der Hand, wartete demonstrativ, bis ich die Tür hinter mir geschlossen hatte. Von außen.

Das Vorzimmer war leer.

Ich ging um den Schreibtisch herum. Wenn das Telefon hier draußen eine Konferenzschaltung herstellen konnte, dann…

Es konnte. Ich nahm den Hörer, drückte das Knöpfchen und hörte, wie eine weibliche Stimme auf englisch mit fremdländischem Akzent sagte: »Ich hoffe, sie nimmt sich die Warnung zu Herzen. Sie hat keine starken Nerven, weißt du, nie gehabt. Sie war immer die sensiblere. Ich glaube nicht, daß sie unter diesen Umständen singen wird. If this is not working, make her spill her guts!« Ich hörte sie durch transatlantisches Rauschen boshaft kichern. »Also, ich danke dir, lieber Thore. Ich stehe in deiner Schuld.« Sie kicherte wieder. Was war das bloß für ein Akzent, mit dem sie sprach?

Da hörte ich ein Geräusch im Flur, legte schnell den Hörer auf. Spurtete um den Schreibtisch herum und sah mir Sekunden später harmlos die vielen gerahmten Fotos an, die dort hingen. Dann kam die Sekretärin herein.

»Herr Hagen hat ein Telefongespräch«, sagte ich erklärend. Sie nickte. Ich guckte weiter Fotos an.

Meistenteils zeigten sie Thorwalt Hagen mit irgendwelchen Berühmtheiten der Theater- und Filmwelt. Dirigenten, die ihm die Hand schüttelten, Primadonnen, die ihn abküßten. Hagen mit der Sutherland, mit der Baltsa, mit der Broschi. Das Bild mit der Broschi trug sogar eine Widmung: »Meinem lieben Freund Thore in inniger Verbundenheit.«

Der allerliebste Freund Thore also! Der irgendeiner geschätzten Freundin in inniger Verbundenheit einen Gefallen tat. Einer Freundin, die auch Sängerin war. Die auf diese Weise eine Kollegin am Singen hindern wollte. Aber wer jetzt statt dessen nicht sang, war Sascha. Ich ging in Gedanken die Sängerinnen durch, die an der Hoffmann-Produktion beteiligt waren. Jeanette Guillaume als Olympia, Kristina Malikowsky als Giulietta, Friedgard Anders als Antonia, die beiden letzteren gehörten zum Ensemble, es machte überhaupt keinen Sinn, sie auf diese Weise zu attackieren. Dennoch, es mußte eine von den dreien sein. Jeanette Guillaume? Aber die war bei der Barcarole gar nicht auf der Bühne. Hatte Hagen die Sängerinnen verwechselt? Für ganz so blöd hielt ich ihn denn doch nicht. Also die Malikowsky. Aber warum, zum Teufel?

Als Hagen die Tür öffnete, fuhr ich erschrocken herum. Er sah mich mißtrauisch an.

»Wen Sie alles kennen!« sagte ich und deutete auf die Fotos. Er sah noch scheeler drein.

»Kennen Sie eigentlich auch Jeanette Guillaume persönlich? Von ihr bin ich nämlich ein besonderer Fan.«

Da riß ihm der Geduldsfaden.

»Ich habe jetzt leider überhaupt keine Zeit mehr für Sie. Schöne Grüße an Herrn Wolters, man soll es mir bitte nicht übelnehmen, aber wenn hier jemand so unangemeldet hereinplatzt… Frau Dörner, bitte suchen Sie der jungen Dame irgendwas über Theaterbeleuchtung heraus. Sie haben bestimmt was da.«

Frau Dörner blickte verwundert. »Ja, aber Herr Hagen…?«

»Auf Wiedersehen, Frau…«

»Müller!« sagte ich gegen eine pißgrün-aparte Bürotür.

»Er ist manchmal ein wenig…«, sagte die Dörner.

»Sie brauchen sich keine Mühe zu machen mit den Unterlagen. Ich recherchiere noch mal im Theater. Danke, Frau Dörner!«

»Oh, bitte, keine Ursache«, sagte sie und steckte ein paar Papierseiten in ein Faxgerät, das gierig danach schnappte. Ich marschierte mit umwölkter Stirn den Flur hinunter. Die Guillaume als Ziel des Anschlags? Warum wäre er sonst wütend geworden, als ich nach ihr fragte? Aber Jeanette Guillaume war zu dem Zeitpunkt, als das Licht ausgefallen war, wahrscheinlich schon auf dem Weg nach Hause gewesen. Es wurde alles nur noch rätselhafter. Und besonders rätselhaft: Sascha Fanesini kam in dieser ganzen Kriminalgeschichte als Zielscheibe gar nicht vor.

Ich machte mich auf den Weg, um ihm diese jedenfalls beruhigenden Neuigkeiten mitzuteilen.

Saschas Hotel lag in eisiger Morgensonne, hingehockt wie eine von E. T. A. Hoffmanns Phantasmagorien, die das Licht scheuten und im Schutz ihrer schweren, schmutzstarrenden Gewänder auf die Nacht warten. Sich im Dunkel erheben, ihre nackten, faltigen Hautflügel schütteln und unheilvoll krächzend davonfliegen. Nun ist es aber gut, Gronwald. Stell dir mal vor, Sascha kommt nach einer Vorstellung nach Hause, und das Hotel ist weggeflogen! Kichernd schob ich die Haustür auf.

Tagsüber sei die Wohnungstür oben offen, teilte mir der Küß-die-Hand-gnä'-Frau-Portier mit. Also ging ich nach oben, klopfte und wartete auf das »Herein!«. Als ich die Tür aufmachte, saß Sascha im Sessel, die Beine übereinandergeschlagen, einen Krimi auf den Knien, »Tod am Trapez«, ausgerechnet. Im Hintergrund lief der CD-Player: »Zauberflöte«, zweiter Akt.

Er wippte mit dem Fuß dazu und brummte wie eine zerlesene Partitur die Arien mit. Trug blaue Wollsocken, ein Schlabberhemd, Holzfällerimitat, grünkarierte Baumwolle. Und tatsächlich eine von diesen Balletthosen, die jeden Beinmuskel sehen lassen und auch sonst noch einiges. Mit Loch am Knie. Auf dem Boden lagen weitere Krimis mit blutrünstigen Titeln, daneben ein Stapel Klavierauszüge, über dem Sessel ein unordentlicher Haufen Klamotten, unter dem Sessel eine offene Reisetasche. Auf der Konsole Krimskrams, Schuhputzzeug, ein Walkman, Halsbonbons. Das Zimmer befand sich in einem Zustand fortgeschrittener Auflösung.

Als er mich sah, sprang Sascha auf und schlüpfte schnell und schamhaft in einen roten Hausmantel aus Samt.

»Nicht jedes Mädchen hält so rein!« sagte ich süffisant und schloß die Tür. Sascha sah mich überrascht und mißtrauisch an. Na, mein Lieber, gar so spröde. Ich bin nicht gekommen, dir deine Unschuld zu rauben.

»Ach, Deborah. Ich habe den Zimmerkellner erwartet. Leider kann ich nicht im Café frühstücken, wenn ich offiziell Dünnschiß habe.«

Ich küßte züchtig sein Ohr, rieb den weichen Stoff des Mantelärmels zwischen den Fingern.

»Aus welchem Theaterfundus hast du denn dieses hochherrschaftliche Stück entwendet?«

»Von wegen entwendet. Der ist echt. Von meinem Großvater. Hallo, Deborah!«

Irgend etwas war ihm peinlich. Die Löcher in den Hosen konnten es nicht sein, denn mit denen kokettierte er. Aber warum sonst verkroch er sich so schnell in seinen Morgenrock? Im Off begann die Königin der Nacht von der Hölle Rache im Mutterherzen zu singen. Ich hörte genauer hin.

»Oh«, sagte ich, »das ist ja eine wunderbare Rachearie. Wer singt denn da?«

»Die Broschi. Carla Broschi. Allerdings ist das zwanzig Jahre her. Eine Live-Aufnahme aus Wien.«

Ich wickelte mich aus dem Schal, zog meine Jacke aus.

»Wunderbar! Wie kriegt man es bloß fertig, in einem Takt so viele Noten so schnell mit solcher Präzision zu singen?«

Sascha lachte.

»Ja, sie ist toll. Oder war es. Eine große Stimme. Eigentlich nicht schön. Aber sehr eindrucksvoll. Leider gehört sie zu denen, die nicht aufhören können. Sie hat immer für die Bühne gelebt, alles andere war zweitrangig. Sie verkauft ihre eigene Großmutter für eine große Partie. Und sie mußte immer sehr schuften für ihre Rollen, denn sie ist nicht besonders musikalisch. Da hört man natürlich schwer auf, wenn man soviel investiert hat. Mittlerweile hört man ihre Registerbrüche mehr als deutlich, und die Stimme springt schwer an. ›Carla Broschi singt als Donna Anna Registerbrucharien‹, habe ich letztens in einer Kritik gelesen.«

»Das ist aber unfair! Kritiker sind ein böses Volk! Hast du jemals mit ihr gesungen?«

»Nein, ihre Engagements in Europa waren vor meiner Zeit. Und jetzt ist sie schon ein paar Jahre nach Houston verpflichtet. Aber ich habe sie oft gehört.«

Ich blätterte beiläufig in seinem CD-Stapel herum. Die Broschi als Donna Anna, als Konstanze, als Gilda, im Verdi-Requiem. Meine Güte!

»Du hast ja einen ganzen Haufen Aufnahmen mit ihr. Liebst du sie so heiß und innig?«

»Nein, Liebe ist wohl nicht der richtige Ausdruck. Ich bewundere sie. Glühend. Für ihren Ehrgeiz und ihren Kampfgeist. Manchmal meine ich, ich kann richtig fühlen, wie schwer ihr das Aufhören fällt. Die meisten Aufnahmen sind übrigens Geschenke«, sagte er mit einem »Schluß mit dem Thema«-Tonfall. Übers Aufhören spricht niemand gern.

Ich setzte mich an den Tisch, wo zwischen der Kaffeetasse und einer Schachtel Butterkeksen ein offener Schnellhefter mit Zeitungsausschnitten und Fotos lag. Obenauf das Bild einer Frau in Jeans und Sweatshirt, Bühnenboden unter den Turnschuhen, die Person überdeutlich durch die fehlende Tiefenschärfe. Kurzes, glattes, dunkles Haar. Den Mund zum Singen offen, die Arme ausgebreitet. Offensichtlich ein Probenfoto ohne Kostüm.

Ich griff danach. Es hatte Eselsohren und Knicke und Löcher von Pinnwandnadeln, sah so zerfleddert aus wie einer dieser haarlosen, speckigen Teddybären, die über Generationen von Kindern hinweg räudig geliebt werden. Ein vielgereistes Foto, mitgetragen in Portemonnaies, Partituren, Koffern und Kostümen.

»Wer ist denn das?« fragte ich.

»Roberta. Eine Kollegin«, sagte Sascha zart. Nahm mir das Foto aus der Hand. Strich darüber. Es wurde nicht glatter davon. Nur fadenscheiniger. Roberta also.

Ein Gesicht, das ich in der U-Bahn nicht wiedererkannt hätte. Besondere Kennzeichen: keine. Bis auf die Augen eben. Fiebrig glänzend, erfüllt vom Feuer einer verzehrenden Leidenschaft, so wie die Rolle es verlangte. Aber auch die darzustellende Figur leiht sich die Gefühle nur bei der spielenden Person. ›Von nichts kommt nichts‹, hätte meine kluge Großmutter gesagt.

»Welche Partie ist das?« fragte ich.

»›Elektra‹. Sie liebt die Rolle ungeheuer.«

Er strich zärtlich über das zerknitterte Papier, zupfte an einer eingerissenen Ecke.

»Du solltest mal in den Copy-Shop damit. Bevor das Foto totgeliebt ist«, sagte ich. »Ist Roberta immer noch in Hamburg?«

»Sie ist nach London gegangen. Hat inzwischen sogar eine richtige Wohnung dort und eine Beziehung. Ich habe nichts mehr von ihr gehört, seit ... seit Hamburg.«

»Seit«, Pünktchen, Pünktchen?

»Hattest du was mit ihr?«

Er sah mich argwöhnisch an: »Wie kommst du darauf?«

»Weibliche Intuition.«

»Nein.«

»Schade! Warum nicht?«

»Weil sich Roberta nichts aus Männern macht.«

»Eine Lesbe«, stellte ich fachfrauisch fest.

»Richtig geraten. Ich habe es nicht mal versucht.«

So war das also mit Roberta.

Sascha zuckte die Schultern, sagte: »Nicht so schlimm«, fragte: »Kommst du von zu Hause?«

Schon wieder Themenwechsel.

»Nein. Ich war schon auf Jagd. Willst du hören, was ich rausgefunden habe?«

»Ja.« Ich spürte, wie er sich innerlich zurückzog.

»Arno und ich haben gestern abend mit den Beleuchtern gesprochen. Sie sagen, das einzig Ungewöhnliche an jenem Abend war, daß der Mensch von der Beleuchtungsfirma, die das neue Reglersystem eingebaut hat, hinter der Bühne war. Er heißt Thorwalt Hagen von ›Niebel and Homemasters Light Cooperations‹. Aber das war auch nicht ungewöhnlich, denn der ist öfter da, mit irgendwelchen fadenscheinigen Geschichtchen. Er tut immer so, als würde er das Reglersystem überprüfen. Siggi meinte, er sei nur ein Opernfan, der zu geizig ist, sich eine Karte zu kaufen. Obwohl ich es einen Skandal finde, daß sie das überhaupt zulassen. Wenn Hagen nichts damit zu tun hatte, dachte ich, dann mußte es jemand vom Haus gewesen sein, und diese Vorstellung fand ich so abscheulich, daß ich mich für den Lampenfritzen als Verdächtigen entschieden habe. Ich bin also heute morgen unangemeldet bei der Firma aufgetaucht. Habe mich als Volontärin der Presseabteilung ausgegeben, die einen Artikel über die einzelnen Arbeitsbereiche im Haus schreiben will.«

»Sehr schlau!«

»War nicht meine Idee, sondern Arnos. Sagt dir der Name Thorwalt A. Hagen was?«

Sascha zog einen nachdenklichen Schmollmund.

»Nein, nie gehört.«

»Ein Volltreffer! Er ist es gewesen.«

»Waaas!!«

»Aber, Sascha, das Attentat galt nicht dir. Es muß der Giulietta gegolten haben.«

»Wie kommst du darauf? Verdammt, ich war derjenige, der da oben stand und plötzlich nichts mehr sah, nicht Kristina.«

»Vielleicht solltest du ihr vor Schreck die Stange auf den Kopf schmeißen. Du hättest ja auch fast getroffen.«

»So ein Unsinn! Wie kommst du darauf, daß es ihr galt?«

»Es galt einer Frau. Und sie ist die einzige Frau, die zu diesem Zeitpunkt auf der Bühne war.«

Sascha sah mich fassungslos an: »Es galt einer Frau?«

»Ja! Was ist so merkwürdig daran? Abgesehen davon, daß die Geschichte als Ganzes ziemlich merkwürdig ist.«

»Woher kannst du wissen, daß es einer Frau galt?«

»Als ich bei Thorwalt Hagen war, bekam er einen Anruf. Als er hörte, wer am anderen Ende war, schickte er mich nach draußen. Allerdings hat er nicht damit gerechnet, daß seine Vorzimmerdame nicht da war und ich mich in die Telefonanlage einklinken würde. Und es war genau das richtige Telefonat zur richtigen Zeit! Ich habe ein paar Sätze mitgehört. Die Frau am anderen Ende sprach Englisch mit Akzent und sagte, als ich abnahm, gerade: ›Ich hoffe, sie wird die Warnung ernst nehmen. Sie hat keine starken Nerven.‹ Sie sprach von ›sie‹, nicht von ›er‹.«

Sascha sah mich an, als hätte er kein Wort begriffen. Im Off versuchte gerade die verzweifelte Pamina den Selbstmord: »Mutter, durch dich sterbe ich, und dein Fluch verfolgt mich!«

Da klopfte der Zimmerkellner und brachte das Frühstück für Herrn Fanesini. Der, als wäre er die Puppe Olympia, aufstand, dem Kellner ein Trinkgeld gab, die Tür hinter ihm schloß, sich eine Tasse Tee eingoß, sie zum Mund führte und sich gottserbärmlich daran das Maul verbrannte.

Dann saß er da, mit einem kalten Waschlappen im Mund, wie ein schnauzbärtiger Terrier, während die große Carla Broschi und ihre Damen im Sonnentempel herumspionierten und von Sarastros priesterlichen Finsterlingen in den Orkus geschickt wurden.

»Ich habe übrigens heute ein Bild von der Broschi gesehen«, versuchte ich Sascha von seinem feuerspeienden Drachenmaul abzulenken.

»So?« sagte er schwerzüngig und drehte den Waschlappen auf die kalte Seite.

»Ja, bei unserem Freund Thorwalt Hagen. Er war auch mit auf dem Bild. Im Smoking, und sie in großer Divengala. Drückte ihn an ihre Brust und schmatzte ihm einen Kuß auf die Backe. Unterschrieben war das Bild mit: ›Meinem lieben Freund Thore in inniger Verbundenheit‹«.

Sascha nahm den Waschlappen aus dem Mund. Tupfte sich die schmerzende Zunge.

»Ach!« sagte er scharf. »So ist das also. Das erklärt manches.«

»Wieso?« fragte ich.

»Darüber will ich nicht reden, Deborah!«

»Wieder der Zwiebel-und-Schinken-Trip? Oder waren es löcherige Unterhosen?«

»Werde nicht sarkastisch! Ich kann wirklich nicht darüber reden. Es kann mich meine Karriere kosten. Wie sich zeigt, wissen sowieso schon zu viele Leute Bescheid. Du hast mir trotzdem sehr geholfen, mehr als du ahnst.«

»Wie beruhigend! Und was machst du jetzt damit? Was tust du, wenn er dich wieder angreift? Oder die Malikowsky?«

»Mit Kristina hat das gar nichts zu tun. Und was ich machen werde? Das kann ich dir sagen! Ich werde zum Gegenangriff übergehen. Werde Herrn Hagen besuchen und durchblicken lassen, daß ich Bescheid weiß und nicht mehr gedenke, mich einschüchtern zu lassen. Und mit dem Chefbeleuchter reden, daß er ein Auge auf ihn hat.«

»Ruf doch die Polizei! Erstatte Anzeige! Laß ihm am Theater Hausverbot erteilen! Das muß doch möglich sein, so einen gefährlichen Irren zu stoppen.«

Ich sah mir beim dramatischen Fäusteballen zu. Das sah recht lächerlich aus. Sascha runzelte jedoch in voller Ernsthaftigkeit die Stirn.

»Nein, nicht die Polizei! Keinen Skandal! Versprich mir, Deborah, daß du mit niemandem darüber redest! Ich will keinen Wirbel. Schon gar nicht eine inquisitorische Untersuchung durch die Polizei. Was meinst du, wie sich die Klatschreporter das Maul nach solchen Sachen lecken. Außerdem hast du überhaupt keine stichhaltigen Beweise. Ein Telefonat mit einer Dame, die Englisch mit italienischem Akzent spricht! Die lachen sich ja tot! Geh jetzt. Ich muß mich fertig machen, ich hab in einer Stunde Probe. Hiermit bin ich wieder gesund. Wenn du willst, sehen wir uns heute abend. Es gibt ›Lohengrin‹, und ich kann dir eine

Karte reservieren lassen. Gut, daß ich nicht singen muß, mit dieser verbrühten Schnauze!«

Mir blieb der Mund offen. Es war unfaßbar!

Sascha sah mich so stehen, Karpfenmaul und Haare in unnatürlichem Winkel von der Kopfhaut abstehend, lachte und umarmte mich. Schob mich erbarmungslos in Richtung Tür: »Leb wohl, du kühnes, herrliches Kind! Du meines Herzens heiliger Stolz! Bis heute abend!«

Damit setzte er mich vor die Tür. Sehr schmeichelhaft, mit der herrlichen Brünnhilde verglichen zu werden. Das war aber auch alles, was an diesem Rausschmiß schmeichelhaft war.

Als ich am Abend ins Theater kam, sah ich Sascha mit Siggi Wolters vor der Tür des Intendanzgebäudes stehen. Sascha redete mit großer Gestik auf Siggi ein. Der hatte Fragezeichen im Gesicht.

»Kein Aufsehen!« hörte ich, als ich näher kam. »Kein Hausverbot! Stellen Sie sich vor, was für einen Ärger Sie kriegen, Siggi, wenn das rauskommt!«

Siggi nickte sorgenvoll. Ich stellte mich neben ihn.

»Ach, die junge Dame«, sagte er.

»Hallo, Deborah!« Sascha küßte mich auf die Wange und roch nach irgendeinem wunderbaren Rasierwasser.

»Also abgemacht, Siggi? Alles ohne Aufsehen. Und Sie haben ein scharfes Auge auf... bei der Barcarole und auch sonst.«

»Alles klar, Herr Fanesini, wir passen auf Sie auf.«

Er winkte uns verschwörerisch zu und verschwand in Richtung Bühneneingang. Sascha legte den Arm um mich. Ich blieb ganz still und leise, wo ich war.

»Zuerst wollte er nicht. Sagte, er könne nicht gleichzeitig arbeiten und Kindermädchen spielen. War empört. Wollte die Sache an die große Glocke hängen. Ich habe ihm klargemacht, daß Hagen es nicht mehr probieren wird, wenn ich ihn in die Zange genommen habe, und daß er als Chefbeleuchter bestimmt großen Ärger kriegt, wenn rauskommt, daß er fahrlässig gehandelt hat. Das hat ihm eingeleuchtet. Gut, wenn einem Beleuchter was einleuchtet!«

Er kicherte.

»Und morgen kommt mein lieber Freund Hagen dran.« Ich spürte, wie seine Armmuskeln sich spannten. »Der Mistkerl! Ich werde diesem Thorwalt zeigen, wo der Hammer hängt!«

»Sascha, ich wollte, du würdest mich mitgehen lassen. Oder mir zumindest mehr über die ganze Sache erzählen. Mir macht das angst!«

»Ach weißt du, eigentlich ist das Ganze eine traurige Geschichte. Eher traurig als gefährlich, jetzt, wo ich weiß, wo der Feind sitzt. Ja, eigentlich ziemlich traurig. Ich glaube wirklich nicht, daß Hagen noch in Erscheinung treten wird. Er ist nicht gefährlich, Deborah, und ich möchte nicht darüber reden. Jedenfalls jetzt nicht.«

»Und ich soll mich jetzt einfach in eine blöde Opernvorstellung mit dir setzen und mir keine Sorgen machen. Na toll!«

Er lachte. »Aber es paßt doch perfekt! ›Lohengrin!‹ ›Nie sollst du mich befragen.‹ Nun komm, es geht gleich los!« Er zückte den Besetzungszettel. »Allerdings singt der Meckel den ›Telramund‹. Oje, zu Risiken und Nebenwirkungen befragen Sie Ihren Ohrenarzt oder Apotheker!«

Es war hoffnungslos.

Also sang Sascha die letzte Hoffmann-Vorstellung. Ich saß mit in der Garderobe, während er Maske machte. Von der Unterredung mit Hagen hatte er kein Wort erzählt, hatte sich nur noch ein wenig mehr in seine Austernschale zurückgezogen. Wechselte mit Marion so aufschlußreiche Worte wie: »So, jetzt bitte das Haarnetz.« Marion zuckte die Schultern und hatte ein resigniertes »Künstler sind manchmal so« im Gesicht. Woher sollte sie auch wissen, daß es um existentiellere Dinge als Lampenfieber ging. Schließlich waren Arno und ich bei Verlust von Leib und Leben zum Stillschweigen verdonnert worden.

»In Sizilien werden Schwatzbasen mit einem Kieselstein im Mund tot aufgefunden«, hatte Sascha gesagt. »Und ich bin zu einem Viertel Sizilianer. Also hütet eure Zungen! Ich will kein einziges defätistisches Wort hören!«

So saß ich während des Schminkens hinter ihm im Sessel und beobachtete im Spiegel sein vor Anspannung graues Gesicht! Kochte vor mich hin. Als unsere Blicke sich trafen, sagte er hilflos: »Ich werde nie mehr in meinem Leben Lampenfieber haben, wenn ich diese Vorstellung überstanden habe.«

Ich hielt wie gefordert den Mund. Schließlich wollte ich es nicht drauf ankommen lassen, daß irgendein heißblütiges Gen durchschlug.

»Ich war heute zweimal bei den Beleuchtern und habe sie gebeten, die Anlage zu kontrollieren.« Marion band ihm den Umhang ab und faltete ihn zusammen. Sascha sah in den Spiegel und zupfte an seinen Perückenlocken.

»Ich bin die Strickleiter rauf und runter geklettert und habe nach angeschnittenen Stellen gesucht.« Er stand auf und griff in seine Manteltasche. Zog knisternde, in Plastikfolie verpackte Pillenreihen hervor.

Sah mich verlegen an und sagte: »Es ist Johanniskraut. Das entspannt.«

»Ich platz' gleich!« sagte ich. »Du bist selbst schuld, und ich muß mir, Verehrung hin oder her, nicht allen Mist reinziehen.«

Schraubte mich wutschnaubend aus meinem Sessel, verließ die Garderobe und stampfte zu Arno ins Büro. »Wenn ich noch einen Moment länger in diesem Schminkkabuff geblieben wäre, hätte ich ihm seinen Make-up-Topf ins Gesicht gestopft«, verkündete ich, »und ich weiß nicht, wer eher einen Herzinfarkt kriegt, er oder ich!«

Arno wiegte sorgenvoll sein weises Haupt. Wir gingen gemeinsam hinüber zum Opernhaus.

»Ausverkauft«, stellte er fest, als wir den Zuschauerraum betraten.

»Sie wollen ihn alle abstürzen sehen«, knurrte ich.

»Hör auf, du Alptraum aller Abergläubischen«, stöhnte Arno. »Komm, wir haben Mittelplätze. Es ist unhöflich, als letzte zu kommen, wenn man Mittelplätze hat!«

Als der Vorhang sich hob, war ich völlig verkrampft. Ich hielt mich japsend an meinem obersten Jackettknopf fest, verfolgte ängstlich Saschas Bewegungen, äugte in die Kulissengassen, erwartete Gewehr- oder Pistolenläufe, Messer und Dolche in den Händen seiner Kollegen. Nichts passierte. Keine Abgründe, die sich unvermutet in die Unterbühne öffneten, kein gedungener Würger, der sich während der Festszene über ihn hermachte. Alles verlief reibungslos, die Vorstellung war sogar gut. Sascha wirkte souverän und ganz entspannt als jugendlicher Drahtzieher im Hintergrund. Ich sah, wie Jeanette Guillaume einmal unauffällig und ohne Regieanweisung ihre Hand auf seine Schulter legte, wie er genauso unauffällig zurücknickte. Arno sah herüber, er hatte es ebenfalls gesehen.

»Die sind auch alle furchtbar nervös!« flüsterte er. Ich nickte, sah mich um. Das Publikum amüsierte sich harmlos und unbeteiligt, spürte nicht die ungewöhnliche Spannung jenseits des Orchestergrabens. Als der Vorhang zur Pause fiel, war ich bereits am Ende meiner Kräfte. Nichts war passiert.

»Gehst du nach hinten?« fragte Arno.

Ich schüttelte den Kopf. »Nein, das würde ich nicht aushalten. Marion ist ja da zum Händchenhalten. Und sie ist sicher geeigneter als ich. Ich will raus an die Luft. Wenn ich jetzt hinter die Bühne gehe, schließe ich ihn in der Garderobe ein.«

»Ich komme mit«, nickte Arno.

Wir standen schweigend zwischen den rauchenden und plaudernden Menschen auf der Straße und sahen auf unsere Schuhspitzen, auf die vorbeifahrenden Autos, auf die sich bewegenden Münder, wieder auf die Schuhspitzen.

Es klingelte.

»Also dann«, sagte Arno.

Ich nickte.

»Siggi paßt auf«, sagte er.

Ich nickte.

»Er ist zwar vor der Vorstellung ein Nervenbündel, aber auf der Bühne kann er schon reagieren. Und die Konzentration in der Rolle hilft auch gegen die Angst«, sagte ich.

Arno nickte. »Außerdem sind es ja zwei Verfolgerscheinwerfer.«

Ich nickte. Es klingelte zum zweiten Mal.

»Eine außergewöhnlich schöne Vorstellung«, sagte eine Frau neben mir zu ihrer Freundin. Wir gingen hinein und setzten uns auf unsere Plätze. Der Plüsch kratzte an meinen schweißfeuchten Pobacken.

»Gleich ist es vorbei«, sagte Arno beruhigend.

»Vielleicht hat er einen Skorpion im Kostüm«, murmelte ich. Es klingelte zum dritten Mal, die Schließerinnen klappten mit den Türen, als wären es Mausefallen, es wurde dunkel. Ich keuchte klaustrophobisch. Der Dirigent betrat das Pult, verbeugte sich, das Publikum begann zu klatschen. Es wurde still, und der Vorhang öffnete sich.

Sascha stand auf seinem Palastdach, die eine Hand auf die venezianischen Zinnen gelegt, in der anderen das Gondelruder. Nicht einmal darauf hatte er verzichtet. Vor ihm, doppelt beleuchtet, hing die Strickleiter. Der Dirigent hob den Taktstock. Sascha streckte die Hand nach der Strickleiter aus. Im Pianissimo setzten die Geigen ein, ich biß mir fast den kleinen Finger ab, doch Sascha stand immer noch da mit erhobener Hand. Gleich kam sein Einsatz. Takt für Takt baute sich die Spannung auf. Jetzt die Kontrabässe, wenn er jetzt nicht ... die Harfe, nur noch zwei Takte, wenn er jetzt nicht ... da tat er einen Schritt, der ganze Körper eine Bewegung nach vorne, griff nach dem Seil, hob den Arm mit der Stange im Triumph und begann zu singen. Kletterte schnell ein Stück nach unten, übergab Giulietta das Gondelruder, sie hielt die Strickleiter fest, er schwang seine Beine hinein, sie ließ los, und er fing an zu schaukeln. Donnernder Szenenapplaus. Und einige der »Bravo«-Rufe galten sicherlich der Tatsache, daß Sascha nach dem Beinaheunfall überhaupt noch dort hinaufging.

Als der Vorhang sich nach dem letzten Ton senkte und alle Mitwirkenden unversehrt und am Leben waren, hing ich in meinem Sitz wie warme Faßbrause ohne Glas.

»Gott sei Dank, das ist gutgegangen!« rief Arno über das Getöse des Schlußapplauses hinweg in mein Ohr. »Jetzt hat er nur noch einmal den Orfeo zu singen, und dann ist die blöde Geschichte wohl ausgestanden.«

Nur noch einmal den Orfeo? Darüber hatte ich mit panischem Blick auf die letzte Hoffmann-Vorstellung überhaupt nicht nachgedacht. Der Applaus verebbte, das Publikum bückte sich nach Taschen und Programmheften.

Also noch ein allerletztes Mal »Che faro senza Euridice?«, das verzweifeltste C-Dur, das mir je begegnet war. Bei dem ich jedesmal glaubte, Sascha würde nicht singen können, nur schluchzen. Inzwischen kannte ich seine Stimme so genau, die typische Art, wie er die Töne ansetzte, so als höbe er jeden einzelnen, ob lyrisch oder dramatisch, ob forte oder piano, sanft am Nackenfell in die Höhe, begutachtete ihn liebevoll, bevor er ihn auf den Atem setzte und in die Welt schickte. Da war dieser Moment der staunenden Annäherung, jeder Ton mit einer kleinen Zärtlichkeit Stimme, von der er nichts zu wissen schien, die er aber so freigebig über uns Zuhörende ausgoß, daß wir nicht anders konnten, als ihm unsere schwärmerischste Neigung zu schenken. Wahrscheinlich würde ich mir nie mehr einen anderen Orfeo vorstellen können. Zumindest keinen männlichen.

»Komm, Deborah, du sitzt im Weg!«

Ich wand mich aus meinem Sitz. Hinter Arno warteten schon einige Leute, sich ins Gedränge um die Mäntel zu stürzen. Die Zeit fließt eben und nimmt unsere Zärtlichkeit mit sich fort.

»Gehst du noch mit ins Casino?« fragte Arno.

»Ich bin da mit Sascha verabredet.«

»Was auch sonst«, sagte Arno ergeben. »... sourise à nos ivresse«, trällerte er vor sich hin. Seufzte zufrieden: »Ach, das war schön, wenn ich auch fast gestorben wäre bei der ›Barcarole‹. Schade, daß es der letzte ›Hoffmann‹ in dieser Spielzeit war.«

Was meinst du, mein Junge, womit ich mich die ganze Zeit so herzzerreißend herumschlage?

»Was macht Sascha eigentlich nach der Orpheus-Vorstellung?« fragte ich beiläufig.

»Abreisen. Sein Engagement ist zu Ende. Zu mir hat er gesagt, er wolle möglichst bald nach Hause. Und nächste Spielzeit ist er nach Zürich verpflichtet. Für den «Mitridate«. Mit Macke als Regisseur. Das wird bestimmt große Klasse. Ich will unbedingt zur Premiere.«

»Aha!« sagte ich möglichst harmlos. »Aber es gibt doch eine neue Serie von ›Hoffmann‹, nächste Spielzeit?«

»Ja, im Mai. Fünf Vorstellungen in zwei Wochen.«

Winterstürme würden dem Wonnemond weichen!

»Mit der gleichen Besetzung?«

»Ja, so ziemlich.«

»Aber Sascha singt den Niklas!?«

Arno sah mich vergnügt an.

»Sag doch gleich, was dich wirklich interessiert! Ja, Sascha singt den Niklas, keine Sorge. Inzwischen mußt du halt mal in die Schweiz fahren und ihn besuchen.«

Ich steckte die Hände in die Jackentaschen und trabte schweigend neben ihm her durch den Keller hinauf zum Casino. Wo ich vor meinem Weinglas saß und abwechselnd die Deckenleuchter und den Fußboden anstarrte, während nacheinander die Orchestermitglieder und der Chor hereinkamen und Arno die Gelegenheit zu Geplauder, Klatsch und lobender Kritik gaben. Denn mit mir war einstweilen nichts anzufangen.

Sascha kam, als ich am Tresen stand, um mir den zweiten Wein zu holen. Er winkte von der Tür, ich sah seinen türkisen, ausgeleierten Pullover weithin leuchten. Schlabberlook zur Entspannung im Familienkreis?

Kam auf mich zu, legte mir heiter lächelnd den Arm um die Schulter. So war also alles vorher wieder nur Lampenfieber gewesen, nur Bühnendramatik, die Lebensgefahr nur gespielt?

»Bringst du mir auch einen Wein mit?«

Ich nickte. Fühlte mich plötzlich zu Unrecht erschöpft. Die Orpheus-Vorstellung war in drei Tagen. Noch drei Tage …

»Ein paar von den anderen wollten auch rüberkommen. Wir wollen ein bißchen feiern. Ray fährt übermorgen schon nach New York, für die ›Macbeth‹-Produktion. Morgen läßt er sich noch mal als Cavaradossi abmurksen, und dann geht's über den großen Teich, deshalb müssen wir ihn verabschieden. Hast du denn auch Lust hierzubleiben? Ray ist zwar ein Holzkopf, aber er erzählt hinreißende Anekdoten.«

»Mir ist nicht nach Feiern, Sascha.«

»Hat's dir nicht gefallen, heute abend?«

»Natürlich hat's mir gefallen. Du warst wie immer gnadenlos gut. Zum Niederknieen!«

»So ein Quatsch«, sagte er empört, »ich habe höchstens mit halbem Herzen gesungen. Und außerdem drei Töne dazukomponiert. Die andere Hälfte des Herzens hat die ganze Zeit auf ein Unglück gewartet. Und sich ab dem dritten Akt nach einem Bier und einem Käseomelett gesehnt. Gut singen ist was anderes.«

»Also doch! Jetzt tut ihr schon wieder alle, als wäre nichts gewesen.«

Er seufzte. »Ja, natürlich. Ich kann doch wegen so was keine Vorstellung absagen. Und hinterher stundenlang nervenkrank sein. Aber ich bin schon froh, wenn ich nächste Woche nach Hause fahre. Ich hab nicht den Mumm für Berlin-Wildwest.«

»Zwei Viertel Weißwein«, sagte ich zur Bedienung, »wann fährst du?« zu Sascha.

»Na ja, so ein, zwei Tage nach dem letzten Orfeo. Am Abend noch ein bißchen feiern, am Morgen ausschlafen. Noch mal durchs Haus gehen, mich verabschieden, ein paar ›toi, toi, toi‹ für die Walküren-Premiere sagen, Sachen packen und ab ins Flugzeug.«

Ich kam in seinem Zeitplan gar nicht vor.

»Arno hat gesagt, du singst in Zürich in ›Mitridate‹.«

»Ja, den ›Farnace‹. Du mußt unbedingt zur Premiere kommen. Ha, ich werde Mozart-Spezialist! Paß auf, irgendwann singe ich doch noch die ›Königin der Nacht‹.«

»Überhaupt nicht dein Stimmfach. Man muß sich das Stimmfach mit der Stimme und nicht mit dem Herzen suchen«, flachste ich, ein klein wenig getröstet. Es gab ein Leben nach dem Orpheus. Und lieber fröhlich feiern als feste flennen. Ich habe eigentlich nichts übrig für die Welt der Schatten.

Er bugsierte lächelnd den Wein an unseren Tisch, winkte mit einem schwappenden Glas zu Jeanette Guillaume, die suchend in der Tür stand. Sie winkte zurück, kam ins Casino geschwebt, Friedgard, Ray und Kristina im Schlepp. Mit Jeanette Guillaume an einem Tisch!

»So, da sind wir!« trompetete Ray. »Von Kneipe auf der Bühne zum wirklichen Alkohol. Das ist guuuut. Runter mit die Sorgen um so blöden Scheinwerfer, was, Sascha? Ach! Ich habe heute schon mal besoffen gespielt. Ist Zeit, es in Wirklichkeit zu werden! Hallo, Arno!«

Er patschte ihm auf die Schulter.

»Hast du gesehen, wie wuuunderbar besoffen ich heute abend war? Ganz überwääääältigend besoffen.«

Die Damen lachten pflichtschuldigst. Arno zog sich auf sein professionellstes Lächeln zurück.

»Ganz überwältigend, Ray, ganz marvellous.«

Sascha trat zwischen die beiden. »Setzt euch doch! Darf ich euch Deborah vorstellen, eine gute Freundin von mir.«

Ich lächelte hauptsächlich Jeanette Guillaume an.

»Hi, my dear, nice to meet you«, grölte Brooks. »Darf ich ›Debbie‹ zu Ihnen sagen?«

»Aber klar, Cavaradossi«, sagte Sascha mit eisgekühlter Scherzhaftigkeit, »aber nur, wenn du jetzt schon hingerichtet werden willst, und nicht erst morgen abend. Deborah ist eine entfernte Verwandte von Lady Macbeth.« Brooks und ich waren die einzigen, die nicht lachten.

»Was wollt ihr trinken?« fragte Kristina. »Ich bin auf dem Weg zur Theke.« Konnte ich gut verstehen, mir war auch nach Flucht.

Jetzt war ich endgültig schlechter Laune, auch wenn es tatsächlich, wie versprochen, Theateranekdoten gab: »Bei meiner ersten ›Tosca‹ an der Scala«, trompetete Ray Brooks, »ach, ist bestimmt zwanzig Jahre her, da fehlte im zweiten Akt, wenn die Tosca Scarpia ersticht, plötzlich das Messer auf dem Tisch. Und die Tosca steht da mit dem Weinglas in der Hand, die Broschi hat sie gesungen, und sucht verzweifelt nach dem Messer. Und Scarpia kommt mit dem Passierschein hinter dem Schreibtisch vor, und sie weiß immer noch nicht, womit sie ihn umbringen soll, und er schreit: ›Tosca, finalmente mia!‹ und will sie in seine Arme reißen, da nimmt sie einen Kerzenleuchter und haut ihn ihm über den Schädel, daß er umfällt. Hahaha. Der Scarpia, hahaha, war so überrascht, daß er vergessen hat, ›Aiuto, aiuto‹ zu singen.«

»Gott, solche Sachen sind mein Alptraum«, sagte Kristina. »Was hätte sie denn gemacht, wenn ihr das nicht eingefallen wäre?«

»Ach, die Broschi ist bekannt und berüchtigt für ihr Improvisationstalent«, antwortete Sascha.

»Wie unser allseits angebeteter Sascha!« Rays Stimme kostete einen wirklich die letzten Trommelfellfetzen.

»Nein, nein, da bin ich ein Waisenkind dagegen. Ich bin auch nicht so böse. Die Broschi hat mal einer ›Mimi‹, die sie nicht leiden konnte, eine nackte, glitschige Bratwurst in den Muff praktiziert.«

»Jhhh!« quiekte die Guillaume, und Sascha küßte ihr lachend die Hand. Schmierenkomödiant!

»Ihr könnt euch vorstellen, wie die Mimi geschrien hat, mit der Bratwurst in der Hand. Ihr Tod war wahrscheinlich sehr naturgetreu. Nur ist sie nicht an der Schwindsucht gestorben, sondern am Herzkasper.«

»War der Scarpia der Broschi eigentlich gar nicht böse?« fragte Kristina.

»Nein«, sagte Sascha, »er hat die berufliche Notwendigkeit eingesehen. Er ist nur vor den weiteren Vorstellungen mit großem Pathos durchs Haus gelaufen und hat gebrüllt: ›Wo ist das Messer für die Broschi. Wer hat das Messer für die Broschi?‹«

Alle lachten, nur Ray zog ein Gesicht: »Woher kennst duuu die Geschichte denn so genau?«

»Ach, sie gehörte eine Zeitlang zu meinen liebsten Gutenachtgeschichten.«

Wir sahen ihn erstaunt an.

»Wie denn das?« fragte Kristina.

»Mein Vater hat an diesem Abend im Orchester gespielt. Es war ein Gastspiel, wenn du dich erinnerst, Ray. Er hat die Geschichte live miterlebt und sie mir ins Internat geschrieben. Und als ich in den Ferien zu Hause war, mußte er sie mir jeden Abend erzählen, so gut fand ich sie.«

»Dein Vater hat im Orchester gespielt?« fragte Ray mit gerunzelter Stirn. »Was denn?«

»Cello.«

»Dein Vater ist Cellist? Heißt er auch Fanesini?«

»Nein.«

»Wie denn?«

»Wolf. Schlicht und einfach.«

»Und wo spielt er?«

»Ach, mal hier, mal da. Mal dies, mal das.«

»Ist Wolf dein Vater, so bist du ein Wölfing«, sagte ich lächelnd.

Brooks schien in seinem Gedächtnis nach allen Wölfen zu kramen, denen er im Laufe seines Sängerlebens begegnet war.

»Wolf«, murmelte er, »Wolf an der Scala, irgend etwas sagt mir der Name Wolf, aber ich komme nicht darauf. Ich glaube, er war ...«

Sascha hatte einen Moment lang eine seltsame Unruhe im Gesicht. Er warf einen Blick in die Runde, sah aus, als müsse er seinen »Hoffmann« vor einer neuerlichen *folie d'amour* bewahren, zauberte eines seiner eiligen Lächeln auf sein Gesicht.

»Aaach, jaaaa, da fällt mir übrigens noch eine Tosca-Geschichte ein. Sie soll in New York passiert sein, aber wie alle Legenden hat sie viele Variationen. Mal ist es die ›Tosca‹, mal die ›Senta‹, mal ist es ein böser Streich, mal ein Racheakt für Divaallüren, aber immer geht es um den Todessprung. Die Sängerin schreit also ›Scarpia, davanti al dio‹, respektive ›... treu dir bis zum Tod!‹ und stürzt sich in kühnem Sprung von der Engelsburg, respektive der Kaimauer. Aber irgend jemand hat statt der üblichen Matratzen ein Trampolin unten hingestellt, und anstatt nun zerschmettert im Staube Roms zu liegen oder im Wasser einen nassen Tod zu finden, kommt sie wie ein Gummiball wieder hochgeschossen, und verschwindet wieder und kommt wieder hoch, aufrecht, kopfunter, das Kleid ums Kinn gewickelt, mit wehenden Unterröcken ... ich erspare euch weitere Einzelheiten. Natürlich war die Betreffende für die Saison erledigt, weil das Publikum schon zu wiehern anfing, wenn sie nur auf die Bühne kam.«

»C'est tragique!« sagte Jeanette Guillaume, die gut Deutsch verstand, aber kaum sprach.

»Vraiment!« antwortete ich und lächelte sie hingebungsvoll an. Sie lächelte zurück. Was für eine wunderschöne Frau!

»Ach, apropos, kennt ihr übrigens den Witz mit dem Wagner-Sänger, der seinen Text vergißt?« fragte Sascha lauter als notwendig. »Nein?«

Er lehnte sich zurück, legte beiläufig den Arm auf meine Stuhllehne. Ich registrierte es genießend.

»Also, der Sänger des Siegmund sagt in der Pause zu seinem Kollegen: ›Mein Gott, da hab ich doch in der Liebesszene mit Sieglinde vor lauter wilder Ekstase völlig meinen Text vergessen.‹ ›Ach, du Scheiße‹, sagt der Kollege, ›und was hast du gemacht?‹ ›Na ja, Gott sei Dank ist mir noch rechtzeitig ›la, la, la‹ eingefallen.‹«

Er hatte den Arm von meiner Stuhllehne genommen. Gestikulierte. Spielte abwechselnd den verwirrten Siegmund, die leicht irritierte Sieglinde, ich dachte an die letzte Orfeo-Vorstellung. Legte meinen Arm auf seine Stuhllehne. Unauffällig. Als es niemandem auffiel, nahm ich ihn wieder weg. Trank den letzten Schluck lauwarmen Weißwein aus.

»Kannst du dich noch an die alte ›Rosenkavalier‹-Inszenierung hier am Haus erinnern, Friedgard?« fragte Kristina. Ich griff nach meiner Jacke.

»An die blöden Pekinesen im ersten Akt? Die jedesmal, aber auch jedesmal anfingen, es auf offener Bühne miteinander zu treiben? Solche Köter waren zu DDR-Zeiten wohl gar nicht leicht aufzutreiben, so daß sie nicht ersetzt werden konnten. Am Ende haben sie dann Pudel genommen. Dabei ist das doch das einzige, worum es in diesem Stück geht: Wer es mit wem treibt.«

Ich nutzte das allgemeine Lachen, um aufzustehen. Sascha sah ein wenig beunruhigt auf.

»Sehen wir uns vor der Orpheus-Vorstellung in meiner Garderobe?« fragte er schnell und nahm mich beim Arm.

Ich nickte. »Wenn es deiner Beruhigung dient.«

Er stand auf. »Sei nicht zickig, es ist wirklich schön, wenn du vor der Vorstellung da bist«, bat er leise und legte einen Samthandschuh in seine Stimme. »Wo willst du denn jetzt hin?« Mein linker Arm steckte schon im Jackenärmel.

»Nach Hause. ›Ich Lustige laß dich im Stich. Hojotoho!‹«

Das war wieder mal ein Zitat aus der »Walküre«. Und verschleierte, zumindest im ersten Punkt, die Tatsachen.

Als ich aber dann vor meiner Haustür aus dem Auto stieg, konnte ich nicht ins Bett. Berlin hat ein Nachtleben, damit die Alleinlebenden nicht schlecht draufkommen, also saß ich gleich darauf vor einem Glas Wein im »La Belle«.

Immer noch schlechte Musik! Ich beobachtete die tanzenden Arme und Beine. Die zuckenden Schatten an der Wand. Das schmuddelige Rot-Orange der Sessel. Hoffte auf die Rückkehr der blauen Lady. Holte mir noch ein Glas Wein.

Nein, es war kein Platz in Saschas Leben für jemand außerhalb des Theaters. Er war zu sehr hineinverwoben in diese Welt aus gemalten Räumen, inszenierten Gefühlen, künstlichen Beziehungen und Begebenheiten. Ob er unterschied, noch unterscheiden konnte, zwischen dem, was er auf der Bühne erlebte und was im wirklichen Leben? Meinte er Jeanette Guillaume, wenn er ihr die Hand küßte, oder die Puppe Olympia? War ihm noch bewußt, daß er ein Spiel spielte, wenn er mit mir auf seiner Opernbühne vor dem Bode-Museum »Donna Giovanna« spielte? Immerhin war der romantische Mondschein echt. Aber ob es die romantischen Gefühle waren?

Und vielleicht war die Unterscheidung gar nicht wichtig, waren die Bühnengefühle viel verlockender als die kalte Banalität einer Berliner Nacht im Hotel Brandenburg, mit Aufziehspielzeug gegen das Heimweh; leer nach der Intensität der Bühnengefühle, nachdem er über mehrere Stunden hinweg Hunderten von Augenpaaren ausgesetzt gewesen war. Immer auf hohem Energieniveau, so wie auf der Bühne, damit die Erschöpfung und die Leere nicht spürbar wurden. Die Illusion als Lebensform, der Schein, schöner, seliger, schrecklicher, trauriger als das Leben. Ich holte mir noch ein Glas Wein.

Und ich war genauso verführbar, anfällig für künstliches Gondelgeschaukel und papierene Sonnenuntergänge. Vielleicht waren Phantasien tatsächlich erstrebenswerter als das Leben selbst. Die Wirklichkeit als Libretto, die Illusion als die Musik dazu?

Warum lassen sich Menschen davon abhalten, Dinge zu tun, die sich gut anfühlen? Weil sie Angst haben um die Unversehrtheit ihrer mühsam zusammengepuzzelten Personaldaten, jawohl, Deborah, und du besonders, nur immer die Kontrolle behalten, kein Risiko eingehen! Keine Experimente mit der eigenen Identität.

Warum war mein Glas schon wieder leer? Ich nippte doch kaum daran. Also holte ich mir noch ein volles, blieb gleich am Tresen stehen.

Dann sah ich Sascha vor mir, der in seinem ungemütlichen Hotelzimmer saß und einsame Theatereier aß. Der in ein paar Tagen weg sein würde, weil ich gar nicht real existierte, sondern nur in sein Stück »Herbst in Berlin« hineininszeniert war.

»Zahlen, bitte«, sagte ich zu der Frau an der Bar, die Autoschlüssel schon in der Hand.

Wieder einmal fing es an zu regnen, als ich zu meinem Auto tappte. Aber das war egal. Trionfi d'amore! Bei Sascha im Hotel war es bestimmt trocken und warm. An der Urania entlang, dann am Potsdamer Platz vorbei. Das Auto unter mir fuhr viel zu schnell und hatte in manchen Kurven Mühe, nicht in eine der Baustellenabsperrungen zu rauschen, aber es schien so genau zu wissen, wohin ich wollte, daß ich ihm gern die Führung überließ. Unter den Linden dachte ich darüber nach, was ich sagen würde, wenn Sascha seine Zimmertür öffnete, mit verblüfftem Gesicht dastand, ich in seinem Raubtierhausflur ihm gegenüber. Unter Umständen gab es ein passendes Opernzitat. »Mir ist die Ehre widerfahren …«, nein, besser: »Ich hab' sie übermäßig lieb.« Und dann hoffen, daß er nicht antwortete: »War anders abgemacht, ich wunder' mich!«

Ich brauste mit siebzig über die Weidendammer Brücke. Spreeaufwärts lag Saschas Opernbühne für dahingegangenen Wohllaut. »Es ist was kommen und ist was g'schehen … Und grad die Frag; die spür ich, daß sie mir verboten ist.« Ich fuhr durch eine große Pfütze und fing an zu lachen. Natürlich kannte ich diese Stelle. Sie war aus »Rigoletto«.

Weiter die Monbijoustraße entlang, links in die Torstraße mit unverminderter Geschwindigkeit.

Das Auto stellte sich an den Straßenrand. Ich wankte hinüber zum »Hotel Brandenburg« und stellte dem Portier die verbotene Frage: »Ist Herr Fanesini zu Hause?«

»Nein, Herr Fanesini ist nicht da«, antwortete er mit höflichem Wiedererkennungslächeln auf mein liebestrunkenes Lallen. »Er hatte heute abend, glaube ich, Vorstellung. Sein Schlüssel hängt hier. Tut mir leid, er ist noch nicht da.«

Ich sah auf die Uhr. Halb drei! Soviel zum Thema »einsam zu Hause«. Verdammt, warum war ich so rührselig in letzter Zeit? Plötzlich wollte ich nicht, daß Monsieur mich hier an der Rezeption seines Hotels erwischte.

»Kann ich denn was ausrichten?« fragte der Portier.

Bloß weg von seinem wissend mitleidigen Lächeln: abgeblitzter Groupie! Fanesini ist leider schon anderweitig beschäftigt! Ich spürte das Herzblut tropfen, winkte einem Taxi und verschwand.

Fahruntüchtig, die Autoschlüssel im Schoß, saß ich im Fond eines Taxis am Potsdamer Platz, mit den vielen Kurven wurde mir kotzschlecht. Lehnte mich ans Fenster, es war mir egal, daß der Taxifahrer einen Umweg fuhr, war nur froh, als er mich vor meiner Haustür ablud und das Abendessen noch an Ort und Stelle war.

»Nu sind 'se aber 'ne janz schöne Biege jefahrn«, sagte ich zu ihm in breitestmöglichem Berlinerisch, damit er gleichwohl sah, daß ich einheimisch war, und übersetzte im Geist automatisch ins Italienische, was nicht nötig und in dieser Form auch gar nicht machbar war. Drückte ihm Geld in die Hand und stieg aus, bevor er protestieren konnte.

Ich hatte lange nicht an Arianna gedacht.

Kroch ins Bett und hoffte auf gnädige Amnesie.

Hatte einen Kater am nächsten Tag, mehr einen moralischen denn einen alkoholisierten, und sieben Kätzchen, die mich über die nächsten drei Tage begleiteten. Sascha meldete sich mit keinem Wort.

Jenes befürchtete »in drei Tagen« kam schnell. War ich froh, daß ich Sascha nicht in seinem Hotel angetroffen hatte? Egal, morgen war die ganze Geschichte sowieso erledigt.

Am frühen Abend fuhr ich zur Oper, unentschlossen, ob ich zu ihm in die Garderobe gehen sollte. Ich wollte ihn nicht noch nervöser machen mit meinem inneren Chaos, schließlich werden Telegramme an Mitwirkende auch erst nach der Vorstellung überbracht. Und ich fühlte mich mindestens so dringend und so dramatisch wie ein Telegramm.

Ich betrat das Intendanzgebäude. Wozu hatte ich einen schwulen Beichtvater? Grüßte den Pförtner und nahm wie immer den Weg zur Presseabteilung im zweiten Stock.

Ging an der Tür vorbei, hinter der, wie meistens, gesungen wurde.

»... Leicht will ich's machen dir und mir. Leicht muß man sein, mit leichtem Herz und leichten Händen halten und nehmen, halten und lassen ...«

Jawohl! Das war ebenfalls brauchbar fürs tägliche Leben!

Am Ende des Flures stand wie immer die Tür offen. Ich blieb auf der Schwelle stehen, lehnte mich in den Türrahmen. Aber es machte nicht den Spaß, den es bis vor einer Woche gemacht hatte.

Arno saß hinter seinem Schreibtisch, kritzelte etwas auf ein Notizblatt und hatte eine neue Krawatte um. Als er den Zettel an die Pinnwand spießte, sah er mich.

»Oh, là, là! sie hat Kummer«, bemerkte er. »Du hast herausgefunden, daß Fanesini seit zehn Jahren glücklich mit seiner Gesangslehrerin verheiratet ist.«

»Nein, er ist schwul«, gab ich bissig zurück, »ich habe ihn gestern nacht in einem einschlägigen Lokal aufgestöbert, er trug ein Silberlamékleid, eine orange Langhaarperücke und tanzte Tango mit Placido Domingo.«

Arno zog eine Augenbraue hoch. Jawohl, nur eine.

»Laß mich in Ruhe, Arno, ich leide sowieso schon genug. Er fährt übermorgen weg, und ich vermisse ihn schon jetzt, und gleichzeitig... Was soll ich denn mit einem Mann?«

Ich steckte amazonenhaft die Hände in die Hosentaschen. Arno lächelte anzüglich.

»Grins nicht so blöd, denk lieber mal analog! Wie wäre es denn, wenn du dich in eine Frau verlieben würdest? Dann wärest du sicher auch leicht enerviert.«

»Also nicht nur ein flüchtiges Begehren«, konstatierte Arno, »sondern richtige Liebe? Ich dachte immer, du würdest ihn einfach nur platonisch anschwärmen, von wegen toller Stimme und herzschmelzendem Gesang und hübscher Bursche, scharmang, scharmang. Mir war nicht klar, daß es ernster ist. Von ihm aus schon, den Eindruck hatte ich schnell. Ich dachte, das hätte dir vielleicht geschmeichelt, oder so.«

»Anfangs vielleicht. Aber irgendwann habe ich dann gemerkt, daß hinter dem charmanten Burschen ein... na ja, so ein ganz Lieber steckt. Trotzdem will ich nichts mit einem Mann anfangen. Ich weiß, daß er darauf lauert. Außerdem war Plato nicht platonisch.«

Arno sah auf die Uhr: »Wenn du Sascha vor der Vorstellung noch kriegen willst, mußt du dich beeilen«, sagte er.

Ich stellte mich in bühnenwirksame Positur.

»Weißt du, Arno, was ich letztens nach der ›Hoffmann‹-Vorstellung gemacht habe? Ich habe mir im ›La Belle‹ den

Kopf zugesoffen und bin um halb drei Uhr morgens zu Sascha ins Hotel gefahren. Er war nicht da, und ich weiß immer noch nicht, ob ich froh darüber sein soll oder am Boden zerstört. Ich weiß nur, daß ich ihn nicht wiedersehen werde, wenn er morgen fährt. Ich werde mich nicht bei ihm melden, und er sich genausowenig bei mir. Er hat auch in den letzten drei Tagen nicht angerufen. Solche Löcher in der Kommunikation gab es schon öfter. Immer, wenn irgendwas nicht so läuft, wie er sich das vorstellt, dann ist er weg. Und wenn er erst in Zürich ist, oder in wer weiß wo, dann gibt's da bestimmt genügend Frauen, die nicht so hartnäckig am anderen Ufer herumsitzen.«

»Ich glaube, du verrennst dich da gerade in was, meine Liebe«, sagte Arno beichtväterlich. »Geh mal rüber, gib ihm einen Kuß auf die Wänglein, wünsche ihm ›toi, toi, toi‹, daß keine Schlange aus der Leier springt und Euridices Lippenstift nicht vergiftet ist, wenn er sie am Ende küßt. Verabrede dich mit ihm und leg die Karten auf den Tisch. Und mach vor allem schnell, sonst ist er schon auf der Bühne.«

»Ich will nicht mit ihm reden. Er würde es nicht verstehen, weil ich es ja selbst nicht verstehe. Er würde es für ein Angebot halten, es ist aber keines.«

»Nein?«

»Nein. Jedenfalls nicht an den Mann Sascha.«

»Ja, an wen oder was denn sonst? Gott, Deborah, du bist nicht ganz dicht!«

»Doch, ich bin nur spitzfindig. Ich kann mir nicht vorstellen, mit einem Mann was anzufangen. Weder im Bett, brrr, noch als Beziehung.«

»Aber mit Sascha!«

»Keine Ahnung!«

»Dann weiß ich auch nicht. ›Ich weiß auch nix, gar nix!‹ sagt die Marschallin im ›Rosenkavalier‹.« Er sah wieder auf die Uhr: »Willst du nicht doch wenigstens ›toi, toi, toi‹ sagen? Er wartet doch darauf. Für Gefühlsausbrüche ist jetzt sowieso keine Zeit mehr.«

Ich traf Sascha auf dem Garderobenflur.

»Da bist du ja«, sagte er gehetzt, »ich habe mich gewundert, wo du bleibst!«

»Ich war noch bei Arno«, erwiderte ich lahm. Die geschminkten Augen irritierten mich. Was vom Zuschauerraum aus so natürlich wirkte, war hier die Karikatur eines schönen Jünglings.

»Bin ich komisch, oder bist du komisch?« fragte er. »Vor Vorstellungen weiß ich so was immer nicht.«

»Ich bin komisch«, sagte ich.

Er nahm meine Hand. »Nach der Vorstellung hier?«

Ich nickte zum gewohnten Ritual. Rituale sind dazu da, den Menschen im wildgewordenen Sturm der Gefühle ein paar kleine Anker zu geben. Es gab äußere Geschehnisse, die sich wiederholten, eine Kontinuität, an der ich mich orientieren konnte. Allerdings waren es die Rituale seiner Welt, nicht der meinen.

So verließ ich das Haus durch den Bühneneingang und mischte mich unter die Zuschauer. Für den nächsten Abend stand laut Spielplan die ›Ariadne‹ auf dem Spielplan. Vielleicht sollte ich eine Karte kaufen und mal wieder eine richtige Hosenrolle hören.

Die Vorstellung hatte das, was letzte Vorstellungen öfter haben. Sie werden noch einmal richtig ausgekostet, mit besonderer Liebe gesungen. Denn danach verkriechen sich die Figuren auf unbestimmte Zeit in den Kostümfundus und in die Partituren. Abschiedsstimmung.

Die Furien machten es Sascha diesmal besonders schwer, rempelten ihn an, rissen an seinen Kleidern. Auf der steilen Treppe sah das ausgesprochen gefährlich aus. Doch Sascha als apollinische Lichtgestalt breitete die Arme aus, eine Geste, die ich wiedererkannte. Das war Sascha, wie ich ihn auf der Pfaueninsel erlebt hatte. Seid umschlungen, Millionen von Grashalmen! Er war so echt, daß die grausamen Choristen ein weiteres Mal nachgaben.

Sascha sah ihnen wie immer ungläubig nach. Doch statt auf der Treppe abzuwarten, bis das Paradies vorgefahren war, und dann langsam nach unten zu gehen, wie es die Regie vorschrieb, lief er unvermittelt die restlichen Stufen hinunter. Da krachte an der Stelle, wo er Sekunden zuvor gestanden hatte, einer der großen Scheinwerfer herunter, barst polternd durch das Holz. Die Felswand zur Oberwelt brach mit lautem Knall zur Seite weg. Als Sascha sich am Fuß der Treppe umwandte, gab es hinter ihm keine Kulisse mehr.

Ein Schrei ging durch das Publikum. Dann fiel der Vorhang, und ich sprang auf wie ein Aufziehaffe.

Diesmal saß ich Parkett Mitte, und es dauerte einige Zeit, bis ich mich an allen Bäuchen und Taschen vorbeigequetscht hatte.

»Entschuldigung ... danke ... darf ich mal, danke ... würden Sie mich bitte ... Ich riß die Tür zum Parkettumgang auf, als die Schließerin mich sah, sagte sie nur: »Herr Fanesini!«

Ich nickte, sie zog eilig die Schlüssel aus der Tasche. Wieder nahm ich die Stufen im Laufschritt.

Als der Vorhang fiel, hatte ich Sascha am Fuß der Treppe gesehen, er hatte hinter sich geblickt wie Orpheus. Links durch den Flur, den Abzweig zur Bühne, er hatte hinter sich geblickt, erschrocken, aber unverletzt, die kleine Treppe hoch, »Achtung Bühne!«, die Brandschutztür und die Hinterbühne. Ich blieb an der Seitenbühnenmarkierung neben dem Inspizientenpult stehen.

Zuerst sah ich nur die rote Wand des Vorhangs und wüst übereinandergetürmte Kulissenteile. Gesplittertes Holz,

Leinwandfetzen, die Scherben des Scheinwerfers, alles in weißes Arbeitslicht getaucht. Die Reste der Unterweltstreppe ragten auf wie ein gebrandschatzter Tempel und warfen drohende Schatten. Die Furien und seligen Geister standen in Grüppchen herum und kommentierten das Geschehene wie auf einer Premierenfeier. Einer der Chorherren, die Wolfsmaske noch unter dem Arm, blutete aus einer Platzwunde an der Schläfe, ein anderer hielt sich den Arm und fluchte leise über den »Scheißbalken«. Der Betriebsdirektor, noch blaß um die Nase, kam schnellen Schrittes über die Bühne und schob sich durch den Spalt im Vorhang, um dem Publikum mitzuteilen, daß niemand ernstlich verletzt sei, und wohl, um die Zuschauer nach Hause zu schicken. Von draußen hörte ich aufgeregtes Murmeln.

Sascha stand immer noch auf der Bühne, die Augen aufgerissen, hielt sich die Leier vor den Bauch, schüttelte immer wieder den Kopf. Eine der weiblichen Furien trat auf ihn zu, er reagierte kaum, sah nur glasig drein.

Da nahm ich aus den Augenwinkeln eine Bewegung wahr. Jemand schlich die Wendeltreppe von der Beleuchterbrücke herunter, still wie ein Geist. Zuerst ein Paar leiser, schwarzer Lederschuhe, dann vorsichtige Hosenbeine. Es war ein Mann, und er konnte mich nicht sehen, weil ich im Halbdunkel stand. Er trug einen Abendanzug, keinen Blaumann. Als er unten angekommen war, vertrat ich ihm den Weg, sprach ihn laut an: »Was haben Sie da oben auf der Beleuchterbrücke zu suchen?«

Er sah überrascht aus, ich stand wie vom Donner gerührt. Es war Thorwalt Hagen, der Dobermann.

Ich hielt ihn am Ärmel fest, hörte mich schreien: »Sie wollten Sascha Fanesini umbringen! Sie haben den Scheinwerfer runtergeworfen!«

Da schlug er mir auf den Arm, riß sich los und rannte

zwischen die Prospekte in Richtung Hinterbühne. Dort irgendwo war ein Ausgang, und er kannte sich im Labyrinth des Theaters weit besser aus als ich.

Mein Arm war taub von dem Schlag, aber ich schrie wie am Spieß: »Haltet ihn auf, Thorwalt Hagen hat den Scheinwerfer runtergeworfen!«

Einer der Bühnenarbeiter, ein junger mit Stirnband, sah auf, setzte sich in Bewegung, rannte ebenfalls in Richtung Hinterbühne, irgendwohin hinter die Prospekte von Sonnenuntergang und frühem Morgenlicht.

Das Bühnenbild von »Orfeo« war schlicht, als Aufbauten nur der Hügel und die Treppe, auf einem Bühnenwagen das Paradies; ansonsten Prospekte, die Tiefe und Raum erzeugten. Es gab wenig Möglichkeiten, sich zu verstecken. Hagen mußte schnell den Ausgang finden, sonst faßten wir ihn. Links von mir lag das Paradies, die Apfelbäumchen schlafend wie Karussellpferde nach Mitternacht. Hier nahmen die Prospekte fast alles Licht weg. Dahinter an der Wand das schimmernde Weiß von Euridices Grabstelle. Ich ging vorsichtig um den Bühnenwagen herum, sah vorschriftsmäßig nach oben. Die schwebenden Lasten.

Die herunterkrachenden Scheinwerfer.

Ich achtete auf herumliegende Kabel. Behutsam setzte ich Fuß vor Fuß. Auf der anderen Seite des Bühnenwagens tauchte der junge Bühnenarbeiter auf, auch er behutsam wie ein Schatten. Ich schnappte erschrocken nach Luft. Als er mich erkannte, schüttelte er den Kopf. Seine blonden Ringellocken hätten einen guten Jung-Siegfried abgegeben. »Er kann überall sein«, sagte er, ein wenig atemlos, »wahrscheinlich ist er schon bei den Sologarderoben raus.«

»Aber ich habe gesehen, wie er von der Beleuchterbrücke herunterkam, und ich weiß, wer es ist. Jemand muß die Polizei anrufen, und der Bühnenpförtner muß benachrichtigt werden, daß er niemanden durchläßt. Wir brauchen Licht. Und Leute, die die Ausgänge bewachen. Schnell!«

»Ja«, sagte er, »ja, richtig! Ich sag Bescheid. Rufen Sie laut, wenn Sie ihn hier sehen!«

Er trabte nach vorne zu den Resten des Höllenabstiegs. Ich stand neben den schweigsamen Apfelbäumen, lauerte auf eine Bewegung, ein Geräusch. Von irgendwoher wehte ein Luftzug. Eine offene Tür? Ich hatte keine Ahnung, wie viele Türen es hier gab und wo sie hinführten. Vorsichtig schlich ich mich in Richtung des Luftzuges, schnupperte den Atemzügen des Hauses nach, dem Geruch des Mauerwerks. Eine Treppe hinab? Der See unter der Oper. Schwarzes Wasser, ein Kahn an einem eisernen Ring, und Hagen verschwand über den See... Quatsch, Deborah.

Ich ging um einen großen, flachen Felsen herum, der nicht zum Orfeo-Bühnenbild gehörte. Ach ja, die ›Ariadne‹ für morgen; und Hagen erwartete mich auf der anderen Seite, hatte einen ›Rheingold‹-Speer gegriffen, scharf und spitz genug, um ihn mir in den Bauch... Quatsch, Deborah!

Ich stand hilflos im Dämmerlicht. Wo blieben die anderen? Es waren mindestens dreißig Leute auf der Bühne. So viele Schatten zwischen den Prospekten. Hier und da ein feines Knacken, Rascheln. Überall leises Raunen, Flüstern. Kulissen sind nicht wirklich still.

Da ging auf der Hinterbühne das Licht an. Große, hell leuchtende Neonröhren.

Und tatsächlich schlich er sich dort an der Wand entlang, mitten durch die ›Ariadne‹-Kulisse, Tische, Stühle, Koffer aus dem ersten Akt und ein Boot. Ein Katamaran, mit Segeln aus Fallschirmseide.

Vom Zuschauerraum her kamen einige Bühnenarbeiter. Ich rief: »Da ist er!« Hagen drehte sich nach mir um, den scharfen Wotan-Speer in den Augen, quetschte sich zwischen zwei Stühlen hindurch, hinter ihm war eine Metalltür. Zwischen den Kulissen hindurch sah ich sie, und er hatte sie auch gesehen.

»Da ist eine Tür!« schrie ich den Bühnenarbeitern zu. Ich hörte Hagen höhnisch lachen, als er darauf zusteuerte. Diese Tür führte nach draußen, vielleicht auf den Bebelplatz, oder zum See unter der Oper, wo er hingehörte, dieses Monstrum und seine Auftraggeberin. Ich rannte und rief: »Bleiben Sie stehen!«, doch ich war zu weit weg, er hatte nur noch zwei Meter, noch einen, streckte den Arm aus, riß die Tür auf, sah sich lachend nach mir um, und prallte mit dem Kopf gegen die Brandmauer.

Denn die vermeintliche Fluchttür gehörte auch zu »Ariadne auf Naxos«, zum imposanten Auftritt des Komponisten im ersten Akt. Die Bühnenarbeiter trabten glucksend an mir vorbei und beugten sich über ihn, die Hände in die Hüften gestemmt.

»Der ist platt!« sagte einer beeindruckt.

Ich war glücklich, daß Hagen liegenblieb und ich ihn nicht mehr verfolgen oder bewachen mußte. Dann stand plötzlich Sascha neben mir und ein Polizist, der mich »eine wichtige Zeugin« nannte und meinen Ausweis wollte. Da fiel ich Sascha erleichtert um den Hals und erzählte mit sprudelnden Worten ihm und dem Polizisten, was passiert war. (Sascha hielt ich währenddessen fest im Arm, damit ihm kein Scheinwerfer auf den Kopf fiel.) Der Polizist machte sich Notizen und erklärte: »Wir melden uns!« Sanitäter kamen und hoben Hagen auf eine Bahre.

Dann war es Zeit zum Feiern. Zeit, ein glimpflich verlaufenes Attentat zu feiern. Zeit, eine beigelegte Verstimmung zu feiern, denn bis auf die zehn Minuten, die Sascha brauchte, um seinen Smoking anzuziehen, hingen er und ich ineinander wie stachelige Macchia. Zeit, eine letzte Vorstellung zu feiern und einen Abschied.

Man warf sich in Schale und brauchte eigentlich keinen Anlaß zum Feiern. Das Feiern selbst ist ein Grund zum Feiern. Sascha und ich, Arno, Marion, Henry und die Sängerinnen von Amor und Euridice.

Wir fuhren in ein feines italienisches Restaurant zu Wein und elysischen Vorspeisenplatten. Sascha sah sehr schmuck aus in seinem Smoking, mit Fliege und Bauchbinde. Er saß neben mir, charmant und gut gelaunt, doch die Stühle hatten hohe, steife Lehnen, und er war schon wieder eine öffentliche Person. Vorher war es einfacher gewesen, ihn zu umarmen.

»Auf diej mutige Heijldin, die den Lampenschmeißer zur Schtrecke gebracht hat!« toastete Henry.

Ich fühlte mich blaß im Gesicht.

»Allerdings sieht sie immer noch aus, als hätte sie selbst den Scheinwerfer auf den Kopf gekriegt«, sagte Sascha. Es lag etwas in seinem Blick, was ich nicht deuten konnte. Vielleicht sah er so die Robertas in seinem Leben an.

»Warum bist du vorhin eigentlich so schnell losgelaufen?« fragte Arno. »Laut Regie stehst du doch auf der Treppe und sinnierst vor dich hin.«

Sascha drehte sein Weinglas, sah verlegen aufs Tischtuch, dann schüchtern zu Amor:

»Ich hatte plötzlich solche Sehnsucht nach Euridice. Da bin ich einfach hinuntergelaufen. Ich dachte, den ›Reigen der seligen Geister‹ kann ich auch unten abwarten. Und Euridice wenigstens aus der Ferne sehen.«

Uns blieb allen der Mund offenstehen.

»Ich glaube, das ist das Unprofessionellste, was ich in dieser Richtung jemals gehört habe«, sagte Arno, »und das Professionellste dazu.«

Und Henry klopfte Sascha auf die Schulter und sagte: »Uenn du nicht solchen Liebesschmerz gehabt hättest, so uärest du jetzt platt uie eine Uiener Schenitzel!«

Ein paar Flaschen später war es Zeit zum Aufbruch, frühen Flügen und morgendlichen Probenterminen entgegen. Vor dem Restaurant umarmte ich Arno, dann Marion, sogar Henry. Sascha stand daneben, als warte er auf etwas, zog umständlich seine Handschuhe an. Dann küßte er sich durch den Besetzungszettel, ich suchte einstweilen zerstreut nach meinen Autoschlüsseln. Ich verabredete mich mit Arno zum Tee. Sascha winkte seinen Kolleginnen nach. Dann waren alle verschwunden, er und ich blieben übrig, und er nahm meine Hand, so zart, wie es nur eine echte Hosenrolle kann.

»Gehen wir noch auf einen Schluck zu mir?«

Vielleicht wollte ich nicht. Was in der Luft lag, war Abschied, schon die ganze Zeit. Abschied macht unerfüllte Wünsche drängend. Letzte Gelegenheiten machen Grenzen löchrig wie Schweizer Käse. Vorsichtshalber wollte ich nicht in die Verlegenheit kommen, Sascha einen Korb zu geben. Und doch war es der letzte gemeinsame Abend auf unbestimmte Zeit.

So fuhren wir also zum fledermausflügeligen Hotel, ließen uns die Schlüssel geben.

(»Eine Dame hat für Sie angerufen, Herr Fanesini, sie holt Sie morgen vom Flughafen ab, läßt sie ausrichten.« Eine Dame. So, so! »Ach, Viola hat Zeit, das ist schön!« sagte Sascha. Also keine Dame. Sondern nur die Schwester.)

Das Zimmer war im Aufbruch. Die Schranktüren offen, Pulloverstapel auf einem Sessel. Ich versuchte, den großmäuligen Koffer auf dem Bett zu ignorieren. Sascha klappte ihn zu und stellte ihn in die Ecke.

»Ich habe Sekt gekauft«, sagte er, öffnete den inneren Fensterflügel und holte eine beschlagene Flasche heraus, »für eine Abschiedsfeier in ganz privatem Kreis.«

Drehte den Fensterflügel nachdrücklich. Also hatte er mit mir gerechnet!

Sascha wischte über den feuchten Flaschenbauch. »Kalt ist es geworden in den letzten Tagen«, sagte er.

»Wann fliegst du morgen?«

»Sechzehn Uhr zehn.«

Ich nickte. Sascha beobachtete mich zu genau, als daß ich einen Muskel in meinem Gesicht hätte reagieren lassen. Sein Blick stand in der Luft wie ein hoher Geigenton, und ich ließ ihn dort stehen, bis er verklungen war.

»Nimm doch bitte die Gläser aus dem Schrank«, sagte er. »Die habe ich noch nicht eingepackt, sie kommen ins Handgepäck.«

Ich stellte die Gläser auf den Tisch. Sascha zog die Smokingjacke aus, hängte sie ordentlich über einen Bügel, hakte die Fliege auf, öffnete den Kragenknopf, das Hemd raschelte leise und kühl. Auf der Bühne war es einfach gewesen, ihn zu umarmen. Aber dort war die Liebe auch ein Bühnengefühl gewesen. Ein echt empfundenes Gefühl und doch nur Teil einer festgelegten Inszenierung. Das Stück kam aus Hollywood und zeigte, wie der jugendliche Held die soeben bekehrte Lesbe küßt, die nun doch endlich den Richtigen gefunden hat. Das könnte euch so passen!

»Müde?« frage Sascha.

»Nein«, sagte ich.

»Weil du so schweigsam bist.«

Ich setzte mich in den Clubsessel. Auf der Konsole stand immer noch das Äffchen, und ich nahm es in die Hand.

»Kommt auch ins Handgepäck«, sagte Sascha, »ist zu empfindlich für einen Koffertransport«, und entfernte das Stanniolpapier um den Sektkorken. Er beobachtete mich immer noch. Eine typische Sängerfähigkeit: Rivalen erstechen, Geliebte küssen, sterben, Sektkorken öffnen und dabei immer noch aus den Augenwinkeln den Dirigenten wahrnehmen. Oder die verwirrte Deborah, die nicht weiß, was sie will, und es nicht zeigen möchte …

»Ich komme mir vor wie die Katze mit der Maus«, sagte Sascha. Das Stanniolpapier landete als glitzerndes Bällchen auf dem Tisch.

»Was soll das denn heißen?«

»Ich habe das Gefühl, genau zu wissen, was in dir vorgeht. Ich kann dich sozusagen denken hören. Es ist das, was nicht ausgesprochen wird, was das Publikum aber atmosphärisch mitbekommt. Aber ich weiß, im Gegensatz zu dir, was hier gespielt wird.«

Arrogant also auch noch.

»Ich weiß schon, was hier gespielt wird. Ich mag nur nicht darauf eingehen.«

Sascha lächelte.

»Nein, du weißt gar nichts. Du ziehst deine detektivischen Schlußfolgerungen nämlich aus falschen Axiomen. Dir fehlen einfach wichtige Informationen. Allerdings hast du recht, wenn du Sascha Fanesini nicht abnimmst, daß sein innerstes Geheimnis eine lange Unterhose ist. Dabei ist das Ganze so schrecklich banal und naheliegend, daß es fast schon peinlich ist.«

Mit großem »Pöff« rutschte der Korken aus der Flasche, und Sascha schenkte langsam und genüßlich ein. Gab mir das Glas, sah mich an. Mit einem Gesicht, auf dem die Gefühle wechselten wie Wolken über flachem Land.

»Wenn du wüßtest, wie ich mit mir im Clinch lag, dich doch in diese Geschichte einzuweihen. Es war schwer, alles mit mir selbst auszumachen. Jeden Tag habe ich von neuem überlegt und mich nicht getraut, weil ich nicht wußte, wie du reagieren würdest. Dann wieder habe ich gedacht, es ist so naheliegend, daß du eigentlich längst hättest darauf kommen müssen. Weißt du noch, der Abend, an dem ich den Hirtenknaben gesungen habe? Ich wollte so gerne, daß du hierbleibst, aber dann hätte ich… hätte ich dich einweihen müssen, und dazu konnte ich mich nicht entschließen. Und ich wußte ja auch nicht, ob du hättest hierbleiben wollen, selbst wenn ich dich gefragt hätte. Also bist du nach Hause gefahren, und ich saß hier und habe vor mich hingejammert. Aber zwischendrin habe ich mich sehr amüsiert, weil du genauso mit den inneren Dämonen gerungen hast. Oder mit den Engeln? Wer weiß.«

Er setzte sich aufs Bett, mir gegenüber, und lächelte in sein Glas.

»Ich will dir eine Geschichte erzählen. Sie spielt zur Zeit der Barockoper. Die Geschichte von… nennen wir sie Floria. Floria wurde als einziges Kind in ein musikalisches Elternhaus hineingeboren. Ihre Mutter war eine berühmte Sängerin, und ihr Vater Kapellmeister und Komponist. Überall, in allen europäischen Ländern, an allen Theatern gab es damals die Männer mit den engelsgleichen Stimmen und den dicken Bäuchen. Natürlich studierte Floria ebenfalls Gesang. Sie hatte auch Klavierunterricht, beschäftigte sich ein wenig mit Kompositionslehre, soviel einem Mädchen eben zugestanden wurde. Die Hauptsache aber war das Gesangsstudium. Sie hatte einen leichten, hohen Sopran, schön, aber ohne viel Kraft. Aber sie wollte große Rollen, an großen Häusern, wollte überhaupt singen dürfen, nicht immer hören, daß das Weib in der Gemeinde zu schweigen habe und daß sie sich doch einen netten Mann suchen sollte, dessen Kindern sie dann Wiegenlieder vorsingen könnte. Sie wollte Applaus und Reichtum. Und eines Tages beschloß sie, ein Kastrat zu werden. Sie verschwand eine Weile von der Bildfläche. Schliff ihre Technik und kam als ›Evirato‹ zurück. Die Täuschung gelang, sie feierte überwältigende Triumphe.«

»Und wurde nie entdeckt?«

»Nein, sie starb als Mann, hoch geachtet und reich, im Alter von dreiundachtzig Jahren in London. Es kam erst nach ihrem Tod heraus. Kastraten durften ja nicht heiraten, also gab es niemanden, der, oder besser die, sie hätte enttarnen können.«

Er hob das Glas: »Prost, Deborah, es lebe das Kastratentum!«

»Kein Kostümbildner, kein Kammerdiener, niemand hat je etwas gemerkt? Keine schöne Dame, die sie als praktischen, weil folgenlosen Liebhaber gewollt hätte?«

»Sagen wir es so: Niemand hat je das Geheimnis verraten.«

Sascha lehnte sich auf dem Bett zurück, wippte Synkopen mit dem Fuß, als fordere diese Tätigkeit seine vollste Konzentration. Beobachtete mich aus den Augenwinkeln.

Ich hatte verstanden.

»Sollte Alessandra auch nicht singen?«

»Doch! Singen schon.«

»Aber?«

»Sie war nur ein windschiefer, kleiner Counteralt, ohne Höhe, ohne Tiefe und in der Mitte flattrig. Schön lyrisch und ohne Kraft. Und ihre Mamma war die berühmte Koloratursopranistin Carla Broschi.«

Ich pfiff durch die Zähne. Sascha nickte.

»Ja, eben, Adel verpflichtet. Sie war eigentlich nicht schlecht, die Kleine. Technisch, meine ich. Sie hatte auch durchaus Stimme. Dazu Schauspielunterricht, Applaussucht und Feuer. Aber keine Nerven. Lampenfieber, bis die Stimme weg ist. Vor allem, wenn die Mamma im Parkett sitzt und heraufglotzt. Da bleibt dann ein Stimmchen, das gerade noch für eine mittlere Chorpartie reicht. Nach drei Jahren an kleinen Häusern, mit kleinen Rollen und einem peinlichen Premierenfiasko wollte sie aufhören. Da hat sie diese Kastratengeschichte gelesen. Die Mamma ging damals gerade nach Amerika, und Sascha nahm wieder Gesangsunterricht. Ganz von vorne. Hat sich einen neuen Namen und ein neues Stimmfach gesucht. Als die Mama zufällig mal in einer Vorstellung war, hat sie ihr eigen Fleisch und Blut erst beim Verbeugen erkannt. Danach kam sie in die Garderobe geschäumt, und ich bin im nachhinein noch fast gestorben, bei dem Gedanken, daß Mamma in der Vorstellung war.«

»Aber Niklas ist keine mittlere Chorpartie. Und Orfeo auch nicht.«

»Jetzt hat Alessandro sich ja auch freigesungen.«

»Und was sagt die Mamma zu Alessandro?«

»Die Mamma ist weit weg in Amerika und verleugnet ihren Sohn. Oder ihre Tochter? ›My daughter died in a car-accident‹, erzählt sie den Leuten. Nett, nicht? Ich bin ihr peinlich. Mama hatte schon immer was gegen eine singende Tochter. Sie war eifersüchtig. So eifersüchtig, daß sie jetzt sogar einen Killer auf mich angesetzt hat.«

Sascha trank das Glas leer und schenkte sich von neuem ein.

»Und trotzdem sollte die Tochter die beste Sängerin der Welt werden. Ein Star, größer als die göttliche Broschi. Sie hat sie gecoacht und gemanagt und getriezt von der ersten Gesangsstunde an. Die war im zarten Alter von elf Jahren. Dabei gibt es den überaus gültigen Spruch: ›Die Liebe und das Singen lassen sich nicht zwingen.‹ Das hat Mamma im bezug auf ihre Töchter nie begriffen.«

»Keine schlechte Zwickmühle! Und was ist mit Henry? Weiß der von Alessandra?«

»Nein, natürlich nicht. Henry hält mich für einen niedlichen, männlichen Safthappen, den er gerne im Bett hätte. Aus mehreren Gründen kann aus uns leider keine Affäre werden.«

»Du hast mal gesagt, du wärest nicht schwul.«

Sascha kicherte.

»Nein, ich habe gesagt, ich stünde nicht auf Männer. Das macht unter diesen Umständen einen kleinen Unterschied.«

So war das also: die Verneinung der Verneinung, ein Dreihundertsechziggradwinkel der Wahrnehmung.

»Das Versteckspielen macht dir Spaß, nicht? Das Komödiantische. Die vielen kleinen und größeren Täuschungsmanöver. Mein Leben soll eine Opera buffa sein!«

Sascha lächelte ernst. »Mein Leben soll eine Hosenrolle sein! Ich will vor allem auf der Bühne stehen und singen. Und zwar große Partien. Was ich dafür tun muß, tue ich.«

»Den Hals einpacken, den Mund zumachen und immer studiert auf die Probe kommen?«

»Und darüber hinaus immer mit der Gefahr des Enttarntwerdens leben und nie einen Menschen emotional oder körperlich so nahe kommen zu lassen, daß mein wahres Ich zu erkennen ist. Außer meiner Schwester und meiner Gesangslehrerin in Basel weiß niemand davon. Außer der allzu neugierigen Deborah. Mit ihrer Heldinnensaga, die hiermit ein neues Kapitel hat: ›Sascha, mein seliger Held‹. Was mir eigentlich gar nicht unlieb ist.«

»Bist du glücklich?«

»Keine Ahnung. Ich denke, niemand ist so weit von seinem eigenen Leben entfernt, um das objektiv beurteilen zu können. Vielleicht ist manches von außen gesehen sehr ungemütlich. Und innen fühlt es sich nicht so schlimm an. Weil es die Gnade des Nichtspürenmüssens gibt. Was nicht heißt, daß Menschen nicht sehr unglücklich sein können. Die meisten Menschen werden mich wohl für glücklich halten, weil ich breit und selig lächelnd auf der Bühne stehe und den Applaus entgegennehme. Aber vielleicht bin ich trotzdem ein unglücklicher Mensch? Was nebenbei eine schier unerträgliche Banalität ist.«

»Bist du einsam?«

»Ja, natürlich. Sehr!«

»Ist dein Doppelleben das wert? Wenn Roberta zum Beispiel davon gewußt hätte.«

»Kein Kommentar.«

»Wie lange willst du das machen?«

»Bis ich tot von der Bühne falle.«

»Was sie ja fast geschafft hätten.«

»Nicht ›von der‹, ›auf die‹. Falsche Präposition.«

»Aber tot.«

»Laß gut sein, Deborah. Viola hat es auch nicht geschafft, mich umzustimmen, und die kennt meine Lindenblattstellen besser als du.«

»Du könntest dich doch zurückverwandeln. Jetzt wo die Mamma nicht mehr glotzt.«

»Die Mamma sitzt immer in der ersten Reihe auf dem Dienstplatz. Nach dieser Geschichte mehr denn je. Und ich bin nur als Counterkerl ein Star. Ein Mann, der singt wie eine Frau. Das ist ein Phänomen. Als Frau bin ich nur eine kleine, lyrische Mezzosopranistin.«

»Und die ganzen tollen Frauenrollen? Rosina, Elisabetta, Carmen? Und Brünnhilde?«

»Das ist wohl ein Scherz, die ist doch nun wirklich nicht meine Baustelle, und wenn ich hundert Jahre alt werde. Außerdem haben Hosenrollen doch auch was, oder? Lauter Kaiser, Feldherren, Liebhaber... Gerade die Liebhaber, Deborah. Das ist doch ganz phänomenal, wenn ausgerechnet ich die Liebhaber spiele.«

»Das ist das erste Mal, daß ich mir wünsche, eine Hosenrolle wäre ein wirklicher Mann.«

Sascha lächelte zärtlich: »So schlimm?«

»Das warst du selbst im ›La Belle‹ nach der Orpheus-Vorstellung, nicht?«

Sascha deutete auf die Stelle, wo auch Hosenrollen ihr Herz haben.

»Ja, manchmal muß ich etwas tun, damit es hier drinnen wieder stimmt. Dann spiele ich meine Zwillingsschwester und gehe in den Sub. Damit ich nicht irgendwann, wenn ich abends aus den Hosen steige, vergessen habe, daß ich eine Frau bin. Dann gehe ich als Frau mit Hut, von der du dich hättest abschleppen lassen, weil sie so reizend war. Leider war ich zu beschäftigt, um dich zu bemerken. Das schmerzt mich. Aber vielleicht ist es besser so, denn dann wärest du schon lange wieder aus meinem Leben verschwunden.«

»Daß du das alles so wegsteckst! Ich finde das entsetzlich! Jetzt um so mehr, wo ich um die Hintergründe weiß. Dieses Geräusch im Dunkeln, als die Stange herunterfiel!«

»Und ich der einzige im ganzen Haus war, der wußte, daß ich noch oben hing. Wie bist du eigentlich heute abend hinter die Bühne gekommen?«

»Die Schließerin hat mich durchgelassen. Sie denkt wohl, wir hätten was miteinander.«

»Wie schade, daß sie unrecht hat.«

»Hm.«

»Was ›Hm‹? Ich habe nämlich letztens so Geschichten gehört. Also: ›Eh bien, Mamsell, was hat sie mir zu sagen?‹«

»›Mein Gott, was soll ich sagen. Er wird mich nicht verstehn!‹ Was für Geschichten übrigens? Könntest du das etwas konkreter ausdrücken?«

»Wirklich? O.k.:

›Ich will. Doch zürne nicht,
wenn ich nach dem Gerücht,
das ich gehört, es wage, dich zitternd, bebend frage,
ob du den Sascha liebst?‹«

»Entführung, Finale zweiter Akt. Nicht ganz der Originaltext! Das war Marion, die alte Tratschtante, nicht?«

»Nein, ich habe Augen im Kopf. Außerdem ist dies das falsche Stichwort.«

»Was soll ich denn statt dessen sagen?«

»›Edle Seele, dir zu leben war mein Wunsch und all mein Streben …‹«

»Das würde nicht stimmen.«

»Nein? Die Liebe und das Singen lassen sich nicht zwingen. Stimmt es denn nicht wenigstens ein bißchen?«

»Unglücklicherweise doch. Unglücklicherweise, was den Countertenor angeht. Ich habe schon an meinem gesunden Lesbenverstand gezweifelt. Über die Mezzosopranistin kann ich keine Aussagen machen. Die kenne ich zuwenig.«

Sascha stand auf, setzte sich neben mich. Nahm meine Hand.

»Du könntest heute nacht hierbleiben und sie kennenlernen. Sie kommt bald nach Hause.«

»Das klingt schon verlockend. Aber ich würde lieber mit ihr allein sein wollen. Sascha müßte einstweilen spazierengehen.«

»Das müßte sich machen lassen. Wir setzen ihn vor die Tür.«

Ich sah ergriffen zu, wie sie anfing, mit leisen Fingern das Smokinghemd aufzuknöpfen. Kleinen, weißen Knopf für kleinen, weißen Knopf. Konnte meinen Blick nicht von ihren Händen abwenden. Sie beobachtete mich aufmerksam. Beide standen wir auf der Bühne. Und waren beide Zuschauerinnen. Das Stück versprach spannend zu werden. Die Geigen, mit denen der Oktoberhimmel vollhing, nahmen im Pianissimo das Barcarole-Thema auf.